KB094365

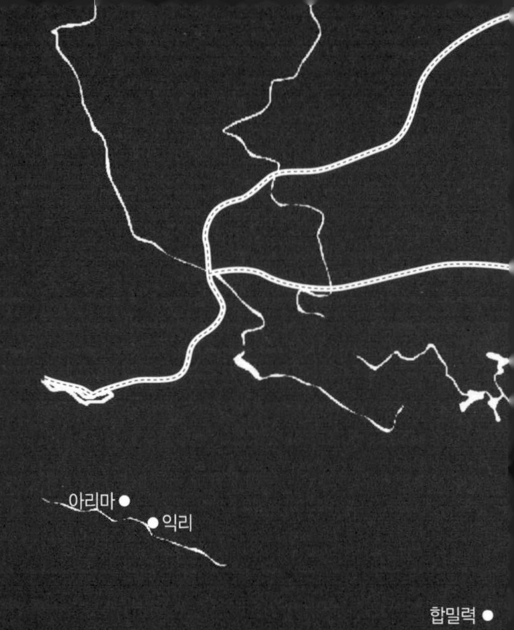

《사조영웅전》 시대 연표

1115 여진의 완안아골타完顔阿骨打가 황제로 즉위하고(태조), 국호를 금金이라 함.
1122 금, 연경 함락.
1125 금, 요의 천조제天祚帝를 사로잡고 멸망시킴. 송 휘종徽宗이 흠종欽宗에게 왕위를 물려줌.
1126 금, 개봉성 함락.
1127 송 휘종·흠종이 금에 사로잡혀 북송 멸망(정강靖康의 변). 고종高宗이 즉위하여 송을 부흥시킴(남송).
1130 송 고종, 온주로 도망. 한세충韓世忠·악비岳飛 항금 투쟁 시작. 진회秦檜, 금에서 귀국.
1134 악비, 선인관 전투에서 금군에 대승하여 양양 등 6군 회복.
1138 진회가 재상이 되어 금과 화의 추진.
1140 금군 남진. 악비가 하남 각지에서 금군을 격파하고 개봉에 당도.
1141 진회가 악비 부자를 체포해 옥중에서 죽임.
1142 송과 금, 1차 화의 성립.
1149 금의 완안량完顔亮(해릉왕海陵王), 희종熙宗을 살해하고 제위에 오름.
1161 금의 완안포完顔褒가 황제를 칭함(세종世宗). 해릉왕 살해됨. 금, 남송과 화의.
1162 남송, 효종孝宗 즉위.
1165 금과 송, 2차 화의 성립. 이후 40년간 평화가 지속됨.
1170 전진교 교주 왕중양王重陽 사망.
1183 도학道學이 금지됨.
1188 몽고의 테무친, 칸을 칭함(제1차 즉위).
1189 금, 세종 사망하고 장종章宗 즉위. 남송, 효종이 퇴위하고 광종光宗 즉위.
1194 남송, 영종寧宗 즉위. 한탁주가 전권을 휘두름.
1196 한탁주, 주자학파를 탄압하여 주희朱熹가 파직됨.
1206 남송의 한탁주, 금을 침공하여 전쟁을 일으킴. 테무친, 몽고 부족을 통일하고 칭기즈칸으로 추대됨(제2차 즉위).
1211 칭기즈칸, 금 침공.
1215 몽고군, 금 수도 함락.
1217 금, 남송 침공.
1218 고려, 몽고에 조공 약속.
1219 칭기즈칸, 서방 원정 시작(1224년까지).
1227 칭기즈칸, 서하를 멸망시키고 귀환 도중 병사. 오고타이가 칸으로 즉위(태종).
1231 몽고군 장수 살리타가 고려 침입.
1234 몽고와 남송 군대의 공격을 받아 금 멸망.
1235 몽고와 남송의 교전이 시작됨.

《사조영웅전》 시대 배경 지도
팔자홀부
밀아기부
맹고사부
(몽고부)
몽고
극렬부
금
상경회녕부
제주
북경
장가구
중경
동경
서경대동부
연경
고려
서하
감숙군사
흥흥부
운천
하주
대명부
하간부
태원부
동평부
황해
평양부
변경
남경개봉부
난주
하남부
경조부
서주
영주
양양
여주
태호
가흥
파주
임안부
도화도
항주
강릉부
악주
성도부
성도
대주
검주
온주
담주
길주
복주
남송
대리
석성군
의주
유구
광주
대리
해남도

사조영웅전 1

사조영웅전 1 – 몽고의 영웅들

1판 1쇄 발행 2003. 12. 24.
1판 27쇄 발행 2020. 1. 28.
2판 1쇄 발행 2020. 7. 8.
2판 4쇄 발행 2024. 5. 10.

지은이 김용
옮긴이 김용소설번역연구회
발행인 박강휘
편집 이한경 디자인 조명이 마케팅 김용환 홍보 반재서
발행처 김영사
등록 1979년 5월 17일(제406-2003-036호)
주소 경기도 파주시 문발로 197(문발동) 우편번호 10881
전화 마케팅부 031)955-3100, 편집부 031)955-3200 | 팩스 031)955-3111

값은 뒤표지에 있습니다.
ISBN 978-89-349-9169-4 04820
978-89-349-9168-7 (세트)

홈페이지 www.gimmyoung.com 블로그 blog.naver.com/gybook
인스타그램 instagram.com/gimmyoung 이메일 bestbook@gimmyoung.com

좋은 독자가 좋은 책을 만듭니다.
김영사는 독자 여러분의 의견에 항상 귀 기울이고 있습니다.

이 도서의 국립중앙도서관 출판예정도서목록(CIP)은 서지정보유통지원시스템 홈페이지
(http://seoji.nl.go.kr)와 국가자료종합목록 구축시스템(http://kolis-net.nl.go.kr)에서
이용하실 수 있습니다.(CIP제어번호 : CIP2020022785)

사조영웅전

射鵰英雄傳

몽고의 영웅들

1

김용 대하역사무협

김용소설번역연구회 옮김

한국의 독자들에게

소설은 사람을 위해 존재한다

내가 무협소설을 쓴 것은 인물을 통해 그들이 처한 환경인 '무림'을 묘사하고 싶어서였다. 내 소설의 시대적 배경은 지금 사회와는 크게 다르지만 사람의 성격과 감정은 그다지 다르지 않다. 고대인의 비환이합悲歡離合, 희로애락은 현대 독자에게도 충분히 공감을 불러일으킬 수 있다.

예술은 창작이다. 음악은 아름다운 소리를 만들어내고 그림은 아름다운 시각 현상을 창조하듯, 소설은 인물을 만들어내고 이야기를 지어내며 사람의 내면세계를 창조해낸다. 만약 외부 세계만 그대로 반영하려고 한다면 녹음기와 카메라 등 현대 문명이 낳은 여러 가지 편리한 기계의 힘을 빌리면 된다. 신문이 있고, 역사책이 있고, 기록영화가 있고, 통계자료가 있고, 경찰서의 사건 기록이 있는데 왜 소설이 필요하겠는가.

적지 않은 비평가들이 통속문학은 부정하고 순수문학만 옹호하는 경향이 있다. 이것은 소림파의 무공만 최고이고 그 외의 무당파, 공동파, 태극권, 팔괘권, 백학파 등은 없애버려야 한다고 주장하는 것과 같다. 소림의 무공이 무학계에서 태산북두의 위치를 차지하고는 있지만, 다른 파들도 그에 못지않은 나름의 철학과 장점이 있을 것이다. 쉽게 얘기하자면 광동 요리를 좋아하는 사람이 사천 요리, 북경 요리, 프랑스 요리, 이탈리아 요리, 일식, 한식 등은 없애버려야 한다고 주장할 수 없는 것과 같다. 무협소설을 지나치게 높이 평가할 필요도 없지만, 그렇다고 말살하려 들 필요도 없다. 무엇이든 그 나름의 역할이 있기 때문이다.

무협소설은 대중성을 추구하고 오락성에 중점을 두는 통속적인 문학인 만큼 많은 독자에게 영향을 준다. 내가 무협소설을 통해 전달하고자 하는 메시지는 나의 나라와 민족은 물론이고 남의 나라와 민족도 존중하자는 것이다. 배타적인 이기심을 반대하고, 신의를 중시하며, 순수한 애정과 우의를 찬양하고, 자신을 희생해 정의를 위해 싸우며, 비겁한 사상과 행위를 멸시하는 것이다.

내 초기 소설에는 한인 왕조가 정통이라는 관념이 매우 강하게 나타나 있다. 나중에야 비로소 중국의 모든 민족은 하나라는 관념이 기조가 되었는데, 내 역사관이 조금은 진보한 까닭일 것이다. 이는《천룡팔부天龍八部》《백마소서풍白馬嘯西風》《녹정기鹿鼎記》에서 특히 두드러지는데,《녹정기》의 주인공 위소보의 부친은 한족·만주족·몽고족 중 하나이며, 내 첫 소설《서검은구록書劍恩仇錄》의 주인공 진가락도 나중에는 회교에 대해 호감을 갖게 된다.

어느 종족, 어느 종교, 어느 직업에서든 좋은 사람과 나쁜 사람은 공존한다. 좋은 황제가 있으면 나쁜 황제도 있고, 나쁜 관리가 있으면 진정으로 백성을 보살피는 좋은 관리도 있다. 마찬가지로 한인, 만인, 몽고인, 서장인 중에도 나쁜 사람과 좋은 사람이 있으며 승려, 도사, 라마승, 선비, 무사 중에도 각양각색의 성격과 인품이 존재한다.

어떤 독자는 흑백논리와 극단적 선악 구분으로 사소한 일부 내용을 전체로 착각하기도 하는데, 이는 결코 원작자의 본의가 아니다. 역사상 사건과 인물은 당시의 역사적 상황에 따라 평가해야 한다.

소설에서 묘사하고자 하는 것은 당시 사람들의 관념과 사상일 뿐이기 때문에 후세나 현대인의 관념만으로 평가하는 것은 위험하다. 그러나 정치적 관점과 사회의 사상은 시시때때로 변천해왔지만, 사람의 성품이란 그 변화가 미약하기 때문에 비난받아야 할 인간은 언제나 존재하게 마련이다.

종교, 문화, 예술, 과학, 정치, 의학, 농업, 상업 등 모든 분야를 넘나드는 영웅들의 혜안과 지도력은 21세기를 살아가는 우리에게 너무나도 많은 메시지를 남기고 있다. 한 시대를 이끌어온 위대한 영웅들의 업적과 역사 속 위인들이 소중하게 생각한 것을 나는 소설을 통해 기록하려고 노력해왔다. 그리고 과거보다는 현재에, 현재보다는 미래에 더 나은 세상을 일구어낼 위대한 영웅이 나오길 바라는 마음도 간절하다. 곧 내 소설이 "위대한 영웅이란 어떤 사람일까"라는 질문에 조그마한 해답이 되었으면 한다. 또 이 험난한 시대를 살아가고 있는 모든 사람에게 세상을 헤쳐나갈 지혜와 용기를 주었으면 한다.

많은 독자들이 다음과 같은 질문을 한다.

"선생님은 지금까지 쓰신 소설 중 어떤 작품을 제일 좋아하세요?"

그건 정말 대답하기 곤란한 질문이다. 작품을 쓰면서 가장 신경 쓴 부분은 기존 작품에서 쓴 인물, 줄거리, 문장 등이 중복되지 않는 것이었다. 하지만 역시 재능에는 한계가 있어 그 소망이 제대로 이루어진 것 같지는 않다. 그러나 어찌 되었건 작품을 위해 매번 최선을 다했다고 자부한다. 작품을 쓸 때마다 나는 거기에 등장하는 모든 인물을 아끼고 작중 상황에 따라 그들과 함께 기뻐하고 슬퍼했다. 기교로 따지자면 후반 작품이 조금 나아졌다고 할 수 있을지도 모르겠지만 기교는 결코 중요한 것이 아니다. 작품에서 가장 중요한 것은 인물의 성격과 상황에서 드러나는 그들의 생생한 감정이다.

내 소설들은 홍콩·대만·중국·싱가포르 등지에서 영화나 TV 드라마로 만들어졌거나 서너 가지 다른 판본으로 출판된 적이 있고, 연극·경극·오페라·뮤지컬의 소재가 되기도 했다. 그래서 이어지는 두 번째 질문이 있다.

"선생님은 어떤 영화나 드라마가 가장 잘 만든 것 같나요? 그중 어떤 배우가 선생님의 작품 속 인물과 가장 일치하죠?"

그러나 영화나 드라마의 표현 형식은 소설과 엄연히 다르기 때문에 비교하기가 곤란하다. 드라마는 비교적 길기 때문에 내용에 충실할 수 있지만, 영화는 시간 제약을 많이 받는다. 또 소설을 읽는 독자는 같은 소설을 읽지만 각자의 개별적 경험, 성격, 감정과 기호의 영향으로 머릿속으로는 각각 다른 이미지를 만들게 된다. 이런 연유로 그중 어떤 것이 가장 좋다고 말할 수는 없지만, 나 스스로는 원작을 완전히 개작해서 표현하는 것은 아주 바람직하지 못하고 주제넘은 행위라고 생각한다. 영화와 드라마 같은 영상물은 이미지가 한 가지로 고정되는 탓에 그것을 보는 사람들에게 상상의 여지를 주지 않는다는 점에서 원작자와 수많은 독자를 무시하는 처사가 되기 때문이다.

내 작품들은 세 번 개작을 거쳤다. 마지막 개작을 통해 많은 오자와 미흡한 부분을 수정했는데, 그것은 대부분 평론가와 연구회는 물론 일반 독자의 의견을 받아들인 것이다. 그래도 여전히 눈에 띄는 결점이 많은데, 본인의 재능이 부족하기 때문이니 어쩔 수 없는 일이다. 독자들이 책을 읽고 부족한 면이 있다고 생각되면 언제든 편지를 주길 바란다. 나는 모든 독자를 친구로 생각하며, 친구들의 지도 편달과 관심을 언제든 받아들일 자세가 되어 있다. 내가 가장 좋아하는 독자는 내 작품에 대해 애정 혹은 혐오감을 갖는 이들이다. 누구라도 솔직하고 분명하게 느낀 바를 말해주면 나는 흔쾌히 수긍한다. 어떤 식의 감정을 느꼈다면 그것은 곧 내 소설 속 인물과 독자가 교감했다는 증거이기 때문이다.

유재복 선생과 그의 딸 유검매가 공동 집필한《공오인간共悟人間》에서 검매 씨는 소설을 쓰는 것은 피아노를 치는 것과 같다고 했다. 맞는 말이다. 글을 쓰는 것에는 어떠한 지름길도 없다. 한 걸음 한 걸음 내디뎌 올라가야 하며 매일매일 노력을 기울여야 하는 것이다.

한국에서 이번에 출간하는 〈사조삼부곡〉인《사조영웅전》《신조협려》《의천도룡기》는 정식으로 계약한 것이다. 그동안 출판 시장의 문제로 홍콩, 대만을 포함한 한국과 일본, 심지어는 중국 대륙에서까지 각양각색의 해적판이 출간되었다. 불법 출간의 가장 큰 문제는 대부분이 조잡하고 오·탈자가 많아 의미 전달에 심각한 장애를 주며, 심지어 어떤 이들은 내 이름을 빌려 완전히 다른 내용의 소설을 출판한다는 사실이다. 특히 쓸데없는 폭력과 섹스가 난무하는 소설에 대해선 불쾌함을 감출 수가 없다. 다행히 정식 계약을 통해 내가 직접 교정까지 본 정판본이 한국 독자들과 만나게 되어 기쁘기 그지없다. 부족하나마 한국의 많은 분이 나의 소설을 읽고 서로 간에 여러 이야기가 오갔으면 하는 바람이다.

2003년 12월

金庸

감수자의 말

글을 조롱하는 신비로운 협객 - 김용 소설과《사조영웅전》

신필神筆이란 별호를 얻은 김용. 이 외에도 그를 칭송하는 수식어는 무척 많다. 호협지사豪俠之士, 김대협金大俠, 대종사大宗師 또는 중국의 20세기 문학대사文學大師로 칭송하기도 한다. 중국 소설가 예광倪匡은 김용 소설을 일컬어 동서고금을 막론하고 전무후무한 작품이라고 극찬했다. 김용은 중국 전통문화를 광범위하고 심도 있게 발굴해 소설화했고, 이로 인해 전체 중국 문단에서 독보적 위치를 차지하게 되었다.

그의 소설은《비호외전飛狐外傳》《설산비호雪山飛狐》《연성결連城訣》《천룡팔부天龍八部》《사조영웅전射鵰英雄傳》《백마소서풍白馬嘯西風》《녹정기鹿鼎記》그리고《소오강호笑傲江湖》《서검은구록書劍恩仇錄》《신조협려神鵰俠侶》《협객행俠客行》《의천도룡기倚天屠龍記》《벽혈검碧血劍》《원앙도鴛鴦刀》 등이다. 여기에《월녀검越女劍》을 더해 모두 열다섯 작품이다. 이 중《월녀검》과《백마소서풍》《원앙도》이 세 작품은 중·단편이고 나머지는 모두 장편이다.

김용은 자신의 무협소설 제목의 앞 글자를 따서 열네 자로 된 한 편의 대련對聯*을 만들기도 했다.

飛雪連天射白鹿

笑書神俠倚碧鴛

온 천지에 휘몰아치는 눈발 속에

하얀 사슴을 두고 각축을 벌이는데

글을 조롱하는 신비로운 협객은

아름다운 원앙새와 인연을 맺도다.

김용은 1955년부터 무협소설을 쓰기 시작했는데《서검은구록》이 처녀작이다. 그 후 그의 글쓰기는 1972년까지 계속되었고, 마지막 작품이 바로《녹정기》다. 즉 김용이 소설 열다섯 작품을 쓰는 데 장장 17년이란 세월이 걸린 것이다. 그의 작품은 신문 연재소설로 출발했고, 나중에 전 작품을 다시 수정해 책으로 출간했다.

김용은 전 작품을 통해 무협소설이 보여줄 수 있는 모든 가능성을

---

* 대련은 의미상 서로 관계가 있고, 형식상 서로 대응되는 두 구절을 가리킨다. 첫 구절은 상련上聯, 두 번째 구절은 하련下聯이라 한다. 두 연의 글자 수가 같고, 두 구절에서 똑같은 위치에 있는 단어의 글자 수도 같으며, 문법상 각각의 단어가 가지고 있는 성질이 일치하며 평측平仄이 조화를 이루어야 한다.

단계적으로 시도했다. 초기작 《서검은구록》을 신문 〈명보〉에 연재할 때만 해도 그다지 각광받지 못했으나 1957년부터 2년간 집필한 세 번째 소설 《사조영웅전》에 이르러 비로소 호평을 받기 시작했다. 김용은 이 작품을 통해 무림 지존의 위치를 확고히 하고 무림계의 맹주 자리에 등극했다.

김용 소설이 두꺼운 독자층을 확보하게 된 이유는 아름다운 문장, 역사적 배경, 드라마, 영화화 등의 요인이 있겠지만 무엇보다 소설 자체가 지닌 독특한 개성이 독자에게 강력한 영향을 미쳤기 때문일 것이다.

김용의 소설은 통속함과 고상함을 자유로이 넘나드는 장점이 있다. 흥미로움 속에 우의가 담겨 있고 오락 속에 진리가 엿보이며, 기이함 속에 진실성이 부각돼 있어 즐거움은 물론 미학과 철학을 동시에 음미할 수 있다. 그러므로 그의 작품은 지식인과 서민이 함께 즐기는 아속공상雅俗共賞의 대중소설로, 문학예술의 새로운 지평을 연 위대한 경지에 도달했다고 해야 할 것이다.

김용 무협소설의 또 다른 매력은 다시 읽어도 항상 새롭다는 것이다. 재독, 삼독을 해도 차별화된 신선한 경이로움과 삶의 희열을 맛보게 된다. 이 점이 바로 김용 무협소설이 오랫동안 인구에 회자되고 두꺼운 독자층을 꾸준히 확보하고 있는 이유일 것이다.

김용은 스스로를 즐겁게 하고 또 남을 즐겁게 하기 위해 무협소설을 쓴다고 한다. 즉 소설은 소설로서 가치가 충족되면 그만이고, 무협소설을 보면서 즐거움을 느끼고 그와 함께 인생의 관념과 가치 기준을 탐색하게 된다고 말한다.

무협소설은 기나긴 발전 과정을 거쳐 중국 문학의 독특하면서도 완전한 문학 장르로 정착했다. 김용은 당나라 두광정의 《규염객전虬髥客傳》을 무협소설의 비조라고 말한 바 있다. 이 작품은 황소의 난으로 정치와 사회가 지극히 문란해진 당나라 말기에 발표된 작품이다. 시대 배경은 수나라 말기인데, 혼탁한 시대에 도탄에 빠진 민중을 구하고자 당 태종이 의협을 일으킨다는 내용이다.

《사조영웅전》의 작품 배경은 남송, 거란, 여진, 몽고, 서하 등 여러 민족이 중원의 패권을 놓고 치열한 각축전을 전개하는 남송 말엽이다. 격동하는 시대는 인물의 전형을 생생하게 살리는 장점이 있으며, 극한의 상황으로 줄거리를 이끌어 작품의 절정과 카타르시스를 표현하기에도 적합하다. 곧 작품의 시대 설정 하나만으로도 소설의 성공 가능성을 예견할 정도로 시대적 배경에 흥미진진한 요소가 많이 담겨 있다.

인물 설정에서도 칭기즈칸, 전진칠자 같은 역사적 실존 인물을 등장시켜 작품에 사실감과 흥미를 부여하면서 주인공 곽정이 이들과 교류 · 갈등하며 천하제일의 무공을 성취해 원수를 무찌르는 과정을 보여준다. 실존 인물과 허구적 인물을 골고루 등장시키고, 실제 역사와 가상의 사건을 혼용해 독자들에게 허허실실虛虛實實 그 자체를 만끽하도록 서술했다.

잘 알려져 있다시피 《사조영웅전》은 《신조협려》 《의천도룡기》와 함께 〈사조삼부곡〉이라 불린다. 이 작품들은 서로 유기적으로 연결되어 있지만, 주제와 서사 면에서는 각 부별로 차이가 있다. 《사조영웅전》은 난세의 고통과 초야의 영웅들이 나라와 민족을 위해 의로움을 행하는 모습을 그리지만, 《신조협려》는 여의치 않은 사랑과 고통의 세계를 다채롭게 그리면서 독자에게 '정이란 무엇인가'를 묻는다. 또 《의천도룡기》는 복잡한 인간성과 남성들의 감정 알력 등에 치중해 이야기를 전개한다.

무엇보다 《사조영웅전》이 성공할 수 있었던 가장 큰 요소는 사랑과 무공에 있다. 사랑은 가장 원초적인 인간관계를 구성하며, 무공은 무협소설 고유의 흥미를 유발하고 고조시킨다. 《사조영웅전》의 곽정은 소박하고 어눌하지만, 감성과 이성의 충돌을 잘 극복하며 마침내는 아름다운 사랑을 획득하는 사랑의 '정격正格'을 보여준다. 그가 황용을 비롯한 많은 사람을 만나면서 이루어가는 영웅의 풍모는 우리를 아름다운 협俠의 세계로 인도한다.

반면 《신조협려》의 양과는 경박하면서 자유분방하지만 총명하며 임기응변에 능하고, 쉽게 극단으로 치우치는 경향이 있으나 지극정성의 정을 지녔다. 그의 사랑은 '예교의 규율'에 막히지만, 죽어도 후회하지 않는 선택을 함으로써 '변격變格'이라고 평해진다.

또 《의천도룡기》의 장무기는 성격이 관대하면서도 유약하고, 총명하면서도 성실하며, 주위의 아름다운 여인들로 인해 종종 근심하고 방황한다. 이러한 인물들의 삶과 정신은 도도하게 흐르는 강물처럼 사람의 마음으로 밀려 들어와 독자의 가슴을 흠뻑 적셔준다.

이번에 김영사에서 〈사조삼부곡〉에 대한 정식 계약을 맺어 그 첫 번째 책으로 《사조영웅전》을 번역 출간하게 되었다. 고난도의 번역에도 불구하고 생생한 내용을 독자에게 전달하고자 하는 번역자와 김영사 편집부의 노력이 돋보인다. 이 소설들이 국내에 다시 한번 무협소설 붐을 일으키길 바라며, 또 이 소설로 인해 무협소설을 좀 더 진지한 문학 장르로 인식하는 계기가 되었으면 한다.

2003년 12월

감수자 김홍중

| 김홍중 | 초등학교 시절부터 화교학교에서 수학했으며 중학교 때부터 김용 소설을 원전으로 읽었고 김용 문학에 심취해 김용 전집을 여러 번 탐독했다. 중국문화대학과 동 대학원에서 중어중문학으로 석사와 박사 학위를 받았다. 중화민국 국영방송에서 기자 겸 아나운서로, 호남대학교에서 중국어학과 교수로 일했다.

몽고의 영웅들

각권차례

곽소천 郭嘯天

양산박 지우성地佑星 곽성의 후손으로 금金에 북방이 함락당하자 강호를 떠돌다가 우가촌으로 옮겨왔다. 곽정의 아버지.

양철심 楊鐵心

악비 휘하의 명장 양재흥의 후손으로 금에 북방이 함락당하자 곽소천과 함께 강남의 우가촌으로 옮겨왔다. 양가창법의 계승자이자 양강의 아버지.

포석약 包惜弱

양철심의 아내. 완안홍열의 목숨을 구해준다.

구처기 邱處機

전진칠자의 한 사람으로 도호는 장춘자長春子이다. 우가촌에서 곽소천과 양철심을 만나 곽정과 양강의 이름을 지어주었다.

단천덕 段天德

송 왕조의 군관. 완안홍열의 사주를 받고 곽소천과 양철심을 공격한다.

곽정 郭靖

곽소천의 아들로 몽고에서 태어났다. 그곳에서 테무친과 깊은 관계를 맺고 그의 딸 화쟁과 혼약한다. 어릴 때 신전수 철별에게 활을 배웠고 강남칠괴에게 무공을 배웠다. 타고난 두뇌와 자질은 별로지만 천성이 순박하고 정직해 모든 것을 꾸준히 연마한다.

테무친 鐵木眞

몽고 부락의 수령으로 훗날 몽고를 통일해 칭기즈칸으로 불린다. 그 뒤 금과 서역 정벌에 이어 남송 정벌을 시작해 곽정과 갈등을 겪게 된다.

타뢰 拖雷

테무친의 넷째 아들. 곽정과 함께 어린 시절을 몽고에서 보내며 의형제를 맺었다.

왕한 王罕

초원에 있는 여러 부락의 우두머리이자 테무친의 양아버지다.

상곤 桑昆

테무친의 의형으로 왕한의 아들이다. 성격이 오만방자해 테무친과 잦은 갈등을 겪는다.

철별 哲別

몽고어로 철별은 '신궁神弓'이란 뜻이다. 몽고에서 가장 뛰어난 궁사라는 뜻에서 신전수神箭手 철별로 불린다. 테무친 군사에 쫓기다 곽정의 도움으로 목숨을 구한 뒤 그에게 궁술을 가르쳐준다. 후에 테무친의 휘하로 들어가 전장에서 많은 공적을 세운다.

가진악 柯鎭惡

강남칠괴의 우두머리. 앞을 보지 못하는 대신 청각만큼은 일반인에 비해 몇 배나 예민하다. 구처기와의 약속을 지키기 위해 곽정을 몽고에서 찾아내 영웅으로 키운다. 쇠지팡이를 주 무기로 사용한다.

주총 朱聰

강남칠괴의 둘째로 묘수서생妙手書生이라고도 부른다. 유식한 군자이기는 하나 생김새는 지저분하다. 주특기는 빠른 손놀림. 이 기술로 수많은 위험에 빠진 사람들을 구하기도 한다. 쥘부채를 무기로 사용한다.

한보구 韓寶駒

강남칠괴의 셋째로 말을 잘 다뤄 마왕신馬王神이라고도 부른다. 키가 작은 땅딸보에다 성격이 급한 편이다. 금룡편金龍鞭이라는 채찍을 무기로 사용한다.

남희인 南希仁

강남칠괴의 넷째로 남산초자南山樵子라고도 부른다. 쇠멜대를 무기로 다루며 성격이 강직하다.

장아생 張阿生

강남칠괴의 다섯째로 별호는 소미타笑彌陀. 백정 출신으로 힘이 장사다.

전금발 全金發

강남칠괴의 여섯째로 원래는 장사꾼 출신이다. 요시협은鬧市俠隱이라고도 부르며 곽정을 영웅으로 길러내는 데 일조한다.

한소영 韓小瑩

강남칠괴의 막내. 우아한 월녀검법을 주특기로 사용한다. 강남칠괴 중 유일한 여자로 곽정을 항상 너그럽게 대해준다.

윤지평 尹志平

전진교의 문하로 장춘자 구처기의 제자다. 무공은 그리 대단하지 않지만 성격이 담대하고 민첩하다.

초목대사 焦木大師

법화사의 주지이자 고목대사의 사제다. 단천덕의 잔꾀에 넘어가 강남칠괴와 구처기를 싸우게 만든다.

완안홍열 完顔洪烈

금나라의 여섯 번째 왕자로 조왕에 봉해졌다. 포석약에게 첫눈에 반한다. 양강의 양아버지.

매초풍 梅超風

본명은 매약화梅若華이고 철시鐵屍라고도 부른다. 황약사의 제자이자 동시 진현풍의 아내이다. 남편과 함께 도화도에서 〈구음진경〉을 훔쳐 달아났다가 황약사의 분노를 산다. 구음백골조란 무공으로 악명을 떨친다.

진현풍 陳玄風

동시銅屍라고도 부르는 황약사의 제자. 매초풍과 함께 〈구음진경〉을 훔쳐 도화도에서 달아난다. 몽고에서 구음백골조를 연마하다가 강남칠괴와 맞부딪친다.

곡영풍 曲靈風

곽소천과 양철심이 자주 찾는 주막의 주인으로 곡삼이라는 이름을 쓴다. 한때 황약사의 제자였으며, 그를 위해 황궁에서 보물을 훔친다.

▲임량의 〈쌍응도雙鷹圖〉

임량林良은 명나라 시대의 궁중 화가다. 날짐승과 새 그림에 능하고, 묵필에 힘이 넘치는 게 특징이다.

▶송나라 〈휘종상〉

무능한 황제의 전형. 휘종은 나라를 살피지 않고 불로장생만을 추구하다 흠종과 함께 금나라의 포로가 된다.

▲ 랑세영의 〈대완류大宛騮〉

랑세영郎世寧은 이탈리아 사람으로 청나라 건륭 황제 때 궁중 화가였다. 그는 〈십준도十駿圖(열 마리의 준마)〉를 그렸는데, 이 그림은 그중 하나다. 열 마리의 준마는 모두 건륭 황제의 말이다. 곽정의 홍마가 이와 비슷하다.

◀ 〈도구도桃鳩圖〉

송의 휘종이 그린 것으로 알려져 있으나 정확하지 않다.

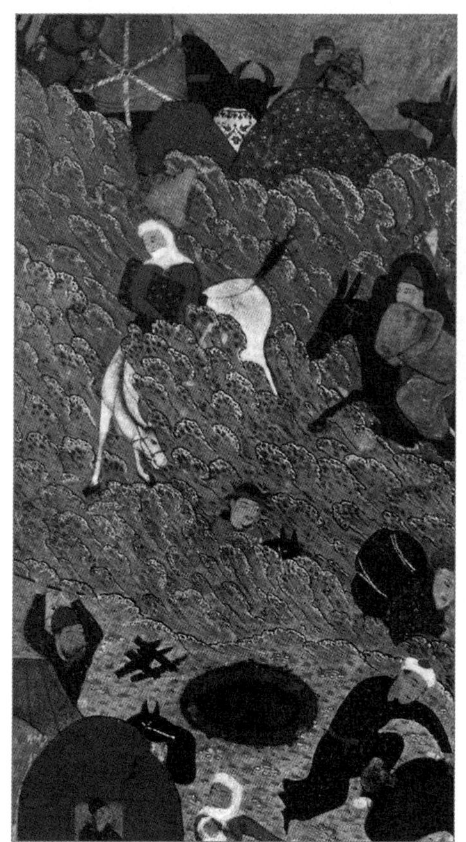

▲〈산길로 가고 있는 몽고 부족〉

14세기 말 페르시아 화가가 그린 것으로 현재 대영박물관에 소장되어 있다. 칭기즈칸 대군의 잦은 공격을 받아 서인지 페르시아에는 몽고인의 생활과 전투 장면을 그린 작품이 상당히 많이 남아 있다.

▶ 화암의 〈한청설구도閒聽設舊圖〉

화암華嵒은 청나라 건륭 황제 때 화가로 시, 서, 화에 모두 능했다. 소설 초반, 장십오가 '섭삼랑절열기葉三娘節烈記'를 마을 사람들에게 들려주던 장면이 그림과 비슷할 것이다.

◀ 서비홍의 〈쌍마도雙馬圖〉

서비홍徐悲鴻은 근대 작가 중 가장 말을 잘 그렸다. 이 그림을 통해 길들이기 전 곽정의 홍마를 연상할 수 있다.

▼〈몽고인과 몽고포〉

곽정이 이 몽고포 안에서 자랐다. 프랑스 국립도서관 소장.

▶ 일러두기

1. 이 책은 김용의 2쇄 판본(1976년 출간)을 원 텍스트로 번역했으며 3쇄(2003년 출간) 판본을 수정 반영한 것이다. 2002년부터 시작한 2쇄본의 번역이 끝나갈 무렵인 2003년 말, 새롭게 출간된 3쇄본을 홍콩 명하출판유한공사로부터 제공받아 핵심 수정 사항인 여문환呂文煥이 양양襄陽을 지키는 부분을 이전李全 부부가 청주青州를 지키는 부분으로 수정 반영했다.
2. 원문에 충실하게 번역하되, 불필요한 상투어들은 오늘의 독자들에게 맞게 최대한 현대화해 다시 가다듬었다.
3. 본 책의 장 구분은 원서를 참조해 국내 편집 체제에 맞게 다시 나누었다.
4. 본문의 삽화는 홍콩의 이지청李志清 화백이 그린 삽화를 저작권 계약해 사용했다.

1권

몽고의 영웅들

복사꽃은 임자가 없어도 스스로 피어나고,
황량한 대지 위로 밤 까마귀 날아드네.
무너진 담장 너머로 보이는 낡은 우물,
전에는 다 사람들이 모여 살던 집이었는데.

小桃無主自開花 煙草茫茫帶晚鴉
幾處敗垣圍古井 向來一一是人家

의형제 곽소천과 양철심

전당강錢塘江의 도도한 물줄기는 밤낮을 가리지 않고 쉴 새 없이 임안臨安 우가촌을 휘감아 돌아 동쪽 바다로 흘러간다. 강변을 끼고 오백 나무 수십 그루가 늘어서 있는데, 그 무성한 잎사귀는 붉다 못해 마치 활활 타오르는 불길 같다.

때는 바야흐로 무더위가 한풀 꺾인 8월 끝자락. 마을 어귀에 자생한 들꽃이 누렇게 변색되어 노을빛과 어우러져 쓸쓸한 분위기마저 감도는데, 마을 사람들이 아름드리 소나무 아래 삼삼오오 모여 앉아 깡마른 노인네의 열변에 귀를 기울이고 있었다.

쉰 중반쯤 되었을까, 입고 있는 청색 장포가 색이 바래 회색에 가깝다. 그는 자두나무로 만든 딱딱이를 몇 번 치고 나서 장구를 요란하게 두드려 분위기를 고조시킨 뒤에 목청을 높였다.

"복사꽃은 임자가 없어도 스스로 피어나고, 황량한 대지 위로 밤 까마귀 날아드네. 무너진 담장 너머로 보이는 낡은 우물, 전에는 다 사람들이 모여 살던 집이었는데小桃無主自開花 煙草茫茫帶晩鴉 幾處敗垣圍古井 向來

一一是人家."

노인은 딱딱이를 다시 몇 번 치고 나서 점잖게 말을 이었다.

"우린 이 칠언시를 통해 전쟁이 얼마나 잔혹했는지를 알 수 있습니다. 전쟁이 한번 휩쓸고 지나가면 가가호호 모두 폐허로 변해버립니다. 방금 이야기한 그 섭葉씨네 가족도 전쟁 때문에 뿔뿔이 흩어졌다가 금나라 군사가 물러가자 기쁜 마음을 안고 다시 고향으로 돌아왔는데, 집은 이미 불타버려 앙상한 뼈대만 남아 있었어요. 그들은 먹고 살길이 막막해 할 수 없이 변량汴梁으로 가야만 했지요. 한데 하늘도 무심하지, 네 식구가 변량성으로 들어서자마자 한 무리의 금군金軍과 맞닥뜨리게 됐습니다. 독사처럼 눈이 쭉 째진 금군의 우두머리는 섭삼랑葉三娘의 아리따운 모습을 보자 말에서 뛰어내려 다짜고짜 끌어안는 것이었습니다. 그러고는 껄껄 웃으며 섭삼랑을 번쩍 들어 올려 안장 위에 패대기치고는 천연덕스럽게 이렇게 지껄였지요. '요 귀여운 계집, 집으로 데려갈 테니 이 어르신네를 잘 모셔야 한다.' 그러나 섭삼랑은 그 횡포에 순순히 따를 수가 없었습니다. 그녀가 있는 힘을 다해 몸부림치자 독사눈이 바로 호통을 쳤습니다. '시키는 대로 하지 않으면 네 부모와 가족을 모조리 죽여버리겠다!' 그리고 그 말이 떨어지기가 무섭게 묵직한 몽둥이로 섭삼랑 남동생의 머리를 내리쳤어요. 남동생은 그 자리에서 머리가 박살 나 숨을 거두고 말았죠. 이거야말로 옛말이 이르듯 '저승에 새로운 원귀寃鬼가 늘어나니, 이승의 젊은이가 사라지는구나陰世新添枉死鬼 陽間不見少年人'가 아니겠습니까?"

노인은 잠시 한숨을 돌린 뒤 다시 말을 이어갔다.

"섭삼랑의 부모가 몹시 놀라 아들의 시체를 끌어안고 대성통곡을 하자 독사눈은 다시 몽둥이를 휘둘러 그들마저 죽여버렸습니다. 하지만 이 광경을 지켜본 섭삼랑은 울지 않았지요. '나리, 제가 순순히 따라갈 테니 노여워 마세요' 하고 말했죠. 그러자 독사눈은 흐뭇해하며 섭삼랑을 집으로 데려갔어요. 섭삼랑에게는 나름대로 다 속셈이 있었던 거죠. 그녀는 독사눈이 방심한 틈을 타 녀석의 허리춤에 꽂혀 있던 칼을 뽑아 명치를 향해 힘껏 찔렀어요. 부모님과 동생의 원수를 갚기 위해서죠. 절체절명의 순간, 산전수전 다 겪은 독사눈은 잽싸게 몸을 피하며 섭삼랑을 밀어붙였어요. 섭삼랑은 그 자리에 나동그라졌고, 독사눈의 욕설이 터졌어요. '이런, 오라질 년!' 섭삼랑은 절망하며 손에 쥐고 있던 칼로 자신의 목을 베고 말았답니다. 참으로 안타까운 일이죠. 아름답기 그지없는 그녀, 꽃다운 나이에 한을 안고 저승으로 가다니……."

노인네의 구수한 입담과 가락이 이어지자 마을 사람들은 자신의 일처럼 분노를 느끼고 이를 부드득 갈거나 여기저기서 한숨을 내쉬었다. 노인이 다시 입을 열었다.

"여러분, 옛말에도 있습니다. '남을 기만하는 마음을 갖지 마라. 이를 굽어보는 신령이 있도다. 악을 저지르고도 응보가 없으면 세상 악도들이 사람을 잡아먹는다爲人切莫用欺心 擧頭三尺有神明 若還作惡無報應 天下兇徒人吃人.'"

노인네의 말이 이어진다.

"여러분, 그런데 금군들은 우리 송나라로 쳐들어와서 가는 곳마다 살인, 방화, 겁탈, 노략질을 일삼았는데도 천벌받는 걸 보지 못했어요. 다 우리 관군들이 무능한 탓이죠. 수로 따지면 우리 장졸들이 얼마나 많습니까? 한데 금군을 보기만 하면 달아나기 급급하니 당하는 우리 백성들만 불쌍하죠. 그 섭삼랑의 가족이 비참하게 죽어간 것처럼 강북에선 숱한 사람들이 참변을 당했어요. 여러분이 살고 있는 강남은 그야말로 천당이라고 할 수 있죠. 금군이 언제 여기까지 쳐들어올지 모르는 일이지만……. 아무튼 태평성대의 개로 태어날망정 난세의 사람으로 태어나지 말라는 말이 있습니다. 저는 장십오張十五라고 합니다. 오늘 여러분께 들려드린 '섭삼랑절열기葉三娘節烈記'는 이쯤에서 마치도록 하겠습니다."

장십오라고 자신을 소개한 노인은 딱딱이를 요란스럽게 두드리고 나서 나무 쟁반 하나를 꺼내 들었다. 촌민들이 한두 푼씩 내놓자 삽시간에 60~70문文이 모였다. 장십오는 고맙다는 인사를 거듭하고 돈을 챙겨 떠나려 했다. 이때 촌민들 사이에서 스무 살가량 되어 보이는 젊은이가 앞으로 걸어 나왔다.

"장 선생, 혹시 북방에서 오셨습니까?"

장십오는 허우대가 건장하고 눈이 부리부리한 젊은이를 쳐다보며 고개를 끄덕였다.

"네, 그렇습니다."

그러자 그 청년이 환한 표정으로 재차 물었다.

"제가 낼 테니 가서 한잔하시지 않겠습니까?"

장십오는 그 청년의 말에 구미가 당기는 것 같았다.

"초면인데 폐가 되지 않을까요?"

젊은이는 호탕하게 웃었다.

"술 몇 잔인데 폐라뇨? 당치 않습니다. 전 곽소천이라고 합니다."

그러고는 옆에 서 있는 말쑥하게 생긴 사나이를 가리켰다.

"이쪽은 양철심 아우인데, 선생의 얘길 듣고 깊은 감명을 받았습니다. 몇 마디 여쭤보고 싶은 것도 있고요."

장십오는 흔쾌히 응했다.

"원 별말씀을……. 오늘 두 분을 만난 것도 인연인 것 같습니다."

곽소천은 장십오를 데리고 마을 어귀에 있는 작은 주막으로 갔다. 주막집 주인은 절름발이인데 지팡이를 짚고 느릿느릿 황주黃酒 두 주전자와 안주를 가져왔다. 안주는 소금에 절인 땅콩과 말린 두부, 썰어 놓은 찐 달걀 세 개가 전부였다. 주인장은 입구 쪽 걸상에 걸터앉아 서산마루로 기울어가는 석양을 멍하니 바라볼 뿐 세 사람에게는 아예 눈길도 주지 않았다. 곽소천은 장십오에게 술을 두 잔 권하고 난 뒤 입을 열었다.

"여긴 워낙 외진 곳이라 초이틀과 16일에만 고기를 살 수 있습니다. 그런 탓에 안주가 변변치 않으니 양해해주십시오."

장십오가 웃으며 그의 말을 받았다.

"술만 있으면 충분합니다. 두 분의 말투를 들어보니 혹시 북방 사람 아닙니까?"

양철심이 대답했다.

"우린 원래 산동 사람인데 금구金狗들의 더러운 꼴이 보기 싫어 3년 전 이곳으로 왔다가 인심이 후해 그냥 눌러앉게 됐습니다. 선생께서도 아까 말했듯이 강남은 천당이라 할 만큼 살기 좋은 땅입니다. 그런데 금군이 언제쯤 강을 건너 쳐들어올까요?"

장십오는 한숨을 내쉬었다.

"강남은 풍요로운 고장으로 가는 곳마다 금은보화가 널려 있고 미인이 많기로 유명해 금군이 일찌감치 군침을 삼켜왔죠. 그놈들이 언제 이곳으로 쳐들어올지는 조정이 어떻게 하느냐에 달려 있습니다."

곽소천과 양철심의 얼굴에는 놀라는 표정이 역력했다.

"그게 무슨 뜻입니까?"

두 사람이 입을 모아 묻자, 장십오가 자신의 생각을 얘기해주었다.

"우리 중국 백성의 수는 여진족보다 100배는 더 많을 겁니다. 조정에서 충신과 맹장들을 선용한다면 100명이 그들 하나를 당해내지 못하겠습니까? 따지고 보면 우리의 아름다운 금수강산을 휘종徽宗, 흠종欽宗, 고종高宗 세 부자父子가 금인金人에게 내줬다고 해도 과언이 아니죠. 그 세 황제는 간신들을 중용하고 백성을 탄압했을 뿐 아니라 금군과 대적할 수 있는 명장들을 모두 파직시키거나 형장으로 보냈어요. 그런데 조정에선 아직도 간신 무리가 득세하고 있으니 금군에게 제발 어서 쳐들어와달라고 사정하는 꼴이 아니고 뭐겠습니까?"

곽소천은 분통이 터지는지 불끈 쥔 주먹으로 상을 쾅, 하고 내리치며 맞장구를 쳤다.

"네! 맞습니다."

장십오의 말이 이어졌다.

"지난날 휘종 황제는 오로지 불로장생을 누리기 위해 국사를 돌보지 않아 주위에 간신들만 들끓었어요. 채경蔡京, 왕보王黼는 황제를 도와 백성을 탄압하고 착취하는 데 앞장섰고 동관童貫, 양사성梁師成 같은 아첨을 일삼는 내시들, 고구高俅와 이방언李邦彦 따위는 황제를 주색으로 내모는 데 온갖 잔머리를 짜냈죠. 나라꼴이 그 모양이니 금군이 쳐들어오자 속수무책으로 당할 수밖에 없었습니다. 휘종은 결국 겁을 집어먹고 아들 흠종에게 황위를 넘겨줬어요. 그 당시 다행스럽게도 충신 이강수李綱守가 경성을 지키고 있어 금군들을 물리칠 수 있었는데, 흠종은 간신들의 말만 믿고 이강수를 파관면직시켜버렸지요. 유능한 장수를 등용할 생각은 하지 않고 천신천장天神天將을 자처하는 사기꾼 곽경郭京에게 경성을 지키게 했죠. 경성이 다시 함락된 건 이미 예견된 일입니다. 휘종과 흠종도 금군의 포로가 되고 말았고……. 무능한 황제들이 당한 건 자업자득이라 할 수 있지만, 그 바람에 죄 없는 백성들만 도탄에 빠지게 됐어요."

곽소천과 양철심은 장십오의 말을 들을수록 화가 치밀었다. 곽소천이 입을 열었다.

"휘종과 흠종이 포로로 잡혀간 건 우리도 들어서 알고 있습니다. 하지만 천신천장을 자처하는 곽경의 이야기가 헛소문인 줄 알았는데 정말 그런 일이 있었나 보죠?"

장십오의 표정은 진지했다.

"그렇다니까요!"

이번엔 양철심이 그의 말을 이었다.

"나중에 강왕康王이 남경에서 황위를 계승했고, 한세충韓世忠과 악비岳飛 같은 장수들을 앞세워 충분히 경성을 탈환할 수 있었을 텐데, 진회秦檜라는 간신배가 농간을 부리는 바람에 악비 장군만 억울하게 죽임을 당했죠."

장십오는 곽과 양 두 사람에게 술을 따라주고 나서 자신의 잔을 단숨에 비우며 말했다.

"악비 장군만 죽지 않았더라도 전세가 완전히 뒤바뀌었을 겁니다. 우리가 60년 전에 태어났어야 하는데……. 진회 그놈은 정말 운이 좋았죠."

곽소천이 물었다.

"그게 무슨 뜻입니까?"

"두 분은 영웅다운 기질과 비범한 솜씨를 지닌 것 같은데, 60년 전에 태어났다면 당장 임안으로 달려가 진회를 처치해버렸겠죠. 그놈의 피와 살을 안주 삼아 한잔하면 얼마나 통쾌하겠습니까?"

세 사람은 마주 보며 크게 웃었다. 양철심은 술이 바닥나자 다시 한 주전자를 시켰다. 세 사람은 진회를 욕하는 데 열을 올렸다. 그런데 절름발이 주인장이 안주를 들고 와 세 사람이 하는 말을 듣더니 갑자기 콧방귀를 날렸다. 양철심은 그를 똑바로 쳐다보더니 이렇게 물었다.

"곡삼曲三, 왜 그래? 우리가 진회를 욕하는 게 뭐가 잘못됐나?"

곡삼의 목소리는 의외로 카랑카랑했다.

"잘했어! 잘했다고. 그놈은 욕을 바가지로 먹어도 싸지. 한데 말이야, 이건 내가 들은 얘긴데, 악비 장군을 죽이고 금국과 협상한 원흉은 진회가 아니라고 하더군."

세 사람은 처음 듣는 얘기라 어리둥절했다. 양철심이 물었다.

"진회가 아니면 누구란 말인가?"

곡삼이 주저하지 않고 대답했다.

"진회는 그 당시 재상이었기 때문에 금국과 협상을 하든 하지 않든 재상으로서 자리를 보전할 수가 있었지. 한데 악비 장군은 금국을 섬멸하고 휘종과 흠종을 모셔오는 게 최종 목적이었어. 만약 그 두 황제가 돌아오면 고종 황제의 위치가 어찌 되었겠나?"

곡삼은 여기까지 말하고 나서 절룩절룩 불편한 몸을 이끌고 제자리로 돌아가 걸상에 걸터앉더니 예의 그 자세로 석양을 응시했다.

곡삼의 용모로 봐서는 스무 살 남짓 된 것 같은데 등이 구부러지고 머리가 희끗희끗한 게 뒷모습은 영락없는 중늙은이였다. 장십오는 곽과 양 두 사람을 잠시 멍하니 쳐다보다 입을 열었다.

"맞아, 맞아! 주인장의 말이 틀림없는 것 같아요. 진짜 악비 장군을 죽게 만든 원흉은 진회가 아니라 고종 황제일 겁니다. 고종은 원래 파렴치한 인간이라 그런 일을 충분히 해낼 수 있었을 거요."

곽소천이 물었다.

"그가 왜 파렴치하다는 거죠?"

"당시 악비 장군은 연전연승을 거뒀고 금군은 달아나기에 바빴죠. 그때 금군의 피가 강을 이루고 시체가 산더미처럼 쌓였어요. 게다가 북방 곳곳에선 의병들이 들고일어나 금군의 퇴로를 차단했죠. 금군은 혼비백산, 정신을 못 차리는 판국인데 고종이 난데없이 협상을 제의하는 친서를 보냈어요. 금국 황제는 얼씨구나, 좋아할 수밖에요. 한술 더 떠 악비를 제거해야만 협상에 응하겠다는 선제 조건을 내세웠어요. 결국 진회가 잔꾀를 써서 악비 장군을 풍파정風波亭으로 끌어들여 죽이고 말았지요. 그게 소흥紹興 11년 12월이었어요. 그로부터 한 달 후, 소흥 12년 정월에 협상이 타결됐고 송·금 양국은 회수淮水 중류를 경계로 해서 중원 땅을 양분했어요. 고종 황제는 금국의 신하로 충성하겠다고 자청했는데, 항서降書에 뭐라고 썼는지 아십니까?"

양철심이 그의 말을 받았다.

"보나마나 구역질 나는 문구가 많았겠죠?"

"네, 맞아요. 그 항서의 내용을 아직 기억하고 있어요. 고종의 이름은 조구趙構라 하는데, 항서에 이렇게 썼어요. '신 조구는 황은에 머리 조아려 감사하며 자자손손 신의 예의를 갖추어 매년 폐하의 생신과 정초를 맞이해 사신을 보내 경하를 올릴 것이며, 은자 25만 냥과 비단 25만 필을 바치겠습니다.' 이게 말이나 됩니까? 자신만 무릎을 꿇었으면 됐지, 왜 자자손손 금국에 종속돼야 하는 겁니까? 덩달아 무고한 백성들까지 금국의 노예가 될 이유가 있습니까?"

그 말을 들은 곽소천이 상을 내리치자 술잔이 뒤집히면서 상 위가 흥건해졌다. 그의 눈은 분노로 이글거렸다.

"이런 뻔뻔한 인간이 있나! 그렇게 줏대 없는 자가 어떻게 황제를 자처할 수 있지?"

장십오가 한숨 섞인 목소리로 말을 이었다.

"당시 백성과 모든 군사는 그 소식을 듣고 분통을 터뜨렸어요. 더구나 회수 북쪽에 사는 백성들은 절망을 느껴 통한의 눈물을 흘려야만 했죠. 반면에 고종은 보좌를 지키게 돼서 득의양양했고, 이미 노국공魯國公의 자리에 오른 진회는 다시 태사太師에 봉해져 그야말로 일인지하만인지상, 막강한 권력을 누리며 온갖 만행을 저질렀어요. 고종의 자리가 효종孝宗으로 이어지고, 다시 광종光宗에게 전해지는 동안 우리 강토 태반이 금인 손에 넘어가고 말았어요. 황위는 지금의 경원慶元 황제에게 넘어가 5년 동안 호의호식을 누리고 있는데, 재상이란 작자가 한탁주韓侂胄니 앞으로 백성이 어떻게 살아가야 할지……. 아이고, 이제 그만합시다."

곽소천이 장십오를 똑바로 쳐다보았다.

"왜 그래요? 여긴 외진 곳이라 임안성처럼 말이 새어나가 봉변당할 염려가 없으니 맘 놓고 말해봐요. 한탁주 그놈이 간신이라는 걸 누가 모릅니까? 나라를 말아먹는 재주라면 아마 진회와 막상막하일걸요?"

장십오는 뒤탈이 두려운지 더 이상 언급하지 않았다. 그는 술을 한 잔 쭉 들이켜고 나서 사뭇 진지하게 말했다.

"술까지 얻어 마셨는데 주제넘은 얘기지마는 세상이 어수선하니 언동을 조심하는 게 좋을 것 같습니다. 자칫 잘못하면 화를 당할 수 있으니까요. 우리 같은 힘없는 백성은 그저 끼니나 때울 수 있으면 만족해야죠. 에이, 그야말로…… '산 넘어 산이 있고 누각 위에 또 누각이 있으니 서호의 가무는 언제 끝날까? 남풍에 행락객들이 취해 항주를 변주로 여기네山外青山樓外樓 西湖歌舞幾時休 南風薰得遊人醉 直把杭州作汴州' 아닙니까."

양철심이 물었다.

"그 시는 또 무슨 고사입니까?"

장십오가 대답했다.

"이건 고사가 아니라 우리 송나라 군신은 서호 변에서 술을 마시며 향락을 즐길 뿐, 자자손손 항주를 변주로 여겨 잃은 땅을 되찾을 생각을 안 한다는 뜻이죠."

거나하게 취한 장십오는 두 사람에게 작별을 고하고 악비의 시 〈만강홍滿江紅〉 구절을 읊조리며 비틀비틀 임안 쪽을 향해 걸어갔다. "정강靖康의 국치國恥, 아직 설욕하지 못했네. 이 한은 언제나 풀릴꼬"라는 구절이 멀리서 울려 퍼졌다.

곽소천은 술값을 내고 양철심과 어깨를 나란히 하고 집으로 향했다. 두 사람은 가까이 사는 이웃이었다. 곽소천의 아내 이씨李氏가 앞마당에서 닭을 우리 안으로 몰아넣고 있다가 두 사람을 반갑게 맞으며 말했다.

"두 분이 또 술을 마셨군요. 양숙(남편보다 나이가 아래이므로 숙叔이라 부름), 동생이랑 저녁 드시러 오세요. 닭 한 마리 잡았어요."

양철심은 사양하지 않았다.

"좋아요. 오늘 밤 또 신세를 지네요. 집사람은 오리와 닭을 많이 키우면서도 먹이만 축낼 뿐 아까워서 통 잡을 생각을 안 해요. 늘 형수님한테 폐만 끼쳐서 어쩌죠?"

이씨는 당치 않다는 표정으로 대꾸했다.

"동생은 워낙 맘씨가 고와서 집에서 키운 닭은 차마 자기 손으로 잡을 수가 없대요."

양철심이 빙긋 웃더니 말했다.

"내가 잡는다고 하면 울고불고 난리예요. 집사람이 그러는 걸 보면 어이가 없기도 하고……. 오늘 밤에 내가 사냥을 해와서 내일은 형님과 형수님을 대접할게요."

옆에 있던 곽소천이 나섰다.

"우린 형제나 다름없는데 대접은 무슨……. 좋아, 오늘 밤엔 같이 사냥하러 가세."

이날 밤, 곽소천과 양철심은 마을에서 서쪽으로 7리쯤 떨어진 숲속에 몸을 숨긴 채 멧돼지나 노루 같은 들짐승이 나타나길 기다렸다. 한 시진가량 버텼는데도 아무런 수확이 없어 따분하던 참에 홀연 숲 밖에서 이상한 소리가 들려왔다. 순간 두 사람은 긴장했다. 자세히 생각할 겨를도 없이 멀리서 고함 소리가 잇따랐다.

"야! 어디로 도망가는 거냐?"

"게 서지 못하겠느냐?"

곧이어 검은 그림자가 스치는 듯하더니 한 사람이 숲속으로 뛰어들어왔다. 달빛이 제법 밝아 곽과 양 두 사람은 상대방을 똑똑히 확인할 수 있었다. 그들은 순간, 너무 놀라 어안이 벙벙했다. 지팡이 두 개를 짚고 있는 그 사람은 동구 밖에서 주막집을 하고 있는 절름발이 곡삼이었다. 곡삼은 왼쪽 지팡이로 땅을 살짝 찍는가 싶더니 휙, 하고 몸을 날려 나무 뒤로 숨었다. 대단한 경공술輕功術이었다. 두 사람은 너무 긴장하고 놀란 나머지 자신도 모르게 상대방의 손을 꽉 잡았다. 곽소천은 속으로 이렇게 생각했다.

'우가촌에 온 지 3년이 지났는데 절름발이 곡삼이 저런 대단한 무공을 지닌 줄 전혀 몰랐으니…….'

두 사람은 허리만큼 자란 잡초 덤불에 납작 엎드려 꼼짝도 하지 않았다. 곧이어 세 사람이 숲속으로 뒤쫓아 들어와 서로 얼굴을 맞대고 뭔가 소곤거렸다. 셋 다 무관 차림이고 손엔 제각기 시퍼런 날이 선 단도를 쥐고 있었다. 그중 한 명이 큰 소리로 외쳤다.

"절름발이야! 네놈이 이 부근에 숨어 있는 걸 안다. 순순히 나와 무릎 꿇지 못하겠느냐!"

곡삼은 나무 뒤에 몸을 도사린 채 움직이지 않았다. 세 명의 무관은 허공을 향해 단도를 휘두르며 차츰 가까이 접근해왔다. 순간 나무 뒤에서 휙, 하는 예리한 파공음과 함께 곡삼의 지팡이가 날아와 한 무관의 가슴팍에 명중했다. 엄청난 힘이 실려 있는 일격이었다.

지팡이에 맞은 무관은 비명을 지르며 뒤로 벌러덩 나자빠졌다. 그와 때를 같이해 나머지 두 명이 곡삼을 향해 반사적으로 단도를 휘둘렀다. 곡삼은 오른쪽 지팡이로 땅을 찍어 몸을 피하는 동시에 왼쪽 지팡이로 한 무관의 면상을 공격했다. 전광석화 같은 동작이었다. 무관의 무공도 만만치 않았다. 그는 상반신을 뒤로 젖히며 지팡이를 막았다. 곡삼은 상대방의 단도가 지팡이에 닿기 전에 잽싸게 손을 거두며 오른쪽 지팡이를 이용해 또 다른 무관의 허리를 후려쳤다. 한쪽 지팡이로 몸을 지탱하며 다른 지팡이를 무기로 쓰는 불리한 상황에서도 전혀 밀리지 않았다. 곡삼은 등에 묵직한 봇짐을 지고 있었는데, 공방전이 계속되다가 한 무관의 단도가 봇짐에 닿자 챙, 하는 금속성이 들리며 뭔가가 우르르 쏟아졌다. 곡삼은 그 무관이 환호성을 지르는 틈을 타서 오른쪽 지팡이를 질풍처럼 뻗었다.

퍽! 무관은 지팡이에 머리를 정통으로 맞아 그 자리에 고꾸라졌다. 이제 남은 건 한 명뿐이었다. 녀석은 겁을 먹었는지 몸을 돌려 냅다 줄행랑을 쳤고 순식간에 수십 장 밖으로 벗어났다. 그러나 그가 달아나도록 내버려둘 곡삼이 아니었다. 곡삼은 손을 품속으로 넣는가 싶더니 이내 뭔가를 꺼내 들고 먼 곳을 향해 힘껏 떨쳤다. 달빛 아래 시커먼 물체가 그의 손을 벗어나 허공을 갈랐다. 시커먼 물체는 정확하게 무관의 뒤통수에 꽂혔다.

"으악!"

단말마의 비명이 어둠 속에서 긴 여운을 남겼다. 단도를 놓친 무관은 손을 허공으로 휘저으며 몸부림을 치다가 썩은 통나무처럼 그 자리에 쓰러졌다. 그러고는 더 이상 움직이지 않았다.

곽과 양 두 사람은 절름발이 곡삼이 순식간에 세 명의 고수를 처치하는 광경을 보고 입이 떡 벌어졌다. 놀라운 무공이었다. 두 사람은 숨도 제대로 쉬지 못하고 두근거리는 가슴을 애써 진정시켰다. 그런 와중에도 곽소천의 머릿속엔 이런 생각이 스쳤다.

'관병을 셋이나 처치했으니 죽을 각오가 되어 있겠군. 엿본 것을 알면 입을 봉하기 위해 우리도 죽이려 할 게 뻔해. 이 일을 어쩐다? 그의 무공을 감당할 재간도 없고…….'

양철심도 곽소천과 같은 심정이었다. 두 사람이 속으로 불안해하고 있는데 그들이 숨어 있는 쪽을 향해 곡삼이 천천히 몸을 돌렸다.

"곽 형, 양 형! 어서 나오게."

곽과 양 두 사람은 움찔 놀랐다. 들켰으니 몸을 일으킬 수밖에 별다른 방법이 없었다. 그들은 사냥에 쓰는 긴 꼬챙이를 꽉 움켜쥐었다. 양철심은 얼른 앞으로 두 걸음 나서면서 곽소천을 병풍처럼 가로막았다. 그것을 본 곡삼이 입가에 미소를 지으며 말했다.

"양 형은 양가창법楊家槍法을 즐겨 쓰니 그 꼬챙이로 창을 대신할 수 있겠지만, 곽 형은 꼬챙이를 무기로 쓰기엔 무리가 있겠지. 그래서 의형義兄을 지켜주기 위해 앞으로 나선 모양인데, 역시 의리가 있군."

양철심은 상대방이 자신의 마음을 꿰뚫어보자 다소 당황했다. 곡삼이 다시 입을 열었다.

"손에 익은 무기를 갖고 있다고 해도 둘이서 날 이기지는 못할걸."

곽소천은 솔직히 시인했다.

"그래, 우가촌에서 여러 해 동안 같이 살았으면서도 곡 형이 절세 무공을 지닌 고수라는 걸 전혀 눈치채지 못했으니 어이가 없군."

곡삼은 고개를 절레절레 흔들며 쓴웃음을 지었다.

"다릴 제대로 쓰지 못하는데 절세 무공이라니, 당치 않네."

그래도 자부심은 살아 있는 듯 이렇게 중얼거렸다.

"예전 같으면 그까짓 궁중 호위 몇 명쯤이야 단숨에 해치웠을 텐데, 이젠 틀렸어."

곽과 양 두 사람은 서로 마주 보며 아무 말도 하지 못했다. 곡삼이 말을 이어갔다.

"이 불구자를 좀 도와주겠나? 저 녀석들의 시체를 묻어주면 좋겠네."

잠시 침묵이 흐른 뒤 양철심이 먼저 대답했다.

"좋아, 묻어주지."

두 사람은 꼬챙이로 큰 구덩이를 판 다음 세 구의 시체를 옮겨왔다. 마지막 시체를 묻기 전에 양철심은 시체 뒤통수에 박힌 원형의 물체를 뽑아냈다. 제법 무게가 나가는 쇠로 만든 팔괘八卦였다. 그는 시체 옷자락으로 팔괘에 묻은 피를 닦아 곡삼에게 건넸다.

곡삼은 고맙다는 인사를 하고 팔괘를 품속에 갈무리했다. 그러고는 겉옷을 벗어 땅바닥에 흩어져 있는 물건들을 일일이 주워 담더니 보자기를 싸듯 단단히 묶었다. 곽과 양 두 사람이 구덩이에 흙을 덮으며 힐끗 쳐다보니 곡삼이 주워 담는 것들은 주로 값나가는 금기金器와 옥기玉器였는데, 거기엔 길쭉한 두루마리 세 개도 섞여 있었다. 곡삼은 금으로 만든 주전자 하나와 술잔을 두 사람에게 나눠주었다.

"이 물건들은 내가 임안 황궁에서 훔쳐온 거네. 따지고 보면 다 백성들에게서 착취한 거니 장물이라고 할 수 없지. 잘 간직하게."

두 사람은 궁에서 훔친 물건이란 말을 듣고 놀라지 않을 수 없었다. 감히 받을 엄두를 못 내고 망설이자 곡삼이 차갑게 변한 음성으로 물었다.

"겁이 나서 그러는가? 아니면 받기 싫은 건가?"

곽소천이 그의 말을 받았다.

"호의는 고맙지만 아무 이유 없이 그 귀한 것을 받을 순 없네. 오늘 밤에 있었던 일은 비밀로 할 테니 그 점은 걱정하지 말게."

곡삼은 코웃음을 날렸다.

"흥! 비밀을 누설할까 봐 내가 겁내는 줄 아는 모양인데, 솔직히 말해 난 이미 자네 두 사람의 정체를 소상히 알고 있네. 그렇지 않으면 벌써 죽여버렸겠지. 곽 형은 양산박의 터줏대감 지우성地佑星 곽성郭盛의 후손이고, 쌍극双戟을 무기로 사용하지. 양 형의 선조인 양재흥楊再興은 악비 장군의 심복이었고. 두 사람은 북방이 함락되자 강호를 떠돌다가 의형제를 맺어 함께 우가촌으로 옮겨왔어. 안 그런가?"

두 사람은 상대방이 자신들의 출신 내력을 훤히 꿰자 더욱 놀라며 연신 고개를 끄덕였다. 곡삼이 다시 말했다.

"두 사람의 선조인 곽성과 양재흥은 나중에 조정에 귀순했지만 원래는 녹림 출신이라 탐관오리의 재물을 숱하게 빼앗아왔네. 한데 왜 내가 황궁에서 훔쳐온 금기를 받지 않으려 하지?"

곽소천은 싸늘해진 그의 말투에 가슴이 내려앉았다. 그는 그것들을 받지 않으면 오히려 오해를 살 수도 있겠다는 생각이 들어 어쩔 수 없이 손을 내밀어 받았다.

"고맙네, 잘 간직하겠네."

곡삼은 그제야 안색이 환해졌다. 세 사람은 어깨를 나란히 하고 숲 밖으로 걸어 나갔다. 곡삼은 기분이 좋은 것 같았다.

“오늘 밤엔 수확이 좋은 편이야. 고종 황제가 그린 그림 두 장과 글 한 폭을 손에 넣었으니 말이야. 그놈은 황제로선 형편없지만 그림과 서예엔 뛰어난 재주를 타고났어.”

곡삼은 영모단청翎毛丹青이니, 수금체법서叟金體法書니 하면서 그림과 서예에 관해 한참 얘기했지만 곽소천과 양철심은 별 관심이 없었다. 두 사람은 집으로 돌아오자마자 금 주전자와 황금 잔을 뒤뜰에다 깊이 파묻었다. 그리고 아내들에게는 비밀에 부치기로 했다.

두 사람은 예전과 변함없이 밭을 갈고 사냥으로 생계를 꾸려나가며 틈나는 대로 무공 연마도 게을리하지 않았다. 그리고 단둘이 만날 때도 그날 밤 일은 전혀 언급하지 않았다.

두 사람은 간혹 주막에 들러 술을 나누기도 했는데, 곡삼은 언제나 그랬듯이 뒤뚝거리며 술과 안주를 날라주고 문 쪽 걸상에 걸터앉아 멍하니 먼 하늘만 바라볼 뿐이었다. 그 역시 그날 밤 숲속에서 있었던 일을 깡그리 잊은 듯했다. 비록 내색은 하지 않았지만 그를 쳐다보는 곽과 양 두 사람의 눈엔 경외의 빛이 서려 있었다.

정강년의 치욕을 잊지 말라

가을이 가고 겨울로 접어들자 날이 갈수록 추워졌다. 이날 저녁 무렵부터 세찬 바람이 불더니 날이 어두워지면서 눈이 내리기 시작했다. 눈발은 금세 굵어져 다음 날 아침에는 온 대지가 백설로 하얗게 뒤덮였다.

양철심은 은근히 술 생각이 나 의형 부부를 집으로 초대하기로 했다. 그는 아내 포씨包氏에게 술안주를 장만하라 이르고 점심을 먹자마자 큼지막한 술병 두 개를 들고 곡삼의 주막으로 걸음을 재촉했다. 한데 주막 앞에 와보니 창문에 두꺼운 휘장이 드리워지고 문도 굳게 닫혀 있었다. 양철심은 문을 두드렸다.

"곡 형, 술을 좀 사러 왔는데……."

그러나 아무런 대답도 들리지 않았다. 잠시 사이를 두었다가 다시 문을 두드렸지만 역시 반응이 없었다. 창문 틈새를 통해 주막 안을 살펴보니 사람은 그림자도 없고 식탁 위엔 먼지만 뿌옇게 앉아 있었다. 양철심은 고개를 갸우뚱거렸다.

'며칠 동안 술을 마시러 오지 않았더니 곡삼이 그새 출타한 모양이군. 아무 일 없어야 할 텐데.'

양철심은 하는 수 없이 5리 밖에 있는 홍매촌으로 가서 술을 받아왔다. 그리고 돌아오는 길에 닭 한 마리도 잡았다.

그의 아내 포씨의 이름은 석약惜弱이다. 그녀는 홍매촌 훈장 선생의 딸인데 시집온 지 2년밖에 안 된 새댁이었다. 포씨는 닭에다 두부와 배추를 넣어 푹 삶고, 간장과 오향에 절여두었던 생선과 고기를 먹기 좋게 썰어서 접시에 담았다. 곽소천 부부를 부르러 가는 것도 포씨의 몫이었다.

곽소천은 기다렸다는 듯이 반색을 하며 초대에 응했는데, 임신 중인 그의 아내 이씨는 입덧이 심해 그냥 집에 남아 있겠다고 고집했다. 이씨의 이름은 외자로 평萍이라고 했다. 포석약과 그녀는 늘 자매처럼 친하게 지냈다. 포석약은 이평을 위해 따끈한 차를 끓여주고 집으로 돌아왔다.

양철심과 곽소천은 난로를 끼고 이미 술판을 벌이고 있었다. 곽소천은 포석약을 보자 손짓을 했다.

"제수씨, 어서 이리 와서 앉으세요."

곽과 양 두 사람은 호탕한 성격에 허물없는 사이였다. 게다가 이런 시골에서는 남녀유별을 별로 따지지 않았다. 포석약은 난로에 숯을 몇 조각 더 집어넣고 나서야 남편 곁에 앉았다. 그녀는 두 사람의 표정이 모두 상기되어 있는 것을 보고는 웃으며 넌지시 물었다.

"무슨 기분 나쁜 일이라도 있었나요?"

양철심이 입을 열었다.

"조정에서 일어난 한심한 일들을 얘기하던 중이었어."

곽소천이 그의 말을 받았다.

"어제 중안교衆安橋 부근에 있는 희우각喜雨閣 찻집에 들렀다가 재상 자리를 꿰차고 있는 한탁주에 관한 얘길 들었는데, 정말 어이가 없더군요. 관원들이 상서를 올릴 때 별도로 예물을 함께 첨부해야 한대요. 그러지 않으면 상소문을 아예 거들떠보지도 않는다고 하더군요."

양철심도 열이 뻗쳤는지 흥분한 어조로 말했다.

"윗물이 맑아야 아랫물이 맑지! 황제가 형편없는데 재상이 국사를 제대로 처리하겠어? 그 재상 밑에 종속되어 있는 관리들도 보나마나 마찬가지일 테고! 임안 용금문湧金門 밖에 사는 황 대형한테서 들은 얘긴데, 하루는 나무를 하러 산에 올라갔는데 갑자기 한 무리의 관원이 몰려왔다는 거야. 알고 보니 한 재상이 아랫것들을 데리고 들놀이를 즐기러 온 거라 모른 척했대. 한데 한탁주가 한숨을 내쉬며 몇 마디 씨부렁거렸다고 하더군. '병풍처럼 두른 푸른 산야와 옹기종기 모여 있는 초가삼간, 그야말로 한 폭의 아름다운 산수화군. 어디서 닭 울음소리나 개 짖는 소리가 들려오면 금상첨화일 텐데…….' 그러자 풀밭 사이에서 난데없이 '멍멍!' 하는 개 짖는 소리가 들려왔다는 거야."

포석약이 궁금해서 물었다.

"어머나! 뉘 집 개인데 그렇게 재상의 비위를 잘 맞추죠?"

양철심의 대답이 걸작이었다.

"그래, 참으로 재미있는 일이지. 짖던 개가 결국 풀밭 사이에서 모습을 드러냈는데 그게 무슨 개였는 줄 알아? 우리 임안부臨安府의 가장 지체 높은 어르신, 부윤府尹 조 대인趙大人이었다고!"

포석약은 배꼽을 잡고 웃었다.

"아니, 세상에 그럴 수가!"

곽소천이 코웃음을 치며 한마디 했다.

"조 대인이 개처럼 짖어댔으니 출셋길이 확 트였겠군."

양철심이 맞장구를 쳤다.

"그야 당연하죠."

주거니 받거니 술잔을 나누는 동안 창밖에는 눈이 소복이 쌓여갔고, 세 사람도 어느 정도 취기가 올라 분위기가 한층 화기애애해졌다. 이때 동쪽으로 뻗은 오솔길에서 빠른 걸음으로 눈 밟는 소리가 들려왔다. 세 사람은 귀를 쫑긋 세우고 약속이나 한 듯 창밖으로 시선을 돌렸다. 도포를 입은 사나이가 잰걸음으로 걸어오고 있었다.

사내는 삿갓을 깊숙이 눌러쓰고 도롱이를 걸친 도인 차림이었다. 온몸이 흰 눈으로 덮여서인지 검 끝에 매달린 노란 수술이 유난히 눈에 띄었다. 그 수술이 때마침 불어오는 바람에 제멋대로 춤을 추었다. 휘날리는 눈발을 헤치며 걸어오는 그의 모습은 마치 행운유수行雲流水를 연상시켰다. 예사 인물이 아닌 듯싶었다. 곽소천이 그 도사에게 시선을 고정시킨 채 중얼거렸다.

"무공이 상당한 도인 같은데 무슨 사연이 있기에 이 엄동설한에 혼자서 길을 재촉하는 걸까?"

양철심도 도사에게 관심이 가는 모양이었다.

"글쎄, 불러와서 한잔 권하는 게 어떨까요? 좋은 친구가 될 것도 같은데……."

워낙 친구 사귀기를 좋아하는 두 사람은 이심전심, 곧바로 자리에서 일어나 밖으로 뛰쳐나갔다. 한데 도인의 걸음이 어찌나 빠른지 눈 깜짝할 사이에 문 앞을 지나쳐 벌써 10여 장 앞으로 걸어가고 있었다. 역시 성격이 적극적인 양철심이 먼저 큰 소리로 외쳤다.

"이봐요, 잠깐 좀 봅시다!"

도인은 그가 부르는 소리에 걸음을 멈추고 몸을 돌렸다. 양철심은 상대방이 오해하지 않게 조심스레 입을 열었다.

"날씨가 춥고 눈도 내리는데, 들어와서 술이나 한잔하면서 몸 좀 녹이고 가시죠."

도인은 냉소를 지으며 마치 시위에서 벗어난 화살처럼 문 앞으로 날아왔다. 그의 표정은 서릿발만큼이나 차가웠다.

"날 불렀소? 속셈이 뭐요? 까놓고 말해보시오!"

혈기 왕성한 양철심은 도인의 무례한 태도에 비위가 뒤틀렸다. 적반하장도 유분수라더니, 그는 호의를 베풀려는 상대방을 아예 무시해 버렸다. 그러나 성격이 비교적 침착한 곽소천은 얼른 포권의 예를 취하며 말했다.

"아우와 전 술을 마시고 있었는데 마침 도장道長께서 눈발을 헤치며 혼자 걸어가고 있기에 같이 한잔할까 해서 청한 것이니, 오해하지 마십시오."

도인은 부리부리한 눈을 치켜뜨더니 카랑카랑한 목소리로 흔쾌히 응했다.

"네, 좋습니다! 한잔합시다!"

그는 성큼 집 안으로 걸어 들어갔다. 양철심은 더욱 화가 치밀었다. 그는 거칠게 상대방의 팔을 잡아끌며 소리쳤다.

한 도인이 눈밭을 헤치며 걸어오는 모습은 마치 행운유수를 연상케 했다.

"우선 도장의 도호道號를 밝혀주시오."

그 순간 도인은 몸을 살짝 틀어 절묘하게 그의 손을 뿌리쳤다. 양철심은 흠칫했고, 다음 동작을 취할 새도 없이 오히려 상대방에게 손목을 잡히고 말았다. 도인의 손아귀 힘이 어찌나 세던지 양철심은 마치 손목에 쇠고리가 채워진 듯한 통증을 느꼈다. 그는 반사적으로 저항하려 했지만 뼈가 으스러지는 것 같아 전혀 힘을 쓸 수 없었다.

곽소천은 아우의 얼굴이 빨갛게 달아오른 것을 보고 어떻게 된 상황인지 이내 짐작할 수 있었다. 그는 새로운 친구를 사귀려다 오히려 적을 만들 것 같아 얼른 나섰다.

"도장, 어서 안으로 들어가시죠."

도인은 다시 냉소를 지으며 양철심의 손을 놓고 성큼성큼 집 안으로 들어가 거침없이 식탁에 앉았다. 그러고는 이렇게 말했다.

"두 사람은 틀림없이 산동 사람 같은데 왜 이런 외진 곳에 숨어 농부 행세를 하는 거요? 산동 사투리를 고치든지, 아니면 아예 무공을 모르는 척해야 다른 사람이 눈치를 못 채지!"

양철심은 치밀어 오르는 울화를 삭이지 못해 안방으로 들어가 비수 한 자루를 품속에 쑤셔 넣었다. 만약의 사태에 대비하기 위해서였다. 식탁으로 돌아온 그는 술을 한 잔 벌컥 마시고는 아무 말도 하지 않았다.

도인은 곽소천이 따라준 술을 마시지도 않고 눈발이 휘날리는 창밖을 바라보며 침묵을 지킬 뿐이었다. 곽소천은 도인이 자신을 의심하고 있다는 생각이 들어 그의 앞에 놓인 술잔을 단숨에 비우고 입을 열었다.

"술이 식은 것 같은데 다시 한 잔 따라 올리지요."

그가 다시 한 잔 따라주자 도인은 비로소 쭉 들이켜고는 입을 뗐다.

"술에 이상한 약을 탔다고 해도 호락호락 당할 내가 아니오!"

양철심은 더 이상 참을 수가 없어 소리쳤다.

"추울 것 같아서 호의를 베풀었는데 우릴 의심하다니! 더 이상 상대하고 싶지 않소. 어서 나가주시오! 술과 안주가 썩어 버리는 한이 있더라도 당신 같은 사람을 대접하고 싶은 생각은 없소."

도인은 콧방귀만 날릴 뿐 그의 축객령에도 아랑곳하지 않고 스스로 술을 따라 연거푸 석 잔을 들이켰다. 그러더니 갑자기 삿갓과 도롱이를 벗어 던졌다.

두 사람은 비로소 그의 모습을 똑똑히 볼 수 있었다. 나이는 서른 살가량 되었을까, 짙게 쭉 뻗은 검미劍眉, 네모난 얼굴에 귀가 유난히 크고 눈이 부리부리했다.

그가 등에 지고 있던 가죽 주머니를 풀어 식탁 위에 놓자 두 사람은 소스라치게 놀라고 말았다. 가죽 주머니 속에서 쏟아져 나온 것은 선혈이 낭자한 사람의 머리통이었다. 가장 놀란 사람은 포석약이었다.

그녀는 비명을 지르며 안방으로 뛰어 들어갔다. 양철심은 품속에 숨겨놓은 비수를 꽉 움켜잡았다. 도인이 다시 가죽 주머니를 뒤적거리자 이번엔 시뻘건 물체 두 개가 쏟아졌다. 심장과 간이었다. 돼지나 짐승의 내장이 아닌 사람의 심장과 간이 분명했다. 양철심이 싸늘하게 외쳤다.

"이제 보니 날강도잖아!"

그는 비수를 꺼내 다짜고짜 도인의 가슴을 노렸다. 도인은 가소롭다는 듯이 코웃음을 치며 말했다.

"역시 관아의 앞잡이였군!"

그는 말을 내뱉는 동시에 잽싸게 왼손으로 양철심의 손목을 내리찍었다.

양철심은 "윽!" 하는 신음과 함께 손에 힘이 풀렸다. 어느새 비수는 도인의 손으로 넘어가 있었다. 이 광경을 지켜보던 곽소천은 아연실색했다. 양철심은 명장의 후예로 대대로 무학을 전수받았는데도 도인 앞에선 제대로 힘 한 번 쓰지 못했다.

도인이 방금 전개한 무공은 강호에 전해 내려오는 공수탈백인空手奪白刃 같았다. 곽소천은 그 무공에 대해 들어보긴 했어도 본 적은 없었다. 그는 도인의 다음 공격에 대비해 걸상을 번쩍 들어 올려 방어 태세를 취했다. 한데 도인은 그를 아예 거들떠보지도 않고 식탁 위에 있는 심장과 간을 비수로 난도질하더니 길게 휘파람을 불었다. 그 소리가 어찌나 쩌렁쩌렁하던지 집채가 흔들리는 것 같았다.

도인은 다시 식탁을 힘껏 내리쳤다. 그 바람에 탁자 위에 놓여 있던 술잔과 접시가 어지럽게 날아다녔다. 도인이 겨냥한 것은 다름 아닌 사람의 머리였다. 피범벅이 된 머리통은 이미 박살 났고, 식탁도 엄청난 충격에 쪼개져버렸다. 도인은 넋을 잃은 두 사람에게 호통을 쳤다.

"이런 파렴치한 놈들! 오늘 내 손에 죽어봐라!"

양철심의 분노는 극에 달했다. 그는 재빨리 방구석에 세워둔 창槍을 움켜쥐고 밖으로 뛰쳐나갔다.

"나와라! 양가창법의 위력을 보여주겠다!"

도인은 히죽 웃으며 비아냥거렸다.

"관아의 앞잡이를 하는 주제에 양가창법을 쓴다고?"

그도 즉시 밖으로 몸을 날렸다. 곽소천은 사태의 심각성을 파악하고 얼른 집으로 달려가 자신의 무기인 쌍극雙戟을 들고 나왔다. 그때까지 도인은 검을 뽑지 않고 제자리에 서 있었다. 도포 자락만 삭풍에 펄럭였다. 양철심의 외침이 터져 나왔다.

"어서 검을 뽑아라!"

도인은 그를 아예 안중에 두지 않는 듯 이렇게 대꾸했다.

"너희 같은 조무래기들을 상대하는 데 굳이 검을 뽑을 필요가 있겠느냐? 맨손으로 상대해줄 테니 어서 덤벼라!"

양철심은 더 이상 망설이지 않고 창으로 선제공격을 전개했다.

독룡출동毒龍出洞!

자신 있는 초식招式이었다. 창끝에 매달린 붉은 수술이 허공에 원화圓花를 그리며 상대의 가슴 한가운데를 노렸다. 도인은 그가 전개한 초식에 약간 의아한 듯한 표정을 짓더니 소리를 질렀다.

"제법인데!"

그의 몸이 옆으로 미끄러지면서 왼손으로 창끝을 낚아챘다. 양철심은 어릴 적부터 가문의 창법을 익히는 데 많은 노력을 기울일 정도로 자부심이 대단했다. 양가창법의 위력은 자타가 공인한 터였다. 지난날 양재흥 장군은 300명의 송군宋軍을 이끌고 소상교小商橋 대전에서 4만 명의 금군을 상대해 혁혁한 전공을 거뒀다. 당시 그의 손에 죽은 금군의 수만 해도 2천 명이 넘었다.

금군은 수적인 우세를 앞세워 물밀듯이 파상공격을 해왔고, 화살이 빗발치듯 날아왔다. 양재흥은 화살을 맞으면 손으로 꺾어버리고 계속 적진을 향해 성난 호랑이처럼 돌진했다. 그러나 결국 말이 진흙땅에 빠져 순국하고 말았다.

금군은 그의 시신을 불태웠는데, 몸에서 쇠로 된 화살촉만 두 되가 나왔다고 한다. 그 전투를 계기로 금군은 양가창법에 경외감을 갖게 됐고, 양가창법은 중원에 명성을 떨쳤다.

양철심의 창법은 선조만큼 위력적이지는 못했지만 거의 완벽한 초식을 구사할 수 있었다. 찌르고 후리며 공격과 방어를 적절하게 펼쳐 나가는 동안 붉은 수술과 창끝에서 번뜩이는 은광이 절묘한 조화를 이루었다. 한데 양철심이 최선을 다해 공격해도 도인은 그림자처럼 창을 따라 몸을 움직이며 여유 있게 피해나갔다. 양가창법의 72가지 초식을 거의 다 전개했는데도 기선을 잡지 못하자 양철심은 초조해졌다. 그는 갑자기 몸을 돌려 달아났다. 그가 예상한 대로 도인이 바짝 추격해왔다.

양철심은 "얏!" 하고 냅다 기합을 내지르며 유연하면서도 잽싼 동작으로 몸을 돌려 도인의 면상을 찔렀다. 이 일격이야말로 양가창법의 가장 위력적인 기습 초식, 회마창回馬槍이었다.

지난날 양재흥은 송나라 조정에 귀순하기 전 악비 장군과 일전을 벌인 적이 있는데, 바로 이 초식으로 악비의 동생 악번岳翻을 불귀의 객으로 만들었다. 도인은 창끝이 순식간에 코앞으로 뻗어오자, "어렵쇼!" 외마디를 지르며 손뼉을 치듯 두 손을 모았다. 순간, 창끝이 그의 손바닥 사이에 끼였다.

양철심은 힘껏 창을 밀어붙였지만 창은 미동도 하지 않았다. 놀라웠다. 그는 다시 젖 먹던 힘까지 다해 창을 뒤로 빼려 했으나 창끝이 철산鐵山에 깊숙이 박힌 듯 꼼짝도 하지 않았다. 양철심은 얼굴이 빨갛게 상기됐다. 진퇴양난, 그야말로 난감했다.

도인은 갑자기 웃어젖히더니 전광석화같이 빠른 손놀림으로 창의 중간 부분을 내리쳤다. 팍, 소리가 들리는 동시에 양철심의 손에 아귀가 찢어지는 듯한 통증이 전해졌다. 그의 창은 손을 벗어나 눈 위에 떨어지고 말았다. 도인이 다시 껄껄 웃었다.

"양가창법이 틀림없군. 결례를 범했다면 용서하시오. 한데 성함이 어떻게 되는지……."

양철심은 놀라움이 가시지 않은 상태에서 짤막하게 대답했다.

"난 양철심이라 하오."

도인은 고개를 끄덕였다.

"그럼 양재흥 장군의 후손이 되겠군요?"

"그렇소."

도인은 이내 포권의 예를 취했다.

"충신의 후손인 줄 모르고 좁은 소견에 두 분을 오해한 것 같습니다. 양해할 거라 믿습니다. 그런데 이분은……."

곽소천이 자신을 소개했다.

"전 성이 곽이고, 이름은 소천이라 합니다."

양철심이 그의 말을 이었다.

"내 의형인데, 양산박의 두령 새인귀賽仁貴 곽성의 후손이오."

"아이고, 이거 정말 단단히 결례를 한 것 같습니다. 다시 한번 사과를 드립니다."

도인은 다시 깍듯이 예를 취했다. 두 사람도 답례를 했다.

"별말씀을…… 괜찮습니다. 이럴 게 아니라 안으로 들어가서 한잔 합시다."

양철심이 땅에 떨어진 창을 주워 들자 도인이 웃으며 말했다.

"좋습니다. 오늘 우리 한번 신나게 마셔봅시다."

포석약은 남편이 걱정되어 가슴을 졸이며 문 앞에서 싸움을 지켜보고 있다가 세 사람이 화해하자 안도의 숨을 내쉬었다. 그러고는 식탁을 새로 정리하기 위해 얼른 집 안으로 들어갔다. 세 사람이 다시 자리를 잡고 앉자 곽소천이 도인의 법호를 물었다. 도인은 비로소 자신의 신분을 밝혔다.

"빈도의 성은 구邱이고, 이름은 처기處機인데……."

그의 말이 끝나기도 전에 양철심이 소리쳤다.

"아니, 그럼……."

곽소천도 놀라 자리에서 벌떡 일어나며 물었다.

"그럼 장춘자長春子가 바로 도장이란 말씀입니까?"

구처기가 빙긋이 웃었다.

"그건 동문들이 내게 붙여준 호號죠. 부끄럽습니다."

곽소천은 입이 딱 벌어졌다.

"이제 보니 전진교全眞教의 장춘자 대협이군요? 만나 뵙게 되어 정말 영광입니다."

두 사람은 약속이나 한 듯이 구처기에게 무릎을 꿇고 정중한 예를 올렸다. 구처기는 얼른 그들을 부축해 일으키고는 전후 상황을 설명했다.

"오늘 조정의 간신 한 놈을 내 손으로 죽였소. 그래서 계속 관아의 추격을 받아 도피하는 중이었는데, 두 분이 마침 술을 청한 거요. 여긴 경성에서 가깝고 두 분 또한 예사 농사꾼이 아닌 것 같아 의심을 한 겁니다."

곽소천이 겸연쩍은 웃음을 지으며 구처기에게 말했다.

"내 아우가 워낙 성미가 급해 도장의 솜씨를 한번 시험해보려다가 공연히 의심을 사게 됐군요."

구처기도 양철심을 쳐다보며 한마디 덧붙였다.

"보통 사람 같으면 손힘이 그렇게 셀 리가 없죠. 그래서 민가에 잠복한 관아의 앞잡이인 줄 알고 거친 말투를 썼는데, 내가 경솔했던 것 같습니다."

양철심은 머리를 긁적이며 대꾸했다.

"서로 오해를 한 거로군요."

세 사람은 기분 좋게 껄껄 웃었다. 술이 몇 순배 돌고 나서 구처기는 한쪽에 버려진 박살 난 머리통을 가리키며 말했다.

"저놈은 왕도건王道乾이라는 간신입니다. 작년에 황제의 특사로 금국에 가서 금은보화와 주색을 제공받고는 금왕金王과 결탁해 우리 송국을 치려 했습니다. 놈을 죽이려고 10여 일 넘게 추적하다가 오늘에야 겨우 처치했습니다."

곽과 양 두 사람은 장춘자 구처기가 절세 무공을 지녔다는 소문은 들어서 잘 알고 있었다. 게다가 나라를 위한 충정까지 투철하니 더욱 존경스러웠다. 세 사람은 자연스럽게 무공 쪽으로 화제를 돌렸다.

알고 보니 양가창법은 비록 자타가 공인하는 절공絶功이지만 무림의 절정 고수를 상대하기엔 아무래도 역부족이었다. 그런데도 양철심은 그와 맞서 수십 초식을 교환했다. 그건 구처기가 일부러 양보했기 때문이었다. 구처기는 상대방의 창법이 예사롭지 않아 정말 양가창법인지 확인할 요량으로 시간을 끈 것이다.

세 사람이 술잔을 주거니 받거니 하는 사이에 슬슬 취기가 올랐다. 양철심은 안주를 한 점 집어 먹고 나서 한 가지 제의를 했다.

"이렇게 도장을 만나게 되어 정말 기쁩니다. 이왕이면 여기서 며칠 더 묵어가시죠."

순간 구처기의 안색이 갑자기 변하더니 나직한 음성으로 말했다.

"누가 날 찾아온 모양이오. 두 사람은 무슨 일이 있어도 절대 나서지 마시오. 아셨지요?"

두 사람이 고개를 끄덕이자 구처기는 박살 난 머리통을 치우고 밖으로 나가더니 휙, 허공으로 날아 나뭇가지 사이에 몸을 숨겼다. 두 사람은 그의 갑작스러운 행동에 어리둥절했다. 아무리 귀를 기울여도 문밖에는 쌩쌩 바람 소리만 들릴 뿐 별다른 이상이 없었다. 그런데 잠시 후, 서쪽에서 말발굽 소리가 어렴풋이 들려왔다. 양철심은 감탄한 듯 혼잣말로 중얼거렸다.

"역시 고수답게 청각이 예민하군."

그의 뇌리에 문득 재미있는 생각이 스쳤다.

'절름발이 곡삼도 상당한 고수인데, 장춘자와 비교하면 누가 더 셀까?'

말발굽 소리가 점점 가깝게 들려오더니 말 10여 필이 문 앞에 나타났다. 그들은 모두 검은 옷에 검은 두건을 쓰고 있었다. 앞장서 있는 자가 소리쳤다.

"발자국이 여기서 끊겼어. 싸운 흔적도 있고……."

그러자 바로 뒤에 있던 자가 말에서 뛰어내려 눈 위에 난 발자국들을 유심히 살펴보았다. 맨 앞에 있는 자가 다시 소리쳤다.

"집 안으로 들어가 수색해봐라!"

그의 명령이 떨어지자 흑의인 두 명이 말에서 내려 양철심 집으로 다가갔다. 바로 그때, 나무 위에서 뭔가 묵직한 물체가 떨어지더니 정통으로 한 사나이의 머리를 맞혔다.

실로 엄청난 힘이었다. 사나이는 "으악!" 하고 비명을 지르고는 그 자리에서 두개골이 파열되어 사방으로 피를 뿌리며 죽고 말았다. 즉시 소란이 일며 몇몇 사람이 나무를 에워쌌다. 그중 한 사람이 나무 위에서 떨어진 물체를 확인하더니 소스라치게 놀라 소리쳤다.

"왕 대인의 머리입니다!"

우두머리인 듯한 사나이는 장도를 뽑아 들더니 고함을 쳤다.

"어떤 놈이냐? 숨어 있지 말고 내려와라!"

그의 고함 소리에 10여 명의 흑의인들이 일제히 나무를 포위했다. 그러고는 우두머리의 명령에 따라 다섯 명이 신속하게 활을 꺼내 시위를 당겼다. 이내 다섯 대의 화살이 구처기가 숨어 있는 쪽을 향해 날아갔다.

양철심이 구처기를 돕기 위해 쇠창을 집어 들고 밖으로 뛰쳐나가려 하자 곽소천이 그의 팔을 잡으며 만류했다.

"도장이 우리더러 나서지 말라고 했잖아. 상황을 봐서 도장이 불리할 때 나가도 늦지 않을 거야."

그의 말이 끝나자마자 나무 위에서 화살 하나가 날아왔다. 구처기가 맨손으로 화살을 낚아채고 다시 진력眞力을 실어 날린 것이다.

흑의인 한 명이 되돌아온 화살에 맞아 말에서 고꾸라졌다. 구처기가 검을 뽑아 쥔 채 나무 위에서 뛰어내리자 눈부신 검광劍光이 번뜩이며 두 명의 흑의인이 다시 검을 맞고 쓰러졌다. 우두머리는 비로소 구처기의 모습을 확인했다.

"누군가 했더니 바로 네놈이었군!"

그는 장도로 바람을 가르며 구처기를 향해 말을 몰고 달려왔다. 검광이 다시 허공을 수놓았다. 또 두 명의 흑의인이 말에서 떨어졌다.

양철심은 이 광경을 지켜보며 떡 벌어진 입을 다물 줄 몰랐다. 자기도 10여 년간 무예를 연마해왔지만 구처기 같은 빠른 검법은 상상도 할 수 없었다. 그와 맞붙었을 때 사정을 봐주지 않았다면 자기는 벌써 목숨을 잃었을지도 모를 일이었다.

구처기는 잡히지 않는 바람인 양 허공을 누비며 흑의인의 우두머리를 향해 계속 공격을 펼쳐나갔다. 우두머리의 도법刀法 또한 만만치 않았다.

곽과 양 두 사람은 구처기가 일부러 지연 작전을 쓰고 있다는 느낌을 받았다. 우두머리에게 상처를 입힐 수 있는 기회가 있었는데도 검의 방향을 돌려 다른 흑의인을 노렸다. 두 사람의 생각은 정확했다. 구처기는 흑의인들을 한 명도 남기지 않고 모두 처치할 생각이었다. 만약 우두머리에게 먼저 치명상을 입히면 나머지가 뿔뿔이 흩어져 달아날 수도 있기 때문이었다.

다시 차 한 잔 마실 만큼의 시간이 지나자 흑의인은 대여섯 명으로 줄어들었다. 우두머리는 승산이 없다고 판단했는지 갑자기 날카로운 휘파람을 불더니 말 머리를 돌려 도망치기 시작했다. 구처기는 달아나는 말의 꼬리를 왼손으로 낚아채 힘껏 끌어당기며 몸을 날려 우두머리의 등을 겨냥해 검을 꽂았다. 장검이 우두머리의 등을 관통했다.

구처기는 우두머리의 말을 타고 나머지 흑의인을 하나씩 사냥하기 시작했다. 동에 번쩍, 서에 번쩍, 검광이 번쩍일 때마다 흑의인이 하나씩 시체로 변했다. 그들이 흘린 피가 삽시간에 하얀 눈 벌판을 붉게 물들였다.

구처기는 검을 쥔 채 사방을 둘러보더니 주인 잃은 말들만 사방으로 흩어져 날뛸 뿐 살아 있는 적이 더 이상 보이지 않자 앙천대소를 터뜨렸다.

"으하하핫핫……!"

그러고는 곽과 양 두 사람에게 손짓을 했다. 두 사람은 조심스럽게 집 밖으로 나왔는데 아직도 놀라움이 가시지 않은 표정이었다.

"도장, 이 사람들의 정체가 뭡니까?"

곽소천의 물음에 구처기가 답했다.

"놈들의 몸을 한번 뒤져보십시오."

곽소천이 우두머리의 몸을 뒤져 공문 한 장을 찾아냈다. 임안부 부윤인 조 대인이 친필로 쓴 밀령이었다. 임안에 상주하고 있는 금국의 사신이 왕도건을 죽인 범인을 체포하려고 하니 모든 관원은 그에 적극 협조하라는 내용이었다.

곽소천은 울화가 치밀었다. 한편 양철심은 다른 몇 구의 시체에서 호패를 찾아냈는데, 금국의 문자가 새겨져 있었다. 흑의인 중 여러 명이 금의 병사였던 것이다. 곽소천이 개탄을 금치 못하며 말했다.

"적군이 우리 경내에서 멋대로 살인을 저지르는데 조정에선 오히려 그들에게 협조하다니 참으로 말세로군."

양철심도 이를 갈았다.

"우리 황제 나리께서 금의 신하를 자처하니 문무백관도 금에 종속

될 수밖에요."

구처기는 아직도 분이 풀리지 않은 듯 떨리는 목소리로 말했다.

"도를 닦는 사람으로서 자비를 베풀어야 하는데, 적과 내통하는 간신과 무고한 우리 백성을 괴롭히는 놈들은 도저히 용서할 수가 없었소."

두 사람은 입을 모아 그를 거들었다.

"잘했습니다, 잘했어요!"

우가촌은 원체 작은 마을이라 주민이 많지 않았다. 게다가 엄동설한에 굵은 눈발까지 날리니 사람들은 거의 문밖출입을 삼갔다. 곽소천과 양철심은 구처기를 도와 서둘러 큰 구덩이를 파서 10여 구의 시체를 모두 묻어버렸다.

포석약은 빗자루를 들고 눈 위에 얼룩져 있는 핏자국을 지우다가 갑자기 현기증을 느끼며 신음과 함께 그 자리에 쓰러지고 말았다. 양철심이 깜짝 놀라 달려와서는 얼른 그녀를 부축했다.

"여보, 왜 그래? 정신 차려!"

포석약은 눈을 감은 채 아무 대답도 하지 않았다. 양철심은 아내의 안색이 창백한 것을 보고 몹시 당황했다. 이때 구처기가 다가와 포석약의 맥을 짚어보더니 껄껄 웃었다.

"이거 경사 났군요. 축하합니다."

양철심은 영문을 몰라 어리둥절한 표정으로 물었다.

"무슨 말씀을 하시는지……."

구처기가 뭐라고 대답하기 전에 포석약이 나직한 신음과 함께 눈을 떴다. 그녀는 남정네 셋이 주위에 둘러서 있는 것을 보고 부끄러운지 얼른 집 안으로 들어가버렸다. 구처기가 미소를 지으며 말했다.

"부인께선 홑몸이 아니십니다."
양철심은 기쁨을 감추지 못하고 되물었다.
"그게 정말입니까?"
구처기가 자신 있게 말했다.
"비록 저에게 내세울 만한 재간은 없지만 세 가지 잔재주는 가지고 있습니다. 그 첫째가 의술인데, 용한 명의는 못 돼도 진맥은 정확해요. 두 번째는 시를 약간 긁적거립니다. 그리고 세 번째가 고양이 흉내를 낼 정도의 서투른 무예죠."
곽소천이 웃으며 그의 말을 받았다.
"도장의 절세 무공이 고양이 흉내를 낸 거라면 우리는 쥐꼬리 축에도 못 끼겠군요."
세 사람은 유쾌하게 웃으며 시체를 모두 묻었다. 그리고 다시 집 안으로 들어가 술잔을 나누었다. 양철심은 아내가 임신했다는 사실에 기분이 좋아 연신 싱글벙글 웃으며 입을 다물 줄 몰랐다. 그는 속으로 이렇게 생각했다.
'장춘자 도장은 무공뿐만 아니라 시에도 조예가 깊으니 이 기회에 부탁을 좀 해야겠군.'
그는 주저하지 않고 자신의 생각을 말했다.
"형수님도 회임 중인데, 수고스럽지만 도장께서 좋은 이름 두 개만 지어주십시오."
구처기는 잠시 생각에 잠기는 듯싶더니 입을 열었다.
"그럼 곽 형의 아이는 곽정郭靖으로 하고, 양 형의 아이는 양강楊康이라 하는 게 어떻겠소? 태어날 애가 사내든 계집이든 다 그 이름을 쓰는 거요."

곽소천은 고개를 끄덕였다.

"네, 좋습니다. 정강지치靖康之恥, 즉 두 황제가 포로로 잡혀간 치욕을 잊지 말라는 뜻이 담겨 있겠죠?"

구처기는 그렇다고 대답하곤 품속에서 단검 두 자루를 꺼내 탁자 위에 내려놓았다. 오목烏木으로 된 자루와 녹색 가죽으로 만든 칼집이었다. 두 자루의 단검은 모양이 거의 똑같았다. 구처기는 양철심의 비수를 빌려 단검 한 자루에 '곽정'이란 글자를 새기고, 또 한 자루에는 '양강'이란 글자를 새겼다. 칼자루에 글자를 새기는 구처기의 손놀림은 일반 사람이 그냥 붓으로 글을 쓰는 것보다 훨씬 빨랐다. 두 사람은 감탄하지 않을 수 없었다. 구처기는 두 이름을 새기고 나서 말했다.

"이 두 자루의 단검은 내가 우연히 손에 넣은 거요. 칼날은 예리하지만 길이가 짧아 내가 사용하기엔 적합하지 않소. 나중에 애들이 크면 선물로 주시오. 10년 후에도 내가 죽지 않고 살아 있다면 다시 돌아와 애들에게 몇 가지 무공을 전수해주겠소."

두 사람은 몹시 기뻐하며 연신 고맙다는 인사를 했다. 구처기가 다시 심각하게 입을 열었다.

"금국 사람들은 강북 일대의 땅을 차지하고 갖은 수단을 동원해 백성을 탄압하고 있소. 그게 언제까지 갈지……. 아무튼 몸조심하십시오."

그는 앞에 놓인 술잔을 단숨에 비우더니 밖으로 나가버렸다. 두 사람은 그를 붙잡으려 했으나 어느새 눈발을 헤치며 저 멀리 사라져가는 그의 모습을 쳐다볼 수밖에 없었다. 곽소천은 절로 한숨이 새어나왔다.

"기인奇人답게 바람처럼 나타났다가 연기처럼 사라지는군. 좀 더 많은 것을 배우고 싶었는데, 참으로 아쉽구먼."

양철심은 두 자루의 단검을 만지작거리다가 엉뚱한 말을 했다.

"형님, 한 가지 제의할 게 있는데 어떻게 생각해요?"

"뭔데? 말해보게."

"우리 둘 다 사내아이를 낳으면 의형제를 맺게 하고, 둘 다 딸을 낳으면 의자매를 맺도록 하죠. 그리고 만약……."

곽소천이 얼른 그의 말을 이었다.

"각각 아들과 딸을 낳으면 당연히 부부로 맺어야지!"

두 사람은 손을 맞잡고 호탕하게 웃어젖혔다. 마침 포석약이 안쪽에서 걸어 나와 두 사람이 유쾌하게 웃는 모습을 보고 영문을 물었다.

"무슨 일인데 그렇게 웃는 거예요?"

양철심이 설명을 해주자 포석약은 얼굴이 붉어졌다. 그러면서도 속으론 좋아했다. 양철심이 다시 제의를 했다.

"우리 단검을 바꿔 가집시다. 서로에게 약속하는 뜻도 되니까요. 만약 형제나 자매로 맺어진다면 다시 교환하면 되죠. 하나, 만일 부부로 맺어진다면……."

곽소천이 웃으며 얼른 그의 말을 받았다.

"그럼 미안하지만, 두 자루 다 우리 집안 소유가 될걸!"

포석약도 지지 않고 웃으며 말했다.

"그거야 반대로 둘 다 우리 것이 될 수도 있죠."

두 사람은 즉시 단검을 맞바꿨다. 당시만 해도 아이가 태어나기 전에 부모들이 서로를 부부로 맺어주는 지복위혼指腹爲婚이 흔한 일이었다. 곽소천은 단검을 가지고 한껏 기쁜 마음으로 집에 돌아가 아내에게 자초지종을 얘기해주었다. 이평도 그의 말을 듣고 몹시 기뻐했다.

양철심은 단검을 이리저리 살피며 혼자서 술을 몇 잔 더 마시다가 거나하게 취해 그만 잠이 들어버렸다. 포석약이 남편을 부축해 침상에 눕히고 식탁을 치우다 보니 어느새 날이 어두워졌다. 그녀는 뒤뜰에 가서 닭을 우리 안에 몰아넣고 뒷문을 잠그려다가 눈 위에 핏방울이 뚝뚝 떨어져 있는 것을 발견하고는 깜짝 놀랐다.

'아직 지우지 못한 핏자국이 있었군. 관아에서 나와 이걸 보면 틀림없이 화를 당할 텐데…….'

그녀는 황급히 빗자루를 찾아와 핏자국을 쓸기 시작했다. 그런데 핏자국은 집 뒤쪽으로 보이는 야트막한 야산까지 이어져 있었다. 게다가 사람이 눈 위로 기어간 흔적도 남아 있었다. 이상한 일이었다.

포석약은 핏자국을 따라 소나무 숲으로 들어갔다. 오래된 임자 없는 무덤 뒤에 시커먼 물체가 있는 게 눈에 띄었다. 포석약이 좀 더 가까이 접근해 살펴보니 그것은 한 구의 시체였다. 검은 옷을 입은 것이, 좀 전에 구처기를 잡으러 온 흑의인들 중 한 사람이 틀림없었다. 아마 중상을 입었지만 숨이 붙어 있어 이곳까지 기어온 모양이었다.

포석약은 집으로 돌아가 남편에게 이 사실을 알리려다 이내 생각을 바꿨다.

'재수 없게 누가 이곳을 지나가다 우연히 이 사람을 발견하면 일이 더 커질 텐데…….'

포석약은 용기를 내서 시체를 끌어다가 일단 풀밭 사이에 숨기고 남편에게 알릴 심산이었다. 한데 시체를 끌려는 순간, 손끝에 이상한 감촉이 전해져왔다. 뭔가 꿈틀거리는 것 같았다. 그리고 미약한 신음

소리도 들렸다. 포석약은 기절초풍했다. 귀신인가 싶어 달아나려 했지만 두 다리가 땅에 박힌 듯 꼼짝도 하지 않았다. 잠시 시간이 흐른 뒤에 보니 시체는 더 이상 움직이지 않는 듯했다. 포석약은 빗자루로 시체를 살짝 건드려보았다. 흑의인이 다시 미약한 신음을 냈다.

"으음……."

포석약은 비로소 상대방이 죽은 귀신이 아니라 살아 있다는 사실을 깨달았다. 자세히 보니 흑의인의 등에는 부러진 화살이 깊이 박혀 있었다.

하늘에선 계속 눈이 쏟아졌다. 이대로 놔두면 흑의인은 곧 얼어 죽을 게 분명했다. 포석약은 어려서부터 마음씨가 착해 다친 참새나 작은 동물, 심지어 곤충까지 집으로 데려와 정성껏 보살펴주곤 했다. 그래서 다소 학식을 갖춘 아버지는 그녀가 천성적으로 약한 것을 아끼고 사랑한다는 뜻의 '석약'이란 이름을 지어준 것이다.

지금 포석약은 죽어가는 사람을 지켜보며 또 그 타고난 측은지심이 발동했다. 비록 악한 사람이지만 차마 이대로 죽게 내버려둘 순 없었다. 그녀는 잠시 망설이다가 집으로 달려갔다. 남편을 깨워 상의할 심산이었다. 그러나 양철심은 술에 취해 곯아떨어져 아무리 흔들어도 일어날 생각을 하지 않았다. 포석약은 우선 사람부터 구하고 보자는 생각에 지혈에 효험이 있는 약과 헝겊을 챙기고 다시 술을 반 주전자 데워 들고는 소나무 숲으로 달려갔다.

흑의인은 여전히 움직이지 않고 그 자리에 누워 있었다. 포석약은 우선 데운 술을 천천히 그자의 입안에 흘려 넣었다. 어려서부터 작은 동물들을 가끔 치료해준 덕에 약간의 의학 상식이 있던 그녀는 이를 악물고 안간힘을 써서 흑의인의 등에 박힌 화살을 뽑아냈다. 그러자 흑의인은 비명을 지르며 기절했고, 포석약의 옷은 상처에서 뿜어나온 선혈로 얼룩졌다. 그녀는 당황했지만 얼른 상처에 약을 발라주고 헝겊으로 동여맸다.

일단 위험한 고비는 넘겼지만 환자를 이대로 방치할 순 없었다. 포석약은 궁리한 끝에 다시 집으로 가서 판자 하나를 가져와 흑의인을 그 위에 싣고는 있는 힘을 다해 집으로 끌고 왔다. 그나마 미끄러운 눈위라 다행이었다. 포석약은 흑의인을 우선 헛간으로 데려갔다.

겨우 마음을 안정시킨 포석약은 피 묻은 옷을 갈아입고 남편이 먹다 남은 닭 국물을 그릇에 담아 촛불을 밝혀 들고 헛간으로 갔다. 흑의인은 미약하게나마 숨을 내쉬고 있었다. 숨이 붙어 있는 게 그녀로서는 여간 다행이 아닐 수 없었다. 닭 국물을 먹이자 흑의인은 갑자기 기침을 심하게 했다. 포석약은 잠시 놀랐지만 촛불을 가까이 갖다 대고 상대방의 모습을 살펴보았다. 콧날이 우뚝하고 이목구비가 반듯한, 영준하게 생긴 젊은이였다. 포석약은 왠지 얼굴이 화끈해지고 손이 떨렸다. 그 바람에 촛농 몇 방울이 사나이의 얼굴에 떨어졌다.

순간 사나이가 눈을 뜨더니 포석약을 바라봤다. 부용꽃을 연상시키는 불그스름한 얼굴, 샛별처럼 맑은 눈동자엔 수줍어하는 빛이 담겨 있었다. 사나이는 눈앞에 펼쳐져 있는 상황이 믿기지 않는 듯 멍한 표정을 하고 있었다. 포석약이 나직한 음성으로 말했다.

"좀 어떠세요? 어서 이 국물을 마저 드세요."

사나이는 손을 내밀어 그릇을 받으려 했으나 기력이 없어 하마터면 국물을 몸에 쏟을 뻔했다. 어쩔 수 없이 포석약이 그에게 직접 국물을 먹여주었다. 사나이는 닭 국물을 다 받아 마시자 눈에 생기가 도는 것 같았다. 그윽이 포석약을 쳐다보는 그 눈에는 고마워하는 기색이 역력했다. 포석약은 그의 눈길을 받자 왠지 쑥스러워졌다. 그녀는 얼른 사나이에게 건초를 덮어주고 자기 방으로 돌아왔다. 이날 밤 포석약은 여러 번 악몽에 시달려 잠을 제대로 이루지 못했다. 아침에 일어나보니 식은땀으로 몸이 젖어 있었다. 남편은 곁에 없었다.

포석약은 어젯밤 일이 생각나 황급히 헛간으로 달려갔다. 헛간 문을 여는 순간, 그녀는 소스라치게 놀랐다. 건초 더미만 어지럽게 널려 있을 뿐 사나이의 모습은 보이지 않았다. 포석약이 뒤뜰로 달려가보니 뒷문이 열려 있고, 누군가 기고 구르면서 서쪽으로 향한 흔적이 눈 위에 남아 있었다. 그녀는 서쪽을 바라보며 한동안 넋을 놓았다. 때마침 불어온 찬 바람에 추위를 느낀 포석약은 잠을 설친 탓인지 갑자기 피곤이 몰려왔다. 집 안으로 들어가보니 양철심이 이미 죽을 끓여놓고 그녀를 기다리고 있었다.

"내가 끓인 죽이 어떤지 빨리 와서 맛 좀 봐."

임신한 아내를 위한 남편의 자상한 배려였다. 포석약은 답례로 생긋 웃으며 식탁에 앉아 죽을 떠먹었다. 어젯밤에 있었던 일을 남편에게 말할까 망설였지만 결국 입을 다물기로 했다. 남편은 악을 원수처럼 여기는 성미라 그 사실을 알면 당장 서쪽으로 달려가 그자를 죽일 게 분명했다. 그럼 애써 사나이를 살려낸 것도 헛일이 되고 말 것이다. 역시 함구하는 것이 좋겠다고 생각했다.

우가촌의 비극, 그리고 살아남은 자

세월은 유수와 같아 어느덧 겨울이 가고 봄이 찾아왔다. 포석약은 날이 갈수록 배가 불러오고 몸이 노곤해졌다. 흑의인을 구해준 일도 차츰 뇌리에서 잊혀갔다.

이날도 포석약은 남편과 저녁을 먹은 뒤 남편의 해진 옷을 깁고 있었다. 양철심은 짚신 두 켤레를 만들어 벽에 걸어놓고 낮에 밭을 갈다 쟁기가 망가진 일이 생각나 아내에게 말했다.

"쟁기가 망가졌는데 내일 대장장이 장목아한테 들러 고쳐서 와야겠어."

포석약은 건성으로 대답했다.

"그렇게 하세요."

양철심은 바느질하는 아내를 쳐다보면서 말했다.

"난 입을 옷이 많잖아. 몸도 무거운데 일찍 쉬도록 해. 옷은 그만 깁고."

포석약은 고개를 돌려 빙긋이 웃을 뿐 바느질을 멈추지 않았다. 그러자 양철심이 그녀에게 다가가 바느질통을 치웠다. 그제야 포석약은 기지개를 켜며 침상에 누웠다. 깊은 밤, 포석약은 잠결에 남편이 벌떡 일어나는 기척을 느끼고 눈을 떴다. 어디선가 어렴풋이 말발굽 소리가 들렸다. 유심히 귀를 기울여보니 말발굽 소리는 서쪽에서 들려왔다. 그녀가 남편에게 입을 열기도 전에 이번엔 동쪽에서도 소리가 들렸다. 곧이어 북쪽과 남쪽에서도 말발굽 소리가 들려왔다. 포석약도 얼른 이불을 걷고 몸을 일으켰다.

"여보, 이게 어떻게 된 거죠?"

양철심은 황급히 옷을 주워 입었다. 순식간에 말발굽 소리가 가까워졌다. 마을 곳곳에서 개 짖는 소리가 요란했다. 양철심이 바짝 긴장하며 말했다.

"우리, 포위된 것 같아."

포석약은 그 말을 듣고 어찌할 바를 몰랐다.

"뭐 하는 사람들이죠?"

"모르겠어."

양철심은 구처기가 선물로 준 단검을 아내에게 건네며 속삭였다.

"급할 때 호신용으로 써!"

그러고는 자신도 구석에 놓여 있는 장창을 손에 쥐었다. 동서남북에서 들려온 말발굽 소리에 마을은 아수라장이 되었다. 양철심이 창문을 살짝 열고 밖을 내다보니 한 무리의 병마兵馬가 마을을 완전히 포위하고 있었다. 병졸들은 손에 횃불을 들었고 무관 예닐곱 명이 말을 탄 채 이리저리 분주하게 움직였다. 곧이어 한 무장이 소리 높여 외쳤다.

"역적이 달아나지 못하게 완전히 포위해라!"

양철심은 이내 곡삼을 떠올렸다.

‘곡삼을 잡으러 온 모양이군. 마침 집에 없어서 다행이야. 그러잖으면 아무리 무공이 높다고 해도 저 많은 관병을 감당할 수 없었을 거야.’

그런데 또 한 명의 무관이 소리쳤다.

“곽소천! 양철심! 순순히 나와서 결박을 받아라!”

양철심은 흠칫했고, 포석약은 안색이 창백해졌다. 양철심이 나직이 아내에게 말했다.

“대관절 무슨 일로 우릴 잡아가려는 거지? 저놈들에게 아무리 죄가 없다고 변명해도 소용없으니 달아나는 게 상수야. 내가 당신을 지켜줄 테니 당황하지 마.”

그는 무예에 자신이 있었고 강호 경험도 많았기 때문에 침착했다. 등에 활을 메고 장창을 든 채 아내의 손을 꼭 잡으며 만반의 태세를 갖췄다. 포석약도 사태의 심각성을 짐작했다.

“가서 짐을 챙길게요.”

“이 마당에 뭘 챙기겠다는 거야? 그냥 버리고 가자고!”

포석약은 눈물을 글썽이며 떨리는 음성으로 말했다.

“그럼 우리 집은 어떻게 되는 거죠?”

“일단 달아나고 봐야지. 집은 나중에 또 마련할 수 있어.”

양철심의 말이 떨어지자마자 밖이 갑자기 환해졌다. 관병이 집에 불을 지른 것 같았다. 무관의 고함 소리가 다시 들려왔다.

“곽소천! 양철심! 어서 나오지 않으면 마을을 불바다로 만들어버리겠다!”

양철심은 더 이상 가만히 있을 수가 없어 문을 박차고 나가며 소리쳤다.

"내가 양철심이다! 뭐 하는 놈들이냐?"

문밖에 서 있던 병졸 두 사람은 양철심을 보자 화들짝 놀라 횃불을 버리고 뒤로 물러났다. 횃불이 환하게 밝혀진 가운데 무관 한 명이 말을 몰고 가까이 다가오더니 목소리를 높였다.

"좋아! 양철심, 어서 관아로 가자. 체포해라!"

그의 명령이 떨어지자 네댓 명의 병졸이 우르르 달려들었다. 양철심은 대뜸 창을 휘둘렀다.

횡소천군橫掃千軍! 그 일 초식에 즉시 병졸 세 명이 창에 맞아 쓰러졌다. 양철심의 눈에서 분노의 불꽃이 터졌다. 그가 큰 소리로 외쳤다.

"내가 무슨 죄를 지었기에 잡아가겠다는 것이냐?"

무관의 입에서 욕설이 터져 나왔다.

"이런 겁대가리 없는 놈을 봤나! 감히 관아에 대들다니!"

그는 호통을 치면서도 양철심의 위풍당당한 모습에 겁을 먹었는지 감히 가까이 접근하지 못했다. 그의 뒤에 있는 다른 무관이 호통을 쳤다.

"반항하면 더 심한 벌을 받을 것이다. 공문도 가져왔다."

양철심은 승복할 수 없었다.

"공문을 보여다오!"

그 무관이 다시 말했다.

"또 한 명의 죄인이 있다. 곽소천도 나와라!"

곽소천은 창문을 열고 상반신을 드러냈다. 그는 화살을 메긴 활을 쥐고 있었다.

"곽소천은 여기 있다!"

무관은 화살이 자기를 겨냥한 것을 보자 등골이 오싹해졌다.

"활을 내려놔라. 공문을 읽어주겠다!"

곽소천이 활시위를 더욱 끌어당기며 싸늘하게 소리쳤다.

"어서 읽어봐라!"

무관은 어쩔 수 없이 공문부터 읽기 시작했다.

"임안부 우가촌의 촌민 곽소천과 양철심은 역적과 결탁해 역모를 꾀했으니 국법에 따라 엄히 다스릴 것이다."

곽소천이 물었다.

"어디서 발급한 공문이냐?"

무관이 대답했다.

"한 승상께서 직접 내리신 것이다!"

한탁주가 직접 나서다니, 곽소천과 양철심은 의아스러웠다.

혹시 구처기가 관원을 죽인 일이 탄로 난 것은 아닐까 하는 생각이 곽소천의 머리를 스쳤다. 그가 다시 물었다.

"누가 고발한 것이냐? 무슨 증거라도 있느냐?"

무관은 직접적인 대답을 피했다.

"우린 명령에 따를 뿐이다. 억울하면 관아에 가서 직접 해명해라!"

양철심은 순순히 관아로 잡혀갈 수 없었다. 고개를 돌려 아내에게 말했다.

"여보, 옷을 많이 챙겨 입어. 내가 말을 빼앗아줄게. 저 무관을 죽이면 병졸들은 당황해 뒤로 흩어질 거야."

그는 말이 끝나자마자 앞쪽에 서 있는 무관을 향해 활을 당겼다.

어깨에 화살을 맞은 무관은 비명과 함께 말에서 떨어졌다. 다른 무관이 소리쳤다.

"어서 역적을 체포해라!"

그러자 병졸들이 우르르 몰려왔다. 순간, 곽소천과 양철심의 화살이 빗발치듯 파공음을 일으켰다. 화살에 맞은 예닐곱 명의 병졸이 쓰러졌다. 그러나 무관의 명령에 따라 계속 물밀듯이 앞으로 달려왔다. 양철심은 우렁찬 기합을 지르며 밖으로 뛰쳐나가 창을 휘둘렀다. 그러자 가까이 있던 무관 하나가 다리에 창을 맞아 안장 위에서 떨어졌다. 양철심은 창으로 땅을 찍는가 싶더니 몸을 날려 주인 잃은 말 위에 올라탔다. 놀란 말은 길게 울부짖으며 양철심이 고삐를 당기는 대로 문 쪽을 향해 치달렸다. 양철심은 다시 창을 휘둘러 문 앞에 있는 병졸 하나를 처치하고 포석약을 안장 뒤로 끌어 올렸다. 그리고 곽소천을 향해 소리쳤다.

"형님, 어서 따라와요!"

곽소천도 쌍극을 휘두르며 아내와 함께 관병들을 헤치고 달려나왔다. 관병들은 그의 기세가 워낙 거세 몸을 피하기에 급급했다. 양철심은 이평 가까이 말을 몰고 가서 소리쳤다.

"형수님, 어서 말에 오르세요!"

그리고 자신은 말에서 뛰어내렸다. 이평은 어찌할 바를 몰라 당황한 목소리로 말했다.

"양숙, 안 돼요."

양철심은 그 말에 아랑곳하지 않고 이평의 허리를 안아 안장 위에 앉혔다. 두 여인을 태운 말은 쏜살같이 달려 나갔고, 곽소천과 양철심은 그 뒤를 따라 관병들을 공격하며 달렸다. 그러나 얼마 달리지 못해 앞쪽에서 요란한 고함 소리가 들리는가 싶더니 잠복해 있던 또 한 무리의 관병과 맞닥뜨렸다. 뒤에서도 계속 추격해오고 있었다. 그야말로 진퇴양난이었다. 곽소천과 양철심이 다른 퇴로를 찾으려는 순간, 앞쪽에서 날아온 화살에 두 여인이 타고 있던 말이 맞고 말았다. 포석약과 이평은 비명을 지르며 말에서 떨어졌다. 양철심은 끝까지 싸울 각오였다. 그러나 곽소천의 생각은 달랐다.

'우린 달아날 수 있겠지만 아내와 제수씨까지 구하긴 힘들 거야. 죄 지은 것도 없는데 여기서 헛되게 죽을 순 없지. 그날 구처기는 관병을 모조리 다 죽였으니 우린 관아에 끌려가도 벌을 받을 만한 아무런 증거가 없을 거야.'

곽소천은 양철심을 향해 소리쳤다.

"아우, 그만해! 관아에 가서 해명하자고!"

양철심은 창을 거두고 되돌아왔다. 관병들이 즉시 그들을 포위했고 무관 하나가 앞으로 나와 말했다.

"어서 무기를 버리고 무릎을 꿇어라. 그럼 목숨만은 살려주겠다."

양철심은 여전히 살기등등한 목소리로 곽소천에게 말했다.

"형님, 저놈들에게 속으면 안 됩니다."

곽소천은 고개를 설레설레 흔들며 쌍극을 땅에 내려놨다. 양철심은 겁에 질려 벌벌 떨고 있는 아내와 형수가 안타까웠지만 어쩔 수 없이 무기를 버렸다. 네 사람은 즉시 관병들에게 결박당했다. 앞장서 있는 무관은 양철심이 아직도 분을 삭이지 못해 씩씩거리는 것을 보자 대뜸 채찍을 날리며 욕을 퍼부었다.

"이놈아, 어디서 눈깔을 부라리는 거냐? 죽고 싶어 환장했느냐?"

피할 수 없는 상황에서 채찍을 맞은 양철심의 얼굴에는 이내 선명한 핏자국이 돋아났다. 양철심은 머리끝까지 화가 치밀어 무관에게 대들 듯 물었다.

"좋아, 네 이름이 뭐냐?"

무관은 어이가 없다는 듯 콧방귀를 날리며 계속 채찍을 휘둘렀다.

"이런, 건방진 녀석을 봤나! 그래, 이 어르신네의 존함은 단천덕段天德이라 한다. 어쩔래? 지옥에 가서 염라대왕에게 고자질해봐라!"

남편이 맞는 것을 보고 포석약은 눈물을 흘리며 애원했다.

"제 남편은 좋은 사람이에요. 아무 잘못도 없어요. 왜, 왜 때리는 거예요? 어떻게 이럴 수가 있죠?"

양철심은 더 이상 참을 수 없어 단천덕의 얼굴을 향해 퉤, 침을 뱉었다. 단천덕은 길길이 날뛰며 바로 칼을 뽑아 들더니 소리쳤다.

"이런 육시랄 놈! 네놈부터 죽여버리겠다!"

그는 다짜고짜 양철심의 머리를 내리쳤다. 곽소천은 아우가 목숨을 잃을 위기에 처하자 본능적으로 단천덕의 얼굴을 발로 걷어찼다. 두 손이 뒤로 결박됐음에도 그의 발놀림은 번개처럼 빨랐다. 단천덕은 흠칫 놀라 피했으나 곽소천이 이어서 걷어찬 발길질에 옆구리를 맞았다. 그는 극심한 통증을 느끼며 고래고래 소릴 질렀다.

"이놈들이 죽으려고 환장했군! 뭘 꾸물거리고 있는 거냐? 저놈들을 무조건 죽여버려라!"

병졸들이 무기를 휘두르며 일제히 달려들었다. 곽소천은 두 녀석을 걷어차 쓰러뜨렸지만 두 손이 뒤로 묶인 상태라 역부족이었다. 병졸의 창을 피하는 순간 단천덕이 뒤로 다가와 칼을 힘껏 내리치자 곽소천의 오른팔이 잘려 나갔다. 양철심은 병졸들에게 제압당해 꼼짝할 수 없는 상황이었는데 의형의 팔이 잘리는 것을 보자 피가 거꾸로 솟았다. 양철심의 입에서 청천벽력 같은 기합이 터졌다.

"얏!"

어디서 그런 신력神力이 생겼는지 결박을 끊고 주먹을 내뻗어 병졸 하나를 고꾸라뜨리고 그의 창을 빼앗아 성난 사자처럼 양가창법을 전개했다. 양철심은 제정신이 아니었다. 일당백의 기세로 전후좌우 가리지 않고 창을 휘두르자 병졸들이 추풍낙엽처럼 쓰러졌다.

단천덕이 기겁을 하며 먼저 피하자 병졸들도 뿔뿔이 달아나기에 급급했다. 양철심은 그들을 추격하지 않고 우선 의형을 부축해 일으켰다. 잘린 팔에서 계속 피가 뿜어나와 곽소천은 이미 피범벅이 되어 있었다. 그는 이를 악물고 소리쳤다.

"내 걱정 말고 빨리 달아나, 어서!"

양철심은 울컥 눈물이 쏟아졌다. 그가 울음을 삼키며 곽소천에게 말했다.

"가서 말을 빼앗아 올게요. 형님, 같이 떠나요!"

그러나 곽소천은 숨을 몰아쉬며 힘겹게 대답했다.

"아니야…… 난……."

그는 피를 너무 많이 흘려 말을 끝맺지도 못한 채 정신을 잃고 말았다. 양철심은 옷을 벗어 상처를 싸매주려고 했지만 제대로 되지 않았다. 실로 안타까운 노릇이었다. 곽소천은 힘없이 눈을 떴다.

"어서 제수씨와 아내를 구해줘. 난, 난 틀렸어……."

곽소천은 간신히 말을 내뱉고는 그만 숨을 거두고 말았다. 양철심은 억장이 무너졌다. 주위를 둘러보니 혼란 중에 아내와 형수는 어디로 갔는지 보이지 않았다. 그는 목놓아 울부짖었다.

"형님, 내가 복수해드리겠습니다!"

양철심은 창을 움켜쥔 채 무조건 앞을 향해 달려 나갔다. 이때 관병들은 이미 대열을 정돈한 다음이었다. 단천덕의 명령이 떨어지자 일제히 활을 쏘아댔다. 양철심은 전혀 개의치 않고 창을 휘두르며 앞으로 돌진했다. 무관 한 명이 냅다 그에게 칼을 날렸다. 양철심은 살짝 몸을 숙이며 상대방이 타고 있는 말 밑으로 미끄러지듯 피했다. 무관의 칼이 빗나가자, 양철심은 창으로 그의 등을 꿰뚫었다. 그리고 다시 창을 떨쳐 무관의 시체를 내동댕이치고 안장 위로 뛰어올라 창을 마구 휘저었다. 병졸들은 감히 그에게 접근하지 못하고 사방으로 흩어졌다. 양철심은 냅다 말을 몰아 임안 쪽으로 뻗어 있는 길을 따라 달려 나갔다. 뒤에선 관병들이 계속 쫓아왔다.

얼마쯤 달렸을까, 횃불을 비추니 무관 한 명이 여인을 안은 채 말을 모는 모습이 시야에 들어왔다. 양철심은 말에서 뛰어내려 창을 이용해 가까이 쫓아온 한 병졸을 쓰러뜨리고 그에게서 활을 빼앗았다.

휙! 그의 손을 벗어난 화살은 어둠을 뚫고 날아가 말 엉덩이에 정확히 명중했다. 말은 길게 울부짖으며 그 자리에 고꾸라졌고, 남녀도 말에서 떨어졌다. 양철심이 다시 시위를 당겨 무관을 죽이고 앞으로 달려가자 여인은 버둥거리며 간신히 일어났다. 바로 자신의 아내였다.

포석약은 남편을 보자 울음을 터뜨리며 품 안으로 뛰어들었다. 양철심이 얼른 그녀에게 물었다.

"형수님은 어디 있지?"

포석약의 음성이 떨렸다.

"저쪽, 관병이 잡아갔어요……."

"내가 가서 구해올 테니 여기서 기다려."

"뒤에서 관병이 쫓아오고 있어요."

양철심이 뒤를 돌아보니 한 무리의 관병이 횃불을 든 채 달려오고 있었다. 그는 이를 악물고 아내에게 말했다.

"형님은 죽었어. 어떤 일이 있어도 형수님을 구해 곽씨 가문의 대를 잇게 해야 해. 하늘이 보살펴준다면 우린 다시 만나게 될 거야."

포석약은 남편의 목을 끌어안고 흐느꼈다.

"당신과 헤어질 수 없어요. 영원히 함께하자고 했잖아요. 죽어도 같이 죽어요."

양철심은 콧등이 시큰해지며 아내를 끌어안고 입을 맞췄다. 그러고는 그녀를 밀어내고 쏜살같이 앞으로 달려갔다. 얼마쯤 달리다 뒤를 돌아보니 울부짖다 쓰러진 포석약을 관병들이 에워싸고 있었다. 양철심은 소매로 눈물과 핏물 범벅이 된 얼굴을 쓱 문질러 닦아냈다. 형님의 혈맥을 보존하기 위해 모든 것을 포기할 수밖에 없었다.

다시 얼마 동안 달려 병졸에게서 말을 뺏고, 멱살을 잡아 추궁해서 이평이 앞쪽에 있다는 사실을 알아냈다. 양철심이 말을 몰고 질풍처럼 달리는데 길옆 숲속에서 여인의 비명 소리가 들려왔다. 얼른 말 머리를 돌려 숲속으로 들어가보니 이평은 결박이 풀린 채 두 병졸과 싸움을 벌이고 있었다.

이평은 무공을 모르지만 농촌에서 자라 몸이 건장했다. 게다가 죽을힘을 다해 반항하자 두 병졸은 쉽게 그녀를 제압하지 못했다. 병졸들은 입에 담지 못할 음담패설과 욕을 섞어가며 이평을 조롱하고 있었다. 양철심은 아무 말 없이 다가가 단숨에 두 병졸을 처치했다. 그런 다음 이평을 안장 위로 끌어 올려 아내 포석약이 있는 쪽으로 다시 말을 몰았다. 그러나 아내와 헤어졌던 곳에는 아무도 보이지 않았다. 어느덧 어슴푸레 날이 밝아왔다. 양철심이 말에서 내려 주위를 살펴보니 말발굽 자국만 어지럽게 남아 있었다. 포석약은 관병에게 잡혀간 게 분명했다. 양철심은 급히 말에 올라 미친 듯이 앞을 향해 달려 나갔다.

얼마쯤 달렸을까, 별안간 호각 소리가 요란하게 들리며 길옆에서 10여 명의 흑의 무사가 말을 몰고 뛰쳐나왔다. 앞장서 있는 자가 다짜고짜 낭아봉狼牙棒으로 양철심의 머리를 공격해왔다. 양철심은 창으로 낭아봉을 막고 반격을 전개했다. 그러자 상대방은 잽싸게 몸을 뒤로 젖혀 피하며 측면 공격을 펼쳤다. 그 초식은 아주 특이해 중원 무공 같지 않았다. 그렇다면 흑의 무사들은 금군일 가능성이 높았다.

'그들이 왜 갑자기 이곳에 나타난 것일까?'

양철심은 그런 생각을 하며 흑의인과 삽시간에 10여 초식을 교환했다.

양철심은 싸늘한 기합을 토하며 창을 뻗어 흑의인을 말에서 떨어뜨렸다. 다른 흑의인들은 놀랐는지 괴성을 질러대며 사방으로 흩어졌다. 양철심은 등 뒤에 있는 이평이 무사한 것을 확인하고 안도의 숨을 내쉬었다. 바로 그때였다. 나무가 무성한 쪽에서 난데없이 화살이 날아왔다. 양철심은 미처 피할 새도 없이 가슴에 화살을 맞고 말았다.

이평은 소스라치게 놀라 소리쳤다.

"양숙! 괜찮아요?"

양철심은 뼈가 으스러지는 고통을 참으며 속으로 울부짖었다.

'오늘 여기서 죽게 되다니……. 형수님은 살려야 해!'

그는 흑의인이 많이 몰려 있는 쪽을 향해 미친 듯이 말을 몰았다. 그러나 극심한 통증 탓에 눈앞이 캄캄해지며 그만 정신을 잃고 말았다.

한편 포석약은 남편과 헤어지자마자 곧바로 관병에게 포위되었다. 한 무관이 횃불로 그녀의 얼굴을 유심히 살펴보더니 고개를 끄덕이며 중얼거렸다.

"제법 얼굴이 반반하게 생겼는데."

또 한 명의 무관이 그의 말을 받았다.

"아무튼 이 계집이라도 사로잡아서 다행이야. 다들 수고했다. 돌아가면 모두에게 포상금이 나올 거야."

그는 이어 나팔수에게 명령했다.

"철수하자!"

나팔수는 명령에 따라 요란하게 호각을 불었다. 포석약은 계속 흐느꼈다.

'남편은 어떻게 되었을까?'

오직 그의 생사가 걱정될 뿐이었다. 차츰 날이 밝아오고 행인들의 모습이 눈에 띄었다. 일반 백성들은 관병들을 보자 겁을 먹고 멀찌감치 피했다.

포석약이 우려한 것과 달리 관병들은 그다지 무례하게 굴지 않았다. 몇 리쯤 갔을까, 앞쪽에서 요란한 고함 소리와 함께 무기를 지닌 10여 명의 흑의인이 뛰쳐나왔다. 그중 한 명이 대뜸 호통을 쳤다.

"얼간이 같은 놈들! 할 일이 없어서 연약한 아낙을 잡아가느냐? 냉큼 말에서 내려 목을 내놓지 못하겠느냐!"

앞장선 무관은 어이가 없는지 큰 소리로 쏘아붙였다.

"이런, 발칙한 놈들이 있나! 우린 임무를 수행하는 관병이다. 썩 물러서지 못하겠느냐!"

흑의인들은 더 이상 대꾸도 하지 않고 관병을 향해 우르르 달려들었다. 쌍방은 이내 혼전을 벌였다. 관병은 수가 많았지만 흑의인들은 한결같이 무예가 뛰어나 좀처럼 승부가 나지 않을 것 같았다. 포석약은 내심 기뻤다.

'그이의 친구들이 소식을 듣고 달려온 걸까?'

혼전이 벌어지고 있는 가운데 화살이 날아와 포석약이 타고 있던 말 엉덩이에 꽂혔다. 그러자 말은 요란하게 울부짖으며 북쪽을 향해 치달렸다. 포석약은 너무 놀랐다. 안장에서 떨어질까 봐 본능적으로 말의 목을 끌어안았다. 그때 뒤에서 말발굽 소리가 들리며 흑마 한 필이 쫓아왔다. 눈 깜짝할 사이에 흑마가 바싹 다가왔다. 말을 몰고 온 자가 잽싸게 밧줄을 던졌다. 밧줄로 된 올가미가 포석약이 탄 말의 목을 정확하게 옭아맸다. 예사 솜씨가 아니었다. 흑마의 주인이 밧줄을 끌어당기자 놀란 말은 길게 소리를 내어 울어대며 앞발을 높이 들어 올렸다. 심신이 지쳐 있던 포석약은 그만 고삐를 놓쳐 말에서 떨어졌다. 그리고 이내 정신을 잃었다.

몇 시간이 흐른 뒤, 어렴풋이 정신을 차린 포석약은 자신이 이불을 덮고 푹신한 침상 위에 누워 있다는 느낌이 들었다. 눈을 떠보니 꽃무늬가 수놓인 청색 휘장이 먼저 눈에 들어왔다. 생각대로 그녀는 침상에 누워 있었다. 옆으로 고개를 돌려보니 침상 옆 탁자 위에 등잔불이 밝혀져 있고 검은 옷을 입은 남자가 앉아 있었다. 사나이는 인기척을 느끼고 얼른 몸을 일으켜 나직한 음성으로 말했다.

"이제 깨어났군요."

포석약은 몸이 몹시 허약해져 정신도 흐릿했다. 가물거리는 의식 속에서도 상대방을 어디서 본 듯 얼굴이 낯설지 않았다. 사나이는 손을 내밀어 포석약의 이마를 살짝 짚어보았다.

"열이 대단하군요. 의원을 불러와야겠소."

포석약은 자신도 모르게 다시 잠에 빠져들었다. 의식이 몽롱한 가운데 의원이 진맥을 하고 또 누군가가 약을 먹여주는 것 같았다. 그러다가 포석약은 악몽에 놀라 번쩍 정신이 들었다.

그녀가 "여보! 여보……" 하며 자지러지게 소리치자 누군가 어깨를 토닥거리며 진정시켜주었다. 포석약이 다시 깨어났을 땐 날이 훤히 밝아 있었다. 그녀가 신음 소리를 내자 누가 가까이 걸어와 침상의 휘장을 젖혔다. 포석약은 비로소 상대방의 얼굴을 똑똑히 볼 수 있었다. 순간, 그녀는 너무나 놀랐다. 자신에게 미소를 짓고 있는 이 잘생긴 젊은이는 몇 달 전 자신이 눈 속에서 구해준 바로 그 사람이었다. 포석약은 힘없이 입을 열었다.

"여긴 어디죠? 제 남편은 어디 있어요?"

젊은이는 아무 말도 하지 말라고 손을 저으며 나직하게 말했다.

"밖에 관병들이 계속 수색을 벌이고 있어 임시로 농가에 머물러 있는 겁니다. 결례인 줄 알지만 제 아내라고 할 테니 탄로 나지 않도록 조심하세요."

포석약은 얼굴이 살짝 붉어지면서 다시 물었다.

"제 남편은 어떻게 됐죠?"

"부인은 지금 몹시 허약하니 아무 생각 말고 몸조리나 하십시오. 나중에 자세히 말씀드리겠습니다."

포석약은 가슴이 철렁 내려앉았다. 상대방의 말투를 들어보니 남편에게 무슨 일이 생긴 게 분명했다. 그녀는 이불을 움켜쥐며 떨리는 음성으로 다시 물었다.

"어, 어떻게 됐는지 말해주세요."

상대방은 대답을 피했다.

"지금은 걱정해도 소용없으니 그냥 누워 계십시오."

"혹시…… 죽은 건가요?"

상대방은 고개를 끄덕이며 한숨을 내쉬었다. 포석약은 가슴이 찢어지는 듯한 충격에 그만 까무러치고 말았다.

한참 만에 깨어난 그녀는 목놓아 울었다. 젊은이는 그녀를 위로해주었다. 포석약은 계속 흐느꼈다.

"그, 그이는 어떻게 죽었죠?"

"남편분이 혹시 스무 살가량에 어깨가 떡 벌어지고 창을 무기로 사용하지 않습니까?"

"네, 맞아요."

"오늘 새벽에 관병과 싸우는 것을 봤습니다. 여러 사람을 죽였는데…… 나중에 무관 하나가 몰래 뒤로 다가가 창으로 그의 등을 찔렀어요."

포석약은 남편이 죽었다는 말에 또다시 기절하고 말았다. 이날 포석약은 온종일 아무것도 입에 대지 않고 남편을 따라 죽겠다고 고집했다. 젊은이는 그녀의 곁을 떠나지 않고 위로해주었다. 포석약은 자꾸

떼를 쓰는 것 같아 젊은이에게 미안한 생각이 들어 조심스레 물었다.

"한데 성함이 어떻게 되죠? 제가 위험에 처한 걸 어떻게 알고 도와줬는지……."

젊은이가 부드러운 음성으로 대답했다.

"저의 성은 안顔이고, 이름은 열烈이라고 합니다. 어제 친구들과 길을 가다가 관병들이 무고한 사람을 잡아가는 것 같아 나서게 된 겁니다. 그런데 구해낸 사람이 저의 은인일 줄이야. 인연치고는 참으로 묘한 인연입니다."

묘한 인연이라는 말에 포석약은 얼굴이 붉어지며 몸을 돌려 그를 외면했다. 그러다 갑자기 의문이 생겨 다시 몸을 돌려 물었다.

"당신은 관병들과 한패가 아니었나요?"

"무, 무슨 말인지……."

"그날 도인을 잡으러 왔다가 부상을 입은 게 아닌가요?"

"그날은 정말 재수가 없었습니다. 전 북쪽에서 임안으로 가는 길에 마침 그 마을을 지나게 됐는데, 난데없이 날아온 화살을 맞은 겁니다. 만약 은인께서 구해주지 않았다면 영문도 모르고 죽었을 겁니다. 도대체 관병이 도인을 잡는 건지, 도인이 관병을 잡는 건지 알 수 없었지만 애꿎게 절 잡을 뻔했습니다."

안열은 그렇게 말하며 껄껄 웃었다. 포석약은 그제야 의문이 풀렸다는 듯 안열의 말을 받았다.

"그들과 한패가 아니라 길을 가던 참이었군요? 전 댁도 도인을 잡으러 온 나쁜 사람인 줄 알고 구해주지 않으려 했어요."

이어 관병들이 구처기를 잡으러 온 당시 상황을 대충 얘기해주었다. 포석약은 한참 말을 하다가 상대방이 계속 넋을 잃고 자신을 쳐다보고 있다는 걸 의식하고는 얼른 입을 다물었다. 안열도 당황했는지 어색하게 웃으며 화제를 돌렸다.

"전 지금 어떻게 관병의 추격을 피해 달아날까 궁리하고 있었습니다."

포석약은 남편의 죽음이 떠올라 훌쩍거리며 말했다.

"남편이 세상을 떠났는데 저 혼자 살아서 뭐 하겠어요? 절 놔두고 그냥 혼자 가세요."

안열은 정색을 했다.

"무슨 말씀입니까? 남편분이 억울하게 세상을 떴으니 복수를 해야지, 왜 죽을 생각을 합니까? 그럼 남편분도 지하에서 편히 눈을 감지 못할 겁니다."

"저같이 힘없는 여자가 무슨 수로 원수를 갚겠어요?"

안열은 자기 일처럼 분개했다.

"남편을 위해 복수하겠다면 저한테 맡기십시오. 혹시 원수가 누군지 알고 있습니까?"

포석약은 잠시 생각에 잠겼다가 대답했다.

"병졸들을 이끌고 온 단천덕이란 자예요. 이마에 칼자국이 선명하게 나 있어요."

안열이 이젠 됐다는 듯 고개를 끄덕이며 말했다.

"이름이 확실하고 얼굴에 특징도 있으니, 복수는 시간문제입니다."

밖으로 나간 안열은 잠시 후 죽 한 그릇과 소금에 절인 오리알을 썰어서 가져왔다.

"복수를 하려면 몸부터 빨리 회복해야 합니다."

포석약은 그의 말에 수긍하고는 죽 한 그릇을 다 비웠다. 다음 날 아침, 포석약은 매무새를 가다듬고 침상에서 내려와 거울 앞에 앉아 곱게 빗질을 했다. 그리고 흰 헝겊을 꽃 모양으로 오려 머리에 꽂았다. 남편에 대한 조의를 표하기 위해서였다. 그녀는 거울에 비친 자신의 모습에서 다시 남편의 모습을 떠올렸다. 그러자 설움이 복받쳐 엉엉 목 놓아 울고 있는데 안열이 들어왔다. 안열은 포석약이 실컷 울도록 잠시 기다렸다가 부드러운 음성으로 입을 열었다.

"밖에 관병들이 보이지 않으니 어서 떠나야겠습니다."

포석약은 그를 따라 밖으로 나갔다. 안열이 집주인에게 은자를 건네자 말 두 필을 끌고 왔다. 포석약이 물었다.

"어디로 가는 거죠?"

안열은 주위에 사람들이 있으니 묻지 말라는 눈짓을 했다. 말에 오른 두 사람은 나란히 북쪽으로 향했다. 10여 리 정도 벗어나자 포석약이 다시 물었다.

"절 어디로 데려가는 건가요?"

그제야 안열이 대답했다.

"상황이 어떻게 돌아가는지 잘 알 수 없으니 우선 한적한 곳에 가서 몸을 피합시다. 잠잠해지거든 사람을 사서 남편분의 시신을 찾아올 테니 그때 안장하면 될 겁니다. 그런 다음 단천덕이란 놈을 찾아내 복수를 해야죠."

포석약은 잘 나서는 성격이 아니었다. 게다가 엄청난 마음의 상처를 입은 터라 어찌해야 좋을지 갈피를 잡지 못했다. 그런 상황에서 안열이 자상하게 이모저모 신경을 써주자 그저 고맙기만 했다.

"저, 이 은혜를 어떻게 보답해야 좋을지 모르겠어요."

안열은 당치 않다는 표정이었다.

"부인은 제 목숨을 구해준 은인이십니다. 부인을 위한 일이라면 분골쇄신 신명을 다 바쳐 봉사해도 부족할 판인데, 그런 말씀 마십시오."

"빨리 남편을 위해 복수하길 바랄 뿐이에요. 그럼 저도 편히 뒤따라갈 수 있을 텐데……."

남편 생각에 그녀는 다시 주르르 눈물을 흘렸다. 두 사람은 하루 종일 길을 재촉해 어두워질 무렵 장안진長安鎭에 있는 어느 객잔을 찾아 들어갔다. 부부 행세를 해야 했기 때문에 안열은 방을 한 칸만 잡았다. 포석약은 마음이 불안했다. 저녁을 먹으면서 아무 말도 하지 않았다. 구처기가 선물로 준 단도를 상기하며 속으로 다짐했다.

'밤에 저 사람이 허튼짓을 하면 스스로 목숨을 끊어야지.'

안열은 점원을 시켜 볏짚 두 단을 가져오게 했다. 점원이 나가자 그는 문을 닫아걸고 볏짚을 방바닥에 깔았다. 그리고 담요를 덮고 볏짚에 누웠다.

안열은 "부인, 편히 주무십시오"라고 한마디를 내뱉고는 이내 눈을 감아버렸다. 포석약은 남편 생각과 불안한 마음에 제대로 잠을 이루지 못했다. 비몽사몽간을 헤매다가 아침에 눈을 떠보니 안열은 벌써 일어나 마구馬具를 챙기고 있었다. 포석약은 그를 의심한 자신이 부끄러웠다. 아울러 그가 보여준 성인군자다운 모습에 경계심이 많이 누그러졌다. 아침 식사는 놀랄 만큼 풍성했다. 오향을 가미해 알맞게 삶은 닭과 해삼과 돼지고기가 어우러진 요리, 생선에 각종 해물까지 그야말로 진수성찬이었다.

포석약은 양철심에게 시집와서 농사와 사냥으로 어렵사리 생계를 꾸려온 탓에 설날이나 특별한 잔치가 없는 한 몇 가지 밑반찬으로 끼니를 때우기 일쑤였다. 그러니 산해진미를 먹으면서도 왠지 맘이 편치 않았다. 아침 식사를 마치고 안열은 밖으로 나갔는데, 한참 후 점원이 보따리를 하나 들고 방 안으로 들어왔다. 포석약은 영문을 몰라 점원에게 물었다.

"그게 뭐죠?"

점원이 공손하게 대답했다.

"상공께서 사 오신 옷가지예요. 어서 갈아입으시래요."

점원이 나간 뒤에 보따리를 풀어본 포석약은 눈이 휘둥그레졌다. 비단옷에 흰 양말과 가죽신, 내의와 가슴 가리개, 손수건 등이 골고루 들어 있었다.

'젊은 사람이 어떻게 이런 세심한 것까지 준비했을까?'

포석약은 속옷을 갈아입으면서 안열이 직접 고른 것이라 생각하니 얼굴이 화끈 달아올랐다. 허겁지겁 집을 나섰기 때문에 옷을 제대로 갖춰 입지도 못했고, 그동안 흙먼지를 뒤집어써서 행색이 말이 아니었는데 새 옷으로 갈아입자 그녀는 전혀 딴사람이 됐다. 안열도 그녀의 달라진 모습을 그윽한 눈길로 바라보았다.

두 사람은 말을 타고 길을 나섰다. 때론 앞뒤에서, 때론 나란히 다정한 연인처럼 말을 몰았다. 춘삼월이라 길가엔 축 늘어진 수양버들이 바람결에 살랑거리고, 멀리서 풍겨오는 꽃향기가 코를 자극했다.

안열은 박학다식하고 입담이 뛰어나 주절주절 많은 얘기를 들려주었다. 포석약은 안열이 계속 북쪽으로 말을 몰며 임안에서 차츰 멀어지자 불안한 생각이 들어 넌지시 물었다.

"안 상공, 제 남편의 시신은 어디 있을까요?"

안열은 진지하게 말했다.

"저도 하루속히 부군의 시신을 찾아내 안장해드리고 싶지만 그날 관병들에게 얼굴이 알려져 임안 가까이 갈 수가 없습니다. 관아에서는 아직도 부인을 찾느라 혈안이 되어 있습니다. 잡히는 날에는 가족들까지 몰살당할 게 뻔합니다. 제가 죽는 건 상관없지만, 그럼 누가 부인을 지켜주겠습니까?"

포석약은 그의 진지한 태도에 고개를 끄덕였다. 안열이 다시 말했다.

"조금만 기다리십시오. 가흥嘉興에 가면 사람을 사서 부군의 시신을 거둬오겠습니다. 제가 직접 가는 게 마음이 놓인다면 목숨을 걸고 다녀오겠습니다."

포석약은 그를 위험으로 몰아넣을 순 없었다.

"아녜요, 믿을 만한 사람이 있으면 보내세요. 참, 곽씨 성을 가진 남편의 의형이 있는데 같이 변을 당했어요. 수고스럽겠지만 그분의 시신도 좀 수습해줬으면 합니다. 그럼 전……."

포석약은 목이 메어 차마 말을 잇지 못했다. 안열은 흔쾌히 그녀의 청을 들어주었다.

"그건 어려운 일이 아니니 걱정하지 마십시오. 문제는 복수를 하는 일인데……. 단천덕은 조정의 무관이라 죽이는 게 쉽지 않을 겁니다. 게다가 잔뜩 경계를 하고 있을 테니 나중에 천천히 기회를 노려야겠습니다."

안열은 논리 정연하게 설명하고 나서 한마디 덧붙였다.

“제 남편의 시신은 어디 있을까요?” 포석약은 깊게 한숨만 내쉬었다.

"부인, 절 믿어주시는 거죠?"

포석약이 고개를 끄덕이자 안열은 가볍게 미소를 지으며 말했다.

"우린 북방으로 가야만 관병의 추적에서 벗어날 수 있습니다. 양자강만 건너면 안전합니다. 사건이 어느 정도 가라앉으면 다시 남하해 복수해드리겠습니다. 제가 다 알아서 할 테니 염려 마십시오."

포석약은 남편과 집을 한꺼번에 잃어 갈 곳이 없는 신세였다. 관병에게 붙잡히면 갖은 수모를 당할 게 분명했다. 왜 갑자기 이런 청천벽력 같은 일을 당하게 됐는지 생각할수록 설움이 복받쳐 계속 눈물만 나왔다.

이날 밤, 두 사람은 섬석진陝石鎭의 어느 객잔에 묵었다. 역시 한방을 썼다. 안열은 변함없이 깍듯한 예의를 갖춰 그녀를 대했다. 다음 날 정오 무렵에 두 사람은 가흥에 당도할 수 있었다. 가흥은 비단과 양곡의 집산지로서 매우 번화한 성시城市였다. 안열은 한결 느긋해진 것 같았다. 그가 먼저 입을 열었다.

"우선 객잔을 찾아 들어가죠."

포석약은 관병이 추적해올까 봐 아직도 겁을 먹고 있는 듯 근심 어린 목소리로 말했다.

"날이 아직 이르니 계속 길을 재촉하는 게 어때요?"

"가흥의 비단이 유명하니 부인의 옷도 몇 벌 새로 사야겠어요."

"아니, 어제 새로 샀는데 옷을 또 산단 말예요?"

"오는 도중에 먼지가 많이 묻었을 겁니다. 부인 같은 절세 미모엔 최고급 옷을 입어야 어울립니다."

포석약은 그가 자신을 절세 미모라고 칭찬해주자 부끄러우면서도 기분이 나쁘지는 않았다. 문득 자신의 처지가 떠올라 말끝을 흐렸다.

"전 지금 상중이라……."

그녀가 고개를 숙이자 안열은 얼른 말했다.

"네, 잘 알고 있습니다."

포석약은 더 이상 아무 말도 하지 못했다. 그녀의 미모가 빼어난 것은 사실이었다. 그러나 남편인 양철심은 그녀에게 예쁘다고 말해준 적이 한 번도 없었다. 포석약은 자신도 모르게 마음이 설렜다.

안열은 행인들에게 물어 가흥에서 가장 큰 객잔으로 알려진 수수객잔秀水客棧에 방을 잡았다. 세수를 한 두 사람은 적당히 점심을 먹고 방에 마주 앉았다. 포석약은 방을 따로 쓰고 싶었지만 어떻게 말을 꺼내야 할지 몰라 망설였다. 안열은 그녀의 마음을 아는지 모르는지 자리에서 일어나며 말했다.

"그럼 편히 쉬십시오. 살 게 있어 잠깐 저자에 다녀오겠습니다."

포석약은 고개를 끄덕이고는 이렇게 당부했다.

"돈을 너무 많이 쓰지 마세요."

안열은 빙긋이 웃었다.

"부인께서 상중이 아니라면 패물도 많이 사드리고 싶은데……. 돈은 얼마든지 써도 아까울 게 없습니다."

안열이 방문을 나서자 한 중년 선비가 신발을 질질 끌며 입이 찢어져라 하품을 하면서 그의 앞으로 다가왔다. 그 선비는 피곤한 기색에 멍한 표정이었는데, 의관도 단정치 못한 데다 온몸이며 얼굴에 시꺼먼 기름때가 낀 것이 아무래도 열흘 넘게 세수를 하지 않은 것 같았다. 손에는 역시 기름때에 전 부채를 들었는데, 그것을 이리저리 흔들며 취한 듯 걸음을 옮겼다. 그는 비록 고상한 선비 옷차림을 하고 있었지만 행색이 워낙 지저분한지라 안열은 눈살을 찌푸리며 행여나 자신의 옷에 더러운 것이 묻을까 봐 발걸음을 재촉했다.

그런데 갑자기 그 선비가 고막을 찢을 듯한 소리로 웃음을 터뜨렸다. 그는 안열이 곁을 지나가자 순식간에 더러운 부채를 뻗어 그의 어깨를 탁 쳤다. 안열은 둘째가라면 서러울 정도로 무공이 뛰어났지만 피할 틈조차 없었기에 자기도 모르게 짜증을 내며 소리쳤다.

"뭐 하는 짓이오?"

그러나 그 선비는 대꾸도 하지 않고 또다시 웃음을 터뜨리며 신발을 질질 끌고 술집 점원에게 다가갔다. 그러고는 안열을 힐끔 돌아보며 입을 열었다.

"이봐, 내 꼴이 좀 지저분하다고 업신여기면 안 돼. 이 어르신은 수중에 돈이 아주 많다고! 오히려 겉치장만 요란한 놈들을 조심해야지. 그런 놈들은 자기 권세만 믿고 가는 곳마다 사기를 치든지, 부녀자를 꾀든지, 공짜로 자고 먹으려 든다고. 그러니까 아무리 번지르르해 보여도 일단 방값부터 받아놔야 하는 거야!"

그러더니 점원이 뭐라 대답도 하기 전에 또 신발을 질질 끌며 가버렸다. 안열은 부아가 치밀기 시작했다. 엎친 데 덮친 격으로 그 말을 들은 점원도 갑자기 수상하다는 듯 안열을 곁눈질로 쳐다보더니 다가와 예의를 차리는 척 허리를 굽실거리며 운을 뗐다.

"나리, 소인이 나리를 의심하는 건 아니지만 혹시……."

안열은 그 점원의 속뜻을 눈치채고는 콧방귀를 뀌었다.

"걱정 말고 이 돈이나 받게."

그는 의기양양하게 품속에 손을 넣었다. 그런데 이게 웬일인가! 40~50냥의 은자가 들어 있어야 할 돈주머니가 텅 비어 있었다. 눈치 빠른 점원은 안열이 난처해하는 표정을 짓자 그 지저분한 선비의 말이 맞다고 생각했는지 돌연 태도를 바꾸어 두 손을 허리에 얹고 눈을 부라리며 언성을 높였다.

"왜? 돈을 안 가져왔나 보지?"

그러나 안열은 침착한 말투로 대답했다.

"잠깐 기다리게. 내 방에 가서 돈을 가져올 테니."

안열은 다급히 방으로 향하며 돈을 놓고 온 모양이라고 생각했다. 그러나 방에 들어가 짐 보따리를 모두 열어봤지만 그 속에 있던 수십 냥의 은자까지 몽땅 사라지고 없었다. 귀신이 곡할 노릇이었다. 안열은 망연자실한 표정으로 곰곰이 생각해봤다.

'방금 포씨가 소변을 보러 갔다 왔고 나 역시 측간에 다녀왔으니, 눈 깜짝할 사이에 도둑이 들어왔단 말인가? 가흥부의 비적들은 실력이 대단한 모양이군.'

이때 점원이 방문 앞에서 기웃기웃 안열을 훔쳐보다 결국 돈이 없다는 걸 눈치채자 갑자기 노발대발했다.

"저 여자가 원래 마누라야? 아니면 어디서 보쌈을 해온 거야? 괜히 우리 객잔까지 말썽에 휘말리는 것 아냐?"

이 말에 포석약은 민망하고도 다급해 얼굴이 온통 새빨개졌다. 그러자 안열은 쏜살같이 방문 밖으로 나와 점원의 따귀를 올려붙였다. 코피가 줄줄 흐르고 이빨도 서너 개 부러진 점원은 손으로 얼굴을 감싸며 고래고래 소리를 질렀다.

"오냐, 이놈아! 무전취식하는 것도 모자라 사람을 쳐?"

그 말이 떨어지기가 무섭게 안열이 다시 점원의 엉덩이를 걷어찼다. 그러자 점원은 포물선을 그리며 날아가 바닥에 고꾸라졌다. 놀란 포석약이 다급하게 말했다.

"어서 도망가요. 여기 있다간 큰일 나겠어요."

안열이 침착한 목소리로 말했다.

"걱정 마시오. 돈이 없으면 저들에게 가져오라고 하면 됩니다."

안열은 미소를 지으며 의자를 끌어다 문 앞에 앉았다. 얼마 후, 점원이 씩씩거리며 10여 명의 건달을 모아서 왔다. 손에는 저마다 곤봉을 들었고, 그 기세가 사납기 그지없었다. 안열이 가소롭다는 듯 웃으며 소리쳤다.

"지금 나와 싸우자는 거냐?"

그러곤 전광석화같이 날아올라 그들의 손에서 곤봉 한 자루를 뺏어 들고 이리저리 휘두르니 삽시간에 네댓 명이 나자빠졌다. 그 건달들은 평소 알량한 주먹을 믿고 온갖 행패를 부리며 선량한 백성을 괴롭히는 무리였는데, 사태가 불리해지자 곤봉을 내팽개치고 줄행랑을 치기 시작했다. 눈치를 살피며 바닥에 널브러진 동료를 업고 달아나는 꼴이 우스웠다. 포석약은 너무 놀란 나머지 핏기 하나 없는 얼굴에 음성마저 떨리고 있었다.

"일이 너무 커진 것 같아요. 관아에서 나서면 어쩌려고……."

안열이 만면에 미소를 머금으며 대답했다.

"내가 바라는 게 바로 그거요."

그의 말에 포석약은 영문을 알 수 없다는 듯 의아한 얼굴로 그를 바라보았다.

반 시간쯤 지났을까, 갑자기 밖이 소란스러워지기 시작했다. 10여 명의 포졸이 창과 단도를 들고 벌 떼처럼 몰려들어 으스스한 분위기를 조성했다. 그때 인솔자인 듯한 자가 소리쳤다.

"부녀자를 납치한 것도 모자라 어디서 행패를 부리는 거냐! 냉큼 앞으로 나와 결박을 받아라!"

그러나 안열은 의자에 앉아 꿈쩍도 하지 않았고, 포졸들 또한 그의 기품 있는 옷차림과 의연한 모습을 보자 선불리 달려들지 못했다. 마침내 인솔자가 침묵을 깼다.

"이봐, 네놈의 이름은 뭐냐? 가흥부에는 왜 나타난 거지?"

안열이 대답 대신 호통을 치듯 말했다.

"가서 개운총蓋運聰이나 불러와라."

개운총은 가흥부의 지부대인知府大人이었다. 안열이 하늘 같은 상사의 이름을 함부로 부르자 포졸들은 소스라치게 놀라 서로를 쳐다보았다. 화가 치민 인솔자가 소리쳤다.

"이놈이 실성을 했나, 감히 개 대인의 존함을 함부로 지껄이다니!"

그 말을 듣자 안열이 품속에서 서신 한 통을 꺼내 탁자 위로 던졌다. 그러고는 고개를 들어 천장을 바라보며 말했다.

"가서 이 서신을 개운총에게 보여라. 그걸 읽고도 제 놈이 안 오는지!"

인솔자가 서신을 낚아채서 겉봉을 보더니 안색이 하얗게 바뀌었다. 그러나 그 진위를 알 수 없어 포졸들에게 나직이 속삭였다.

"저자를 잘 지키고 있거라. 도망치지 못하게."

그는 그렇게 말하고는 나는 듯이 달려 나갔다. 방 안에 앉아 있던 포석약은 가슴이 두근거리기 시작했다.

'도대체 어떻게 된 일일까? 안열과 나는 무사할 수 있을까?'

그녀는 이런저런 걱정으로 마음을 졸였다.

얼마 지나지 않아 어디선가 수십 명의 포졸이 또다시 몰려들었다. 그중 예복 차림의 두 관원이 안열에게 다가와 무릎을 꿇으며 정중히 예를 갖추어 말했다.

"소인 가흥부의 개운총과 수수현秀水縣의 강문姜文이 대인께 인사 올립니다. 대인이 납시는 줄 모르고 미리 맞이하지 못한 점, 너그럽게 용서해주십시오."

그 말에 안열은 손을 내저으며 몸을 조금 구부려 인사를 받고는 이렇게 말했다.

"아니오. 그보다 내가 귀 현縣에서 은자를 조금 잃어버렸는데, 미안하지만 두 분께서 조사를 좀 해주시겠소?"

개운총이 황망히 고개를 숙이며 대답했다.

"네, 물론이죠."

그가 손짓을 하자 포졸 둘이 각기 쟁반을 들고 나타났다. 한 쟁반에는 휘황찬란한 금자金子가 가득했고, 또 다른 쟁반에는 안열이 잃어버린 것의 수십 배가 되는 은자가 쌓여 있었다. 개운총이 입을 열었다.

"소인의 관리하에서 감히 대인의 은자에 손을 댄 좀도둑이 있었다니……. 이는 모두 소인의 죄입니다. 얼마 되지 않는 돈이지만 조사가 끝날 때까지 먼저 쓰시는 것이 어떨지……."

이 말에 안열이 미소를 지으며 고개를 끄덕이자 개운총이 이번에는 정중하게 서신을 바치면서 말했다.

"소인이 이미 처소를 마련해 깨끗이 치워놓았습니다. 대인과 부인께서 그곳으로 옮기는 것이 어떻겠습니까?"

안열이 눈살을 조금 찌푸리며 입을 열었다.

"난 이곳이 더 편하오. 원래 조용한 걸 좋아하니 괜히 방해하지 마시오."

그의 표정을 살피던 개운총과 강문이 황급히 대답했다.

"네, 알겠습니다. 필요한 게 있으시면 언제든지 분부만 내리십시오. 소인들이 조용히 갖다놓겠습니다."

그 말에도 안열은 고개를 치켜들며 묵묵부답 손만 내저었다. 그러자 개운총 일행은 포졸들을 데리고 황급히 그곳을 빠져나갔다. 이때 소동을 부린 점원은 이미 놀라 넋이 나간 상태였다. 주인이 목덜미를 끌고 와 백배사죄를 시키자 목숨만은 살려달라며 애걸복걸하기 시작했다. 엉덩이를 수백 대 걷어차여도 영광으로 알겠다는 듯한 표정이었다. 그 꼴을 보던 안열은 쟁반에서 은자를 한 주먹 움켜쥐더니 땅바닥에 던지며 비아냥거렸다.

"상으로 내릴 테니 썩 꺼져라!"

그러나 점원은 얼이 빠져 그 말을 믿지 못했다. 곁에 있던 주인은 그 말에 악의가 있는 것 같진 않다고 느끼면서도 안열이 짜증이라도 낼까 봐 황급히 은자를 주워 머리를 조아리고는 점원을 끌고 나갔다. 옆에서 쭉 지켜보던 포석약이 귀신에 홀린 듯한 표정으로 물었다.

"그 서신이 무슨 보물이라도 되나 보죠? 포졸이고 윗사람이고 왜 그 서신만 보면 쩔쩔매는 건가요?"

"관리들은 워낙 한심한 놈들이라 처음엔 상대하지 않으려고 했소.

조확趙擴의 수하란 게 다 저 지경이니 나라를 잃지 않고 배기겠소?"

안열이 비웃으며 대답하자 포석약이 다시 물었다.

"조확이라뇨? 그게 누구죠?"

"지금의 황제 영종이지, 누구겠소?"

그 말에 깜짝 놀란 포석약이 주위를 두리번거리며 속삭였다.

"목소리 낮추세요. 어쩌려고 황제의 함자를 함부로 부르는 거예요?"

포석약이 자신을 걱정해주자 안열은 기쁨을 감추지 못하며 미소를 지었다.

"난 그렇게 불러도 상관없소. 북방에선 그를 조확이라고 부르는 게 당연한 일이라오."

포석약이 뜬금없다는 표정으로 물었다.

"북방요?"

그 질문에 안열이 뭐라고 입을 열려는 순간, 갑자기 문밖에서 어지러운 말발굽 소리가 들리더니 수십 마리의 말이 객잔 입구에 멈추어 섰다. 놀란 포석약은 얼굴이 새하얘지다 못해 살 속의 실핏줄이 보일 정도로 창백해졌다. 말발굽 소리를 듣자 무의식적으로 그날 밤 관병이 쳐들어온 일이 떠올랐던 것이다. 안열 역시 짜증스러운 듯 눈살을 찌푸렸다.

휙휙, 하는 채찍 소리가 들리더니 말에 탄 수십 명의 금의군錦衣軍이 앞다투어 객잔 안으로 들어왔다. 그들은 안열을 보자 반갑기 그지없는 표정으로 일제히 입을 모아 외치며 꿇어앉았다.

"왕야王爺!"

안열이 웃으며 대답했다.

"결국 나를 찾아냈구나."

포석약은 그들이 안열을 왕야라고 부르자 더욱 의아해졌다. 일어서는 그들의 모습을 보니 모두 기골이 장대하고 위풍당당해 보였다. 안열은 손을 내저으며 말했다.

"모두 물러가거라!"

그러자 군사들은 우레 같은 목소리로 대답하며 질서 정연하게 밖으로 나갔다. 안열이 고개를 돌려 포석약에게 물었다.

"방금 내 수하들을 봤는데, 송병宋兵에 비해 어떻소?"

포석약은 갈수록 오리무중이라는 듯 되물었다.

"그럼 그들은 송병이 아니란 말인가요?"

포석약이 의아해하자 안열이 웃으며 말했다.

"이제 사실대로 말해야겠군요. 그들은 우리 대금국大金國의 정예병이오."

안열이 득의양양한 표정으로 크게 웃었다. 그러자 포석약이 떨리는 음성으로 말했다.

"그럼, 그럼 당신도……?"

"사실 내 성姓에는 '완完' 자가 더 붙어야 하고, 이름에는 '홍洪' 자가 더 있어야 하오. 나는 완안홍열完顔洪烈로 대금국의 여섯째 왕자인 조왕趙王이오. 뭐, 별것 아니지만……."

그는 그렇게 말하며 웃음을 지었다. 그 말을 듣자 포석약은 어릴 때 부친에게 들은 이야기가 생각났다. 금나라가 이 나라 대송大宋의 강토를 유린한 일이며, 대송의 황제가 금나라에 포로로 잡혀갔다 귀환한 일, 금나라 병사들이 북방의 백성들을 잔인하게 죽이고 학대한 일까지. 그뿐만이 아니었다. 그녀의 남편 양철심은 금나라라면 치를 떨 만큼 한이 맺혀 있던 사람이었다. 그런데 지난 며칠 동안 자신과 조석으로 같이 있던 이 남자가 금국의 왕자라니, 포석약은 놀란 나머지 말문이 막혀버렸다. 완안홍열은 그녀의 안색이 싸늘하게 변하자 입을 열었다.

"난 오래전부터 송나라의 번화함을 흠모하여 이번 신년 축하 사신으로 보내달라고 부황父皇께 사정했소. 게다가 약속한 날짜가 되었는데도 송 왕이 은자 수십만 냥을 세공으로 바치지 않아 그것도 추궁할 생각이었소."

"세공요?"

"그렇소. 송 왕조가 우리 금국에 공격하지 말라고 사정하며 매년 은자와 비단을 바치기로 약속했는데, 매번 세금이 제대로 걷히지 않았다느니 변명을 하며 화끈하게 내놓은 적이 없단 말이오. 그래서 이번에는 한탁주를 가만 놔두지 않았소. 한 달 안에 세공을 바치지 않으면 친히 군사를 이끌고 가지러 갈 테니 그리 알라고 협박을 했지요."

"그랬더니 한 승상이 뭐라던가요?"

"제깟 놈이 찍소리나 할 수 있소? 내 아직 임안부에 발도 들여놓지 않았는데 은자와 비단을 벌써 우리 금국으로 보냈다고 하더군요. 하하!"

포석약은 눈살을 찌푸리며 할 말을 잃었다. 완안홍열은 그녀의 표정에도 아랑곳없이 계속 말을 이었다.

"사실 세공을 독촉하는 일이라면 굳이 내가 올 필요도 없소. 사신이나 하나 보내면 족하지. 내 본래 목적은 송국의 산천을 둘러보고 풍속이나 인물됨을 살피려는 것이었는데, 우연히 부인을 만나게 됐으니 아무래도 난 복이 많은 놈인가 보오."

완안홍열이 웃으며 말하는데도 포석약은 복잡한 생각이 실타래처럼 뒤엉켜 망연자실한 채 아무 대답도 하지 못했다.

완안홍열이 일어서며 말했다.

"가서 부인이 입을 옷이나 좀 사 와야겠소."

포석약이 보일 듯 말 듯 고개를 저으며 대답했다.

"필요 없어요."

그러자 완안홍열이 미소를 짓더니 포석약을 안심시켰다.

"한 승상이 몰래 내게 건네준 은자만 해도 부인이 한평생 옷을 사 입고도 남을 정도요. 아무것도 겁낼 것 없소. 내 친위병들이 객잔 주위에 진을 치고 있으니 아무도 해치러 오지 못할 거요."

그는 그렇게 말한 뒤 성큼성큼 밖으로 나가버렸다. 홀로 남은 포석약은 그와 만난 날부터 지금까지의 일들을 조용히 떠올려봤다.

대금국의 왕자라는 사람이 자신처럼 보잘것없는 과부에게 이토록 잘해주는 이유는 무엇일까? 또 그토록 사랑하고 의지해오던 남편이 비명횡사하고 자신만 홀로 남았으니 힘없는 여자의 몸으로 장차 어떻게 살아가야 한단 말인가?

그녀는 갑자기 온몸에 맥이 풀린 듯 베개에 얼굴을 파묻고 통곡하기 시작했다.

일곱 명의 괴짜

완안홍열은 은자를 가득 품고 저잣거리 여기저기를 구경했다. 이곳 사람들은 모두가 온화해 보였고 장사꾼이라 할지라도 고상한 기품이 흐르는지라 그는 내심 감탄을 금치 못했다.

그때 갑자기 앞쪽에서 요란한 말발굽 소리가 들려오더니 한 마리의 준마가 나는 듯이 달려왔다. 가뜩이나 좁은 저잣거리는 붐비는 행인들과 벌여놓은 좌판들로 빼곡히 들어차 발 디딜 틈도 없었다. 완안홍열이 어찌 저런 속도로 말을 달릴 수 있을까 생각하며 다급하게 한쪽으로 비켜서자 순식간에 한 필의 황마黃馬가 사람 틈을 헤집고 모습을 드러냈다.

온몸에 윤기가 자르르 흐르고 다리가 곧게 뻗은 그 황색 말은 보기 드문 준마임이 틀림없었다. 완안홍열은 속으로 탄복했지만 말에 올라탄 주인의 몰골을 보자 기가 막혔다. 잘빠진 준마와는 반대로 그 말 주인은 뚱뚱하고 땅딸막한 못난이여서 안장에 앉아 있으니 어떤 게 말이고 어떤 게 사람인지 구분되지 않을 정도였다. 팔도 짧고 다리도 짧을 뿐 아니라 목은 아예 없는 것 같았고, 괴상하리만큼 큰 머리가 양어깨 사이에 자라목처럼 쑥 들어가 있었다. 그러나 신기하게도 그 말은 빽빽이 모인 행인들 속을 자유자재로 달리면서 누구와도 부딪치지 않았고 좌판 하나 건드리는 법이 없었다. 도자기를 파는 좌판을 지날 때나 채소 좌판을 지날 때도 티끌 하나 건드리지 않으며 번개같이 저잣거리를 달리는 모습은 흡사 대평원을 마음껏 질주하는 야생마 같았다. 완안홍열은 자기도 모르게 갈채를 보내며 감탄했다.

"대단하군, 대단해!"

그 소리에 땅딸보가 고개를 돌렸다. 완안홍열이 그를 바라보니 빨간 술지게미가 덕지덕지 붙은 얼굴에 코는 두리뭉실한 딸기코여서 마치 얼굴에 홍시를 붙여놓은 것 같았다.

'저 작자에겐 과분한 준마야. 많은 값을 쳐서라도 내가 사야겠군.'

바로 그때 길가에서 달리기 놀이를 하던 두 아이가 말 앞을 지나게 되었다. 깜짝 놀란 말이 앞발로 한 아이의 몸을 차려는 순간, 그 땅딸보가 잽싸게 고삐를 끌어당기며 안장에서 몸을 솟구쳤다. 몸이 가벼워진 황마는 허공을 가르며 두 아이의 머리 위를 훌쩍 넘어갔다. 그러자 그 땅딸보가 다시 안장 위에 가볍게 내려앉았다. 넋을 잃고 바라보던 완안홍열은 땅딸보의 절묘한 기마술에 혀를 내두르며 머리를 굴렸다.

'우리 금국에도 기마술에 능한 자가 많지만 저런 기막힌 기술은 처음 보는군. 역시 사람은 외모로 평가해선 안 돼. 저 사람을 데려가 기마병들을 훈련시키게 하면 내 휘하의 기병들은 천하제일이 되겠어! 한 필의 준마보다는 그게 몇만 배 이득이지.'

그는 이번에 행차해 병사들을 주둔시킬 곳과 도강渡江에 적합한 지역을 자세히 살펴보고 일일이 머릿속에 기억해두었다. 심지어 각 지방

관리의 이름과 능력까지 상세히 알아보았다. 그런 차에 절묘하기 이를 데 없는 기마술을 지닌 땅딸보를 발견하자 문득 이런 생각이 들었다.

'역시 송의 조정은 무능해. 저런 기인이사奇人異士를 등용하지 않고 초야에 그냥 내버려두다니! 능력만 있다면 신분 따위는 상관없잖아? 내가 당장 연경에 데려가 교관으로 임명해야지!'

그런 결심이 서자 그의 발걸음이 빨라졌다. 그러나 말이 너무 빨리 달리는지라 쫓아갈 수가 없어 큰 소리로 땅딸보를 불러 세우려는데, 황색 말이 골목 어귀를 돌자마자 급히 멈추어 섰다. 완안홍열은 또 한 번 놀랐다. 말이 달리다 멈추려면 속도를 서서히 줄여야 하는 법인데, 이 황색 말은 전력질주를 하다가도 금방 제자리에 못 박힌 듯 멈춰 섰다. 이는 매우 대단한 기술로 아무리 무공이 높은 자라도 미친 듯이 달리던 말을 한순간에 멈추게 할 수는 없었다. 그때 땅딸보가 말에서 사뿐히 뛰어내려 한 가게 안으로 들어갔다.

완안홍열이 다급히 쫓아가보니 가게 중앙에 '태백유풍太白遺風'이라고 쓰인 큰 현판이 걸려 있었다. 그것으로 보아 그 가게는 주루酒樓가 틀림없었다. 또다시 고개를 들어보니 처마 밑에 휘황찬란한 금자金字로 '취선루醉仙樓'라는 세 글자가 쓰여 있었는데, 서체가 힘이 넘치면서도 우아했다. 옆에 조그맣게 '동파거사서東坡居士書'라고 쓰인 걸 보니 소동파蘇東坡의 필체인 모양이었다. 그는 고풍스러운 이 주루를 바라보며 속으로 쾌재를 불렀다.

'마침 주루에 왔으니 술이나 한턱 근사하게 내며 부탁을 해야겠군. 아주 잘됐어!'

그때 그 땅딸보가 큼지막한 술 항아리를 들고 계단을 내려오는 모습이 보였다. 완안홍열은 황급히 몸을 숨겼다. 땅딸보가 서 있는 모습은 더더욱 가관이었다. 3척도 못 되는 키에 어깨너비만 그와 맞먹는 3척이었다. 그 준마는 워낙 키가 큰 놈이라 말과 함께 서 있으니 그의 머리가 말등자鐙子에도 미치지 못하는 것 같았다.

그가 술 단지를 말 앞에 내려놓고 손바닥을 펴 가볍게 내리치자 술 단지의 좁다란 목이 날아가 마치 바닥이 깊은 화분 같은 형상이 되었다. 그것을 말 앞에 들이대며 휙, 하고 휘파람을 불자 말이 고개를 숙여 그 술을 마시기 시작했다.

완안홍열이 술 향기를 맡아보니 놀랍게도 절강浙江 소흥紹興의 명주名酒 여아홍女兒紅이었다. 게다가 그 향기로 보아 적어도 10여 년 이상 묵은 진품임이 틀림없었다. 잠시 후 땅딸보가 주루 안으로 들어서며 손을 내뻗자 땅, 하는 소리와 함께 번쩍번쩍하는 금자金子가 계산대 위에 정확하게 떨어졌다. 땅딸보는 천연덕스럽게 주문을 했다.

"최고급 술과 안주로 세 상만 차리게. 두 상은 고기 안주로 하고 한 상은 채소로만 준비해야 하네."

그러자 주인이 웃으며 대답했다.

"네, 한 나리. 마침 오늘 송강松江의 특산물인 농어가 들어왔는데 안주로 그것 이상은 없습죠. 그리고 이 금자는 일단 넣어두셨다가 천천히 계산하세요."

그러나 땅딸보는 고마워하기는커녕 주인을 노려보며 쇳소리를 질렀다.

"뭐야? 술값을 안 받겠다 이거야? 이 한 나리가 남의 술이나 공짜로 얻어먹는 뻰뻰한 놈으로 보이나?"

주인은 한두 번 겪은 일이 아니라는 듯 실실거리며 주방을 향해 큰 소리로 외쳤다.

“애들아! 한 나리께 떡 벌어진 술상을 바쳐라!”

여기저기 서 있던 점원들이 합창하듯 대답했다.

“네, 알아서 뫼시죠!”

완안홍열은 내심 놀랐다.

‘저 땅딸보가 행색은 보잘것없어도 행동거지는 대범하기 이를 데 없군. 모두들 그에게 쩔쩔매는 걸 보니 가흥부의 관리가 틀림없어. 기마병 교관으로 모셔가는 게 생각만큼 쉽지 않겠군. 일단 어떤 손님을 맞이하는지 지켜보다 기회를 잡아야겠다.’

그러고는 주루로 들어가 창가에 자리를 잡고는 술 한 근과 안주 몇 가지를 되는대로 주문했다.

취선루는 남호南湖 변에 자리하고 있었다. 창밖을 바라보니 엷은 물안개가 피어오른 수면 위로 작은 돛단배들이 유유히 지나다니고 사이사이엔 푸르스름한 마름 꽃잎이 떠 있었다. 그는 이 아름다운 풍광에 한동안 넋을 잃었다.

이곳 가흥은 옛날 월나라의 이름난 성으로 경치가 아름다우며 달콤한 술맛이 나는 자두가 특산품인지라 춘추시대 때는 취리醉李라 불리기도 했다. 또 당시 월왕越王 구천勾踐이 이곳에서 오왕吳王 합려闔閭에게 대승을 거둬 오와 월을 잇는 교통의 요지가 되기도 했다. 이 남호의 또 다른 특산물로는 싱싱하고 파릇파릇한 마름 열매가 있는데, 달고도 속살이 연한 데다 향기까지 뛰어나서 천하 명물로 알려져 있었다. 남호 위에 마름잎이 유달리 많은 것도 그런 이유에서였다.

때는 바야흐로 춘삼월이라 남호에 피어오른 파란 마름잎은 마치 유리알 위에 비취를 뿌려놓은 것 같았다. 경치를 감상하고 있던 완안홍열의 눈에 갑자기 고깃배 한 척이 쏜살같이 다가오는 것이 보였다. 좁다랗고 긴 배였는데, 뱃머리가 높이 솟아 있고 뱃전에는 고기를 잡는 물새들이 두 줄로 가지런히 앉아 있었다.

처음에는 무심코 쳐다봤는데 뭔가 이상한 점이 있었다. 눈 깜짝할 사이에 앞의 작은 배를 따라잡는 속도가 상상을 초월한 것이다. 순식간에 다가온 배를 살펴보니 안에 한 사람이 앉아 있고, 도롱이를 걸친 여자가 뒤에서 노를 젓고 있었다. 놀랍게도 그녀는 가볍게 노를 휘젓는 것처럼 보였지만 그 속도로 미루어 한 번 노를 젓는 데 어림잡아 100근의 힘이 실려 있는 듯했다.

연약한 여자의 장난 같은 손놀림이 그런 위력을 발휘하는 것이 신기했던 완안홍열은 얇은 나무판자가 어찌 그만한 힘을 견뎌낼 수 있는지도 쉽게 납득할 수 없었다. 그녀가 몇 번 노를 젓자 고깃배는 이미 주루 가까이 당도했고, 그 노가 밝은 햇살을 받아 번쩍이는 것으로 보아 동銅으로 주조한 쇳덩어리임을 확인할 수 있었다.

이윽고 여인은 주루 밑 돌계단의 나무 난간에다 배를 묶고 사뿐히 뛰어내렸다. 배 안에 앉아 있던 사내도 장작을 한 짐 둘러멘 채 따라 내리며 함께 주루로 들어왔다. 여인이 먼저 땅딸보를 향해 반갑게 소리쳤다.

"셋째 사형!"

단숨에 달려가 그의 곁에 앉자 땅딸보도 반갑게 맞이했다.

"넷째 사제, 일곱째 사매! 생각보다 일찍 왔군!"

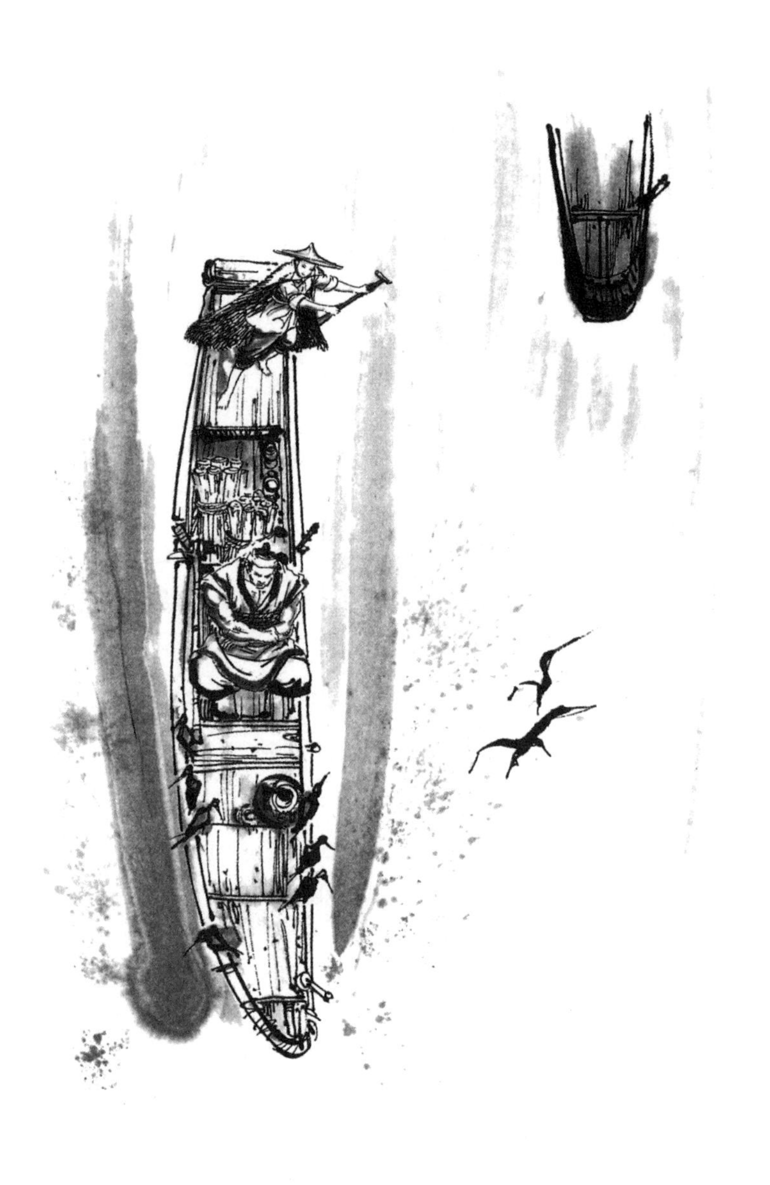

도롱이를 걸친 여자가 배 뒤에서 노를 젓고 있었는데,
배의 속도로 미루어 그녀가 한 번 노를 젓는 데 어림잡아 100근의 힘이 실려 있는 듯했다.

완안홍열은 곁눈질로 그들을 살펴보았다. 여자는 열여덟 살쯤 되어 보였고 몸매가 호리호리했다. 큰 눈에 긴 속눈썹, 살결 또한 백설 같아 전형적인 강남의 미녀였다. 왼손에 노를 잡고 오른손으로 삿갓을 벗자 비단결 같은 머리카락이 출렁였다. 완안홍열은 눈을 떼지 못한 채 감탄했다.

'미모는 포씨 부인만 못하지만 귀엽고도 천진난만한 매력이 물씬 풍기는군.'

한편 장작을 멘 사내는 서른쯤 되어 보였는데, 푸른색 옷에 허리에는 새끼줄을 질끈 동여맸다. 투박한 짚신을 신었는데 몸집도 큼지막했고 표정 역시 무뚝뚝했다. 그가 장작을 내려놓고 멜대를 상에 비스듬히 기대어 세우자 찍, 하는 소리와 함께 열 명이 둘러앉을 수 있는 묵직한 술상이 한쪽으로 약간 밀려났다. 완안홍열은 얼이 빠지고 말았다. 그 멜대는 겉보기엔 아주 일반적인 것으로 색깔이 거무스름했고, 중간 부분이 약간 휘었으며, 양쪽 끝은 조금 튀어나와 있었다. 그만한 무게가 나가려면 나무가 아니라 쇠를 녹여 만든 것이어야 했다. 게다가 그 사내는 허리춤에 장작 패는 짧은 도끼 한 자루를 차고 있었는데, 날이 몇 군데 빠져 있었다. 그들이 막 자리를 잡고 앉았을 때 또다시 두 사람의 발걸음 소리가 들려왔다.

여인이 소리쳤다.

"다섯째 사형, 여섯째 사형! 같이 오시는군요!"

이번에 나타난 두 사람도 예사롭지 않았다. 앞쪽에 있는 자는 허우대가 우람해 체중이 최소한 250근은 넘을 것 같았다. 긴 앞치마를 두르고 있었는데 온몸에 기름때가 줄줄 흘렀다. 풀어 헤친 앞가슴에는 시커먼 털이 무성하게 나 있고, 소매를 둘둘 말아 걷어붙인 팔뚝에도 털투성이였다. 가장 눈에 띄는 것은 허리춤에 비스듬히 꽂혀 있는 한 자가량의 뾰족한 칼이었다. 어느 모로 보나 소나 돼지를 전문으로 잡는 백정 같았다.

뒤에 있는 자는 5척 단신에 양털 모자를 쓰고 있었는데, 얼굴이 여인네처럼 야들야들했다. 그는 한 손엔 저울, 다른 한 손엔 대나무로 엮은 소쿠리를 들고 있는 것이 장사꾼처럼 보였다.

완안홍열은 내심 궁금했다.

'앞의 세 사람은 모두 무공이 상당한 것 같은데, 왜 저런 백정이나 장사치 같은 시정잡배들과 호형호제하는 거지?'

탁! 탁! 탁!

쇠뭉치로 돌을 두드리는 듯한 둔탁한 소리가 들려온 건 바로 그때였다. 그 소리는 곧 층계로 이어졌고, 남루한 차림의 장님이 굵은 쇠지팡이를 들고 모습을 드러냈다. 나이는 마흔 살 정도. 그러잖아도 때가 덕지덕지 붙어 있어 얼굴이 보기 흉했는데, 거기다가 입이 뾰족하게 튀어나왔고 턱까지 길쭉해 누가 봐도 혐오감을 느낄 만한 인상이었다. 탁자에 둘러앉아 있던 다섯 명은 그를 보자 일제히 자리에서 일어나 공손하게 불렀다.

"대형!"

젊은 여인이 옆에 비어 있는 의자를 툭툭 치며 말했다.

"대형의 자리는 여기에요."

장님은 고개를 끄덕이고는 그들에게 물었다.

"한데 둘째 사제는 아직 오지 않았나?"

백정인 듯한 사나이가 대답했다.

"둘째 사형도 곧 도착할 겁니다."

젊은 여인이 바로 그의 말을 이었다.

"지금 올라오고 있네요."

아니나 다를까, 신발을 질질 끌며 층계를 올라오는 소리가 들렸다. 완안홍열의 표정이 일순 굳어졌다. 층계 쪽을 바라보니 기름때에 전 부채가 흔들리는가 싶더니 오전에 마주친 그 꾀죄죄한 사내가 나타났다. 완안홍열은 뭔가 짚이는 것이 있었다.

'분명 저놈이 내 은자를 훔쳤을 거야.'

그런 생각이 들자 갑자기 화가 치밀어올랐다. 그 사내는 완안홍열의 존재를 아는지 모르는지 혀를 삐죽 내밀며 사람들에게 장난스러운 웃음을 지어 보였다. 그들이 말하던 둘째 사형은 바로 그 사내였다.

순간 완안홍열은 또 다른 속셈을 품었다.

'다들 절기를 지닌 고수인 모양인데 데려다 써먹으면 큰 도움이 되겠군. 내 은자를 훔친 거야 별것 아니니 잠시 동정을 살펴봐야겠어.'

꾀죄죄한 사내가 술을 한 잔 들이켜더니 도리질하며 중얼거렸다.

"부정한 재물을…… 그냥 놔둔다면 옥황상제가…… 노하시지!"

그가 품속에서 번쩍이는 은자와 금자를 꺼내 상 위에 나란히 내려놓았다. 은자 여덟 개와 금자 두 개였다.

금자와 은자의 광택이나 생김새로 보아 완안홍열이 잃어버린 것이 틀림없었다. 자신의 은자를 확인한 완안홍열은 또다시 부아가 치밀었지만 한편으론 의아한 생각이 들기 시작했다.

'내 방에 들어가 돈을 훔친 거야 신기할 것이 없지만, 어떻게 내 품속에 있는 걸 훔쳐갈 수 있었을까? 그때 저자는 부채로 내 어깨를 건드렸을 뿐이고 난 아무 느낌도 없었는데, 정말 절묘하고도 보기 드문 기술이군.'

그러고 보니 그들은 누군가를 대접하기 위해 특별히 상을 더 마련한 것 같은데, 그 손님은 아직 오지 않은 모양이었다. 그들 일곱 명은 채소 안주가 차려진 상에는 손도 대지 않은 채 술을 마시기 시작했다. 상 하나에 젓가락이 하나씩 놓인 걸로 보아 손님은 분명 두 사람이었다. 완안홍열은 더욱 호기심이 생겼다.

'저 괴인들이 초대한 손님은 얼마나 더 괴상할지 궁금하군.'

얼마쯤 지났을까, 계단 아래서 염불을 외는 소리가 들렸다.

"나무아미타불."

그러자 장님이 소리쳤다.

"초목대사焦木大師가 오셨다!"

그가 자리에서 일어서자 나머지 여섯 사람도 질서 정연하게 일어나 공손히 고개를 숙였다.

또다시 염불 소리가 들리며 고목처럼 말라비틀어진 승려가 계단을 올라왔다. 마흔 살쯤 돼 보이는 그 승려는 황마黃麻로 된 승복을 입고 장작을 들고 있었다. 그 장작은 한쪽 끝이 까맣게 타 있었는데 어디에 쓰는 것인지는 알 수 없었다.

승려와 일곱 사람이 서로 인사를 마치자 꾀죄죄한 사내가 승려를 빈 좌석으로 안내했고, 승려가 몸을 약간 구부리며 말했다.

"그가 찾아왔지만 소승은 절대로 그의 적수가 되지 못합니다. 강남칠협江南七俠 여러분이 도와주신다면 소승, 그 은혜를 잊지 않겠습니다."

그러자 장님이 말을 받았다.

"섭섭한 말씀 마십시오. 대사께서 그간 우리 칠 형제를 보살피고 아껴주셨으니 당연히 도와드려야지요. 게다가 그는 자신의 무공만 믿고 밑도 끝도 없이 대사님께 시비를 걸어왔으니 이는 모든 무림인을 무시한 거나 마찬가집니다. 대사께서 도움을 청하지 않았더라도 우리 형제들이 먼저 나섰을 것입니다."

그 말이 채 끝나기도 전에 수백 근이 넘는 코끼리나 물소가 올라오는 것처럼 계단이 우지직거리는 소리가 들렸다. 한편 아래층의 주인과 점원들도 펄쩍펄쩍 뛰며 고함을 지르기 시작했다.

"안 돼요. 그건 못 들고 가요!"

"그러다가 계단이 무너져 내리겠어요!"

"얘들아! 빨리 막아! 못 올라가게!"

그러나 우지직거리는 소리는 더욱 크게 들려왔다. 완안홍열은 눈앞의 광경을 보고는 대경실색했다. 한 도인이 자기 몸무게의 열 배도 넘을 것 같은 구리 항아리를 들고 성큼성큼 계단을 오르고 있었다. 자세히 살펴보니 그 도인은 바로 장춘자 구처기였다.

완안홍열이 부황의 명으로 송국에 온 것은 송 왕조의 고관들을 비밀리에 매수해 장차 자신들이 공격할 때 협조한다는 약속을 받기 위해서였다. 또 연경에서부터 그를 수행한 송의 사신 왕도건王道乾도 물욕에 눈이 멀어 이미 금국에 매수되어 있었으며 임안에 도착하면 뒤를 봐주기로 했는데, 뜻밖에도 어떤 도인에게 살해당해 장기臟器와 수급首級까지 행방이 묘연해졌다.

왕도건의 죽음을 전해 들은 완안홍열은 자신의 음모가 이미 발각된 것이 아닐까 두려워 임안부 포졸들의 안내로 수하들과 뒤를 쫓다가 우가촌에서 구처기와 맞닥뜨린 것이다. 하지만 그의 무공은 너무나 높았다. 완안홍열은 미처 공격하기도 전에 어깨에 그의 화살을 맞았고, 수하들과 포졸들 역시 그 자리에서 떼죽음을 당했다. 혼전混戰 중에 달아나 포석약의 도움을 받지 못했다면 금국의 왕자인 그 역시 이름 모를 산골에서 초라하게 죽어갔을 것이다.

완안홍열은 구처기가 힐끔 쳐다보자 순간 긴장했지만, 그의 눈길이 곧바로 초목대사와 일곱 사람에게 집중되는 것을 보며 한시름 놓았다. 당시 완안홍열이 화살을 맞자마자 쓰러졌기 때문에 그의 얼굴을 자세히 보지 못한 모양이었다. 구처기가 들고 있는 구리 항아리를 보고 놀란 완안홍열은 자신도 모르게 자리를 박차고 일어나 몸을 숨겼다.

그 구리 항아리는 사찰에서 흔히 볼 수 있는 것으로 지전紙錢을 태우거나 향을 피우는 데 쓰였다. 직경은 4척이 넘었고 무게는 무려 300~400근에 가까웠다. 게다가 향기로 보아 안에 술을 가득 부은 모양이니 더욱 무거울 것은 분명했다. 그런데도 구처기의 얼굴에는 힘들어 보이는 기색이라곤 찾아볼 수가 없었다.

그가 걸음을 옮길 때마다 계단은 우지직 우지직 소리를 냈다. 아래층은 이미 아수라장이 되어 주인, 점원, 손님 할 것 없이 깔려 죽을까 봐 겁이 나 허둥지둥 밖으로 도망치기 바빴다. 초목대사가 침착하게 말했다.

"도형道兄, 그냥 오시면 될 일이지 소승 절간의 구리 항아리는 뭐 하러 들고 오셨소? 자, 일단 강남칠협을 소개해드리죠."

구처기는 오른손으로 합장하는 시늉을 하며 말했다.

"방금 사찰에 갔다가 대사께서 빈도를 취선루로 불렀단 말을 전해 들었소. 아무래도 친구들을 불러 모은 모양이라 생각했는데, 역시 그렇군요. 강남칠협의 명성은 익히 들었소. 이렇게 만나 뵙게 되어 영광이오."

초목대사가 이번에는 강남칠협을 향해 말했다.

"이분이 바로 전진파全眞派의 장춘자 구 도장이오. 여러분도 존함을 익히 들어왔을 거요."

그러고는 고개를 돌려 구처기에게 소개하기 시작했다.

"이분은 칠협의 우두머리, 비천편복飛天蝙蝠 가진악柯鎭惡 대협이오."

그는 말과 함께 손바닥을 펴 그 장님을 가리켰다.

완안홍열은 정신을 집중해 엿들으며 하나하나 기억해두었다.

둘째는 그의 돈을 훔친 꾀죄죄한 사내, 묘수서생妙手書生 주총朱聰. 셋째는 맨 먼저 말을 타고 주루에 도착한 땅딸보로 마왕신馬王神 한보구韓寶駒. 장작을 지고 온 나무꾼 같은 사내는 넷째로 남산초자南山樵子 남희인南希仁. 다섯째는 몸집이 장대하고 백정 같은 사내, 소미타笑彌陀 장아생張阿生. 장사꾼 차림의 젊은이는 이름이 전금발全金發, 별호는 요시협은鬧市俠隱. 고깃배의 노를 젓던 젊은 여자는 월녀검越女劍 한소영韓小瑩으로 강남칠협 중 막내가 분명했다.

초목대사가 소개를 마치자 구처기는 머리를 숙여 예를 갖추면서도 오른손에는 여전히 구리 항아리를 들고 있었는데, 조금도 힘들어 보이지 않았다. 생각보다 위층이 조용하자 아래에 있던 몇 사람이 몰래 올라와 겁 없이 기웃거리기도 했다.

가진악이 입을 열었다.

“사람들은 우리 형제를 ‘강남칠괴’라 부르죠. 괴짜 나부랭이들이니, 칠협이니 하는 명칭은 가당치 않습니다. 전진칠자全眞七子의 명성은 익히 들어왔고 장춘자의 정의로움은 존경해 마지않습니다. 초목대사 역시 인정이 두텁고 정의감이 강하신데 어쩌다 도장의 심사를 건드리게 됐는지는 모르겠습니다만, 저희를 봐서라도 그만 화해하심이 어떨는지요? 불가와 도가는 서로 가는 길이 다르지만 모두가 무림의 일맥이니 노여움을 푸시고 술이나 한잔하십시오.”

구처기가 대답했다.

“빈도는 초목대사와 초면이고 아무런 원한도 없소이다. 대사가 그 두 사람만 내놓는다면 직접 법화선사法華禪寺에 찾아가 사죄를 올릴 겁니다.”

가진악이 물었다.

“누굴 내놓으라는 겁니까?”

“빈도에게 친구 두 명이 있었는데 관부官府와 금나라 병사들의 모함으로 비명횡사하고 말았습니다. 그래서 그들의 안사람은 오갈 데 없는 과부가 되었죠. 가 대협, 그런 일을 보고도 가만있어야 되겠소?”

그 말을 들은 완안홍열이 소스라치게 놀라는 바람에 들고 있던 술잔이 흔들리면서 술이 쏟아졌다.

가진악이 말을 받았다.

“친구의 아내가 아니라 면식이 없는 사람이라도 어려움에 처했다면 최선을 다해 돕는 것이 당연하죠.”

그러자 구처기가 갑자기 언성을 높였다.

“바로 그거요! 그래서 초목대사에게 신세 가련한 두 과부를 내놓으라는 게 아니오? 대사는 불제자인데 어째서 그 과부들을 절간에 숨겨 놓고 내놓지 않는단 말이오? 여러분, 이래도 내가 무리한 부탁을 하는 거요?"

그 말을 듣자 초목대사와 강남칠협은 아연실색했다. 엿듣고 있던 완안홍열마저도 영문을 알 수가 없었다.

'설마 그가 말하는 과부가 양철심과 곽소천의 아내는 아니겠지?'

원래 안색이 파리한 초목대사의 얼굴은 너무 화가 난 나머지 더욱 새하얗게 질렸다. 잠시 후 그가 더듬더듬 입을 열었다.

"아니…… 어떻게 그런 말을…… 말씀 삼가시오."

구처기는 더욱 노기충천해 고함을 쳤다.

"당신 역시 무림에서 명성이 자자한 인물인데 어찌 감히 그런 속된 짓을 한단 말이오?"

그러곤 술이 가득 담긴 수백 근의 구리 항아리를 초목대사에게 날리자 대사가 몸을 훌쩍 솟구쳐 항아리를 피했다. 주위에 서 있던 구경꾼들이 혼비백산해 우르르 아래층으로 뛰어내려갔다.

소미타 장아생은 항아리 무게가 자신이 받을 만하다고 가늠했는지 급히 나아가 두 팔을 벌리며 운기運氣 조절을 했다.

그가 소리쳤다.

"그래, 좋다!"

그는 양팔로 날아오는 구리 항아리의 밑바닥을 떠받쳐 가볍게 민 후 양어깨의 힘을 모아 가운데 부분을 움켜잡았다. 그러고는 수백 근의 구리 항아리를 머리 위까지 들어 올렸다. 그러나 다리에 너무 힘을 준 나머지 우지끈하는 소리와 함께 왼발 밑의 마룻장이 푹 꺼졌다.

아래층에 있던 사람들은 비명을 지르기 시작했고, 장아생은 몇 발짝 앞으로 나아가더니 양팔을 구부려 추창송월推窓送月 초식을 사용해 항아리를 구처기에게 날렸다. 구처기는 오른손을 뻗어 가볍게 받으며 비웃듯 말했다.

"강남칠괴의 명성이 헛소문은 아니었군!"

그는 표정을 일그러뜨리며 초목대사에게 소리쳤다.

"그 과부들을 어쩔 셈이냐? 대체 무슨 흑심을 품고 절간에 가둬두는 거지? 만약 그들의 머리카락 하나라도 건드리면 너는 물론이고 법화선사까지 끝장내버리겠다!"

주총이 부채를 흔들며 도리질을 치더니 말했다.

"초목대사는 득도한 고승인데 어찌 그런 파렴치한 짓을 할 수 있겠소? 소인배들이 지껄이는 헛소문을 들은 게 틀림없소. 말도 안 되는 소리니 도장은 절대 믿지 마시오."

구처기는 더욱 노기충천했다.

"내 눈으로 직접 목격했는데 그게 어찌 헛소문이란 말이오?"

강남칠협은 모두 어리둥절했다. 초목대사가 분에 못 이겨 벌벌 떨리는 목소리로 말했다.

"강남에 와 명성을 날리고 싶은 건 좋소. 그런데 왜 내 명예에 먹칠을 하려 드는 거요? 가흥부 아무 데나 가서 물어보시오. 내가 그런 짓을 할 사람인지!"

구처기도 물러서지 않고 힘주어 말했다.

"좋다. 끝까지 버티려고 친구들까지 부른 모양인데, 내가 안 이상 절대 물러설 순 없다. 신성한 사찰에 부녀자를 숨겨둔 것도 당치 않은 일이거늘 비명횡사한 충신들의 안사람을 희롱하려 해?"

이때 가진악이 나섰다.

"도장은 초목대사가 과부들을 숨겨놨다고 하고 대사는 아니라고 하니, 함께 법화선사로 가서 찾아보면 누가 맞는지 금방 드러날 게 아니오? 난 비록 눈이 멀었지만 다른 사람들은 장님이 아니잖소?"

그러자 여섯 형제가 좋다며 맞장구를 쳤다. 구처기가 콧방귀를 뀌며 말했다.

"찾아본다고? 빈도가 이미 안팎을 다 뒤져봤소. 하지만 들어간 건 분명히 봤는데 두 여인은 아무 데도 없었소. 그러니 저 땡추가 직접 내놓는 수밖에 없소."

주총이 느닷없이 말했다.

"그렇다면 그 여자들은 사람이 아니오."

구처기가 어이없다는 듯 물었다.

"뭐요?"

주총이 심각한 표정으로 대답했다.

"그들은 선녀가 틀림없소. 둔갑술을 썼거나 토둔술土遁術을 써서 가버린 거요!"

듣고 있던 여섯 형제가 일제히 웃음을 터뜨렸다.

구처기는 화가 치밀어 소리쳤다.

"좋다. 날 놀리러 온 모양인데, 너희 강남칠괴는 저 땡추 편이라 그거지?"

가진악이 침착하게 대답했다.

"전진파 고수들 눈엔 우리가 애송이에 불과하겠죠. 그러나 우리 형제도 강남에선 제법 명성을 얻었습니다. 우리를 아는 사람들은 한결같이 말합니다. 강남칠괴가 괴짜이긴 하지만 비겁한 겁쟁이는 아니라고요. 우린 힘만 믿고 남들을 괴롭히지 않지만, 누군가 우리를 업신여기는 것도 못 봐줍니다."

구처기가 말을 받았다.

"강남칠괴의 명성이 나쁘지 않다는 건 나도 알고 있소. 그러나 이 일은 여러분과 상관없으니 끼어들지 마시오. 저 땡추와 결판을 내야 하니 여러분을 상대할 여유가 없구려. 자, 땡추! 나를 따라 나와라!"

그는 초목대사의 팔목을 잡아끌었고, 초목은 그의 손을 뿌리쳤다. 마왕신 한보구는 구처기가 자꾸 시비를 걸자 부아가 치밀기 시작했다.

"구 도장, 정말 끝까지 이럴 거요?"

구처기가 한보구를 노려보며 대들듯 말했다.

"그렇다면 어쩔 거냐?"

한보구가 다소 가라앉은 목소리로 말했다.

"우린 초목대사를 믿소. 대사가 아니라면 아닌 거요. 무림에서 정의롭기로 소문난 대사가 설마 도장을 속일 리 있겠소?"

구처기가 대답했다.

"그럼 내가 아무 근거 없이 누명을 씌운다는 말이오? 내 두 눈으로 똑똑히 봤소. 만약 내가 잘못 봤다면 내 눈을 파서 그대에게 주겠소. 자, 난 끝까지 저 땡추와 싸울 테고, 여러분은 끝까지 끼어들겠다 그거요?"

강남칠괴가 일제히 대답했다.

"그렇소!"

그러자 구처기가 그들에게 제의했다.

"좋소, 내가 여러분께 한 잔씩 올리겠소. 일단 마시고 다시 시작합시다."

그러곤 오른손으로 구리 항아리의 밑바닥을 잡고는 입을 쫙 벌려 항아리 안의 술을 벌컥벌컥 들이켰다. 양껏 마신 구처기가 장아생에게 항아리를 던지며 말했다.

"자, 드시오!"

'아까처럼 항아리를 머리 위로 들어 올리면 술을 마실 수 없겠군.'

장아생은 그렇게 생각하며 몇 걸음 뒤로 물러나 가슴 위로 두 팔을 벌렸다. 그다음 팔을 조금 뻗자 항아리가 가슴에 부딪혔다. 그러나 살이 많은 장아생의 가슴이 푹신한 방석 역할을 한 덕에 조금도 통증을 느끼지 않았다.

그는 즉시 운기를 조절해 흉근胸筋에 힘을 주어 두 손으로 항아리를 감싸 안았다. 그러고는 고개를 숙여 꿀꺽꿀꺽 술을 마시더니 감탄했다.

"술맛 한번 기막히군!"

그는 항아리의 밑바닥을 잡고 쌍장이산雙掌移山의 초식으로 힘껏 밀어 올렸다. 이 초식은 빠르고 변화무쌍해 웬만한 고수는 흉내도 내지 못했다.

지켜보고 있던 완안홍열도 감탄해 마지않았다. 항아리를 받아 든 구처기는 다시 술을 들이켠 뒤 소리쳤다.

"이번엔 가 대형에게 올리겠소."

그는 가진악에게 항아리를 날렸다.

'저 사람은 장님인데 어떻게 받지?'

완안홍열은 내심 걱정이 됐지만 그는 아직 가진악의 진면목을 몰랐다. 그는 강남칠괴의 우두머리로 무공 역시 일곱 명 중 가장 뛰어났다. 암기暗器가 날아오면서 내는 미세한 소리도 귀신같이 알아채는 그가 휙휙, 바람을 가르며 날아오는 항아리의 방향을 판별하는 것은 손바닥 뒤집듯 쉬운 일이었다.

가진악은 아직 방향을 식별해내지 못한 듯 자리에 앉아 정신을 집중하고 있었다. 이윽고 항아리가 머리 위로 날아오는 순간, 그는 쇠지팡이 끝으로 항아리를 가볍게 받쳤다. 그러자 항아리는 마치 곡예사들이 대나무 막대기로 돌리는 접시처럼 쇠지팡이 위에서 빙글빙글 맴돌았다.

그런데 갑자기 쇠지팡이가 조금씩 구부러지면서 항아리가 기울기 시작했다. 만약 항아리가 떨어진다면 그의 머리도 박살 날 게 분명했다. 그러나 항아리는 기울어진 그 상태로 떨어지지 않고 안에 있는 술만 주르르 흘러내렸다.

꿀떡꿀떡, 소리를 내며 술을 서너 모금 마신 가진악이 쇠지팡이를 살짝 옮겨 다시 한가운데를 받치고 항아리를 치자 땅, 하는 거대한 소리와 함께 공중을 윙윙 돌며 구처기에게 날아갔다.

구처기가 대단하다는 듯 웃으며 말했다.

"가 대협, 평소 접시를 많이 갖고 놀아본 솜씨요!"

그는 말하며 항아리를 가볍게 받았다.

가진악이 냉랭하게 대답했다.

"어릴 때 집안이 가난해 이 접시 돌리기로 구걸을 하며 밥을 얻어먹었소."

구처기가 응수했다.

"가난을 이겨내야 대장부가 아니겠소? 이번엔 남 형이 받으시오!"

고개를 숙여 술을 마신 구처기가 남산초자 남희인에게 항아리를 던졌다. 남희인은 한마디도 하지 않고 멜대를 들어 올려 날아오는 항아리를 공중에서 막았다. 땅, 소리와 함께 항아리가 밑으로 떨어지자 얼른 한 손으로 술을 퍼내 마셨다. 그러고는 즉시 오른쪽 무릎을 꿇고 왼쪽 무릎은 세운 뒤 멜대를 지렛대 삼아 떨어지는 항아리의 밑을 튕겨 공중으로 올렸다. 그가 튕겨 오른 항아리를 구처기에게 날리려고 하는 순간, 요시협은 전금발이 웃으며 끼어들었다.

"난 장사꾼이라 공짜를 무척 좋아하죠. 어디 힘 안 들이고 술 좀 마셔봅시다."

그는 남희인 곁으로 가 역시 떨어지는 항아리에서 술을 퍼내 마시고는 몸을 날려 항아리의 가장자리를 걷어찼다. 그의 몸은 화살처럼 뒤로 솟구쳤고 항아리는 반대 방향인 구처기에게 날아갔다.

묘수서생 주총이 부채를 흔들며 감탄사를 연발했다.

"역시 절묘해, 역시!"

항아리를 받아 든 구처기가 또 술을 들이켠 뒤 말했다.

"정말 절묘하오. 그럼 이번엔 주 형이 한잔 받으시오."

주총이 손을 내저으며 말했다.

"아이고, 됐습니다. 소생은 무공도 시원치 않고 주량도 형편없어서 깔려 죽지 않으면 취해 죽을 텐데……."

그가 엄살을 떨고 있는데 항아리는 벌써 주총의 머리 위까지 날아왔다.

"아이고, 깔려 죽네. 사람 살려, 사람 살려!"

주총은 죽는 시늉을 하며 부채를 항아리 안에 넣었다 입으로 가져갔다. 그러고는 부채를 돌려 손잡이로 항아리를 밀어 날리는데, 갑자기 텅, 하는 소리와 함께 마룻장이 뚫리며 구멍 속으로 몸이 빠지고 말았다.

"사람 살려! 사람 살려!"

구멍 속에서 그의 비명이 끊임없이 울려 퍼졌다. 그러나 사람들은 그게 엄살이란 걸 이미 알고 있는 터라 아무도 걱정하거나 놀라지 않았다. 완안홍열은 그가 부채 손잡이를 이용해 항아리를 날리는 것을 보고 기겁했다. 보잘것없는 부채 손잡이가 남희인의 쇠 멜대와 같은 위력을 발휘하는 것이 대단해 보였다. 그것은 절정 내공이 있어야만 가능한 일이었다.

월녀검 한소영이 땅을 찍고 제비처럼 몸을 솟구치며 말했다.

"저도 한잔 주세요!"

그러더니 구리 항아리 위로 날아올라 고개를 숙여 술을 한 모금 마시고는 반대편 창가로 사뿐히 내려섰다. 그녀는 검법과 경공술에는 능했지만, 힘은 그다지 세지 못해 무거운 항아리가 날아오면 도저히 그것을 받아 도장에게 날릴 수 없을 것 같았다. 그래서 기회를 틈타 경공술을 이용해 술을 마신 것이다.

이때, 그 구리 항아리가 강한 바람을 일으키며 주루 밖으로 날아갔다. 길거리에는 많은 행인이 오가고 있으니 그것이 떨어진다면 무수한 인명 피해가 날 게 분명했다. 구처기가 항아리를 받기 위해 몸을 날리려는 순간이었다.

획, 소리와 함께 노란 옷의 사내가 쏜살같이 지나갔다. 사내가 휘파람을 불자 밑에 있던 황마가 길거리로 달리기 시작했다. 위층에 있던 사람들이 우르르 창가로 몰려가 바라보니 공중에서 구리 항아리와 고깃덩어리 같은 게 부딪치더니 두 물체가 정확히 말 등으로 떨어졌다. 몇 장丈을 달리던 황마는 방향을 바꾸어 2층으로 올라왔다.

그 고깃덩어리는 다름 아닌 마왕신 한보구였다. 그는 말 배에 찰싹 붙어 왼발은 말등자에 걸고 두 손과 오른쪽 다리는 구리 항아리를 받쳐 말안장 위에 조금도 기울어지지 않도록 단정하게 올려놓았다. 말은 빠르고 안정되게 달렸기 때문에 2층을 마치 평지같이 뛰어오른 것이다.

한보구는 말 위에 올라앉아 항아리에 고개를 처박고 술을 마신 뒤 왼쪽 어깨로 항아리를 쳐 땅바닥에 내려놓았다. 그가 껄껄 웃으며 채찍을 휘두르니 황마가 돌연 창문을 뚫고 나가 길가에 사뿐히 내려섰다. 한보구는 말에서 뛰어내려 주총의 손을 잡고 위층으로 올라갔다.

모두 한숨을 돌리자 구처기가 말했다.

"강남칠협은 역시 명불허전이오! 일곱 분의 무예가 실로 뛰어나니 탄복하지 않을 수 없소. 여러분의 체면을 봐서라도 더 이상 초목대사를 괴롭히지 않겠소. 그가 불쌍한 두 과부만 내놓는다면 여기서 조용히 물러가리다."

가진악이 대답했다.

"구 도장, 그건 도장의 억지요. 초목대사는 수십 년간 수행을 했으며, 득도한 고승으로 우리 모두가 오랫동안 존경해왔소. 법화선사 역시 가흥부 제일의 불문 성지인데 어찌 부녀자를 숨기겠소?"

"열 길 물속은 알아도 한 길 사람 속은 모르는 법이오."

구처기의 말에 한보구가 화를 냈다.

"그럼 도장은 우리 말을 못 믿겠단 거요?"

"난 내 눈만 믿소."

"그래서 어쩌겠단 거요?"

한보구는 왜소하지만 목소리가 쩌렁쩌렁해 말을 할 때마다 힘이 느껴졌다. 구처기가 다시 말했다.

"일곱 분과 전혀 상관없는 일인데도 굳이 나서려는 걸 보면 무공에 대단한 자신이 있는 게 분명하니 여러분과 실력을 겨룰 수밖에요. 내가 진다면 그땐 시키는 대로 하겠소."

그러자 가진악이 말을 받았다.

"어떤 방법으로 겨룰 건지 말해보시오."

구처기가 한동안 생각하다 입을 열었다.

"나와 여러분은 아무런 원한이 없고 평소 나는 강남칠괴의 명성을 흠모해왔으니 무공으로 겨룬다면 서로 다치기만 할 테고……. 그럼 이렇게 합시다."

그는 술집 점원에게 소리쳤다.

"이봐! 술 대접 열네 개만 가져와!"

아래층에 숨어 눈치만 살피던 점원은 불호령이 떨어지자 부랴부랴 술 대접을 가지고 올라왔다. 구처기는 그에게 대접마다 술을 가득 따르라고 명한 뒤 그것을 두 줄로 세우고는 강남칠괴에게 말했다.

"빈도는 여러분과 주량으로 겨뤄보겠소. 여러분이 일곱 잔을 나눠 마시고, 난 혼자 일곱 잔을 마시는데 이길 때까지 하는 거요. 이 방법이 어떻소?"

한보구와 장아생 등은 워낙 술고래라 찬성하고 나섰지만, 가진악의 생각은 달랐다.

"우리 일곱이 한 사람을 이겨봤자 비겁한 승부가 될 테니 도장께선 다른 방법을 생각해보시오."

구처기가 대답했다.

"날 이길 거라 장담할 순 없을 텐데……."

이번엔 한소영이 나서며 말했다.

"좋아요. 우선 주량부터 겨뤄봐요. 도장이 우리 일곱 형제를 깔보는 모양인데, 큰코다칠걸요?"

여자지만 천성이 호방하고 대담한 한소영이 먼저 한 잔을 꿀꺽꿀꺽 들이켰다. 하지만 너무 급히 마신지라 백설 같던 얼굴이 순식간에 벌겋게 변해버렸다.

"한 낭자는 역시 여장부요. 자, 다들 마십시다!"

구처기의 말이 떨어지기가 무섭게 나머지 여섯 명도 각기 술잔을 비웠고, 구처기도 연달아 일곱 잔을 마셨다. 한 잔 한 잔을 마실 때마다 그의 목젖이 쉬지 않고 꿀렁거렸다.

술집 점원은 속으로 쾌재를 부르며 또다시 열네 대접을 가득 채웠고, 여덟 사람은 그것마저 깨끗이 비웠다. 세 번째 순배가 돌아가자 주량이 제일 약한 한소영이 술잔 든 손을 벌벌 떨며 반 잔도 마시지 못하고 내려놓았다. 그러자 장아생이 그녀의 잔을 뺏으며 말했다.

"사매, 내가 대신 마실게."

한소영이 물었다.

"도장, 그래도 되겠어요?"

"물론이오. 누가 마시나 마찬가지지."

구처기가 대답하며 또 한 순배가 돌자 이번에는 전금발이 나가떨어졌다. 칠괴는 연달아 스물여덟 잔을 마시고도 아무 일 없다는 듯 얼굴색 하나 변하지 않는 구처기를 보고 놀라지 않을 수 없었다. 이때 숨어서 지켜보던 완안홍열은 속으로 다른 계산을 하고 있었다.

'저 도장 놈이 얼른 취해야 해. 그래야 칠괴가 그를 쉽게 죽일 수 있지.'

전금발은 자기편이 다섯이나 남았고 다들 주량이 대단해 앞으로 세 순배까지는 끄떡없을 것이라 자신했다. 상대방이 아무리 세다고 해도 이미 20여 잔을 마셨고 사람의 주량에는 한계가 있는 법이다. 그는 이 승부는 이긴 것이나 다름없다고 희희낙락하며 자기도 모르게 마룻바닥을 쳐다봤는데, 구처기의 발아래가 흥건히 젖어 있었다. 전금발은 깜짝 놀라 주총에게 속삭였다.

"둘째 사형, 저 도장의 발밑을 좀 봐요."

주총 역시 깜짝 놀라 숨을 죽이며 말했다.

"큰일 났다. 저 도사가 내공으로 술을 발밑까지 내보내고 있어."

"저자의 내공이 저렇게 대단한 줄 몰랐어요. 이제 어떡하면 좋죠?"

주총이 잠시 머리를 굴렸다.

'저런 내공이라면 앞으로 100잔을 마셔도 끄떡없을 거야. 무슨 수를 내야겠어.'

그는 뒤로 한 발짝 물러서더니 갑자기 아까 뚫어진 마룻구멍 사이로 떨어졌다.

"아이고, 난 너무 취했나 봐!"

그가 꽥꽥 소리치더니 다시 구멍 위로 올라왔다.

또다시 한 순배가 돌자 구처기의 발밑은 샘물을 이룬 듯 마룻장 위로 술이 넘실댔다. 남희인과 한보구 역시 그것을 보고 구처기의 심오한 내공에 혀를 내둘렀다. 한보구가 술 대접을 내려놓고 항복하려 하자 주총이 눈짓을 보내며 구처기에게 말했다.

"도장의 놀라운 내공에 존경을 표하겠소. 하지만 우리 다섯이 한 사람과 싸우는 건 너무 불공평한 것 같소."

"그럼 주 형은 어떻게 하는 것이 좋겠소?"

"나 혼자 도장과 겨루겠소."

주총의 말에 다들 어리둥절했다. 나머지 다섯이 힘을 합쳐도 그를 이길까 말까 한데 혼자 겨루겠다니 말이 안 됐다. 그러나 걱정도 잠시, 주총은 워낙 꾀가 많고 능수능란해 뭔가 생각이 있겠지 싶어 아무도 반대하지 않았다.

구처기가 껄껄 웃었다.

"강남칠협은 역시 승부욕이 대단하오. 그럼 이렇게 합시다. 주 형과 내가 이 항아리의 술을 깨끗이 비우고도 승부가 나지 않는다면 빈도가 진 걸로 하겠소. 어떻소?"

이때 항아리엔 술이 반 넘게 남았으니 어림잡아 수십 대접 이상은 족히 나올 터였다. 사람으로선 도저히 마실 수 없는 양이었지만 주총은 별거 아니란 듯 코웃음을 쳤다.

"내 주량이 별건 아니지만 내로라하는 술고래와의 내기에서도 이긴 적이 있으니 어디 해봅시다!"

그는 부채를 펄럭이더니 단숨에 술을 들이켰다. 구처기가 물었다.

"그래, 그 사람이 누구요?"

"내가 인도에 간 적이 있는데, 인도의 왕자와 열흘 동안 쉬지 않고 술 마시기를 했는데도 승부가 나지 않았소."

구처기는 주총의 말이 농담인 걸 눈치채고 콧방귀를 뀌었다. 그러나 그가 연달아 술잔을 비우는 것을 보며 조금씩 의심이 가기 시작했다. 수족에 물기가 없는 걸 보면 내공을 쓰는 것도 아닌데 그의 배가 불룩해졌다가 다시 줄어들며 자유자재로 변하는 것이 아무래도 이상했다.

주총이 또 허풍을 떨었다.

"작년에는 섬라국暹羅國에 갔는데, 나 원, 그때는 더 기가 막혔소. 섬라국 왕자가 술 백 단지를 가져와 내기를 하는데, 그 멍청이는 일흔일곱 단지를 마셨고 내가 몇 단지를 마셨는지 아시오?"

구처기는 그가 또 농담을 한다는 것을 알면서도 표정이 정말 실감나고 말솜씨가 워낙 재미있는지라 자기도 모르게 맞장구를 쳤다.

"그래, 몇 단지요?"

"아흔아홉 단지요!"

주총이 심각한 표정으로 목소리를 깔더니 갑자기 소리를 질렀다.

"어서 마십시다, 어서!"

그렇게 취한 것도 같고 아닌 것도 같이 정신없이 지껄이는 가운데 술 항아리는 벌써 밑바닥을 드러냈다. 전에 보지 못한 주총의 엄청난 주량에 한보구 등은 놀라움과 기쁨이 교차했다.

구처기가 엄지손가락을 쫙 펴며 말했다.

"주 형은 정말 기인이오. 내 탄복했소!"

주총이 껄껄 웃으며 말했다.

"도장은 내공으로 술을 마셨고, 난 다른 공력으로 술을 마셨소. 자, 보시오!"

그가 갑자기 공중제비를 넘자 그의 손에 나무통이 들려 있는 것이 보였다. 그 통엔 술이 가득 담겨 있었고, 통이 흔들리자 향기로운 술 냄새가 풍겨 나왔다. 그곳에 모인 사람은 무공이 모두 뛰어났고 가진 악을 빼고는 안광도 예리했는데, 그 통이 어디서 난 것인지 도무지 알 수가 없었다. 주총의 불룩했던 배가 쑥 꺼진 것으로 보아 그 통은 그의 옷 안에 숨겨져 있던 것이 분명했다.

강남칠협은 배꼽을 잡고 웃었고, 구처기는 화가 치밀어 얼굴을 구겼다. 주총은 일부러 취한 척 구멍으로 빠져 술통을 마련해왔고, 부채를 요란하게 흔들며 허풍을 떤 것도 다 구처기의 관심을 다른 곳으로 돌리기 위함이었다. 그러고는 술을 마시는 척하며 몰래 통 속으로 술을 버린 것이다. 구처기는 자신이 이런 유치한 수법에 속았다는 사실에 분통이 터졌다.

"흥! 그걸 갖고도 술을 마셨다고 할 수 있소?"

"그런 도장은 떳떳하시오? 내 술은 통이 마셨고, 도장의 술은 마룻바닥이 마셨으니 다를 게 뭐 있소?"

주총은 헤헤거리며 구처기에게 다가오다가 그만 구처기의 발밑에 고인 술에 미끄러져 넘어지고 말았다. 구처기가 손을 내밀어 그를 부축해주자 엄살을 떨며 일어나더니 주위를 뱅뱅 돌며 중얼대기 시작했다.

"예로부터 중추절 달이 가장 밝고…… 바람이 시기에 맞추어 맑아지니…… 하루의 날씨는 깊어가고…… 사해의 물고기는…… 맑은 물을 자랑하네. 좋은 시구먼. 훌륭해!"

구처기가 화들짝 놀란 얼굴로 물었다.

"그건 내가 작년 중추절에 지은 시요. 나머지를 완성하려고 늘 품속에 넣고 다니며 아무에게도 보여준 적이 없는데, 그걸 어떻게 아시오?"

그렇게 말하며 품속을 더듬었지만 시를 적은 종이는 감쪽같이 사라져 어디에도 없었다. 주총은 탁자 위에 종이를 올려놓고 껄껄 웃었다.

"이제 보니 도장께선 무공만 뛰어난 게 아니라 글솜씨도 일품이구려. 역시 존경할 만하오."

주총은 일부러 구처기에게 넘어졌고 그 틈을 타 옷 속의 종이를 훔친 것이다.

'그가 내 품속을 뒤지는데도 난 감쪽같이 몰랐다. 그가 내 시를 훔친 게 아니라 비수를 들이댔다면 내 어찌 살아 있겠는가. 날 봐준 것이 틀림없어.'

그런 생각을 하며 구처기는 결심한 듯 말했다.

"주 형과 술 내기를 해서 둘 다 비긴 셈이 됐으니 약속대로 빈도가 진 것으로 하겠소. 역시 강남칠협은 빈도보다 한 수 위요."

강남칠괴가 입을 모아 대답했다.

"별말씀을요. 이거야 그냥 장난에 불과하죠."

주총이 웃으며 말했다.

"도장의 심후한 내공을 우리가 어찌 따라가겠소?"

구처기가 의미심장한 얼굴로 작별 인사를 하며 구리 항아리를 들었다.

"비록 빈도가 졌으나 내 친구의 안사람은 꼭 구해내야 하오. 빈도는 이 길로 법화선사에 가겠소."

그러자 가진악이 성을 냈다.

"졌으면 그만이지, 왜 또 초목대사를 괴롭히려는 거요?"

"그들을 구하는 건 내기와 상관없는 일이오. 만약 비명횡사한 친구의 부인이 능욕을 당하고 있다면 가 대협은 가만 계시겠소?"

구처기는 그렇게 말하더니 돌연 얼굴색이 변해 소리쳤다.

"못된 놈들, 벌써 도움을 청해놨군! 천군만마를 데려와도 소용없다! 난 죽을 각오로 그들을 구할 것이다!"

장아생이 어리둥절해 물었다.

"우리 일곱 형제면 충분한데 누구한테 도움을 청했다는 거요?"

이때 귀 밝은 가진악이 수십여 명이 주루로 몰려오는 소리를 듣고 외쳤다.

"다들 물러서서 무기를 잡아라!"

장아생 등이 병기를 움켜잡는데 수십여 명이 우르르 계단을 올라오는 소리가 들렸다. 모두 뒤를 돌아보니 그들은 금나라 병사였다.

구처기는 예전부터 강남칠괴의 인품을 존중했다. 이번에도 잠시 초목대사에게 속은 것이라 여기고 시종일관 예의 바르게 대했는데, 갑자기 금나라 병사가 몰려오자 분기탱천해 고함을 쳤다.

"초목 땡추! 강남칠괴! 금나라 병사를 끌고 온 주제에 감히 정의를 운운해?"

한보구가 화를 냈다.

"누가 금나라 병사를 데려왔다는 거요?"

사실 그 금나라 병사는 완안홍열의 시종들이었다. 외출한 주인이 돌아오지 않아 걱정하던 끝에 취선루에서 싸움이 벌어졌다는 소리를 듣고 행여나 완안홍열에게 무슨 일이 생길까 봐 달려온 것이다.

구처기가 좌중을 노려보며 소리쳤다.

"그래, 좋다! 오늘은 그냥 가지만 너희들을 용서치 않을 것이다!"

그는 구리 항아리를 들고 계단을 향해 성큼성큼 걸어갔다.

가진악이 다급히 일어나 소리쳤다.

"구 도장, 오해하지 마시오!"

구처기가 걸어가며 말했다.

"오해라고? 그래도 영웅호걸인 줄 알았더니 왜 금나라 병사의 도움을 청했지?"

"우린 그런 적 없소이다!"

"내가 너처럼 장님인 줄 아느냐!"

가진악은 눈이 먼 뒤로 장님이라고 무시당하는 걸 가장 싫어했다.

"장님이 어떻다는 거냐?"

그가 화난 목소리로 대꾸하며 쇠지팡이를 날렸다.

구처기는 아무 대답 없이 오른손을 들어 지팡이를 잡더니 앞에 있던 금나라 병사의 정수리를 그대로 내려쳤다. 그 병사는 신음 소리조차 내지 못하고 머리통이 터져 죽었다. 구처기가 매섭게 한마디 쏘아붙였다.

"이게 본보기다."

그는 소매를 날리며 내려갔다. 금나라 병사들은 동료가 맞아 죽자 구처기를 향해 창을 날렸다. 구처기는 뒤에 눈이 달린 것처럼 뒤도 돌아보지 않고 날아오는 창을 일일이 막았다. 마음이 다급해진 완안홍열은 군사들을 진정시키고 가진악에게 말했다.

"정말 무자비한 도사군요. 자, 같이 술이나 한잔하면서 앞으로의 대책을 논의해보는 게 어떻겠소?"

가진악은 그가 금나라 병사의 우두머리란 걸 눈치채고는 소리쳤다.

"재수 없다, 꺼져라!"

완안홍열이 당황해하고 있는데, 한보구가 자기 어깨로 완안홍열의 어깨를 밀며 윽박질렀다.

"우리 대형께서 꺼지라잖아!"

그 바람에 완안홍열이 비틀거리며 뒷걸음질 쳤다. 강남칠괴와 초목대사가 아래층으로 내려갔다. 주총은 제일 끝에서 걸었다. 완안홍열이 그의 곁을 지나치자 주총은 역시 부채로 어깨를 치며 비아냥거렸다.

"보쌈한 계집 말이야, 아직 안 팔렸으면 나한테 파는 게 어때? 하하하하!"

주총은 완안홍열의 내력을 몰랐지만 그가 포석약을 대하는 태도를 보고 곧 부부가 아니란 것을 눈치챘다. 또 그가 잘난 체하는 게 역겨워 일부러 그의 돈을 훔쳤던 것이다. 그런데 그가 금나라 병사의 우두머리란 사실을 알게 된 이상 가만있을 수 없었다. 그를 혼내주지 않는다면 하늘이 노할 일이었다.

완안홍열이 낌새를 알아채고 품속을 더듬었지만 과연 갖고 온 돈은 감쪽같이 사라진 뒤였다. 그는 무공이 뛰어난 강남칠괴를 데려가 군사를 훈련시킬 꿈에 부풀어 있었지만, 자신이 데리고 있는 여자가 포석약이란 게 알려지면 큰 화를 입을 게 분명했다. 이번엔 구처기가 강남칠괴를 오해하고 물러갔지만, 미적대고 있다간 자신이 구처기의 손에 죽을지도 모를 일이었다. 그는 즉시 객잔으로 발길을 재촉해 그날 밤 포석약과 함께 금국의 도성都城 연경으로 돌아갔다.

강남칠괴와 구처기의 대결

구처기는 그날 왕도건을 죽이고 우가촌에서 곽, 양 두 사람과 인연을 맺은 다음 곧장 항주로 갔다. 경치가 아름다운 항주에서 당분간 머물 생각이었다. 그는 서호西湖 북쪽에 있는 갈령葛嶺 도관道觀에 거처를 정하고 내공을 수련했다. 그러던 어느 날, 청하淸河 강변을 걷고 있는데 수십 명의 관병이 허겁지겁 달려가는 모습이 보였다. 관병들 가운데는 창이 부러지고 상처를 입은 자도 적지 않았다. 어디서 싸우다가 패배를 하고 도주하는 게 분명했다.

구처기는 이상한 생각이 들었다.

'요즘 금국과 전쟁이 있었다는 얘기는 듣지 못했는데, 어디서 싸움이 벌어진 걸까?'

구처기는 행인들에게 무슨 일인지 물어보았지만 아는 자가 없었다. 그는 호기심이 생겨 멀찌감치 관병들의 뒤를 미행했다. 관병들은 가까이 있는 제6지휘소로 들어갔다.

밤이 되자 구처기는 지휘소에 몰래 잠입해 병사 한 명을 붙잡아 으슥한 골목으로 끌고 갔다. 곤히 자다가 영문도 모른 채 끌려온 병사는 우가촌에 곽소천과 양철심을 잡으러 간 일을 사실대로 털어놓았다.

구처기는 가슴이 철렁 내려앉았다. 병사의 말을 들어보니 곽소천은 이미 목숨을 잃었고, 양철심은 중상을 입은 채 행방불명됐는데 역시 십중팔구 죽었을 거라고 했다. 그리고 두 사람의 아내는 생사를 알 수 없다고 했다.

구처기는 비통한 심정을 가눌 길이 없었다. 그러나 병사는 단지 명령에 따랐을 뿐이니 그에게 화풀이를 할 수도 없는 노릇이었다. 구처기는 그에게 다그쳐 물었다.

"너희들의 상관이 누구냐?"

병사는 숨길 이유가 없었다.

"지휘관은 저…… 단천덕이라고 합니다."

구처기는 병사를 놓아주고 다시 지휘소로 잠입해 단천덕을 찾았으나 그곳에 없었다. 다음 날 아침 지휘소 앞에서 끔찍한 광경이 벌어졌다. 높은 깃대 위에 사람의 머리 하나가 걸렸는데 놀랍게도 곽소천의 것이었다. 구처기는 가슴이 찢어지고 분노가 치밀어 이를 부드득 갈았다.

'내 그를 위해 복수하지 않으면 어찌 사내대장부라 할 수 있겠는가!'

그는 다시 밤이 되기를 기다렸다. 깃대 위로 올라가 곽소천의 머리를 거두어 서호 변에 잘 묻어주었다. 그는 연달아 이틀이나 지휘소에 잠입했지만 단천덕을 찾아내지 못했다. 그래서 사흘째 되는 날은 아예 지휘소 대문 앞에서 큰 소리로 외쳤다.

"단천덕은 어디 있느냐? 썩 나오지 못하겠느냐!"

단천덕은 곽소천의 머리가 사라진 일로 마침 이평을 심문하던 참이었는데, 밖에서 고함 소리가 들려오자 창밖을 살펴보았다. 도사 한 명이 병사 둘을 구타하며 행패를 부리고 있었다. 성이 난 단천덕은 대뜸 칼을 뽑아 들고 밖으로 뛰쳐나가며 고함쳤다.

"이놈이 미쳤나!"

그는 무조건 칼을 휘두르며 구처기를 공격했다. 구처기는 피할 생각도 않고 왼손을 뻗어 칼을 쥔 그의 팔목을 낚아채더니 다짜고짜 물었다.

"단천덕은 어디 있느냐?"

단천덕은 팔이 끊어지는 듯한 극심한 통증을 느끼면서도 상대방이 자신의 이름을 들먹이자 기겁을 했다.

"아니, 단 대인을 찾아왔습니까? 지금 서호 변에서 뱃놀이를 하며 술을 마시고 있는데 오늘 밤에는 아마 안 들어올 겁니다."

구처기는 그의 말을 믿고 손을 풀어주었다. 단천덕은 얼른 두 병사에게 소리쳤다.

"어서 저 도사님을 모시고 서호 변에 가서 단 대인을 찾아드려라!"

병사 두 명은 처음엔 무슨 뜻인지 몰라 어리둥절했다. 그러자 단천덕이 다시 호통을 쳤다.

"이놈들아, 귀가 먹었느냐? 어서 도사님을 모시고 가라니까!"

두 병사는 그제야 뜻을 알아차리고 서호 쪽으로 달려갔다. 구처기는 그들의 뒤를 따랐다. 단천덕은 겁을 집어먹고 황급히 병사 몇 명과 이평을 끌고 제8지휘소로 도망쳤다. 그 지휘소의 지휘관은 그와 절친한 술친구였다. 그는 단천덕의 말을 듣자 발끈해서 당장 부하들을 이끌고 그 도사를 잡으러 가겠다고 했다. 그런데 어떤 행동을 취하기도 전에 지휘소 밖에서 왁자지껄한 소리가 들리더니 곧이어 도사 한 명이 난데없이 나타나 행패를 부린다는 보고가 들어왔다. 서호로 안내하던 병사들이 구처기의 추궁을 견디지 못하고 다시 이곳으로 단천덕을 찾아온 모양이었다.

단천덕은 화들짝 놀라 심복들과 이평을 데리고 이번엔 성 밖에 있는 제2지휘소로 피신했다. 제2지휘소는 외진 곳이라 구처기가 쉽게 찾아내지 못할 거라 생각했다. 단천덕은 좀처럼 마음이 진정되지 않았다. 그 도인의 엄청난 힘을 생각하면 아직도 등골이 오싹했다. 도인에게 잡혔던 손목이 갈수록 팅팅 부어오르고 쑤셨다. 군의를 불러 확인해보니 손목뼈가 부러진 상태였다. 치료를 받은 단천덕은 감히 집으로 돌아가지 못하고 제2지휘소에 머물렀다. 밤이 깊자 지휘소 밖에서 소동이 일었다. 보초를 서던 병사가 갑자기 어디론가 사라진 것이다.

단천덕은 놀라 펄쩍 뛰었다. 그 도사가 보초병을 다그치기 위해 끌고 간 게 틀림없었다. 어느 지휘소에 숨어 있든 그가 찾아올 게 뻔했다. 단천덕은 맞서 싸우자니 도저히 적수가 되지 못하고, 피하고 싶어도 피할 수 없는 노릇이라 안절부절못했다.

단천덕은 난감했다. 다급해진 그는 지금 운처사雲棲寺에 출가해 있는 백부가 문득 떠올랐다. 백부는 무공이 높아 방패막이가 되어줄 거라 믿었다. 아무리 생각해봐도 도사가 자기를 노리는 것은 곽소천과 관련이 있는 것 같았다. 그렇다면 이평을 인질로 잡고 있는 게 유리할 것 같았다. 그는 이평을 위협해 군장으로 갈아입게 하고 뒷문을 통해 줄행랑을 쳤다.

그는 어둠을 뚫고 간신히 운처사에 도착했다. 그의 백부는 출가한지 오래되었다. 법호는 고목으로, 운처사의 주지였다. 고목은 출가하기 전에 군관이었는데, 소림파의 지류인 선하파仙霞派의 무공을 전수받았다. 그는 단천덕의 사람 됨됨이를 못마땅하게 여겨 왕래하지 않았다. 그런 그에게 단천덕이 한밤중에 헐레벌떡 찾아오자 냉랭하게 물었다.

"무슨 일로 온 거냐?"

단천덕은 백부가 금인을 뼈저리게 미워하고 있다는 걸 잘 알고 있었다. 만약 금병들과 함께 곽소천을 잡으러 간 사실을 털어놓으면 보나 마나 자기를 죽이려 할 게 뻔했다. 그래서 운처사로 오는 도중 이미 거짓말을 꾸며놓았다. 백부의 심상치 않은 태도에 그는 얼른 무릎을 꿇고 머리를 조아렸다.

"절 못살게 구는 자가 있습니다. 좀 도와주십시오."

고목은 그의 말을 믿지 않았다.

"네가 남을 괴롭히지 않으면 다행인데, 누가 널 못살게 굴겠느냐?"

단천덕은 아주 진지한 표정으로 애원했다.

"고약한 도사 하나가 절 죽이려고 혈안이 되어 있습니다. 작고하신 아버님을 봐서라도 절 살려주십시오."

고목은 그가 하도 애걸복걸하자 물었다.

"그 도사가 왜 널 죽이려 하느냐?"

단천덕은 자신을 형편없이 말해야 믿어줄 것 같아 얼른 대답했다.

"죄송합니다, 정말……. 며칠 전에 친구들과 냉교冷橋 뒤쪽에 있는 기방에 놀러 갔는데……."

아니나 다를까, 고목은 콧방귀를 뀌며 얼굴이 일그러졌다. 단천덕은 그의 눈치를 살피며 말을 계속했다.

"솔직히 말씀드리겠습니다. 제가 좋아하던 계집이 있었는데, 그날 노래를 부르며 같이 술을 마셨습니다. 그러던 중 도인 하나가 불쑥 들어와 그녀의 노래가 듣기 좋다면서 막무가내로 끌고 가려 했습니다."

고목은 눈을 부라렸다.

"무슨 소릴 하는 거냐? 도인이 왜 그런 지저분한 곳에 가겠느냐?"

단천덕은 천연덕스럽게 말했다.

"글쎄 말입니다. 저도 어서 나가라고 호통을 쳤습니다. 한데 그 도사가 어찌나 사나운지 대뜸 저더러 죽을 날이 멀지 않았는데 육갑을 떤다고 욕을 하는 겁니다."

고목은 눈살을 찌푸렸다.

"죽을 날이 멀지 않았다니…… 무슨 말이냐?"

"금군이 곧 쳐들어와서 우리 병사들을 모조리 죽여버릴 거라고 떠벌려대는 겁니다."

고목은 발끈했다.

"정말 그렇게 말했단 말이냐?"

"네, 그렇다니까요! 제가 그냥 듣고 무시해버렸어야 했는데 성질이 나서 따지고 들었습니다. 만약 금군이 쳐들어온다면 우리 모두 목숨을 걸고 끝까지 싸울 테니 절대 지지 않을 거라고 반박했습니다."

고목은 그 말이 맘에 들었는지 연신 고개를 끄덕였다. 못된 조카 녀석이 이제야 철이 들었는지 난생처음 듣는 옳은 소리였다. 단천덕은 그가 고개를 끄덕이자 내심 쾌재를 부르며 계속 말을 주워섬겼다.

"결국 언쟁이 벌어지고 서로 맞붙게 됐는데, 그 고약한 도사가 어찌나 무공이 센지 도저히 대적할 수가 없었습니다. 전 줄행랑을 쳤고 그놈은 계속 쫓아왔어요. 그래서 백부님께 도움을 청하러 온 겁니다."

고목은 냉정하게 거절했다.

"난 속세를 떠난 사람이다. 기방에서 벌어진 그런 추잡한 일에 끼어들고 싶지 않다."

단천덕은 애원했다.

"백부님만이 절 구해줄 수 있습니다. 다신 기방에 가지 않겠습니다."

고목은 마음이 약해졌다. 게다가 단천덕이 말한 그 도인이 괘씸한 생각이 들어 마지못해 청을 들어주기로 했다.

"좋아, 당분간 이곳에 몸을 숨기도록 해라. 그 대신 말썽을 부리면 안 된다!"

단천덕은 이제야 살았구나 싶어 연신 머리를 조아리며 대답했다.

"네, 여부가 있겠습니까. 염려 마십시오."

고목은 절로 한숨이 나왔다.

"무관이란 자가 이렇게 형편없으니 금군이 정말 쳐들어오면 무슨 수로 이길 수 있겠느냐?"

이평은 단천덕에게 하도 협박을 받아 주눅이 들어 있었다. 그냥 한쪽에 쪼그리고 앉아 그의 거짓말을 들으면서도 감히 입도 뻥긋하지 못했다. 이날 저녁 무렵에 지객승이 헐레벌떡 달려와 고목에게 알렸다.

"밖에 어느 도인이 나타나 단…… 단천덕을 내놓으라고 난립니다."

고목은 즉시 단천덕을 불러왔다. 단천덕은 잔뜩 겁을 먹었다.

"네, 맞아요. 그놈이 맞아요!"

"도대체 어느 문파의 제자인데 그렇게 흉악하단 말이냐?"

"어디서 굴러온 놈인지 알 수가 없어요. 아무튼 무지막지한 놈이니 단단히 혼을 내서 쫓아버려야 해요."

"좋아, 내가 가보겠다."

고목은 바로 대전 밖으로 걸어 나갔다. 이때 구처기는 대전 안으로 들어오려 하고, 승려들은 그를 가로막으며 실랑이를 벌이고 있었다. 고목은 얼른 앞으로 나가 구처기의 팔을 슬쩍 밀면서 내공을 사용했다. 그를 강제로 밀어낼 생각이었다. 한데 고목이 전개한 내공은 마치 솜뭉치에 부딪혀 연기처럼 흩어지듯 아무런 힘도 쓰지 못했다.

'아뿔싸…….'

고목이 심상치 않음을 깨닫고 내공을 거두려 했을 땐 이미 늦었다. 그의 몸은 반탄지력에 의해 뒤로 튕겨 나갔다.

그는 쿵, 하고 등을 제단에 부딪쳤고, 그 충격으로 제단 위에 놓여 있던 향로와 촛대가 와르르 바닥에 떨어졌다. 고목은 크게 놀랐다. 심후한 공력으로 미루어 예사 도인이 아니었다. 그는 합장의 예를 취하며 물었다.

"도장께서 무슨 일로 폐사를 찾아왔습니까?"

구처기가 당당한 목소리로 대답했다.

"단천덕이란 못된 녀석을 잡으러 왔소이다!"

고목은 그의 적수가 못 된다는 것을 알고 점잖게 말했다.

"출가인은 자비를 근본으로 삼아야 하는데…… 무슨 일인지 잘 모르지만 웬만하면 노여움을 풀고 참으시죠."

구처기는 그의 말을 무시하고 성큼성큼 대전 안으로 들어갔다. 그러나 단천덕이 이평을 끌고 이미 밀실로 숨은 뒤였다. 구처기는 남의 사찰을 함부로 뒤질 수 없어 냉소를 짓더니 순순히 물러갔다. 단천덕은 그제야 밀실에서 기어나왔다. 고목은 화가 잔뜩 나 있었다.

"흉악한 도사라니? 그가 사정을 봐주지 않았다면 난 이미 목숨을 잃었을 거다."

단천덕은 계속 우겼다.

"그 고약한 도사는 금국이 보낸 첩자일 겁니다. 아니면 왜 군관인 날 노리겠습니까?"

지객승이 다시 와서 보고했다.

"그 도인은 떠났습니다."

고목이 물었다.

"뭐라고 하더냐?"

지객승이 기어들어가는 목소리로 대답했다.

"우리가 단, 단 시주를 내놓지 않으면 가만두지 않겠답니다."

고목은 성난 표정으로 단천덕을 쳐다보았다.

"네 말이 사실인지 아닌지는 따지지 않겠다. 아무튼 그자는 무공이 워낙 뛰어나 네가 붙잡히면 살아남지 못할 것이다."

그는 잠시 생각을 굴리더니 다시 입을 열었다.

"여기 있으면 넌 무사하지 못할 거야. 내 사제 초목대사의 무공이라면 널 지켜줄 수 있을지도 모르니 어서 법화사로 가서 초목대사를 만나봐라."

단천덕은 고목이 시키는 대로 할 수밖에 별도리가 없었다. 그는 고목이 써준 서한을 들고 곧장 배를 타고 가흥 법화사로 향했다. 초목대사는 그의 수하 중에 여자가 끼어 있다는 사실을 알 리 만무했다. 사형의 친필 서한이 있으니 단천덕을 받아주기로 했다.

결국 구처기는 단천덕을 추적해 법화사에까지 나타났다. 그는 뒤뜰에서 이평을 발견하곤 곧바로 뛰어 들어갔다. 그러자 단천덕이 이평을 끌고 지하 밀실로 숨어버렸다.

구처기는 포석약도 법화사에 있을 거라고 생각해 초목을 다그쳤다. 초목이 아무리 해명해도 구처기는 믿지 않았다. 결국 실랑이가 벌어졌다. 구처기가 무공을 전개하자 초목은 적수가 되지 못한다는 것을 알고 친분이 두터운 강남칠괴에게 도움을 청할 양으로 구처기와 취선루에서 만나기로 약속을 정한 것이다.

구처기의 그 커다란 구리 항아리도 바로 법화사에서 가져온 것이었다. 취선루에서 금군을 만나는 바람에 구처기의 오해는 더욱 깊어졌다.

초목은 물론 자세한 내막을 알 턱이 없었다. 강남칠괴와 취선루를 나선 초목은 법화사로 돌아와 사형에게 서한을 받았다는 얘기를 전하며 다음과 같이 말했다.

"전진칠자는 지난날 중양 진인重陽眞人에게 무공을 전수받아 모두 상당한 고수로 알고 있습니다. 특히 그 장춘자의 무공이 걸출하다고 들었는데, 역시 명불허전이더군요. 성격이 좀 괄괄하지만 경우가 없는 사람은 아닌 것 같습니다. 물론 나하곤 개인적으로 아무런 원한도 없고……. 뭔가 크게 오해하고 있는 게 분명하오."

전금발이 나섰다.

"그럼 사형께서 보낸 그 사람을 불러 상세히 물어보도록 합시다."

초목이 고개를 끄덕였다.

"맞아요. 나도 어떻게 된 영문인지 자세히 묻지 못했소."

그가 막 사람을 시켜 단천덕을 불러오려는데, 가진악이 입을 열었다.

"그 구처기는 우리 강남 무림을 우습게 보는 것 같습니다. 전진파가 강북에서 얼마나 위세당당한지 모르지만 강남까지 와서 행패를 부리면 안 되지요. 오해가 풀리지 않는다면 부득이 무공으로 승부를 겨뤄야 하는데, 일대일로 싸우자니 그의 적수가 못 되고……. 아무튼 골치 아프게 됐습니다."

주총이 그의 말을 이었다.

"그럼 한꺼번에 공격해야지!"

이번엔 한보구가 나섰다.

"여덟 명이 한 사람을 치는 것은 떳떳하지 못한 것 같습니다."

전금발이 그의 말을 받았다.

"그를 죽이자는 게 아니라 기를 꺾어버리자는 뜻이죠."

한소영도 자신의 생각을 밝혔다.

"초목대사와 우리 일곱 명이 합세해 한 사람을 공격했다는 게 강호에 소문나면 웃음거리가 될 텐데요?"

여덟 명의 의견이 분분한 가운데 갑자기 대전 쪽에서 엄청난 굉음이 들렸다. 두 개의 거대한 종이 서로 맞부딪치는 듯한 굉음에 모두들 귀청이 떨어져 나가는 것 같았다. 그 소리는 계속해서 울려 퍼졌다.

가진악이 벌떡 자리에서 일어나며 외쳤다.

"그가 온 거야!"

여덟 사람은 일제히 대전 쪽으로 달려갔다. 알고 보니 구처기가 구리 항아리로 대전 위에 걸려 있는 범종을 두드리고 있었던 것이다. 어찌나 세게 두드리던지 구리 항아리는 이미 금이 가 있었다.

강남칠괴는 구처기가 원래 이렇게 무례한 사람이 아니라는 걸 알 리 없었다. 구처기는 단천덕이 계속 달아나자 분노가 극에 달했고, 평상시 금군에 대한 증오심이 드디어 폭발하고 만 것이다. 칠괴 역시 구처기가 안하무인으로 설치자 참을 수가 없었다. 한보구가 먼저 소리쳤다.

"누이, 우리가 먼저 공격하자!"

그는 한소영의 사촌 오빠인데 성질이 아주 급했다. 말을 내뱉자마자 대뜸 허리에 차고 있던 금룡편金龍鞭을 뽑아 쥐었다. 그리고 구리 항아리를 들고 있는 구처기의 오른손을 겨냥해 질풍노도처럼 채찍을 휘둘렀다. 한소영도 동시에 장검을 뽑아 들고 구처기의 등을 공격했다. 구처기는 앞뒤에서 협공을 당하면서도 전혀 당황하지 않았다.

챙! 구처기는 항아리로 금룡편을 막고, 몸을 한쪽으로 기울여 한소영의 일검을 피했다.

옛날 오나라와 월나라는 원한이 깊었다. 갖은 수모를 겪은 월왕 구천은 와신상담하며 복수의 칼을 갈았다. 그러나 오왕 휘하에는 손자병법에 능통한 오자서吳子胥라는 명장이 있어 도저히 승산이 없었다. 월왕 구천이 낙심하고 있던 차에 하루는 한 미모의 소녀가 찾아왔는데, 검법이 절묘하기 그지없었다.

구천은 크게 기뻐하며 그녀에게 군사훈련을 맡겨 결국 오나라를 멸망시킬 수 있었다. 가흥은 그 당시 오나라와 월나라의 접경으로 치열한 전쟁이 많이 벌어진 곳이었다. 이 월나라 소녀가 구사한 월녀검법越女劍法은 바로 그때부터 전해 내려온 것이다. 당나라 말엽에 이르러 함형주라는 검술의 명인이 월녀검법을 새롭게 보완해 강호에 널리 알렸고, 한소영은 이 검법을 연마해 '월녀검'이란 별호를 얻었다.

몇 초식을 교환하자 구처기는 상대방의 검법을 파악했다. 월녀검법은 빠른 것이 특징이라 그도 역시 공격 속도를 높였다. 오른손의 항아리로 한보구의 금룡편을 막으며 왼손을 번개처럼 뻗어 한소영의 검을 낚아채려 했다. 삽시간에 한소영은 궁지에 몰리며 계속 뒤로 밀려났다.

그것을 본 남산초자 남희인과 소미타 장아생은 쇠로 된 멜대와 푸줏간에서 쓰는 칼을 휘두르며 협공을 전개했다. 남희인은 입을 굳게 다문 채 휙휙, 연신 멜대를 휘두르는 반면, 장아생은 고래고래 소리를 질러댔다. 강남 사투리로 저속한 욕설을 퍼부었는데, 구처기는 알아들을 수 없어 그냥 무시해버렸다.

격전이 벌어지고 있는 가운데 구처기가 갑자기 왼손을 뻗어 장아생의 얼굴을 후려쳤다. 장아생은 급히 몸을 뒤로 젖혔다. 하지만 구처기의 왼손 공격은 상대방을 속이기 위한 허초虛招였다. 구처기는 곧바로 오른발을 날렸다. 순간, 장아생은 손목에 통증을 느끼며 칼을 놓쳤다.

장아생은 사실 칼보다 주먹을 더 잘 썼다. 칼이 없어졌는데도 전혀 개의치 않고 냅다 주먹을 뻗었다. 철퇴를 휘두르듯 그의 주먹에는 엄청난 힘이 실려 있었다. 구처기도 그의 주먹 힘을 인정하지 않을 수 없었다.

"좋아!"

그는 몸을 옆으로 피하며 다시 소리쳤다.

"애석하구나, 애석해!"

장아생은 눈을 부라렸다.

"뭐가 애석하다는 거냐?"

"솜씨는 제법인 것 같은데 땡추와 어울려 금군의 앞잡이 노릇을 하다니!"

장아생이 발끈해 대들었다.

"이런, 빌어먹을! 누가 금군의 앞잡이라는 거냐?"

그는 다시 연거푸 주먹을 뻗었다. 구처기는 몸을 뒤로 살짝 피하며 항아리로 그의 주먹을 막았다. 땡땡, 둔탁한 금속성이 울리며 장아생의 주먹은 항아리에 적중됐다.

주총은 자기 쪽에서 네 사람이 나섰는데도 기선을 제압하지 못하자 전금발에게 손짓을 보냈다. 그것을 신호로 두 사람도 측면 공격을 전개했다. 전금발의 무기는 큼지막한 쇠저울이었다. 저울대는 철봉으로 사용하고, 한쪽 끝에 매달린 고리가 갈퀴 역할을 했다. 그리고 한쪽 끝에 매달린 연자추鏈子錘가 또 하나의 무기가 되었다. 다시 말해 저울 하나로 세 가지 무기를 사용하는 셈이었다.

주총의 특기는 혈도를 노리는 점혈點穴수법이었다. 기름종이가 너덜너덜한 쥘부채의 부챗살은 순강純鋼으로 되어 있어 혈도를 찍는 데 안성맞춤이었다. 그는 여러 가지 무기가 난무하는 가운데 구처기의 혈도만 노렸다.

구처기의 구리 항아리는 훌륭한 방패가 되었다. 항아리를 전후좌우로 마구 휘두르자 여섯 명은 쉽게 접근하지 못했다. 그러나 육중한 항아리를 계속 휘두르자니 차츰 몸놀림이 둔해지는 것 같았다. 역시 중과부적이었다. 그럴수록 구처기의 공격이 거칠어졌다. 초목은 싸움이 갈수록 거칠어지자 사상자가 생길 것 같아 황급히 소리쳤다.

"자, 다들 그만 싸우고 내 말 좀 들어보시오!"

구처기가 그의 말을 들을 리 만무했다.

"무슨 헛소릴 하는 거야? 얏!"

그는 기합을 내지르며 장아생의 어깨를 향해 일장을 내갈겼다.

천외비산天外飛山! 그가 전개한 일장은 초식이 독특하고 빠르기가 이를 데 없어 장아생이 도저히 피할 수 없을 것 같았다. 초목이 흠칫 놀라 외쳤다.

"안 돼!"

구처기는 시간을 끌수록 자신에게 불리하다는 것을 알고 있었다. 게다가 상대방은 아직 두 사람이나 더 남아 있었다. 속전속결을 할 수밖에 없었다. 겨우 빈틈을 찾아 결정적인 일장을 전개했으니 상대의 사정을 봐줄 리 만무했다. 장아생은 몸이 무쇠처럼 단단했다. 그는 구처기의 일장을 피할 수 없다는 것을 알고 이를 악물며 기합을 토해냈다.

"얏!"

온몸의 기를 어깨로 끌어모아 상대방의 일장을 정면으로 받았다.

우두둑! 뼈 으스러지는 소리가 들리며 장아생의 입에서 나직한 신음이 새어 나왔다. 어깨뼈가 부러진 것이다.

주총은 소스라치게 놀라 잽싸게 쥘부채를 펼쳐 구처기의 선기혈璇機穴을 찔렀다. 이 일 초식은 방어를 무시한 저돌적인 공격이었다. 부상을 입은 다섯째가 또다시 공격을 당할까 봐 무조건 구처기를 밀어붙인 것이다. 구처기로선 일단 쥘부채의 예봉을 피해야만 했다. 그러자 다른 무기들이 빗발치듯 그에게 집중 공격을 퍼부었다.

순간 전금발의 입에서 놀란 외침이 터져 나왔다.

"앗!"

상대방이 저울추를 낚아챈 것이다. 구처기가 저울추를 냅다 끌어당기자 전금발은 힘에 부쳐 앞으로 한 자가량 끌려갔다. 구처기는 항아리를 비스듬히 휘둘러 남희인과 주총의 공격을 막으며 왼손으로 전금발의 정수리를 내리쳤다. 한보구와 한소영은 대경실색하며 일제히 몸을 솟구쳤다. 두 가지 무기가 구처기의 면상을 향해 질풍처럼 날아갔다. 구처기는 피하지 않을 수 없었다.

전금발은 그 틈을 타서 얼른 몸을 뒤로 뺐다. 죽음 직전에서 간신히 살아난 그의 등줄기에는 식은땀이 흘렀다. 비록 목숨은 부지했지만 구처기가 피하면서 걷어찬 발길질에 옆구리를 맞아 뼈가 으스러지는 고통과 함께 쓰러지고 말았다. 초목은 원래 나서지 않으려 했다. 그러나 자신을 도우러 온 친구들이 하나둘 부상을 입자 넓은 승복 소매를 떨치며 시커먼 단목短木으로 구처기의 옆구리를 찍었다. 구처기는 신중하게 상대했다.

'저 화상도 점혈수법에 능하군. 공력도 심후하고…….'

한편 가진악이 다섯째와 여섯째 사제가 부상을 입은 것을 알고 철봉을 들어 올려 막 앞으로 나서려는데, 전금발이 소리쳤다.

"대형, 암기를 날려요! 진晉, 다음은 소과小過!"

그가 소리치자 휙휙, 두 개의 암기가 구처기의 양미간과 사타구니를 향해 날아갔다. 마름의 꽃잎처럼 생긴 암기였다. 앞을 못 보는 맹인이 이렇게 정확히 암기를 날리다니 구처기는 그저 놀랄 따름이었다. 물론 옆에서 누가 복희육십사괘伏羲六十四卦의 방위에 따라 위치를 알려준다고는 하지만 불가사의한 일이 아닐 수 없었다. 구처기는 항아리로 암기를 막아내며 소리없이 감탄했다.

'엄청난 힘이군!'

이때 한씨 오누이와 주총, 남희인은 모두 한쪽으로 물러났고 전금발이 계속 소리쳤다.

"이번엔 중부中孚, 또 이離! 좋아요. 놈은 지금 명이明夷에 있어요!"

그가 방위를 외치고, 가진악이 암기를 날리는 것은 10여 년 넘게 함께 호흡을 맞춰온 결과였다. 여섯 오누이 중에서 오직 전금발만이 대형의 눈을 대신해줄 수 있었다.

가진악은 마치 직접 눈으로 본 듯 삽시간에 10여 개의 암기를 발출했다. 구처기는 암기를 막느라 계속 뒤로 물러나 반격할 새가 없었다. 그렇다고 쉽사리 암기에 당할 그도 아니었다.

한데 전금발의 외침 소리가 갈수록 작아졌다. 간간이 신음도 섞여 나왔다. 통증이 심해지는 것 같았다. 그리고 장아생은 죽었는지 살았는지 아무 소리도 들리지 않았다. 전금발의 외침이 다시 들려왔다.

"동, 동인同人을……."

가진악은 이번엔 그의 말에 따르지 않았다. 순간, 그의 손에서 네 개의 암기가 날아갔다. 두 개는 동인 방위의 우측인 절節과 손損을 노리고, 또 다른 두 개의 암기는 동인 방위 좌측의 풍豊과 이離를 겨냥해 쏜살같이 뻗쳐갔다. 구처기는 왼쪽으로 미끄러지면서 동인 방위를 피했다.

"앗!"

"으악!"

동시에 두 사람의 비명이 들렸다. 구처기는 오른쪽 어깨에 암기를 맞았다. 손 위치를 겨냥해 날린 암기는 뜻밖에도 한소영의 등에 꽂혔다. 가진악은 상황을 정확히 파악하고 황급히 소리쳤다.

"일곱째 사매, 어서 이리 와!"

한소영은 대형이 사용하는 암기에 무서운 독이 묻어 있다는 것을 알기 때문에 얼른 그에게 달려갔다. 가진악은 누런 알약을 꺼내 그녀의 입에 넣어주며 말했다.

"뒤뜰로 가서 움직이지 말고 땅바닥에 엎드려 있어. 좀 이따 내가 가서 치료해줄게."

한소영이 냅다 달려가자 가진악이 다시 소리쳤다.

"뛰지 마, 뛰지 마! 천천히 걸어."

한소영은 이내 자신의 실수를 깨달았다. 중독된 상태에서 뛰어가면 혈액순환이 빨라져 독이 금방 온몸으로 퍼진다. 그녀는 천천히 뒤뜰로 걸음을 옮겼다.

구처기는 암기를 맞았지만 별다른 통증을 느끼지 못해 다시 주총, 초목과 맞붙었는데 가진악이 한소영에게 뛰지 말라고 외치자 비로소 상처 부위가 뻐근하게 저려오는 것 같았다. 구처기는 가슴이 철렁 내려앉았다.

'아뿔싸! 나도 중독되었구나.'

더 이상 싸운다는 것은 무리였다. 즉시 주먹을 휘두르며 남희인의 얼굴을 공격했다. 남희인은 무쇠로 만든 멜대를 치켜들어 방어 태세를 취했다. 한데 구처기는 주먹을 거둘 생각은 하지 않고 오히려 기합을 내질렀다.

"얏!"

그의 주먹이 멜대에 적중했다.

챙, 하는 금속성이 들리며 멜대는 땅바닥에 떨어졌고, 남희인의 손아귀는 찢어져 피가 흘러나왔다. 다급해진 구처기가 진력을 다해 주먹을 뻗은 탓이다. 남희인은 내상을 입고 비틀거리며 울컥 피를 토해냈다. 구처기는 또 한 사람에게 부상을 입혔지만 어깻죽지가 갈수록 뻐근해져 항아리의 무게를 감당하기 벅찼다. 그는 대갈일성하며 왼쪽 다리를 뻗었다. 그러자 한보구는 잽싸게 뒤로 몸을 피했다. 이를 본 구처기가 소리쳤다.

"어딜 도망가느냐!"

그는 재빨리 항아리를 던져 그에게 뒤집어씌웠다. 한보구가 다시 몸을 피하기에는 이미 때가 늦었다. 그는 기겁을 하며 본능적으로 두 팔로 머리를 감싸고 몸을 움츠렸다. 거대한 항아리가 정확히 그에게 씌워졌다.

구처기는 항아리를 버리자마자 검을 뽑아 쥐고 몸을 솟구쳤다. 그가 노린 것은 범종을 매달아놓은 굵은 사슬이었다.

챙! 예리한 검이 스치자 사슬은 맥없이 끊겼고, 구처기는 허공에서 범종을 걷어찼다. 그러자 1천 근 넘는 거대한 범종이 요란한 굉음과 함께 항아리 위에 떨어졌다. 한보구가 제아무리 힘이 세다고 해도 항아리 안에서 기어 나오지는 못할 터였다. 구처기는 연거푸 진력을 사용하는 바람에 팔다리가 저려오며 이마에 땀방울이 맺혔다. 가진악의 고함 소리가 터진 건 이때였다.

"죽고 싶지 않으면 어서 검을 버리고 항복해라!"

강남칠괴 중 가진악과 주총, 두 사람만이 부상을 입지 않았다. 가진악은 상대방이 도망가도록 내버려둘 수 없어 철봉을 움켜쥔 채 대문을 가로막았다. 구처기는 독이 더 이상 퍼지기 전에 이곳을 떠나는 게 상수라고 여겨 이내 문 쪽으로 몸을 날리며 장검을 떨쳤다. 가진악은 예민한 청각으로 검을 막았다. 구처기는 하마터면 검을 놓칠 뻔했다.

'저 장님의 내공이 엄청 심후하군. 그럼 공력이 나보다 한 수 위란 말인가?'

다시 검을 전개해 상대방과 몇 수 교환하고 난 구처기는 그제야 비로소 어깨의 부상으로 공력이 줄어든 사실을 깨달았다. 그는 즉시 검을 왼손에 옮겨 쥐고 터득한 이래 한 번도 사용해보지 못한 검법을 구사했다.

바로 동귀검법同歸劍法이었다. 이 동귀검법은 상대방과 죽음을 같이하겠다는 뜻의 동귀어진同歸於盡에서 따온 이름이다. 구처기는 죽을 각오를 했다. 독이 계속 퍼지는 상태에서 고수 셋을 상대하는 것은 도저히 승산이 없으므로 이 최후의 방법을 택한 것이다. 구처기와 가진악은 10여 초식을 교환했다. 구처기의 파상공격으로 가진악은 다리에 검을 맞고 말았다.

초목은 안 되겠다 싶어 소리쳤다.

"가 대형, 저 도사를 그냥 놔줍시다!"

그가 순간적으로 방심하는 틈을 타 구처기의 장검이 오른쪽 늑골을 파고들었다. 초목은 비명을 지르며 쓰러졌다. 구처기도 지칠 대로 지쳐 비틀거렸다. 주총은 눈에 핏발이 곤두서 연방 욕을 퍼부으며 공격을 전개했다. 다시 얼마 동안 사투가 계속되자 앞을 보지 못하는 가진악은 구처기가 의도적으로 구사한 성동격서聲東擊西, 허허실실 검법에 또다시 다리에 검을 맞고 쓰러졌다.

주총이 다시 욕을 했다.

"이런 육시랄 땡추 도사야! 넌 독이 온몸에 퍼져 곧 뒈질 거야. 기력이 남아 있으면 어서 날 찔러봐라!"

구처기는 비틀거리면서도 검을 움켜쥔 채 공격을 전개했다. 그러자 주총은 뛰어난 경공을 이용해 불상을 끼고 돌며 계속 욕을 퍼부었다. 구처기는 더 이상 몸을 지탱하기가 힘든지 한숨을 몰아쉬며 멈추어 섰다. 눈앞의 사물이 흐릿해지면서 정신까지 몽롱해졌다. 억지로 정신을 가다듬고 나갈 문을 찾으려는데 갑자기 등뒤로 뭔가 날아왔다. 주총이 신고 있던 신발을 벗어 던진 것이다. 신발은 부드러웠지만 진력이 실려 있었다.

구처기는 휘청거렸고, 의식이 가물가물해졌다. 다시 정신을 가다듬으려는데 이번엔 쿵, 하는 소리와 함께 뒤통수에 일격을 맞았다. 주총이 목탁을 집어 던진 것이다. 구처기의 내공이 심후하지 않았다면 즉사했을 만한 힘이었다. 그는 눈앞이 캄캄해졌다.

'여기서 저 못된 놈들 손에 죽게 되는구나.'

그런 생각을 하는 순간, 다리에 힘이 풀리면서 그 자리에 쓰러지고 말았다. 주총은 그가 다시 일어날까 봐 얼른 쥘부채로 목 부분의 혈도를 찍었다. 바로 그때 쓰러져 있던 구처기의 손가락이 살짝 움직이는 것 같았다. 주총은 심상치 않은 느낌에 반사적으로 가슴을 가렸는데, 아랫배에 무시무시한 힘이 뻗쳐와 몸이 휙, 뒤로 날아갔다. 그리고 몸이 땅에 떨어지기도 전에 입에서 선혈을 뿜어냈다.

구처기가 마지막으로 전개한 일격에는 그가 평생 쌓아 올린 공력이 집중되어 있었다. 비록 몸을 움직일 수는 없었지만 체내에 남아 있던 진력을 전부 쏟아낸 것이다. 주총은 어마어마한 위력을 견딜 재간이 없었다.

법화사의 승려들은 무예를 익히지 못했다. 주지가 무공을 지니고 있다는 사실도 전혀 몰랐다. 그들은 대전에서 상상도 못 할 싸움이 벌어지자 혼비백산 모두 숨어버렸다. 한참 기다려도 대전 안에서 아무런 소리가 들리지 않자 몇몇 담이 큰 사미승이 삐뚜름히 고개를 내밀어 두리번거렸다. 곳곳에 사람이 쓰러져 있고 온통 피투성이인 광경을 보고 대경실색한 승려들은 비명을 질러대며 단천덕을 찾아갔다.

단천덕은 줄곧 지하 밀실에 숨어 있었는데, 사미승들의 말을 듣자 속으로 쾌재를 불렀다. 그래도 행여 구처기가 살아 있을까 봐 사미승을 시켜 그 도사가 죽었는지 확인해보라고 했다. 사미승이 다시 돌아와 도사가 바닥에 쓰러져 움직이지 않는다는 보고를 받고서야 마음이 놓여 이평을 끌고 대전으로 갔다. 그는 우선 구처기를 발로 툭툭 걷어차 봤다. 구처기는 가느다랗게 신음을 하며 아직 숨이 끊어지지 않은 상태였다. 단천덕은 대뜸 칼을 뽑아 들고 소리쳤다.

"이런, 빌어먹을 놈! 너 때문에 얼마나 고생이 많았는지 아느냐? 좋아, 네놈을 저승으로 보내주마!"

초목은 중상을 입은 상태에서 단천덕이 살인하려는 것을 보자 죽을 힘을 다해 외쳤다.

"안, 안 돼! 그를 해치지 마……."

"왜 안 된다는 거죠?"

"그는 좋은 사람이다. 단지…… 성미가 급해 오해가 생겼을 뿐이야."

"제기랄, 좋은 사람이 다 얼어 죽었군! 이런 놈은 죽어야 한다고!"

단천덕은 칼을 번쩍 들어 올려 구처기의 머리를 내리치려 했다. 초목은 분노가 극에 달했다. 그는 단천덕을 겨냥해 있는 힘을 다 쏟아 손에 쥐고 있던 단목을 던졌다. 단천덕은 얼른 몸을 피했다. 그러나 무공이 형편없는지라 단목이 입에 맞아 이 세 개가 부러졌다.

아파서 비명을 지르던 단천덕은 포악한 성질이 발작해 칼을 쥔 채 다짜고짜 초목을 향해 달려가려 했다. 곁에서 그 모습을 본 사미승이 황급히 그의 팔을 잡았다. 또 한 명의 사미승은 단천덕의 뒷덜미를 잡고 늘어졌다. 단천덕이 코웃음을 치며 칼을 휘두르자 두 명의 사미승이 고꾸라졌다. 구처기와 초목, 강남칠괴는 무공이 뛰어났지만 모두 중상을 입은 터라 눈을 뜨고 지켜볼 수밖에 없었다. 이때 이평이 버럭 소리를 질렀다.

"나쁜 놈! 어서 칼을 치우지 못하겠느냐!"

그동안 온갖 수모를 당해온 이평이었다. 기회를 봐서 남편을 위해 복수할 심산이었는데 더 이상 참지 못해 단천덕에게 덤벼들었다. 악밖에 남지 않은 그녀는 성난 야수와도 같았다. 군복을 입은 부하가 갑자기 단천덕에게 덤벼들자 모두들 영문을 몰라 어리둥절했다. 그러나 청각이 유난히 예민한 가진악은 이평의 음성을 듣고 여자라는 걸 이내 알아차렸다. 그가 한숨을 내쉬며 말했다.

"초목 화상, 우린 당신의 말만 믿고 이 꼴이 된 거요. 사찰 안에 정말 여자가 숨어 있었소!"

멍하게 있던 초목은 이내 그의 말뜻을 알아차렸다. 자기가 미련하게 짐승 같은 놈한테 속아 본의 아니게 친구들에게 누를 끼친 것이다. 기가 막히고 울화가 치밀어 견딜 수가 없었다.

"으악!"

그는 악을 쓰듯 소릴 지르며 몸을 솟구쳐 단천덕을 덮쳤다. 단천덕은 그가 성난 사자처럼 덮쳐오자 기겁을 하며 몸을 피했다. 초목은 중상을 입은 상태에서 혼신의 진력을 쏟아냈기 때문에 힘을 자제하지 못하고 대전 기둥에 머리를 박고 말았다. 그 즉시 두개골이 파열돼 피를 사방으로 뿌리며 숨을 거두었다. 단천덕은 놀라 혼비백산했다. 그는 더 이상 머물지 못하고 이평을 잡아끌며 밖으로 도망쳤다. 이평이 악을 쓰는 소리가 들려왔다.

"놔라! 이놈아, 놔! 사람 살려, 살려줘요!"

그 소리는 차츰 멀어져갔다.

그 아이들이 열여덟 살이 될 때

초목대사가 원적하자 남아 있던 승려들은 대성통곡했다. 또 어떤 이들은 부상자를 치료하느라 분주했다. 그때 갑자기 종 밑의 구리 항아리에서 탕탕거리는 소리가 들려왔다. 겁을 먹은 승려들이 구리 항아리를 바라보며 입을 모아 염불을 외는데도 그 이상한 소리는 끊이지 않았다. 결국 10명의 승려가 힘을 모아 종을 다시 매달고 항아리를 들추니 안에서 거대한 고깃덩어리 같은 게 굴러 나왔다.

승려들이 대경실색해 사방으로 도망치자 그 고깃덩어리가 일어나 숨을 헐떡거렸다. 그것은 다름 아닌 한보구였다. 그는 항아리에 갇혀 결투의 후반부를 보지 못했는데, 초목대사가 죽고 형제들이 모두 중상을 입은 것을 알자 화가 나 씩씩대기 시작했다. 한보구가 금룡편을 들어 올려 구처기의 정수리를 공격하려 하자 전금발이 다급하게 소리쳤다.

"셋째 사형, 안 돼요!"

한보구가 짜증을 내며 물었다.

"왜 안 된다는 거야?"

전금발이 아픈 허리를 움켜잡으며 신음하듯 말했다.

"글쎄, 안 된다니까요."

한편 가진악은 두 다리에 칼을 맞는 중상을 입었지만 정신만은 멀쩡했다. 그는 품속을 더듬어 해독약을 꺼내 구처기와 한소영에게 먹이라고 승려들에게 이른 뒤 한보구에게 자초지종을 들려주었다. 한보구는 분기탱천하여 단천덕을 죽이려 했다. 가진악이 한보구를 말렸다.

"그 못된 놈은 나중에 처리해도 돼. 내상을 입은 형제들부터 구해."

주총과 남희인은 심한 내상을 입은 상태였고, 전금발의 허리 부상도 결코 가볍지 않았다. 장아생은 팔뚝이 부러지고 가슴 통증도 심해 잠시 기절했지만, 정신을 차린 뒤에는 그런대로 상태가 괜찮아졌다. 이에 뭇사람들은 사찰에 남아 상처를 치료했고, 법화사에서는 항주 운처사로 사람을 보내 초목대사의 장례 문제를 처리했다.

며칠이 지나자 구처기와 한소영도 해독이 됐다. 구처기는 의술에 능통해 주총 등에게 약을 처방하고, 다른 사람의 부상도 돌봐주었다. 다행히 모두 기초 체력이 튼튼해 상처가 빠르게 호전되었다. 그러나 선방에 모인 그들의 심경은 착잡하기 이를 데 없었다. 단천덕 같은 소인 잡배에게 놀아나 강호의 내로라하는 고수들이 모두 중상을 입었고, 초목대사는 목숨까지 잃었으니 기가 막힐 노릇이었다.

이윽고 한소영이 침묵을 깨며 입을 열었다.

"구 도장의 영명함은 천하가 아는 바이고, 우리 일곱 형제 또한 강호에서 잔뼈가 굵었는데 한낱 무명소졸無名小卒에게 실컷 놀아난 게 강호에 알려지면 웃음거리가 될 게 뻔해요. 뒷일을 어떻게 수습할지 도장께서 한 말씀 해주세요."

그러나 구처기는 유구무언이었다. 자신이 조금만 성질을 죽이고 초목과 차근차근 의논했다면 모두 해결될 일이었거늘 후회막심이었다.

구처기가 조심스럽게 물었다.

"가 대형은 어찌하면 좋겠소?"

원래도 괴팍했지만 눈이 먼 후 더욱 비뚤어진 가진악이 냉소를 지으며 말했다.

"구 도장은 천하에서 가장 똑똑하고 잘난 분이 아니시오? 언제부터 우리 형제를 생각했다고 내 의견을 묻고 그러시오?"

그는 자신의 일곱 형제가 구처기 한 사람을 이기지 못한 것이 평생의 치욕으로 느껴졌다. 게다가 다리에 검을 맞은 것 또한 분해 미칠 지경이었다. 구처기는 겸연쩍었지만 가진악의 심정을 헤아릴 수 있었다. 그는 자리에서 일어나 일곱 사람을 둘러보며 정중히 예를 갖추어 사과했다.

"빈도가 무능해 큰 실수를 저질렀소. 면목 없지만 여러분께 사죄를 올리겠소."

그러자 주총 등도 그에게 예의를 차렸다. 그러나 가진악은 여전히 냉랭했다.

"우린 창피해서 이제 더 이상 강호에 나갈 수도 없소. 그저 고기나 낚고 장작이나 팰 것이오. 이제 도장만 우릴 괴롭히지 않는다면 남은 여생을 조용히 살 수 있을 거요."

구처기는 무안해 얼굴까지 벌게졌지만 뭐라 반박할 수가 없었다. 그는 잠시 침묵하더니 자리에서 일어서며 입을 뗐다.

"모두 빈도의 잘못이니 다시는 이곳에 발을 디디지 않겠소. 초목대사의 원수는 빈도가 반드시 갚을 거요. 그럼 난 이만 떠나겠소."

그가 다시 일곱 사람에게 읍하며 돌아서는 순간, 가진악이 소리쳤다.

"잠깐!"

구처기가 돌아서며 물었다.

"무슨 일이오, 가 대형?"

"우리 형제에게 씻을 수 없는 오욕을 남겨놓고 그렇게 떠나면 다요?"

"그럼 어찌해야 좋을지 말씀해보시오. 무엇이든 따르겠소."

구처기의 말에 가진악이 잠시 된 신음을 내뱉으며 말했다.

"우린 이대로 끝낼 수 없소. 다시 한번 겨뤄봅시다."

강남칠괴는 정의롭기로 소문이 났지만 이름 그대로 다들 고집스럽고 괴팍한 면이 있었다. 그들은 강호의 싸움에선 한 번도 패한 적이 없었다. 옛날 회양방淮陽幇과 싸울 때도 100여 명의 호걸을 물리쳤고, 어린 한소영마저도 적을 두 명이나 죽여 강호를 떠들썩하게 한 일이 있었다. 그런데도 구처기 한 사람을 이기지 못했으니 자존심에 큰 상처를 입은 것은 당연했다. 게다가 그들의 오랜 친구인 초목대사가 비명횡사한 것도 따지고 보면 구처기의 경솔함 때문이었다. 그러나 법화사에서 분명히 곽소천의 아내를 숨기고 있었으니, 그 점에 대해선 강남칠괴 또한 달리 할 말이 없었다.

구처기가 입을 열었다.

"가 대형이 해독약을 주지 않았다면 빈도는 암기에 맞아 벌써 불귀의 객이 되었을 거요. 다시 겨룰 것 없이 빈도가 진 걸로 하겠소."

가진악은 다시 겨뤄봤자 자신들이 질 거라는 걸 잘 알고 있었지만 마지막까지 자존심을 굽힐 수 없었다.

"그렇다면 도장의 장검을 놓고 떠나시오."

'내 이미 저들의 체면을 세워주었거늘 해도 너무하는군…….'

구처기는 은근히 화가 치밀었지만 가라앉은 목소리로 말했다.

"이건 가 대형의 쇠지팡이처럼 빈도의 호신 병기일 뿐이오."

가진악이 소리쳤다.

"내가 장님이라고 놀리는 거요?"

구처기가 정색을 하며 대답했다.

"그럴 리가 있겠소?"

가진악이 씩씩거리며 말했다.

"지금은 모두 부상을 입어 승부를 내기 어려우니 내년 이맘때 취선루에서 다시 한번 겨룹시다."

그 말에 구처기는 눈살을 찌푸렸다.

'괴팍하긴 하나 영웅호걸들인데 뭐 하러 저들과 겨룬단 말인가? 그날 한보구가 항아리에서 나와 날 죽이려 했다면 식은 죽 먹기였을 것이다. 게다가 이번 일은 경솔한 나 때문에 빚어진 비극 아닌가? 대장부라면 잘못을 시인해야 한다. 하지만 저들의 고집을 어찌 꺾는단 말인가?'

그는 잠시 심사숙고하다 좋은 생각이 떠올랐는지 이렇게 제의했다.

"다시 겨루기를 원한다면 어려운 일은 아니오. 다만 그 방법은 빈도가 정하겠소. 그렇지 않다면 술 겨루기에서 주 형에게 지고 법화사에서 여러분께 진 것처럼 세 번째 싸움도 지고 말 테니, 굳이 싸울 필요가 없잖소?"

한보구, 한소영, 장아생은 그 자리에서 벌떡 일어났고 침대에 누워 있던 주총 등도 고개를 들어 관심을 보였다.

"우리 강남칠괴는 항상 결투 방법과 시간, 장소를 상대방에게 선택하게 했소."

구처기는 어린애 같은 그들의 호기심에 피식 웃음이 나오는 걸 참으며 말했다.

"그 방법이 무엇이든 무조건 따르겠단 말이오?"

주총과 전금발은 어떤 묘책을 내든 우리한테는 어림없다는 생각에 고개를 끄덕이며 대답했다.

"물론이오."

구처기가 다시 확인했다.

"정말이오?"

한소영이 끼어들었다.

"어서 말씀이나 해보세요."

"만약 내가 말한 방법이 타당치 않다면 그냥 내가 진 걸로 해두겠소."

구처기는 그렇게 말하며 머리를 굴렸다.

'저들은 승부욕이 강해서 무조건 나와 겨루려 할 거야.'

아니나 다를까, 그때까지 침묵하고 있던 가진악이 말을 받았다.

"말로만 끝낼 수는 없소. 어서 얘기해보시오."

이에 구처기가 자리를 잡고 앉았다.

"이 방법은 시간이 좀 오래 걸리지만 한때의 혈기가 아닌 진짜 실력을 겨뤄볼 수 있을 거요. 우린 무림에서 명성을 얻은 인물들이니 다른 사람들처럼 평범하게 권법이나 무기로 겨루는 건 시시하잖소?"

'권법과 무기를 쓰지 않고 겨루는 방법도 있나? 또 술을 마시자는 건 아니겠지.'

강남칠괴가 고개를 갸웃거리자 구처기가 의기양양하게 말했다.

"우리 명승부를 펼쳐봅시다. 내가 여러분과 인내심뿐만 아니라 지모까지도 겨뤄보겠소. 이 시합이 끝나면 누가 진짜 영웅호걸인지 판가름 날 거요."

이 말을 들은 강남칠괴는 자신들도 모르게 흥분하기 시작했다.

한소영이 재촉했다.

"어서 말해보세요. 우린 어려운 것일수록 좋아요."

"도를 닦고 부적을 만드는 일은 아니겠죠? 그럼 우린 적수가 못 되잖소."

"도둑질로 겨룬다면 빈도 역시 적수가 못 될 거요."

주총의 농담에 구처기도 받아쳤다. 한소영이 깔깔거리다 또다시 재촉했다.

"어서 말해보라니까요."

드디어 구처기가 말문을 열었다.

"우리가 치고받고 한 것도 따지고 보면 비명횡사한 충신의 후손을 구하기 위해서였소. 그렇다면 우선 자초지종을 알아야 할 거요."

그는 곽소천, 양철심을 알게 된 일부터 단천덕을 추적하게 된 일까지 그간의 사정을 자세히 설명해주었다. 경청하던 강남칠괴도 조정 관리의 무능함과 금인의 포악함에 욕을 퍼부어댔다.

설명을 마친 구처기가 말했다.

"단천덕이 데려간 사람이 바로 곽소천의 처 이씨요. 가 대협과 한씨 남매를 제외한 네 분은 모두 그들을 보았을 거요."

가진악이 나섰다.

"그녀의 목소리를 기억하오. 아마 영원히 잊지 못할 거요."

"잘됐소. 그러나 양철심의 처 포씨는 행방이 묘연하오. 빈도는 그녀를 보았지만 여러분은 모를 거요. 빈도가 겨루고자 하는 게 바로 그거요. 그래서 방법은……."

한소영이 구처기의 말을 가로챘다.

"우리는 이씨를 구하고, 도장은 포씨를 구해서 누가 먼저 성공하느냐 그거죠?"

구처기가 한소영의 재치에 미소 지으며 말을 받았다.

"그것도 쉬운 일은 아니지만 겨우 그걸로 진짜 승부를 가릴 수는 없지요. 빈도의 방법은 더욱 어렵고 좀 더 장기적인 것이오."

가진악이 물었다.

"그게 대체 뭐요?"

"그 두 여인은 모두 임신 중이오. 일단 그들을 구해 순산할 수 있도록 보살핀 뒤, 난 양가楊家의 아이를 가르치고 여러분은 곽가郭家의 아이를 가르쳐……."

구처기의 말을 들은 강남칠괴는 하나같이 영문을 알 수 없다는 표정이었다.

한보구가 물었다.

"그래서요?"

"18년 후 그 아이들이 열여덟 살이 되면 가흥부 취선루에 다시 모여 강호의 영웅호한들을 모두 초청한 뒤 연회를 베풉시다. 술기운이 무르익으면 두 아이에게 무예를 겨루도록 해 빈도의 제자가 훌륭한지, 여러분의 제자가 대단한지 지켜보는 거죠."

강남칠괴는 기가 막혀 서로를 바라볼 뿐이었다. 구처기가 다시 말을 이었다.

"여러분이 다시 빈도와 겨루어 이긴다 해도 머릿수로 밀어붙인 꼴밖에 안 되니 별로 영광스러울 것도 없지 않겠소? 하나 빈도의 무예를 전수받은 사람과 여러분의 무예를 전수받은 사람이 일대일로 겨뤄 그쪽이 이긴다면 나로선 진심으로 승복할 수밖에 더 있겠소?"

가진악은 자신감에 충만해 쇠지팡이로 땅을 내리쳤다.

"좋소, 한번 해봅시다!"

전금발이 걱정스럽게 물었다.

"이씨가 이미 단천덕 손에 죽었다면 어쩌죠?"

"이 싸움은 결국 운이 따라줘야 하니 그렇다면 하늘이 빈도를 돕는 거겠죠."

구처기가 대답하자 이번에는 한보구가 나섰다.

"좋소, 가련한 과부를 돕는 건 무림인으로서 당연한 일이니 싸움에 진다 해도 어쨌든 좋은 일을 또 하나 하는 거잖소."

구처기가 엄지손가락을 내밀며 밝게 말했다.

"한 형의 말이 맞소. 장차 여러분이 곽씨의 후손을 잘 키워줄 테니 내 죽은 곽 형을 대신해 감사드리겠소."

그가 좌중을 둘러보며 읍을 했다.

"생각해보니 너무 교활한 방법 같소. 지금 그 말은 우리더러 도장 대신 18년을 수고하라는 거 아니오?"

주총의 말에 구처기의 안색이 변하더니 돌연 앙천대소하기 시작했다.

한소영이 어리둥절해 물었다.

"뭐가 그리 우습죠?"

"강호인이라면 누구나 강남칠괴를 정의롭고 인정 많은 영웅호걸이라 칭찬했는데 오늘 보니……. 하하하!"

한보구와 장아생이 입을 모아 물었다.

"뭐가 어쨌단 거요?"

구처기가 연신 웃으며 대답했다.

"말도 안 되는 헛소문이잖소?"

강남칠괴는 구처기의 말에 노기충천했다. 한보구가 탁상을 내리치며 뭐라고 입을 열려는데 구처기가 말했다.

"예부터 진정한 협사俠士는 친구를 위해 목숨도 기꺼이 내놓았소. 비록 곽소천은 빈도의 친구지만 정의를 위해 싸우는 데는 너와 내가 없거늘, 그 후손을 키우는 데 대가를 바란단 말이오?"

그 말에 잠시 침묵이 흐르더니 주총이 겸연쩍은 듯 부채를 흔들었다.

"도장의 말씀이 맞소. 내가 실언했소. 우리 형제가 잘 키우면 될 게 아니오?"

그는 내심 창피한 생각이 들었다. 구처기가 자리에서 일어났다.

"오늘이 3월 24일이니 18년 후 이날 정오에 취선루에 모여 누가 진정한 영웅인지를 가려봅시다!"

그는 이 말과 함께 소매를 펄럭였다. 온 방에 바람이 이는 가운데 구처기가 문을 나섰다. 갑자기 한보구가 씩씩거렸다.

"난 이 길로 단천덕을 죽이러 가겠어. 그놈이 꼭꼭 숨어 행방이 묘연해지면 우린 속수무책이잖아."

일곱 명 중에서 유일하게 부상을 입지 않은 그가 단천덕과 이씨를 쫓기 위해 자리를 박차고 일어나 휘파람으로 애마를 불렀다.

"셋째 사제, 잠깐만! 넌 그 사람들 얼굴도 모르잖아!"

주총이 다급히 소리쳤지만 한보구가 워낙 잽싸고 황마 역시 번개처럼 빠른지라 그들은 이미 저 멀리 달려가고 있었다.

단천덕은 이평을 끌고 정신없이 내달리다 아무도 쫓아오지 않는 것을 확인하자 두근대는 가슴을 진정시키며 강가로 발길을 옮겼다. 그곳에 마침 돛단배가 한 척 있었는데, 사공이 막 돛을 올리고 노를 저으려는 참이었다. 강남은 물이 많아 수로가 거미줄같이 연결되어 있고, 북방의 말馬처럼 남방의 돛단배는 보편적인 교통수단이었다. 그 사공은 무시무시한 무관을 보자 아무 소리도 못 하고 즉시 그들을 태워 성을 빠져나가기 시작했다.

'내 큰일을 저질렀으니 임안으로 돌아간다면 우선 백부 손에 죽으리라. 상황이 잠잠해질 때까지 북쪽으로 가 몸을 피하는 게 상책이다. 그 도장 놈과 강남칠괴가 죽거나 백부의 화가 풀렸을 때 돌아와야겠다.'

단천덕은 생각을 하며 사공에게 북쪽으로 노를 저으라고 명했다.

한편 한보구는 저잣거리 여기저기를 달리며 수소문해봤지만 쉽사리 그들을 찾을 수 없었다. 단천덕은 여러 번 배를 갈아탄 뒤 군관 복장을 갈아입었고, 이평에게도 강제로 옷을 바꿔 입게 했다. 10여 일 후, 양주揚州에 도착한 그들이 한 객잔에서 잠시 묵어가려는데, 공교롭게도 어떤 사람들이 주인에게 단천덕의 행방을 묻고 있었다. 깜짝 놀라 문틈으로 살펴보니 그들은 겉모습이 너무나 비교되는 땅딸보와 미녀였다. 둘은 모두 가흥 말투였는데, 강남칠괴의 일원임이 틀림없었다.

다행히도 가흥 사투리를 알아듣지 못하는 주인 때문에 그들은 의사소통이 되지 않아 애를 먹고 있었다. 그 틈을 타 단천덕은 다급히 이평을 끌고 뒷문으로 빠져나가 다시 배에 몸을 실었다. 불안해진 단천덕은 사공을 한순간도 쉬지 못하게 닦달해 단숨에 북방에 당도했다. 그곳은 산동에 있는 미산微山 호반의 이국역利國驛이었다.

이평은 임신 중이라 행동이 자연 느렸고 신경도 예민해져 불평이 잦았다. 더욱이 단천덕이 자신에게 흑심을 품을까 봐 경계를 늦추지 않았다. 그러니 둘은 마주칠 때마다 다투고 신경전을 벌이느라 하루도 편한 날이 없었다.

며칠 후, 그 땅딸보와 소녀가 또다시 그들을 쫓아왔다. 단천덕은 조용히 방 안에 숨어 있으려 했는데, 이평은 자신을 구해줄 사람이 온 것을 알아채고 소리를 질러대기 시작했다. 단천덕은 황급히 이불로 그녀의 얼굴을 막고 한바탕 주먹질을 했다. 비록 한보구와 한소영이 그 소리를 듣진 못했지만 단천덕은 심장이 멎는 것만 같았다.

그가 이씨를 데리고 달아난 목적은 오직 하나, 적과 정면으로 부딪쳤을 때 더 이상 공격해오지 못하도록 인질로 쓰기 위함이었다. 그러나 지금의 상황을 보니 차라리 혼자 달아나는 게 속 편할 것 같았다. 여자가 자꾸 말썽을 부리니 단칼에 처치해버리는 것이 오히려 나을 듯싶었다. 단천덕은 한씨 남매가 돌아가자 그 자리에서 칼을 뽑았다.

이평은 이평대로 남편을 죽인 원수와 함께 죽을 기회만 노리고 있었다. 그러나 단천덕은 잠을 잘 때도 그녀의 손발을 묶어 거동을 못하게 했다. 그녀는 단천덕이 하려는 짓을 눈치채고 속으로 기도했다.

'여보, 당신의 원수를 죽일 수 있도록 도와주세요. 곧 당신 곁으로 갈게요.'

그러곤 즉시 품속에서 구처기에게 받은 단검을 꺼내 쥐었다. 그 단검은 속옷 안에 숨기고 있었기에 단천덕도 찾아내지 못했다. 단천덕이 지그시 웃으며 이평을 향해 칼을 내리치려 했다. 그러나 결심을 굳힌 그녀는 조금도 두려워하지 않고 죽을힘을 다해 단천덕을 찌르려 달려들었다.

단천덕은 차가운 기운이 스치자 다급히 몸을 피하며 단검을 쳐냈다. 그런데 그 단검은 날이 매우 예리해 탕, 하는 소리와 함께 그의 칼날을 부러뜨렸다. 단검의 칼끝은 이미 단천덕의 가슴을 겨누고 있었다.

대경실색한 단천덕이 뒤로 물러나며 발을 헛디디자 찌익, 하고 옷 앞자락이 찢어지면서 가슴부터 배까지 칼자국이 쭉 그어졌다. 이평이 조금만 더 힘을 주었어도 내장을 쏟아내며 죽었을 것이다. 너무 놀란 그는 황급히 의자로 앞을 막으며 소리쳤다.

"어서 검을 거두시오. 죽이지 않겠소!"

이평 역시 전신에 힘이 빠지고 사지가 떨렸다. 게다가 배 속 아이까지 놀라 발길질을 하니 더 이상은 싸울 수가 없었다. 그녀는 땅바닥에 앉아 숨을 헐떡거렸지만 움켜쥔 단검은 끝까지 놓지 않았다.

단천덕은 한보구 일행이 다시 쫓아올까 봐 겁이 났지만, 자기만 도망쳤다간 이평이 행방을 누설할까 두려워 또다시 그녀와 배를 타고 북쪽으로 향했다. 그들은 임청臨清, 덕주德州를 지나 하북河北에 도착했다.

그러나 그들이 아무리 외딴곳에 몸을 숨겨도 얼마 후엔 누군가가 그 뒤를 쫓았다. 처음에는 땅딸보와 소녀뿐이었는데, 이제는 쇠지팡이를 지닌 장님까지 합세했다. 물론 그들은 단천덕을 알아보지 못했다. 따라서 단천덕이 유리한 처지에 있는 건 분명했지만 계속 숨어 다닐 수만은 없는 노릇이었다.

얼마 후, 더욱 골치 아픈 일이 벌어졌다. 이평이 갑자기 실성을 한 것이다. 객잔에서도, 길을 갈 때도 괴성을 지르고 헛소리를 하며 사람들의 시선을 집중시켰다. 어떤 때는 머리와 옷을 풀어 헤치기도 했다. 단천덕도 처음에는 충격 때문에 잠시 정신이 이상해진 걸로만 여겼는데, 며칠이 지나 곰곰 생각해보니 그게 아니었다. 이평은 추적자들이 자신을 찾기 쉽도록 일부러 가는 곳마다 단서를 남기고 있었던 것이다.

무더위가 한풀 꺾인 초가을 즈음, 단천덕은 적들의 추적을 피해 이미 저 먼 북국까지 도달했다. 지니고 있던 은자도 곧 떨어질 형편이고, 적들도 여전히 추적의 고삐를 늦추지 않으니 그는 자신을 원망하기에 이르렀다.

'항주에서 벼슬할 땐 고기며 술에 돈까지 마음대로 쓰며 호강을 누렸는데……. 왜 쓸데없이 남의 돈을 탐해 우가촌까지 가서 이 미친 여자의 남편을 죽이고 이 고생을 하는 건지…….'

그는 이평을 죽이고 혼자 달아나고 싶은 마음이 굴뚝같았지만 불가능한 일이었다. 그녀를 암살하려던 계획은 단 한 번도 성공하지 못했다. 이용하기 위해 끌고 다닌 그녀는 이미 자신의 갈 길을 가로막는 걸림돌이 되었고, 게다가 남편의 원수를 갚으려 호시탐탐 목숨을 노리니 여간 골칫거리가 아니었다.

그러던 어느 날, 그들은 금국의 수도 연경에 당도했다. 단천덕은 그제야 조금 안심이 됐다. 이곳은 사람이 많으니 외딴곳에 숨어 있다가 쥐도 새도 모르게 이 미친 여자를 없앤다면 적들이 아무리 수완이 좋아도 찾을 방법이 없을 것이다.

그런 생각으로 한껏 의기양양해진 그가 성문에 이르렀을 때였다. 갑자기 금나라 병사들이 나타나 다짜고짜 두 사람을 끌고 가더니 짐을 짊어지라는 것이 아닌가! 이평은 체격이 왜소해 비교적 가벼운 짐을 졌지만 단천덕은 100여 근에 가까운 짐을 져 끙끙댈 수밖에 없었다.

그 금나라 병사들은 몽고로 가는 사신을 수행하며 북쪽으로 가는 중이었다. 그를 호송하는 병사들이 한인漢人을 마구잡이로 끌어다 양식을 지고 운반하도록 한 것이다. 단천덕은 몇 마디 항변을 해봤지만 돌아오는 것은 채찍질뿐이었다. 그런 상황은 그에게도 전혀 낯설지 않았다. 다만 그는 항상 채찍을 휘두르는 쪽이었을 뿐이다.

만삭의 몸인 이평은 짐을 지고 걷자니 힘이 들어 죽을 지경이었다. 그러나 원수를 죽이겠다는 일념으로 묵묵히 일만 했다. 다행히 어릴 때부터 농사를 지은 그녀는 힘든 일에도 익숙했고, 신체 또한 건강한 지라 근근이 견뎌나갈 수 있었다.

이윽고 그들은 혹한의 사막을 건너게 되었다. 아직 10월이었지만 북국은 매우 추웠다. 게다가 이날은 느닷없이 눈발이 흩날리고 모래바람까지 불어 눈을 피할 곳이 아무 데도 없었다. 한 줄로 늘어선 300여 명이 추위에 떨며 끝없는 사막을 걷고 있을 때였다. 갑자기 북쪽에서 "와아!" 하는 함성이 들리더니 먼지를 휘날리며 무수한 병마兵馬가 돌진해왔다.

벌 떼같이 몰려든 그들은 뜻밖에도 한 무리의 패잔병들이었다. 인솔자가 가죽옷을 입은 것으로 보아 사막 북쪽의 어느 부족 같았다. 금나라 병사들은 그들을 보자 하나같이 활과 창을 버리고 달아나기에 바빴는데, 꽤나 두려워하는 기색이었다. 어떤 자는 말을 타지도 못한 채 미친 듯 달아나다 곧 쫓아오는 말발굽에 짓밟히기도 했다.

이평은 단천덕과 함께 있었으나 쑥대밭이 된 그들 무리 속에서 우왕좌왕하는 가운데 그와 헤어지게 되었다. 이평은 짐을 내팽개치고는 사람이 적은 곳으로 죽을힘을 다해 달렸다. 다행히 병사들은 제 한 목숨 챙기기에 급급해 아무도 그녀에게 관심을 보이지 않았다.

이평이 한참을 달리는데 갑자기 배가 아팠다. 극심한 통증을 느낀 그녀는 눈앞이 깜깜해졌다. 그길로 모래언덕에 엎어져 정신을 잃고 말았다. 얼마나 지났을까, 겨우 정신을 차려보니 몽롱한 의식 속으로 갓난아이 울음소리가 들렸다. 그녀는 그곳이 이승인지 저승인지 분간할 수도 없었다. 그런데 아기 울음소리는 더욱 크게 들렸고, 몸을 움직여 보니 따뜻한 기운이 느껴졌다.

때는 이미 밤이 깊었고 눈도 그쳐 있었다. 한 줄기 밝은 달빛이 눈 위를 비추었다. 순간 그녀는 너무 놀란 나머지 목 놓아 울고 말았다. 알고 보니 배 속의 태아가 이 전란 중에 태어난 것이다. 그녀는 재빨리 일어나 아이를 안았다. 사내아이였다. 기쁨의 눈물을 흘리며 이빨로 탯줄을 끊고 아이를 꼭 껴안았다. 달 아래 비친 아이 모습은 눈썹이 짙고 목소리가 우렁찬 것이 죽은 남편을 빼닮은 것 같았다.

눈 위에서 출산하는 것은 목숨을 잃을 정도로 위험한 일이었다. 하지만 이평은 아이를 보자 어디서 그런 힘이 샘솟는지 미친 듯이 언덕을 기어 올라가 반대편 구덩이 속으로 몸을 숨겨 추위를 피했다. 아이가 태어나자 죽은 남편에 대한 그리움이 물밀듯 밀려왔다.

구덩이 속에 숨어 하룻밤을 보내고 이틀째 정오가 되었을 때였다. 사방이 조용한 것을 확인하자 이평은 용기를 내어 밖으로 나왔다. 그러나 주위엔 시체와 죽은 말뿐이고 황사와 백설이 뒤엉킨 평원엔 버려진 무기만 가득했다. 아무리 주위를 두리번거려도 살아 있는 사람은 단 한 명도 없었다.

그녀는 죽은 병사들의 짐을 뒤져 비상식량과 불붙일 도구를 찾았다. 그러고는 말의 살을 베어내 구워 먹었다. 또 그들의 가죽 혁대를 띠 삼아 아이를 안고 가죽옷도 벗겨 입었다. 다행히 혹독한 추위로 말의 시체가 썩지 않아 말고기로 연명할 수 있었다. 그렇게 10여 일을 견디자 조금씩 기력이 생겼다. 그녀는 아이를 안고 무작정 동쪽으로 발걸음을 옮겼다.

아들을 얻자 단천덕의 행방이 묘연해진 게 한으로 남았다. 그를 죽여 남편의 원수를 갚아야 했기 때문이다. 그녀는 억울한 마음에 바득바득 이를 갈았다. 그러나 사막의 모래바람이 불어오자 언제 그랬냐는 듯 온화한 표정으로 아이 얼굴을 감싸 안았다. 자신은 어떤 고생을 겪어도 상관없지만 아이만은 털끝 하나도 다치게 하고 싶지 않았다.

며칠이 지나자 파릇파릇한 풀이 제법 돋아 있는 곳에 다다랐다. 때는 이미 저녁이었는데, 갑자기 앞쪽에서 말 두 마리가 달려왔다. 말 위에 타고 있던 사람들이 그녀의 행색을 보고는 말을 멈추고 자초지종을 물었다. 그녀는 사막에 오게 된 경위, 패잔병들과의 조우, 눈 위에서 아이를 낳은 사연까지 모조리 설명했다. 그들은 몽고의 유목민으로 그녀의 말을 알아듣지 못했다. 그러나 몽고인은 천성이 착하고 동정심이 많았다. 그들은 모자를 불쌍히 여겨 자신들의 몽고포蒙古包에 데려가 저녁을 먹이고 잠을 재웠다.

몽고인은 유목민으로 물과 풀을 따라 가축을 몰고 이리저리 옮겨 다니기 때문에 일정한 거주지가 없었다. 그래서 모포로 천막을 지어 바람과 눈을 막았는데, 이것을 몽고포라고 불렀다. 그 유목민들은 그곳을 떠나며 이평에게 양 네 마리를 남겨주었다.

이평은 사막에서 온갖 고생을 무릅쓰며 아이를 키웠다. 물가에 나뭇가지로 엮은 초가를 짓고 가축을 키웠으며, 양모로 담요를 만들어 유목민들의 양식과 교환했다.

그렇게 몇 년이 흘러 아이는 어느덧 여섯 살이 되었다. 이평은 남편의 유언에 따라 아이에게 곽정이란 이름을 지어주었다. 아이는 조금 늦돼서 네 살이 되어서야 제대로 말을 하기 시작했다. 그러나 건강하고 기운은 좋아 벌써 소와 양을 몰 줄 알았다.

모자는 서로를 의지하며 부지런히 일했다. 가축이 조금씩 불어나자 생계도 안정되었다. 또 몽고인들과 왕래하면서 몽고어를 배웠는데, 모자가 둘이서 대화할 때는 여전히 고향 임안의 사투리를 썼다. 이평은 아들이 아버지의 말투를 배웠으면 했지만, 남편은 이미 세상을 떠난 사람인지라 종종 그것을 서운해했다.

몽고의 영웅들

날씨가 점점 차가워지는 그해 10월 어느 날, 곽정은 말에 올라 목양견牧羊犬을 데리고 양을 몰았다. 그런데 정오가 되자 갑자기 검은 수리 한 마리가 나타나 양 떼에게 덤벼들었다. 새끼 양 한 마리가 놀라 동쪽으로 미친 듯이 뛰어가는데, 곽정이 휘파람을 불며 달래도 계속 도망가기만 했다.

그는 재빨리 양을 쫓아갔다. 7~8리쯤 쫓아가 겨우 양을 붙잡으려는 순간, 멀리서 땅을 울리는 듯한 굉음이 들려왔다. 곽정은 어린 마음에 번개가 치는 걸까, 생각하며 벌벌 떨었다. 그러나 그 꽈르릉거리는 소리는 점점 더 커졌고, 잠시 후 사람들의 웅성거림과 말 울음소리까지 섞여 들려왔다.

곽정은 처음 들어보는 굉음에 겁이 난 나머지 서둘러 양을 몰고 산을 넘어 관목 숲에 숨은 다음 고개를 빼죽이 내밀었다. 저 멀리 피어오르는 흙먼지가 온 천지를 뒤덮더니 수만의 군마가 달려왔다. 인솔자가 호령을 하자 군마는 일제히 동쪽에 한 줄, 서쪽에 한 줄로 열을 맞췄는데 정렬한 군마의 수는 헤아릴 수 없을 정도로 많았다. 병사 중 몇 명은 하얀색 두건을 휘감고 다른 몇 명은 오색 깃털을 꽂았는데, 그 모습을 보자 곽정의 두려움은 흥분으로 뒤바뀌는 것 같았다.

또 얼마 지나 왼쪽 몇 리 밖에서 호각 소리가 울려 퍼지자 한 무리의 병마가 달려왔다. 앞에 선 장군은 체구가 여윈 청년이었는데, 장도를 높이 들고 빨간 망토를 걸친 차림으로 대열을 지휘하고 있었다. 이윽고 쌍방의 병마가 가까워지자 그들은 혈전을 벌이기 시작했다. 공격해온 쪽의 수가 너무 적어 곧 상대방에게 제압당하고 후퇴하자 뒤쪽에서 지원병이 도착했고, 또다시 죽고 죽이는 함성이 천지를 진동했다. 그러나 지원병들도 얼마 안 가 열세에 몰리게 되었다. 그때 갑자기 수십 개의 호각이 울리고 북소리가 둥둥거렸다. 동시에 진공한 군사들이 일제히 환호했다.

"테무친 대칸이 오신다! 대칸이 오신다!"

그 소리에 쌍방의 군사는 싸움을 계속하면서도 고개를 돌려 동쪽을 바라보았다. 곽정이 그들의 눈길을 따라가보니 뿌연 황사를 뚫고 한 무리의 인마人馬가 질주해오는 것이 보였다. 그 무리는 긴 막대기를 높이 쳐들고 있었는데, 막대기에는 몇 줄의 흰 깃털이 매달려 있었다. 환호성이 가까워지자 공격한 병마는 용기백배해 먼저 도착한 군사들의 진열을 일시에 흩뜨려버렸다.

그 막대기가 곽정이 숨어 있는 산 쪽을 향해 다가오자 그는 재빨리 숲속 깊은 곳에 숨어 몸을 웅크린 채 자라처럼 목을 빼어 바깥 광경을 바라보았다. 몸집이 장대한 중년 사내가 말을 달려 산으로 올라왔다. 그는 철 투구를 썼고, 수염이 덥수룩했으며, 눈빛이 매우 날카로웠다.

그가 바로 몽고 부락의 추장 테무친이란 것을 어린 곽정이 알 리 없었다. 설사 알았다 해도 곽정은 '대칸大汗'이 무슨 의미인지조차 몰랐다. 테무친은 말에 올라 산 아래의 전투 상황을 주시했다. 곁에는 10여 명이 수행하고 있었는데, 잠시 후 빨간 망토를 입은 소년 장군이 말을 달려 산 위로 오르며 소리쳤다.

"부왕父王, 적의 수가 너무 많습니다. 잠시 퇴각하시지요!"

이때 테무친은 이미 쌍방의 형세를 파악한지라 된 신음을 내뱉으며 말했다.

"넌 대오를 이끌고 동쪽으로 후퇴해라."

그는 계속 쌍방 병마의 교전을 응시하며 명을 내렸다.

"목화려木華黎는 둘째 왕자와 함께 대오를 이끌고 서쪽으로 퇴각하고, 박이출博爾朮은 적노온赤老溫과 북쪽으로, 홀필래忽必來는 속불태速不台와 남쪽으로 퇴각하라. 이곳의 깃털이 높이 걸리고 호각 소리가 들리면 일제히 되돌아 반격한다!"

장군들이 대답하고 질서 정연하게 하산하자 몽고 병사는 눈 깜짝할 사이에 사방으로 흩어졌다. 환호성을 지르던 적병들은 테무친의 깃털이 여전히 산 위에 우뚝 솟아 있는 것을 보자 사방에서 고함을 치기 시작했다.

"테무친을 생포하라! 테무친을 생포하라!"

적병들은 사방으로 퇴각하는 몽고병은 아랑곳하지 않은 채 벌 떼처럼 앞다퉈 산 위로 몰려들었다. 말발굽 소리가 빨라지며 주위에 누런 모래 안개가 피어올랐다. 산 위에 우뚝 선 테무친은 조금의 흔들림도 없었다. 10여 명의 근위병이 철 방패를 높이 들어 사방에서 날아오는 화살을 막아냈다. 테무친의 형제 홀도호忽都虎와 맹장猛將 자륵미者勒米도 3천의 정예병을 이끌고 칼과 활로 산 주위를 사수했다.

검광이 번뜩이는 가운데 살기등등한 함성이 천지를 진동했다. 숨어서 지켜보던 곽정은 두려우면서도 흥분되어 가슴이 울렁거리기 시작했다. 반 시진 남짓한 교전 동안 수만의 적병이 차례로 돌진해왔고, 테무친 휘하의 3천 정예병도 400여 명의 사상자를 냈다. 적병 1천여 명 역시 그들 손에 무참히 죽어갔다.

테무친이 주위를 둘러보니 적들의 시신이 천지를 뒤덮었고, 주인 잃은 말들도 사방으로 흩어져 내달렸다. 그러나 적병이 쏘아대는 화살의 위력은 여전히 대단했다. 동북쪽의 공격이 맹렬하고 수비 대열도 점점 무너지자 테무친의 셋째 아들 와활태窩闊台는 초조한 기색을 감추지 못했다.

"아버지, 이제 호각을 불면 안 될까요?"

테무친은 매 같은 두 눈을 번뜩이며 산 아래의 적병을 응시하더니 나지막이 말했다.

"적병은 아직 지치지 않았다."

이때 동북쪽의 적군이 대오를 정비해 맹공을 퍼부으며 세 개의 검은 깃발을 꽂았다. 세 명의 대장군이 그곳을 감독하는 게 분명했다. 몽고병이 계속 후퇴하자 자륵미가 산 위로 달려오며 소리쳤다.

"대칸, 더 이상 버틸 수가 없습니다!"

테무친이 분노한 목소리로 말했다.

"버틸 수가 없어? 그러고도 영웅이라 자처하고 큰소리쳤느냐!"

안색이 변한 자륵미는 한 군사에게서 큰 칼을 뺏어 괴성을 지르며 적진으로 돌진했다. 검은 기가 꽂힌 곳까지 맹렬하게 싸우며 혈로를 여니 적군의 장수들도 놀라 후퇴하기 시작했다. 자륵미는 칼을 번쩍 들어 검은 깃발을 든 세 사내의 목을 차례로 베었다. 그러고는 두 손에 검은 깃발 세 개를 움켜쥐고 산 위로 올라가 대열에 끼어들었다.

적군은 그의 용감함에 당황한 기색이 역력했다. 몽고 병사들이 광분하며 환호성을 질러댔다. 동북쪽은 다시 그들의 우세가 되었다. 또 다시 오랜 교전을 치르는데 갑자기 서남쪽 적군 중에서 검은색 도포를 걸친 장군 한 명이 튀어나왔다. 그는 백발백중의 활 솜씨로 몽고 병사 10여 명을 차례차례 쓰러뜨렸다. 두 명의 몽고 장군이 창을 들고 달려갔지만 귀신 같은 그의 활 솜씨에 맥없이 낙마하고 말았다.

"훌륭한 활 솜씨야!"

테무친이 칭찬을 하는 와중에 그 장군은 이미 산 위에 다다라 테무친의 목을 겨냥해 화살을 날렸다. 그리고 뒤이어 그의 복부를 향해 활을 쐈다. 왼쪽 목을 맞은 테무친은 화살이 또 날아오자 다급히 말고삐를 잡아챘다. 말이 허공을 향해 앞발을 번쩍 드는 순간, 화살의 위력이 얼마나 강한지 그 끝의 깃털조차 보이지 않을 만큼 깊숙이 박혔다. 말이 고꾸라지며 화살을 맞은 테무친까지 낙마하자 군사들은 모두 크게 당황했다. 이에 적군은 함성을 지르며 물밀듯 돌격해왔다. 와활태는 부친의 목에서 화살을 빼낸 뒤 옷을 찢어 상처를 묶어주었다. 테무친이 소리쳤다.

"난 괜찮으니 산 입구를 막아라!"

부친의 명에 와활태는 활을 뽑아 적병 두 명을 쓰러뜨렸다. 홀도호는 서쪽에서 교전을 치르다 화살과 창까지 바닥나자 후퇴해 돌아왔다. 자르미가 눈알을 부라렸다.

"홀도호, 겁난 토끼처럼 도망쳐왔군."

홀도호가 웃으며 자르미의 말을 받았다.

"도망치긴……. 화살이 없어서 그랬어."

테무친이 화살 주머니에서 털 달린 화살 한 대를 건네주었다. 홀도호는 화살을 받자마자 시위를 당겨 검은 깃발 아래 있는 장군 하나를 넘어뜨렸다. 그러고는 산 아래로 내달려 그의 준마를 훔쳐 돌아왔다.

테무친이 칭찬했다.

"과연 훌륭하다."

피투성이의 홀도호가 소리를 낮춰 물었다.

"이제 호각을 불어도 될까요?"

테무친은 손가락으로 목의 상처를 누르고 있었지만 그 손가락 사이로 선혈이 줄줄 흘러내렸다. 그러나 그는 아직 전투를 끝낼 때가 아니라고 판단했다.

"적군은 아직 지치지 않았네. 조금만 더 견뎌보세."

그러자 홀도호가 꿇어앉아 애원했다.

"대칸을 위해 죽는 건 두렵지 않으나 우선 몸을 추스르셔야죠."

테무친이 말 한 필을 끌어다 힘겹게 올라타고는 소리쳤다.

"모두 이곳을 사수하라!"

그가 장도를 휘두르며 산 위로 돌진해온 적병 세 명을 물리쳤다. 적군은 테무친이 다시 공격하자 기가 죽은 듯 산 아래로 퇴각했다. 테무친은 적병이 열세에 몰린 것을 보자 소리쳤다.

"깃털을 올리고 호각을 불어라!"

몽고병이 함성을 지르는 가운데 군사 하나가 말 등에 올라서서 흰 깃털을 높이 올렸다. 호각 소리가 울리자 죽고 죽이는 비명 소리가 천지를 진동했다. 멀리 퇴각한 몽고 병사들이 번개처럼 돌진해온 것이다.

적군의 수가 많기는 했지만 산 주위의 포위 공격에 외곽 대오가 무너지자 중간에서는 이리 밀리고 저리 밀리며 말 그대로 아수라장이 되었다. 검은 도포를 입은 장군은 전세가 불리해지자 목이 터져라 작전 명령을 내렸다. 그러나 이미 대열은 뒤엉키고 사기도 떨어져 반 시진도 못 되어 대군은 괴멸하기 시작했다. 대부분은 섬멸되고 일부는 도망쳤다. 그러자 그 장군도 말에 올라 황급히 달아났다.

"저놈을 잡는 자에게 황금 세 근을 내리겠다!"

테무친이 소리치자 수십 명의 몽고 건아가 그 뒤를 쫓았다. 그러나 검은 도포의 장군이 백발백중의 활 솜씨로 10여 명을 쓰러뜨리는 바람에 나머지도 감히 접근하지 못했다. 숲속에 숨어 그 모습을 지켜보던 곽정은 어린 마음에도 그 장군이 매우 멋있어 보였다.

이 싸움에서 테무친은 대승을 거두고 여러 대 동안 숙적이던 태역적올부泰亦赤兀部를 반 이상 섬멸했으니 이젠 근심거리가 없어진 셈이었다. 태역적올부 사람들에게 잡혀 목에 칼을 썼던 그 치욕을 오늘에서야 깨끗이 설욕한 것이다. 다친 목에서는 계속 피가 흘렀지만 테무친은 너무도 통쾌해 자기도 모르게 크게 웃어젖혔다. 장수와 병사들은 천지를 진동하는 환호성을 지르며 영예롭게 개선했다.

몽고군의 무리가 떠나고 전장을 수습하던 졸병들까지 돌아가자 곽정은 비로소 숲을 빠져나왔다. 그가 집으로 돌아갈 때는 이미 밤이 깊어 있었다. 아들 걱정으로 안절부절못하던 이평은 곽정이 돌아오자 반

가움과 안도감으로 가슴을 쓸어내렸다.

곽정은 지금까지 본 것을 얘기했다. 더듬더듬 분명치 않은 발음이었으나 이평은 대충의 줄거리는 알아들을 수 있었다. 이평은 그가 겁을 내기는커녕 신이 나서 말하는 것을 보고 내심 흐뭇했다. 아들이 아직 어리고 아둔하긴 했지만 장군 가문에 걸맞은 호방함을 타고난 듯했다.

사흘 후, 이평은 자신이 짠 모포 두 장을 가지고 30리 밖의 시장으로 양식과 교환하러 갔다. 곽정은 양에게 풀을 먹이다 갑자기 며칠 전 산 위에서 흥미진진하게 지켜보았던 전투가 생각났다. 그는 말 위에 앉아 채찍을 높이 쳐들고 양 떼를 몰았다. 그러고 있으니 자신도 천군만마를 이끄는 멋진 대장군 같았다.

한창 흥을 내고 있는데 갑자기 동쪽에서 말발굽 소리가 들려왔다. 말 한 필이 천천히 다가오는데 말 등엔 한 사람이 엎어져 있었다. 곽정과 가까워지자 말은 걸음을 멈췄고, 말 위에 있던 사람도 고개를 들었다. 곽정은 그 얼굴을 보자 너무 놀란 나머지 비명을 터뜨릴 뻔했다.

그의 얼굴은 온통 흙투성이에 군데군데 핏자국이 있었지만, 그날 본 검은색 도포를 입은 장군이 분명했다. 그는 반이나 부러져 나간 칼을 움켜쥐고 있었는데, 칼날에는 자홍색 피가 말라붙어 있었다. 그러나 적을 쓰러뜨리던 화살은 보이지 않았다.

그의 오른쪽 뺨에 난 상처에서는 계속 피가 흘렀고 말도 다리를 다친 상태였다. 그는 사지를 축 늘어뜨린 채 충혈된 눈을 들어 갈라진 음성으로 말했다.

"물…… 물을 좀…… 갖다주겠니?"

곽정은 재빨리 집 안으로 들어가 찬물을 한 대접 떠왔다. 그는 매우 목이 말랐는지 그 물을 벌컥벌컥 다 마시고는 대접을 들이밀었다.

"한 대접만 더!"

곽정은 또 물을 떠왔다. 반쯤 마셨을까, 그의 얼굴에 맺혀 있던 핏방울이 뚝뚝 떨어지자 대접 안의 물이 벌건 색으로 변했다. 그가 갑자기 얼굴 근육을 실룩거리며 껄껄 웃었다. 말에서 뛰어내린 그는 그 자리에서 정신을 잃었다.

곽정은 어쩔 줄 몰라 비명을 질렀다. 한참이 지나자 그가 겨우 정신을 차리며 말했다.

"말에게도 물을 좀 주렴. 그런데 먹을 것은 없니?"

그 말에 곽정은 따뜻한 양고기 몇 점을 갖다주고 말에게도 물을 먹였다. 그는 양고기를 한 입에 밀어 넣고 우적우적 씹더니 벌떡 일어나며 소리쳤다.

"꼬마야, 고맙다!"

그러곤 팔목에서 번쩍이는 황금 팔찌를 풀어 곽정에게 건네주었다.

"자, 받아라!"

그러나 곽정은 고개를 흔들었다.

"손님을 대접하는 것은 당연한 일이니 아무것도 받지 말라고 엄마가 말씀하셨어요."

그 사내가 껄껄 웃었다.

"그래, 아주 착하구나!"

그는 금팔찌를 다시 차고는 옷을 찢어 자신의 얼굴을 닦고 말 다리에 난 상처를 묶었다. 이때 갑자기 동쪽 멀리서 한 무리의 말발굽 소리가 들렸다. 그가 화난 얼굴로 소리쳤다.

"흥, 끝까지 날 죽이겠다, 그거군!"

두 사람이 문을 나와 동쪽을 바라보니 멀리서 모래바람이 일며 무수한 인마가 이쪽으로 달려오는 모습이 보였다.

"꼬마야, 혹시 집에 화살이 있니?"

"네, 있어요!"

곽정이 대답하며 안으로 들어갔다. 그 말에 기뻐하는 것도 잠시, 곽정이 들고 온 것은 자기가 갖고 놀던 장난감 화살이었다. 그가 껄껄 웃다가 눈살을 살짝 찌푸리며 말했다.

"난 싸움을 해야 한단다. 좀 더 큰 건 없니?"

그러자 곽정이 고개를 흔들었다. 추격은 점점 가까워졌고 저 멀리 펄럭이는 깃발이 보였다. 그는 생각했다.

'말이 다쳤으니 도망친다 해도 멀리 가진 못할 거야. 이곳에 숨는 게 위험하긴 하지만 다른 방법이 없어.'

그는 곽정에게 말했다.

"나 혼자서는 저들을 이길 수 없으니 숨어야겠구나."

그러나 초가집 안팎은 숨을 곳이 아무 데도 없었다. 형세가 점점 다급해지는 가운데 갑자기 커다란 건초 더미가 눈에 들어왔다. 그가 황급히 건초 더미를 가리켰다.

"여기에 숨어 있을 테니 넌 내 말을 멀리 쫓아버려라. 그리고 너도 눈에 안 띄도록 멀리 도망가."

그러곤 건초 더미를 뚫고 들어갔다.

몽고인은 누구나 여름이 지나면 풀을 베어 쌓아놓았다. 겨울철 가축의 먹이와 땔감을 모두 그 건초로 충당했는데, 그래서 어떤 때는 몽고포보다 건초 더미가 더 큰 경우도 있었다.

곽정이 채찍으로 엉덩이를 두어 번 내리치자 흑마는 미친 듯 내달려 아주 멀리까지 가서야 멈춰 서 풀을 뜯어 먹었다. 곽정 역시 말을 타고 서쪽으로 달렸다. 곽정을 보고 말을 탄 군사 두 명이 쫓아왔다. 곽정의 새끼 말은 빠르지 못했기 때문에 금세 추격당하고 말았다. 그들이 무섭게 물었다.

"혹시 검은 말을 탄 남자 못 봤느냐?"

거짓말을 할 줄 모르는 곽정은 입을 꾹 다문 채 묵묵부답이었다. 군사들은 몇 마디 더 물었지만 곽정이 계속 멍청한 표정만 짓자 소리쳤다.

"대왕자大王子에게 데려가자!"

그들은 새끼 말의 고삐를 잡고 초가집 앞으로 끌고 갔다. 곽정은 속으로 입을 열지 않겠다고 다짐하고 또 다짐했다. 저쪽에서 무수한 몽고 병사가 빨간 망토를 걸친 청년을 둘러싸고 있는 모습이 보였다. 곽정은 그의 얼굴을 기억하고 있었다. 그는 며칠 전 대전을 치른 장군으로 병사들은 하나같이 그의 명령에 벌벌 떨었다. 어쨌거나 그는 검은 도포 장군의 적이었다. 그 대왕자가 소리쳤다.

"이 꼬마가 뭐라더냐?"

군사들이 대답했다.

"겁을 먹었는지 아무 대답도 안 합니다."

대왕자가 사방을 두리번거리는데 멀리서 흑마 한 마리가 풀을 뜯고 있는 모습이 눈에 들어왔다.

대왕자가 소리를 낮추며 말했다.

"그의 말이냐? 가서 끌고 와."

열 명의 몽고 병사가 다섯 조로 나뉘어 다섯 방향에서 서서히 말을 포위해 들어갔다. 흑마는 깜짝 놀라 달아나려 했지만 이미 길이 없었다. 대왕자는 끌고 온 흑마를 보고 소리쳤다.

"이건 철별의 말이 아니냐?"

병사들이 일제히 대답했다.

"그렇습니다!"

대왕자는 채찍을 휘둘러 곽정의 머리를 내리치며 무섭게 윽박질렀다.

"그놈이 어디 숨었는지 말해! 속일 생각 말고!"

건초 더미 안에 숨은 검은 도포의 사내는 장도를 꽉 움켜쥐었다. 채찍을 맞은 곽정의 이마에 순식간에 피멍이 들었다. 그 광경을 몰래 지켜보던 그는 가슴이 두근거려 견딜 수가 없었다. 그는 테무친의 장자 출적朮赤의 잔인함을 너무도 잘 알고 있었다. 꼬마는 결국 두려움을 이기지 못하고 자백할 테니, 그때 나가서 목숨을 걸고 싸우는 수밖에 없었다.

곽정은 너무 아파 울고 싶었지만 죽을힘을 다해 눈물을 참으며 고개를 쳐들고 대꾸했다.

"왜 때려요? 난 잘못한 게 없어요!"

곽정은 잘못을 해야만 맞는 것이라고 늘 생각해왔다.

"그래도 이놈이!"

출적은 그렇게 말하며 노기충천해 다시 채찍을 휘둘렀다.

그러자 곽정이 엉엉 울기 시작했다. 병사들은 이미 곽정의 집 안을 뒤지고 있었다. 두 병사가 긴 창을 들고 건초 더미를 이리저리 쑤셨지만, 건초 더미가 워낙 큰지라 다행히 숨은 사내의 몸까지 닿지는 않았다.

출적이 다시 소리쳤다.

"말이 여기 있는 걸 보면 멀리 도망치지는 못했을 거다. 네 이놈, 어서 말하지 못할까!"

그가 세 번째 채찍을 내리치자 곽정이 그것을 움켜잡으려고 했다. 그러나 곽정이 채찍을 잡기엔 그 속도가 너무 빨랐다. 그때 갑자기 멀리서 호각 소리가 울려 퍼지자 모든 병사가 소리쳤다.

"대칸이 오신다!"

출적이 채찍을 거두고 황급히 맞으러 갔다. 테무친이 다가오자 병사들은 일제히 그를 둘러쌌고, 출적도 공손히 부친을 맞이했다.

사실 쫓기는 몸이 된 사내의 이름은 철별哲別로 그날 테무친의 목에 화살을 날린 장본인이었다. 철별의 화살을 맞은 테무친의 상처는 매우 위중했다. 교전 시에는 억지로 참았지만 처소로 돌아가서는 여러 차례 까무러치곤 했다. 대장군 자륵미와 테무친의 셋째 아들 와활태가 번갈아가며 상처에 고인 피를 빨아내야 했다. 병사들과 그의 네 아들이 침대 머리맡에서 하룻밤을 꼬박 새우고 나서야 테무친은 겨우 정신을 차릴 수 있었다.

그래서 몽고 병사들은 철별을 잡아 그를 죽이고 대칸의 원수를 갚겠다고 맹세했다. 그다음 날 정찰병들이 마침내 철별을 찾아냈지만, 그에게 공격만 당하고 되돌아오고 말았다. 그러나 철별도 그때 부상을 입었다.

그 소식을 들은 테무친이 먼저 장자에게 추격을 명한 뒤 친히 차남 찰합태察合台와 삼남 와활태, 막내 타뢰拖雷를 데리고 온 것이다. 출적이 흑마를 가리키며 말했다.

"아버지, 그놈이 타고 있던 말을 찾았습니다!"

"내가 원하는 건 말이 아니라 사람이다."

"알고 있습니다. 반드시 찾아내겠습니다."

출적이 곽정의 면전으로 다가가 칼로 허공을 가르며 위협했다.

"어서 말해!"

곽정은 그에게 맞아 온 얼굴이 피투성이였지만 의지는 더욱 강해졌다. 곽정이 소리쳤다.

"말할 수 없어요, 절대로!"

테무친은 아이가 매우 순진하다고 생각했다. 모르는 게 아니라 말하지 않는 거라면 철별의 소재를 알고 있다는 소리였다. 테무친이 와활태에게 나지막이 속삭였다.

"저 꼬마가 입을 열도록 잘 꼬드겨봐라."

와활태가 만면에 미소를 띠며 곽정에게 다가갔다. 그는 자신의 투구에서 휘황찬란한 공작 깃털을 뽑아 곽정의 손에 쥐여주었다.

"말하면 이걸 선물로 줄게."

곽정은 여전히 고개를 저으며 고집스레 대답했다.

"말할 수 없어요."

"개를 풀어라!"

테무친의 차남 찰합태가 더 이상 못 참겠다는 듯 소리치자 그의 수행 병사가 여섯 마리의 사나운 사냥개를 끌어냈다. 몽고인은 사냥을 좋아하기 때문에 장군과 귀족들은 하나같이 사냥개나 매를 길렀다. 찰합태는 특히 개를 좋아해 이번 철별의 추적에도 유용하게 쓰려고 사냥개를 끌고 온 터였다. 그가 개를 풀어 우선 흑마의 냄새를 맡게 했다. 그 냄새를 기억하면 철별이 숨은 곳을 찾기도 쉬울 것이다. 여섯 마리의 사냥개는 사납게 으르렁거리며 초가집의 안팎을 계속 돌아다녔다.

곽정은 철별과 아는 사이가 아니었지만 며칠 전 그의 용감무쌍한 모습을 보고 존경해온 터였다. 게다가 출적에게 채찍까지 얻어맞자 분한 나머지 그의 천성인 오기가 발동했다. 그는 휘파람을 불어 자신의 목양견을 불렀다. 이때 찰합태의 사냥개는 이미 건초 더미 앞으로 몰려가고 있었다. 그러나 곽정의 휘파람 소리를 들은 목양견은 건초 더미 앞을 지키며 사냥개들의 접근을 막았다.

이에 찰합태가 큰 소리로 꾸짖자 여섯 마리의 사냥개가 동시에 목양견을 덮쳤다. 개 짖는 소리가 고막을 찢는 듯한 가운데 일곱 마리의 개가 엉겨붙어 싸우기 시작했다.

목양견은 몸집이 작았고 여섯 마리를 상대하다 보니 순식간에 피투성이가 되었다. 그러나 목양견은 용감하게 싸우며 끝까지 물러서지 않았다. 곽정은 울면서도 자신의 개를 열렬히 응원했다. 테무친과 와활태 등은 이미 철별이 건초 더미 안에 숨어 있다는 것을 눈치채고 희희낙락 개들의 싸움을 구경했다.

출적은 대로하여 곽정에게 채찍을 휘갈겼다. 곽정은 너무 아파 데굴데굴 구르다가 출적의 곁에 이르자 갑자기 일어나 그의 오른쪽 다리에 매달렸다. 출적은 있는 힘껏 떼어내려 했지만 곽정은 전혀 떨어질 기미가 없었다. 찰합태와 와활태, 타뢰 세 사람은 어쩔 줄 모르는 형의 모습을 보고 모두 박장대소했고 테무친도 웃음을 터뜨렸다.

얼굴이 시뻘게진 출적이 허리춤에서 장도를 뽑아 곽정의 머리를 내리치려 했다. 아이의 목을 치려는 순간, 갑자기 건초 더미 안에서 단도가 삐어 나왔다. 탕, 소리와 함께 두 칼이 부딪치는가 싶더니 출적의 손이 부들부들 떨렸다. 병사들이 깜짝 놀라 소리치는데, 건초 더미 안에서 철별이 뛰쳐나왔다. 그는 곽정을 끌어다 몸 뒤로 숨기고는 냉소를 머금었다.

"어린아이를 괴롭히다니 부끄럽지도 않느냐?"

그러자 병사들이 일제히 창과 칼을 들어 철별을 포위했다. 철별은 승산이 없음을 알고 손에 쥐고 있던 단도를 땅에 던졌다. 출적이 그의 가슴에 일장을 날리는데도 철별은 응수하지 않은 채 어서 자신을 죽이라고 외칠 뿐이었다.

그는 이내 잦아든 음성으로 다시 말했다.

"다만, 영웅의 손에 죽지 못하는 것이 애석할 뿐이다."

테무친이 분노한 표정으로 물었다.

"뭐라고?"

"만약 전장에서 날 이긴 영웅 손에 죽는다면 그것은 영광스러운 죽음일 것이다. 그런데 매의 힘을 업은 개미에게 물려 죽다니……."

그는 두 눈을 부라리며 그렇게 말하더니 괴성을 질렀다. 그러자 목양견을 실컷 물어뜯고 있던 찰합태의 사냥견들이 갑자기 우렁차고도 괴상한 고함 소리에 깜짝 놀라 꼬리를 내리고 물러나기 시작했다. 테무친 옆에 있던 한 사내가 소리쳤다.

"대칸! 저놈이 주둥이를 놀리지 못하게 제가 처치하겠습니다."

테무친은 대장 박이출이 나서는 것을 보고 내심 흐뭇해하며 말했다.

"좋아, 자네가 겨뤄보게. 우리가 가진 거라고는 영웅호걸뿐이 아닌가?"

박이출이 몇 걸음 앞으로 나아가며 소리쳤다.

"영광스럽게 죽는 게 뭔지 가르쳐주마."

철별은 체구가 우람하고 목소리가 카랑카랑한 그를 보며 물었다.

"넌 누구냐?"

"난 박이출이다. 들어본 적이 없느냐?"

그 말에 철별은 내심 경계심이 생겼다.

'박이출이 몽고인의 영웅이란 말을 오래전부터 들었는데, 바로 이 자였군.'

그러나 그는 박이출을 힐끔 쳐다보고는 콧방귀를 뀌었다.

테무친이 말했다.

"넌 활 솜씨를 자부하고, 남들도 널 철별이라 부르니 내 친구와 활로 겨루어보거라."

몽고어로 철별哲別은 '신궁神弓'이란 뜻이다. 철별은 본래 다른 이름이 있지만 활 솜씨가 귀신같아 철별로 불렸고, 그의 본명을 아는 사람은 없었다. 철별은 테무친이 박이출을 '친구'라고 부르자 이렇게 말했다.

"네가 대칸의 친구라니, 너부터 죽여주겠다."

몽고 병사들은 이 말을 듣고 껄껄 웃어댔다. 그들은 박이출이 천하무적의 무예를 지녔다는 것은 모두가 아는 일이니 제까짓 놈의 활 솜씨가 아무리 뛰어나다 해도 박이출 앞에서는 조족지혈일 수밖에 없다고 여겼다.

테무친은 청년 시절 숙적인 태역적올부 사람들에게 잡혀가 목에 칼을 쓴 적이 있었다. 그들은 알난하斡難河에서 연회를 베풀고 흥청망청 술을 마시면서 그에게 채찍을 내리쳤다. 일부러 그에게 모욕을 준 다음 죽이려는 속셈이었다.

그러나 연회가 끝나고 모두 술에 곯아떨어지자 테무친은 목에 쓴 칼을 이용해 간수들을 쓰러뜨리고 숲속으로 도망쳤다. 이에 태역적올부 사람들은 대대적인 수색을 벌였다. 그런 와중에 적노온이란 청년이 위험을 무릅쓰고 그를 구해주었다. 그의 목에 있던 칼을 부수고 불에 태워 없앤 뒤 양모를 싣는 큰 수레 속에 숨겨준 것이다.

이윽고 추적병들이 적노온의 집에 이르러 수색을 하다 수레를 발견했다. 양모를 일일이 끌어내리고 테무친의 발이 막 보이려는 순간이었다. 꾀 많은 적노온의 부친이 웃으며 끼어들었다.

"이렇게 더운 날에 양모 안에 어떻게 사람이 숨습니까? 그랬다간 쪄 죽고 말걸요."

그때는 가만있어도 땀이 비 오듯 하던 한여름이라 병사들도 고개를 끄덕이며 수색을 멈췄다. 평생 무수한 위험을 당한 테무친이었지만 이런 일촉즉발의 위험에 직면하긴 처음이었다. 죽을 고비를 넘긴 테무친의 생활은 말이 아니었다. 모친과 동생들을 데리고 들쥐를 잡아 먹으며 연명했다.

그러던 어느 날, 다른 부족이 그가 기르던 여덟 필의 백마를 훔쳐가는 일이 벌어졌다. 홀로 쫓아가던 테무친은 우연히 말 젖을 짜던 한 청년과 마주쳤다. 테무친은 그에게 도적들의 행방을 물었는데, 그 청년이 바로 박이출이었다.

"남자들의 고난이란 게 다 똑같은 거죠. 우리, 친구 합시다."

박이출의 이 말에 두 사람은 함께 도적을 추격했고, 사흘 후 드디어 도적의 부락에 당도했다. 두 사람은 귀신같은 활 솜씨로 수백의 적을 무찌르고 여덟 필의 말을 되찾아 돌아왔다. 테무친은 그에게도 말을 나눠 주려고 몇 마리가 필요하냐고 물었다. 그러나 박이출은 고개를 저었다.

"친구를 도와준 것뿐이야. 난 한 마리도 필요 없어."

그 후 둘은 생사고락을 같이했고 테무친은 끝까지 그를 친구라 불렀다. 박이출, 적노온 두 사람과 목화려, 박이홀은 그렇게 몽고의 4대 개국공신이 되었다.

테무친은 박이출의 신출귀몰한 활 솜씨를 잘 알고 있었기에 자신의 화살을 건네주며 말에서 뛰어내려서는 이렇게 말했다.

"내 말을 타고 내 활을 쓰게. 그럼 내가 죽인 거나 마찬가지가 아니겠나?"

"알겠습니다!"

박이출이 우렁차게 대답한 뒤 활시위를 당기며 테무친의 백구보마白口寶馬에 올라탔다.

테무친이 와활태를 바라보며 말했다.

"네 말을 철별에게 주거라."

와활태가 마지못해 대답했다.

"그러죠, 뭐……."

그가 조금 못마땅한 표정으로 말에서 내리자 친위병 한 명이 철별에게 말을 끌어다 주었다. 말 등에 올라탄 철별이 테무친을 향해 말했다.

"당신들이 이미 날 포위했으니 죽이는 건 시간문제일 거요. 한데 나에게 활을 겨룰 기회까지 주었으니 공평하게 싸우자는 것은 무리한 요구일 터. 화살은 필요 없으니 활만 주시오."

박이출이 화난 얼굴로 물었다.

"화살이 필요 없어?"

"그렇소. 난 활만으로도 당신을 죽일 수 있소."

철별의 자신만만한 대답이었다. 이에 몽고 병사들은 야유를 퍼붓기 시작했다.

"자식, 큰소리치긴."

"저런 놈은 호되게 당해야 해."

"우리 박이출 장군을 뭘로 알고……."

그들의 소란 속에 테무친은 활을 넘겨주었다. 박이출은 전장에서 철별의 탁월한 활 솜씨를 목격한 터라 긴장을 늦추지 않고 있었는데, 도무지 활만으로 어떻게 공격을 할 것인지 짐작이 가지 않았다. 그는 철별이 분명 자신이 쏜 화살을 이용해 반격할 거라 예상하고 두 다리에 힘을 모아 백구보마를 몰았다.

이 말은 빠르기가 이를 데 없고 전장 경험도 풍부해서 말 위에 올라탄 사람의 다리 힘만으로도 진퇴를 판별할 수 있었다. 그래서 테무친은 그 말을 무척 아꼈다. 상대방이 쏜살같이 달려오자 철별은 반대 방향으로 내달렸다. 박이출의 활시위를 떠난 화살이 바람을 가르며 날아와 철별의 정수리를 스쳤다. 철별은 몸을 기울여 재빨리 화살 끝의 깃털을 움켜쥐었다.

'역시!'

박이출은 속으로 탄복하며 다시 활을 쐈다. 철별은 소리만으로 화살의 속도와 위력을 가늠했다. 손으로 받아낼 수 없다는 것을 눈치채자 말안장에 납작하게 엎드렸다. 이윽고 그 화살은 머리 위를 살짝 비켜갔다. 철별이 재빨리 자리에 앉는데 박이출의 화살이 쉭, 소리를 내며 연거푸 날아와 그의 좌우를 동시에 공격했다.

'저자의 활 솜씨가 이렇게 대단한 줄은 몰랐군.'

철별은 내심 감탄하며 말안장에서 미끄러져 내려와 오른쪽 다리를 등자에 걸었다. 그러자 뒤집어진 그의 등이 땅바닥에 닿을 듯했다. 그 말은 어찌나 빨리 달리는지 그가 대롱대롱 매달려 끌려가는 것 같았다. 그는 허리를 약간 비틀어 몸을 돌리면서 방금 전 움켜잡은 화살을 시위에 걸고 박이출의 복부를 겨냥해 날렸다. 그러고는 재빨리 말 등에 올라탔다. 박이출은 탄성을 자아내며 잠시 날아오는 화살을 응시한 뒤 시위를 당겼다.

두 화살이 허공에서 부딪쳤지만 둘 다 대단한 위력을 지닌 탓에 조금 더 튕겨 나가다 동시에 모래 바닥 위에 꽂혔다. 테무친과 병사들은 일제히 갈채를 보냈다. 이번에는 박이출이 속임수로 오른쪽을 겨냥한 뒤 철별이 그쪽으로 몸을 피하자 반대편으로 화살을 날렸다. 철별이 빈 활로 가볍게 막아내자 화살이 땅에 떨어졌다. 박이출이 연달아 세 번을 더 쐈지만 그는 귀신같이 피해나갔다. 철별은 나는 듯이 말을 달리다가 갑자기 엎드려 떨어진 세 대의 화살을 주워 상대방에게 쏘았다.

박이출은 신출귀몰한 솜씨로 말 등에 올라서 한쪽 발로 화살을 쳐내는 동시에 시위를 당겨 철별을 공격했다. 그러나 철별 역시 화살을 날리니 쩍, 하는 소리와 함께 박이출의 화살이 두 쪽으로 쪼개졌다. 박이출은 시간이 갈수록 다급해졌다.

'난 화살이 있고 상대방은 없는데도 승부가 가려지지 않는구나. 이러다간 대칸의 원수를 갚는 것도 어려워지겠어.'

조급한 마음에 박이출은 연거푸 화살을 쏘았다. 바람을 가르며 날아가는 화살에 구경하는 이의 눈이 어지러울 지경이었다. 철별은 화살을 잡지 못하고 이리저리 피하기에 바빴다. 결국 너무 많은 화살이 너무 빨리 날아오자 철별은 왼쪽 어깨를 맞고 말았다. 모두들 환호성을 질렀다. 박이출이 크게 기뻐하며 그의 목숨을 끊을 마지막 한 발을 쏘기 위해 화살통을 더듬었다. 그러나 통은 텅 비어 있었다. 좀 전의 공격에서 테무친이 준 화살을 모두 써버린 것이다. 그는 평소 전장에 나갈 때 화살을 아주 많이 준비하는 편이었다. 허리에 두 통, 말 위에 여섯 통, 모두 합쳐 여덟 통을 지니고 다녔는데 대칸의 화살을 사용하기로 한 이 싸움에서는 화살의 수를 잊은 채 습관대로 너무 많이 쓴 것이다. 그는 재빨리 몸을 숙여 땅에 떨어진 화살을 주웠다.

이때였다. 그가 가까이 오기를 기다려 철별이 화살을 날리니 휙, 하는 소리와 동시에 박이출의 등에 명중했다. 지켜보던 이들이 놀라 고함을 질렀지만 뭔가 이상했다. 그 화살은 위력이 강했지만 박이출은 전혀 아프지 않은 듯했다. 화살은 그의 등을 뚫지 못하고 미끄러져 땅에 떨어졌다. 박이출이 그 화살을 주워보니 화살촉이 꺾여 있었다. 철별이 그를 봐준 것이다. 박이출이 분한 듯 소리쳤다.

"난 대칸의 원수를 갚으려 한 것이다. 동정 따위는 필요 없다!"

철별이 말을 받았다.

"나 또한 적을 봐주는 사람은 아니오! 그건 한 사람의 목숨과 맞바

꾼 화살이오!"

테무친은 박이출이 화살을 맞자 가슴이 섬뜩했지만 그가 무사한 것을 보니 매우 기뻤다. 자기 부족의 말과 양을 모두 바친다 해도 박이출의 목숨과 바꿀 수만 있다면 조금도 주저하지 않을 그였다. 테무친은 철별의 말을 듣자 황급히 싸움을 제지했다.

"자, 둘은 그만 싸우게. 내 자네의 목숨을 살려주겠네."

철별이 말했다.

"내 목숨과 바꾸자는 게 아니오."

"뭐라고?"

테무친이 놀라 묻자, 철별은 초가집 문 앞에 서 있는 곽정을 가리켰다.

"저 아이의 목숨과 바꾸자는 거요! 부탁이니 저 아이를 괴롭히지 말아주시오. 대신 난……."

그는 눈썹을 치켜올리며 말을 이었다.

"대칸을 다치게 했으니 벌을 받아 마땅하오. 박이출, 덤비시오!"

철별이 어깨에 꽂힌 화살을 뽑아내자 선혈이 주르르 흘러내렸다. 박이출은 이미 부하에게서 여섯 통의 화살을 받아놓은 터였다.

"좋다, 다시 겨뤄보자."

박이출이 쏜 화살이 온 천지를 뒤덮는 것 같았다. 철별은 맹렬한 기세에 대응하기 위해 말의 배 밑에 바짝 매달려 조준을 한 뒤 박이출의 복부를 겨냥했다. 테무친의 백구보마는 화살이 날아오는 것을 보고는 주인이 고삐를 틀기 전에 급히 왼쪽으로 피했다. 그러나 철별의 화살은 귀신같이 방향을 틀었다.

퍽, 소리와 함께 말의 머리에 화살이 꽂혔고, 백구보마는 그대로 땅바닥에 나뒹굴었다. 바닥에 엎드린 박이출은 철별이 재차 공격할까 봐 몸을 돌려 철별의 활을 겨냥했다. 그 공격으로 철별의 활은 두 동강이 나고 말았다. 철별은 무기를 잃자 낭패라고 생각하며 빙글빙글 맴을 돌면서 피해나갔다. 몽고 병사는 일제히 환호성을 지르며 박이출의 기세를 북돋웠지만 박이출의 생각은 달랐다.

'저자는 진정한 사나이다!'

원래 영웅은 영웅을 아끼는 법. 박이출은 더 이상 그를 죽이고 싶지 않았다. 이윽고 박이출이 그의 등을 겨냥해 화살을 날렸다. 바람을 가르며 번개처럼 날아온 화살이 뒷덜미를 명중시키자 철별의 몸이 말에서 떨어졌다. 그와 동시에 화살도 그의 옆으로 떨어졌다. 알고 보니 박이출 역시 꺾은 화살촉을 쓴 것이다. 박이출은 또다시 활시위를 당겨 철별을 조준하려다 뒤를 돌아보며 테무친에게 말했다.

"대칸, 넓은 아량으로 저자를 살려주십시오."

테무친이 철별을 향해 물었다.

"이래도 항복하지 않겠느냐?"

사실 테무친도 진작부터 철별의 용맹을 높이 사고 있었다.

철별은 테무친의 위풍당당한 태도를 보고 자신도 모르게 존경심이 우러났다. 그가 앞으로 다가와 무릎을 꿇자 테무친이 만족한 듯 껄껄 웃으며 말했다.

"그래, 이제부터 날 따르거라."

철별이 땅에 엎드려 큰 소리로 외쳤다.

"제 목숨을 살려주셨으니 대칸을 위해서라면 지옥 불에라도 뛰어들

것이며, 대칸을 도와 적을 섬멸하는 데 분신쇄골할 것입니다. 시켜만 주십시오. 뭐든지 신명을 다하겠습니다!"

테무친은 몹시 기뻐하며 박이출과 철별에게 황금 한 덩어리씩을 하사했다.

철별이 고개 숙여 감사의 인사를 올린 다음 입을 열었다.

"대칸, 이 금을 저 아이에게 주어도 되겠습니까?"

테무친이 호탕하게 웃으며 대답했다.

"그 금은 이제 네 것이니 누구에게 주어도 상관없다."

그러자 철별은 그 금을 곽정에게 주었다. 하지만 곽정은 여전히 고개를 저었다.

"엄마가 손님을 도와주고 대가를 받으면 안 된다고 말씀하셨어요."

테무친은 진작부터 굽힐 줄 모르는 곽정의 고집이 마음에 든 터였는데 그 말을 듣자 더욱 기특한 생각이 들었다.

"이따 저 아이를 데리고 와라."

테무친은 철별에게 말하며 대오를 이끌고 돌아갔다. 수행 병사들도 백구보마의 시체를 두 필의 말에 얹어 뒤를 따랐다. 철별은 목숨을 건지고 거기다 훌륭한 주인까지 모시게 되자 매우 흐뭇했다. 그는 풀밭에 누워 쉬다가 이평이 돌아오자 자초지종을 설명했다. 이평은 아들의 얼굴에 난 상처를 보자 마음이 아팠지만, 철별의 말을 듣고는 대견한 생각이 들어 곽정의 머리를 쓰다듬었다.

"그래, 잘했다. 남자라면 당연히 그래야지."

사실 이평은 그동안 걱정이 많았다. 곽정이 한평생 양이나 몬다면 어찌 아버지의 원수를 갚을 것인가. 그러느니 차라리 군영에 들어가 경험을 쌓으며 기회를 엿보는 게 나았다. 그리하여 두 모자는 철별을 따라 테무친의 군영으로 들어갔다.

테무친은 철별을 삼남 와활태 휘하의 십부장十夫長으로 임명했다. 철별은 셋째 왕자에게 인사하고 박이출을 찾아갔다. 둘은 서로를 존경했고 좋은 친구가 되었다.

곽정에게 큰 은혜를 입은 철별은 두 모자를 지극정성으로 돌봤다. 그리고 곽정의 나이가 차면 자신의 활 솜씨를 전수해주리라 마음먹었다.

진정한 영웅 테무친과 찰목합

어느 날, 곽정이 몽고 아이들 몇 명과 돌 던지기 놀이를 하고 있는데, 멀리서 말을 탄 몽고 병사 둘이 쏜살같이 달려오는 모습이 보였다. 대칸에게 급히 보고할 일이 있는 모양이었다. 두 병사가 테무친의 막사에 들어가고 얼마 뒤 호각 소리가 울려 퍼지자 막사에 주둔하던 병사들이 벌 떼처럼 몰려나왔다. 테무친은 병사들의 군사훈련을 매우 엄격하게 실시했고, 군법도 철통같이 지켰다.

열 명의 병사가 한 소대가 되어 그 소대를 십부장이 인솔했고, 십 부대는 백부장이 인솔했으며, 백 부대는 천부장, 천 부대는 만부장의 인솔을 받았다. 테무친이 호령만 하면 수만의 군사가 마치 한 사람처럼 질서 정연하고 일사불란하게 움직였다.

첫 번째 호각 소리에 맞춰 각 군영의 병사가 모두 병기를 가지고 말에 올랐다. 두 번째 호각이 울리자 사방에서 요란한 말발굽 소리와 함께 병사들이 한쪽으로 모였다. 세 번째 호각 소리가 멈춤과 동시에 군문軍門 앞 대초원에는 질서 정연하게 대오를 갖춘 5만의 군대가 새까

맣게 깔렸고, 말의 투레질 소리 외엔 사람의 말소리나 병기 부딪치는 소리조차 들리지 않았다. 테무친은 세 아들을 대동하고 군문 밖으로 나와 큰 소리로 말했다.

"우리가 무수한 적을 무찌른 건 대금국에서도 이미 아는 바다. 지금 대금국 황제께서 셋째 태자와 여섯째 태자를 이리로 보내 나에게 관직을 내리겠다고 한다!"

그러자 몽고 병사들이 병기를 높이 들며 일제히 환호성을 질렀다. 그때 금국은 중국 북방을 차지해 그 기세가 하늘을 찔렀지만, 몽고는 사막의 작은 부락에 불과한 터라 테무친이 금국의 봉호封號를 받는다는 것은 매우 영광스러운 일이었다.

테무친이 명을 내리자 대왕자 출적이 만인대를 이끌고 영접하러 나갔고, 나머지 네 만인대는 초원에 나뉘어 대오를 갖췄다.

이때 금국은 장종章宗 완안경完顏璟이 재위하고 있었는데, 사막 북쪽의 왕한王罕과 테무친이 날로 강성해진다는 소식을 듣고 화근이 될까 두려워 셋째 아들 영왕榮王 완안홍희完顏洪熙와 여섯째 아들 조왕趙王 완안홍열을 보내 테무친에게 관직을 책봉하려 한 것이다.

곽정과 아이들이 멀리 떨어져 구경하고 있는데, 얼마 후 먼지바람을 일으키며 출적이 완안홍희와 완안홍열을 모셔왔다. 완안 형제는 1만의 정예병을 이끌고 왔는데, 모두가 비단옷에 철갑을 두르고 있었다. 몸집이 실하고 다리가 긴 말 위에 올라앉은 그들은 제각기 긴 창과 몽둥이를 들고 있었다. 이들이 몸에 걸친 철갑이 철렁이는 소리는 몇 리 밖에서도 들릴 정도였다. 그들이 가까이 다가오자 비단옷은 더욱 찬란해 보였고, 철갑은 화려하게 번쩍였으며, 높이 든 병기가 햇살을 받아 한층 더 위용이 있었다.

완안 형제가 말 머리를 나란히 하고 당도하자 테무친과 여러 장군이 양편에 서서 그들을 맞이했다. 완안홍희는 곽정과 몽고 아이들이 멀리서 눈도 깜빡이지 않은 채 얼빠진 듯 구경하는 모습을 보고는 낄낄대더니 품 안에서 금전을 꺼내 아이들에게 던졌다.

"상이다, 가져라!"

일부러 돈을 흩뿌린 그는 아이들이 벌 떼처럼 달려들어 정신없이 돈을 주울 것이라 생각했다. 그렇게 되면 재미있는 구경거리가 될 뿐만 아니라 자신의 위세도 한껏 뽐낼 수 있으리라 여긴 것이다. 그러나 몽고인은 주객이 서로 예를 갖추는 것을 가장 중시했다. 그의 행동은 경박스러울뿐더러 매우 예의 없는 짓이었다.

몽고의 병사와 장수들은 모두 불쾌한 표정을 감추지 못했다. 그 아이들은 모두가 몽고 장군의 자녀들로 나이는 어렸지만 자존심이 강해 그 누구도 떨어진 돈에 관심을 갖지 않았다. 무안해진 완안홍희가 또다시 돈을 던지며 소리쳤다.

"어서 주워봐, 이 천한 것들아!"

그 말을 들은 몽고인들은 모두 분노했다. 그 당시 몽고인은 문자도 없고 문화 수준도 낮았지만 신의와 예절을 중히 여겼고, 특히 손님을 존중했다. 또 몽고인은 절대 남을 비하하는 발언을 하지 않았다. 철천지원수를 만난다 해도, 우스갯소리를 한다 해도 항시 말을 조심했던 것이다.

일단 손님이 몽고포 안에 들어오면 초면이든 친한 사이든 주인의 극진한 대접을 받았고, 손님 또한 주인에게 실례가 되는 행동을 철저히 삼갔다. 그래서 주객의 예를 지키지 않는 것을 크나큰 죄악으로 간주했다.

완안홍희가 여진女眞 말을 했기 때문에 뜻을 정확히 알 수는 없었지만 몽고 병사와 장수들은 누구나 그의 표정과 행동에서 아이들을 모욕하고 있다는 걸 눈치챘다.

곽정은 평소 어머니에게 금인의 악랄함에 대해 들어 잘 알고 있었다. 부녀자 강간, 노략질, 양민 학살은 물론 한漢의 간신과 결탁해 중국의 명장 악비를 죽인 일까지 다 들은 것이다.

그래서 그의 어린 마음에도 일찍부터 금인에 대한 증오심이 뿌리박혀 있었는데, 금 왕자가 그런 무례를 범하자 분노가 치밀어 올랐다. 곽정은 땅에 떨어진 금전 몇 닢을 주워 완안홍희의 얼굴에 힘껏 던지며 소리쳤다.

"누가 이깟 돈을 달래!"

완안홍희는 고개를 돌려 피했지만 금전 한 닢이 그의 이마를 때리고 말았다. 곽정의 힘이 약해 아프진 않았지만 수만의 군중 앞에서 심한 창피를 당한 꼴이었다. 그러나 테무친 이하 모든 몽고인은 내심 쾌재를 불렀다. 완안홍희는 화가 치밀어 고함쳤다.

"네 이놈, 죽고 싶으냐!"

그는 눈에 거슬리는 자가 있으면 그 자리에서 죽여버리는 성미였다. 노기충천한 완안홍희가 곁에 있던 시위병의 창을 뺏어 곽정의 가슴을 향해 날렸다.

"셋째 형, 안 돼요!"

사태가 심각해지자 완안홍열이 급히 막았지만 이미 창은 날아간 뒤였다. 그 창이 곽정의 목숨을 앗으려는 순간, 갑자기 좌측 몽고군의 만인대 속에서 한 발의 화살이 유성처럼 날아와 긴 창의 머리를 맞혔다. 화살은 가볍고 창은 무거웠다. 그러나 화살의 힘이 매우 강해 창이 부러지며 화살과 함께 땅에 떨어졌다. 곽정은 황급히 달아나 피했고, 몽고 병사의 갈채 소리는 온 초원을 진동했다.

활을 쏜 사람은 다름 아닌 철별이었다.

완안홍열이 속삭였다.

"셋째 형, 그만하세요."

완안홍희는 몽고 병사의 기세에 겁을 먹었는지 반격할 생각은 못 하고 애꿎은 곽정만 죽일 듯 노려보며 중얼거렸다.

"빌어먹을 놈!"

한바탕 소동이 끝난 후, 테무친과 그의 아들은 완안 형제를 막사 안으로 모셔 마유주馬乳酒와 양고기, 말고기 등을 대접했다. 대화는 쌍방의 통역이 여진어와 몽고어로 번갈아 진행했다.

식사가 끝나자 완안홍희는 금국 황제의 칙령을 선포하고, 테무친을 대금국의 북강초토사北强招討使로 책봉했다. 그것은 대금국의 북방 수비를 전담하는 직책으로 후대까지 세습되는 것이었다. 테무친은 꿇어앉아 감사의 인사를 한 뒤 칙서와 금대金帶를 하사받았다.

그날 밤, 몽고인은 큰 잔치를 열어 완안 형제를 극진히 대접했다. 술기운이 무르익을 무렵 완안홍희가 입을 열었다.

"내일 왕한을 책봉하러 가려 하니 초토사도 우리와 동행해주시오."

테무친은 크게 기뻐하며 선뜻 응했다.

왕한은 초원에 흩어져 있는 여러 부족의 우두머리로, 많은 병사와 재물을 소유했고 인품이 시원시원해 각 추장과 귀족들의 추앙을 받는 인물이었다. 또 그는 테무친의 부친과 결의형제였다. 그래서 테무친은 부친이 원수에게 독살당하고 의지할 곳이 없게 되자 그를 의부로 삼아 의탁하기도 했다.

테무친의 부인이 신혼 시절 멸아걸인蔑兒乞人들에게 납치됐을 때도 왕한과 의제義弟 찰목합札木合의 공동 출병 덕에 멸아걸인을 무찌르고 아내를 되찾아올 수 있었다. 그래서 테무친은 의부 왕한이 책봉된다고 하자 매우 기뻤다. 테무친이 물었다.

"책봉할 사람이 또 있습니까?"

완안홍희가 고개를 저으며 대답했다.

"없소."

이에 완안홍열이 한마디 덧붙였다.

"북방에서는 대칸과 왕한, 두 분만이 진정한 영웅호걸일 뿐 다른 사람은 거론할 가치가 없소."

그러자 테무친이 말했다.

"이곳에도 걸출한 인물이 있는데, 두 분 왕야께서는 아마 들어보지 못하셨을 겁니다."

완안홍열이 놀라 물었다.

"그래요? 그게 누구요?"

"바로 소장小將의 의제 찰목합입니다. 의리가 있고 용맹하며 용병술에도 능하니 그에게도 관직을 내려주십시오."

테무친이 부탁했다. 테무친과 찰목합은 죽마고우로 둘이 의형제를 맺을 당시 테무친은 겨우 열한 살이었다. 몽고에서는 의형제를 맺을 때 서로 선물을 주고받는 풍습이 있는데, 당시 찰목합은 테무친에게 구름 형상이 박힌 차돌을 주었고, 테무친은 찰목합에게 물결무늬의 차돌을 주었다. 몽고 아이들에게 차돌은 일종의 장난감이기도 했지만 토끼 사냥에 필요한 도구로도 사용했다. 의형제를 맺은 두 사람은 꽁꽁 얼어붙은 알난하에서 차돌 던지기 놀이를 하곤 했다.

이듬해 봄, 찰목합은 소뿔에 구멍을 뚫어 만든 소리 나는 화살촉을 테무친에게 선물했다. 테무친은 답례로 동백나무 화살을 선물했다. 이로써 두 사람은 두 번째 결의를 맺은 셈이 되었다.

성인이 될 때까지 둘은 왕한의 부락에 머물며 서로를 극진히 아꼈는데, 이따금 누가 먼저 일어나는가 내기를 걸기도 했다. 이긴 사람이 왕한의 청옥배青玉杯에 말 젖을 받아 마셨다.

그후 테무친의 아내가 적에게 납치되자 왕한과 찰목합은 공동 출병해 기어코 테무친의 아내를 구해왔다. 그때 테무친과 찰목합은 서로 금대와 말 한 필을 맞바꾸며 세 번째 결의를 맺었다. 둘은 같은 잔으로 술을 마셨으며, 밤에도 같은 이불을 덮고 잤다. 훗날 두 사람은 양 떼의 이동으로 잠시 헤어졌다가 점차 휘하 부족이 늘면서 각자 큰 명성을 얻게 됐다. 그 뒤로도 서로의 우정은 지속됐고, 친형제보다 더 우애가 두터웠다. 그래서 테무친은 자신만 책봉되자 미안한 생각이 든 것이다.

완안홍희가 냉랭한 목소리로 말했다.

"그 많은 몽고인에게 관직을 다 내리란 말이오? 우리 금국엔 그만한 자리가 없소."

완안홍열이 눈짓을 줬지만 완안홍희는 아랑곳하지 않고 테무친의 청을 무참히 거절했다. 테무친은 그 말을 듣자 몹시 기분이 상했다.

"그럼 소장의 관직을 그에게 양보하겠습니다. 소장은 책봉받지 않아도 그만입니다."

그러자 완안홍희가 허벅지를 내리치며 고함쳤다.

"지금 대금국의 관직을 우습게 여기는 거요?"

불쾌할 대로 불쾌해진 테무친은 자리를 박차고 일어나고 싶었지만 억지로 화를 누르고 아무 말 없이 술을 들이켰다.

이튿날 아침, 테무친은 네 아들과 함께 병마 5천을 이끌고 호송 준비를 끝냈다. 그때는 태양이 막 초원 멀리 지평선으로 떠오르고 있을 즈음이었다. 테무친이 말에 오르자 5천의 군사는 이미 질서 정연하게 대오를 갖추었다. 그러나 금나라 병사들은 아직도 막사 안에서 깨어나지 못했다. 테무친은 처음 금나라 병사의 위용과 예리한 병기에 위압감을 느꼈으나 그들의 게으름을 확인하고는 코웃음이 나왔다. 그는 뒤에 있는 목화려에게 물었다.

"금나라 병사들을 어떻게 생각하나?"

"우리 몽고병 1천 명이면 저들 5천 명을 무찌를 수 있습니다."

"나도 그렇게 생각하네. 듣자니 금국의 병사는 100만여 명이라는데 우린 5만뿐이잖나?"

"100만 병사가 한꺼번에 싸울 순 없습니다. 며칠씩 나누어 차례차례 쓸어버리면 그만입니다."

테무친은 목화려의 말에 흐뭇해하며 그의 어깨를 다독였다.

"역시 자네의 용병술은 내 맘에 쏙 들어. 물론 1천 근의 고기를 먹는 건 어렵지 않지. 다만 하루에 다 못 먹는 게 문제일 뿐이네."

두 사람은 동시에 큰 소리로 웃었다. 잠시 후 테무친이 말을 타고 가려는데 막내 타뢰의 말안장이 비어 있는 게 보였다. 그가 고함쳤다.

"타뢰는?"

이때 타뢰는 겨우 아홉 살로 아직 어린애였다. 하지만 테무친은 네 아들 모두에게 엄격한 군사훈련을 실시했고 게으름을 피우면 결코 용서치 않았다. 테무친이 노하자 병사들은 모두 안절부절못했다. 특히 타뢰의 사부인 대장 박이홀은 대칸이 아들을 책망하자 몹시 당황스러워 우물쭈물 대답했다.

"원래 늦잠을 좀 자는데……. 제가 가보겠습니다."

그가 말을 돌리는데 두 아이가 손을 잡고 뛰어오는 모습이 보였다. 비단 머리띠를 두른 아이는 바로 테무친의 막내아들 타뢰였고, 다른 한 아이는 뜻밖에도 곽정이었다.

타뢰가 테무친에게 다가와 인사를 했다.

"아버지, 안녕히 주무셨어요!"

테무친이 고함쳤다.

"어딜 갔던 거냐?"

"방금 곽정과 강가에서 의형제를 맺었는데, 곽정이 저에게 이걸 줬어요."

타뢰가 대답하며 손에 쥔 빨간 수건을 내보였다. 그것은 이평이 곽정에게 만들어준 것이었다.

그러자 테무친은 갑자기 찰목합과 결의를 맺은 어릴 때가 생각나 마음이 흐뭇해졌다. 천진난만한 두 아이의 모습에 그의 표정은 이내 온화해졌다.

테무친이 곽정에게 다정하게 물었다.

"넌 무엇을 받았느냐?"

"이거요!"

곽정이 대답하며 자기의 목을 가리켰다. 테무친이 보니 그것은 막내아들이 평소 걸고 다니던 황금 목걸이였다.

"이제 서로 아끼고 사랑하며 돕고 지내거라."

테무친이 미소 짓자 타뢰와 곽정은 고개를 끄덕였다.

"모두 말에 타라. 곽정도 우리와 동행할 것이다."

테무친이 말하자 타뢰와 곽정은 기뻐서 어쩔 줄 몰라 하며 말에 올랐다.

완안 형제는 한참이 지나서야 준비를 끝내고 막사를 나왔다. 완안홍열은 몽고 병사들이 대오를 갖추고 기다리는 모습을 보곤 서둘러 병사들을 불러 모았다. 그러나 완안홍희는 여전히 거만을 떨며 술과 간식을 먹고 나서야 천천히 말에 올랐다. 1만 병사가 모인 것은 더 오랜 시간이 지나서였다.

대대가 북쪽으로 향한 지 엿새 째 되던 날, 왕한은 아들 상곤桑昆과 양아들 찰목합을 보내 이들을 맞이했다. 테무친은 찰목합이 왔다는 소식을 듣고 황급히 뛰어갔고, 말에서 내린 두 사람은 서로 부둥켜안았다. 테무친의 네 아들도 모두 숙부에게 인사를 올렸다.

완안홍열은 찰목합을 자세히 살펴보았다. 훤칠한 키에 긴 콧수염, 형형한 두 눈동자가 매우 강인하고 총명해 보였다. 그러나 상곤은 사막에서 자란 사람답지 않게 살결이 희고 피둥피둥했으며, 금지옥엽으로 자란 듯 태도 또한 오만해 테무친을 보고 알은체도 하지 않았다.

또 하루를 걸어 왕한의 거처에 다다랐을 때였다. 테무친 휘하의 척후병 두 명이 황급히 달려와 보고를 올렸다.

"내만족乃蠻族 사람들이 길을 막고 있는데 3만여 명쯤 되는 것 같습니다."

완안홍희는 통역에게 그 말을 전해 듣고 소스라치게 놀라며 물었다.

"이유가 뭐냐?"

척후병이 대답했다.

"우리와 싸우려는 것 같습니다."

"그들의 수가…… 정말, 정말 3만이냐? 그럼 우리보다 많은데 이 일을, 이 일을……."

완안홍희가 벌벌 떨자 테무친이 목화려에게 명을 내렸다.

"가서 알아보게."

목화려가 열 명의 병사를 이끌고 달려갔다. 잠시 후 목화려가 돌아와 보고했다.

"대금국에서 대칸을 책봉했다는 소식을 들었는지 자기들에게도 관직을 내려달랍니다. 그러지 않으면 대금국에서 관직을 줄 때까지 두 분 태자를 잡아두겠답니다. 또 자기들의 관직은 대칸보다 높은 것이라야 한답니다."

그 말을 들은 완안홍희의 얼굴이 하얗게 질렸다.

"관직을 뺏으려 하다니, 그건…… 곧 모반이 아니오? 이를 어쩐단 말이오……."

그러나 완안홍열은 형과 달리 의연한 태도로 만일을 대비해 대오를 갖추라 명했다. 이때 찰목합이 입을 열었다.

"형님, 내만인들은 시시때때로 우리 가축을 훔쳐가고 무고한 양민을 괴롭히니 이대로 두어선 안 될 것 같습니다. 대금국의 태자 두 분의 의견은 어떠신지……."

그 말에 테무친은 사방의 지형을 살펴보더니 결심을 굳힌 듯 말했다.

"대금국 태자 두 분께 우리 형제의 솜씨를 보여주자!"

테무친이 휘파람을 길게 분 뒤 채찍을 높이 들어 허공을 내리치니 5천의 몽고 병사가 일제히 함성을 지르기 시작했다. 완안 형제는 그 기세에 까무러치게 놀랐다.

이윽고 모래바람을 일으키며 적군이 달려왔고, 몽고의 척후대도 본진에 합류했다.

완안홍희가 말했다.

"여섯째, 어서 우리 병사들에게 공격하라고 이르게. 몽고인은 다 쓸모없어."

완안홍열이 "그냥 놔두세요"라고 속삭이자 완안홍희는 뭔가 눈치 챈 듯 고개를 끄덕였다. 그러나 몽고 병사들이 함성만 지를 뿐 움직이지 않자 완안홍희가 눈썹을 치켜올리며 의아한 듯 물었다.

"뭐 하려고 저렇게 돼지 멱따는 소리를 지르는 거지? 저렇게 꽥꽥거린다고 적들이 놀라기나 할까?"

한편 박이출은 병사들을 이끌고 왼편에 서서 타뢰에게 말했다.

"내 뒤를 잘 따르세요. 적을 어떻게 죽이는지 똑똑히 지켜보셔야 합니다."

그 말에 타뢰와 곽정도 병사들을 뒤따르며 열심히 고함을 질렀다. 적병들은 눈 깜짝할 사이에 수백 보 거리까지 다가왔지만, 몽고 병사들은 여전히 고함만 질러댔다.

지켜보고만 있던 완안홍열이 달려오는 내만인의 기세에 불안했는지 다급히 명을 내렸다.

"활을 쏴라!"

그러나 아직은 거리가 멀어 금나라 병사가 쏜 화살은 도중에 떨어지고 말았다. 완안홍희는 흉악하게 생긴 적들이 돌진해오자 놀란 가슴이 더 쿵쾅거려 완안홍열에게 말했다.

"저들의 요구대로 아무 관직이나 하나 주면 어떨까? 좋은 게 좋은 거라고, 괜히 힘들일 거 없잖아?"

이때 갑자기 테무친이 재차 채찍을 내리치니 바람을 가르는 소리와 함께 몽고 병사의 함성이 뚝 끊기고 대오가 일시에 두 편으로 갈라졌다. 그러고는 테무친과 찰목합이 한 무리씩 이끌고 양측의 고지 위로 쏜살같이 달려갔다.

두 사람이 안장 위에 바짝 엎드려 큰 소리로 명을 내리자 몽고 병사들이 한 줄씩 흩어지기 시작했다. 그들은 순식간에 고지의 사방을 점령했고 아래쪽 적군을 향해 활을 겨눴다. 그러나 여전히 활을 쏘지는 않았다.

내만병의 통솔자는 형세가 불리해지자 군사를 이끌고 고지를 향해 덤벼들었다. 이에 몽고병은 그 즉시 담요로 벽을 쳤다. 그 담요는 겹겹의 양모로 만든 것으로 화살을 막을 때 사용했다. 궁수들은 담요 뒤에서 활을 쏘고, 부근 고지 위의 병사들도 지원 사격을 하자 불시에 공격을 당한 내만병들의 대오가 순식간에 무너졌다. 고지 위에서 전세를 관망하던 테무친은 적들이 우왕좌왕하자 명을 내렸다.

"자륵미, 적의 후미를 공격하라!"

이에 큰 칼을 움켜쥔 자륵미는 천인대를 이끌고 내달려 적병의 퇴로를 차단했다. 얼마 전 테무친에게 투항한 철별도 공을 세워 구명지은求命之恩에 보답하려고 긴 창을 들고 적진으로 돌진했다. 두 명의 명장이 동시에 공격해오자 내만의 후방 군사들은 일시에 아수라장이 되었고, 앞쪽의 군사들 역시 사기가 떨어졌다. 통솔하던 장군마저 어쩔 줄 몰라 하는데, 찰목합과 상곤까지 가세하자 좌우를 공격당한 내만군은 얼마 못 가 무너지고 말았다. 통솔자가 말을 돌려 달아나자 나머지 군사들도 분분히 후퇴했다.

자륵미는 그들을 쫓지 않고 가만히 지켜보다 적의 대대가 반 이상 지나갔을 때 갑자기 돌진해 길을 차단했다. 남은 군사들은 겹겹이 포위당해 그야말로 독 안에 든 쥐 꼴이 되었다. 그중 용감한 자들은 끝까지 저항하다 목숨을 잃었고, 나머지는 무기를 버리고 말에서 내려 항복했다. 이 싸움으로 적병은 1천여 명 넘게 죽고 포로도 2천 명이 넘었으나 몽고의 사상자는 겨우 100여 명뿐이었다.

테무친은 내만병의 갑옷을 벗기라 명하고 2천여의 인마를 넷으로 나눠 일부는 자신이 가지고 나머지는 각각 완안 형제와 왕한, 그리고 찰목합에게 나누어주었다. 또 전사한 몽고 병사의 집에는 다섯 필의 말과 다섯 명의 포로를 주어 노비로 삼게 했다. 완안홍희는 그제야 기가 살아 방금 전 전투에 대해 희희낙락 열을 올렸다.

"관직을 달라고? 여섯째, '패잔병 사령관'이란 관직이나 하나 만들어서 줘."

그는 그렇게 말하며 배를 잡고 웃었다. 그러나 완안홍열은 테무친과 찰목합이 적은 수로 대군을 이긴 용병술과 기지가 사뭇 두렵다는 생각이 들었다.

'북방의 각 부족이 서로 다투는 덕에 우리가 무사하지만 만약 테무친과 찰목합이 사막의 부족을 통일한다면 대금국도 무사할 순 없다.'

그가 거느린 1만 정예병은 싸울 엄두도 내지 못했을뿐더러 내만의 선봉대가 돌진하자 다들 두려워 벌벌 떨고만 있었다. 그러니 싸워봤자 승패는 뻔했을 것이다. 역시 강인한 몽고인은 두려움의 대상이 확실했다.

이런 생각을 하고 있는데 갑자기 앞쪽에서 모래바람이 휘날리며 또 한 무리의 군마가 달려왔다. 완안홍희가 웃으며 말했다.

"좋아, 통쾌하게 싸워보자."

이때 몽고의 척후병이 와서 보고했다.

"왕한이 직접 대금국의 두 왕자를 영접하러 왔습니다."

테무친, 찰목합, 상곤 세 사람이 얼른 앞으로 나서 맞이했다. 희뿌연 흙먼지가 흩날리는 가운데 수백 명의 친위대를 이끌고 왕한이 가까이 달려왔다. 그는 말에서 내리자마자 테무친과 찰목합 두 양자를 데리고 완안 형제 앞에 무릎을 꿇고 절을 올렸다.

왕한은 머리카락과 수염이 은색이고 몸집이 뚱뚱했다. 몸에 검은 표범 가죽으로 만든 장포를 걸치고 황금 허리띠를 둘러서인지 아주 위풍당당해 보였다. 완안홍열은 즉시 말에서 내려 답례를 했지만, 완안홍희는 안장에 앉은 채 포권의 예만 취했다. 왕한이 정중하게 말했다.

"내만인이 두 왕자께 무례한 행동을 할까 두려워 급히 달려왔는데, 세 아들이 그들을 물리쳐 다행입니다."

그는 완안 형제를 자신의 거처인 커다란 몽고포로 안내했다. 몽고포 안은 짐승 가죽이 널려 있고, 값비싼 옥과 금은으로 만든 집기들로 매우 화려하게 꾸며져 있었다. 심지어 병사들의 복장도 테무친 진영에 비해 월등히 뛰어났다.

이날 밤, 왕한은 완안 형제를 접대하기 위해 성대한 만찬을 베풀었다. 전에 테무친 부족에게 접대받은 것과는 비교가 되지 않았다. 완안홍희는 매우 흡족해했다. 그는 무희들 중 맘에 드는 계집을 보고 군침을 삼켰다. 술이 어느 정도 들어가자 완안홍열이 왕한에게 입을 열었다.

"노 영웅의 용맹한 명성은 익히 들어서 잘 알고 있습니다. 몽고 젊은이들 중에도 걸출한 인재가 있을 텐데, 한번 만나보고 싶습니다."

왕한은 껄껄 웃으며 말했다.

"나의 두 양자가 몽고의 젊은 영웅이라 할 수 있지요."

왕한의 아들 상곤은 옆에서 이 말을 듣고 기분이 상했는지 연거푸 술을 들이켰다. 완안홍열은 그의 표정을 읽고 한마디 했다.

"내가 보기엔 아드님도 대단한 것 같은데요?"

왕한은 빙긋이 웃으며 대답했다.

"내가 죽으면 아들이 뒤를 이어 부족을 통솔할 겁니다. 하지만 의형들과 비교하면 자질이 좀 떨어지죠. 찰목합은 용병술과 지략이 뛰어나고, 테무친은 용맹하기 이를 데 없습니다. 누구의 도움도 받지 않고 빈손으로 자신의 위치를 구축했습니다. 그야말로 진정한 영웅이죠. 모두들 그를 위해 기꺼이 목숨을 바칠 겁니다."

완안홍열은 고개를 갸우뚱거리더니 물었다.

"그럼 노 영웅의 부하들이 테무친의 부하만 못하다는 겁니까?"

테무친은 왕한과 자신을 이간질시키려는 그의 말투에 경각심을 느꼈다. 왕한은 선뜻 대답하지 않고 우선 술을 한 잔 마시고 난 뒤 천천히 입을 열었다.

"지난번 내만인이 몰래 쳐들어와 수만 마리의 가축을 빼앗아갔는데 테무친 휘하에 있는 사걸四傑이 되찾아왔습니다. 테무친은 군사가 많진 않지만 하나같이 용맹무쌍합니다. 두 분도 오늘 직접 보아서 잘 아실 겁니다."

완안홍열은 궁금해서 물었다.

"사걸이라뇨? 어떤 인물들인지 한번 보고 싶은데요."

왕한이 테무친에게 고개를 돌리며 말했다.

"그들을 불러오도록 해라."

테무친이 손뼉을 몇 번 치자 밖에서 장수 네 명이 들어왔다.

깔끔한 생김새에 용병술이 능한 목화려, 허우대가 우람하며 눈매가 무서운 박이출, 키가 작고 몸놀림이 민첩한 박이홀, 불그죽죽한 얼굴과 팔에 칼자국이 많이 나 있는 적노온이 테무친 앞에 우뚝 섰다. 이 네 사람은 훗날 몽고 개국의 4대 공신이 되는 인물들로 당시 테무친은 그들을 사걸이라고 불렀다.

완안홍열은 각자에게 칭찬 몇 마디를 해주고 술을 한 사발씩 하사했다. 그들이 술을 모두 마시자 완안홍열이 다시 입을 열었다.

"오늘 전투에서 검은색 장포를 입고 선봉에서 용맹하게 싸우던 장수가 있던데, 그 사람은 누구요?"

테무친이 대답했다.

"새로 제 휘하에 들어온 십부장인데, 철별이라고 합니다."

"그에게도 술을 한 잔 주고 싶으니 불러오게."

테무친이 즉시 철별을 부르라고 명을 내렸다. 잠시 후 철별이 들어오자 완안홍열은 상곤의 술잔을 빌려 술 한 잔을 내렸다.

"감사합니다."

철별이 정중히 인사를 하고 막 술을 마시려는데 상곤이 소리쳤다.

"무엄하다! 고작 십부장 주제에 내 금잔으로 술을 마시다니!"

철별은 이내 얼굴이 일그러졌고 눈에는 분노의 빛이 역력했다. 그는 술잔을 든 채 테무친만 쳐다보았다. 몽고인의 풍습에 남이 술 마시는 걸 막는 행위는 가장 모욕적인 처사였다. 더구나 많은 사람이 지켜보는 가운데 그런 짓을 한다는 건 있을 수 없었다. 철별은 도저히 참기가 어려웠다. 테무친도 기분이 몹시 상했다.

'의부님의 체면을 봐서라도 내가 참아야지.'

테무친은 철별의 난처한 처지를 모면해주기 위해 앞으로 나서 말했다.

"내가 대신 마실 테니 술잔을 이리 다오."

그는 철별에게서 술잔을 받아 단숨에 비워버렸다. 철별은 상곤을 노려보고 나서 성큼 밖으로 걸어 나갔다. 뒤에서 즉시 상곤의 호통이 터졌다.

"돌아와!"

철별은 그 말에 아랑곳하지 않고 고개를 빳빳이 세운 채 나가버렸다. 상곤은 코웃음을 쳤다.

"테무친 의형은 사걸이 자랑스러울지 모르지만, 내가 아끼는 것을 풀어놓으면 무용지물이 될걸!"

그가 테무친을 형이 아닌 의형으로 부르는 데는 그럴 만한 이유가 있었다. 테무친은 왕한을 의부로 모셨지만, 상곤은 테무친과 정식으로 형제 결연을 맺지 않았다.

완안홍희는 상곤의 말을 듣자 호기심이 생겼다.

"자네가 아끼는 것이 도대체 뭐기에 그리 대단하지? 궁금한데?"

상곤은 우쭐대며 대답했다.

"밖에 나가보면 아실 겁니다."

왕한이 호통쳤다.

"뭐 하는 짓들이냐? 어서 술이나 마셔!"

완안홍희는 앞으로 벌어질 상황에 흥미를 느꼈다.

"술도 이제 거나하게 마셨으니 재미있는 구경이나 해봅시다."

그는 그렇게 말하며 자리에서 일어나 밖으로 걸어 나갔다. 다들 그의 뒤를 따를 수밖에 없었다. 밖에는 곳곳에 수백 개의 모닥불이 밝혀져 있고, 병사들이 모여 앉아 술을 마시고 있었다. 그들은 대칸이 나온 것을 보자 일제히 환호성을 질렀다.

서쪽에 자리하고 있는 병사들은 거의 동시에 일어나 질서 정연하게 줄을 맞춰 섰다. 바로 테무친의 부하들이었다. 동쪽에 자리한 왕한의 부하들도 일어났다. 하지만 그들은 시시덕거리고 귓속말을 주고받는 등 산만하고 무질서해 보였다. 완안홍열은 그것을 놓치지 않고 간파했다.

'왕한의 군사는 수는 많지만 역시 테무친만 못해.'

테무친은 불빛을 빌려 철별이 아직도 분을 삭이지 못하고 있는 것을 확인하곤 소리쳤다.

"술을 가져와라!"

부하가 즉시 큰 주전자에 술을 가져왔다. 테무친은 주전자를 높이 들어 올리고 다시 소리쳤다.

"오늘 우리는 내만인을 상대로 대승을 거뒀다. 모두들 수고가 많았다!"

이곳저곳에서 군사들의 함성이 들려왔다.

"왕한 대칸께서 영도해주신 덕분입니다!"

"테무친 칸이 앞장서 싸움에 이길 수 있었습니다!"

테무친의 음성은 우렁찼다.

"특별히 잘 싸운 장수가 있었다. 종횡무진으로 적진을 휘젓고 다니며 적군을 수십 명 죽인 그자가 누구냐?"

병사들은 이구동성으로 대답했다.

"십부장 철별입니다!"

테무친은 더욱 음성을 높였다.

"십부장이라니? 그는 백부장이다!"

병사들은 의아했으나 이내 그의 말뜻을 알아차리고 환호를 연발했다.

"철별은 용사다! 백부장이다! 백부장으로 손색이 없다!"

테무친이 자륵미에게 명했다.

"가서 내 투구를 가져와라!"

자륵미가 투구를 가져오자 테무친은 그 투구를 번쩍 들어 올렸다.

"이건 내가 적을 무찌를 때 늘 쓰던 투구다! 오늘 이것을 술잔 삼아 진정한 용사에게 한 잔 권하겠다!"

그는 투구에 술을 가득 따라 자신이 먼저 벌컥벌컥 들이마시고 철별에게 건네주었다. 철별은 너무 감격스러워 그 자리에 무릎을 꿇고

테무친은 역시 인걸이었다. 모든 몽고인이 앞으로 그를 위해 주저 없이 목숨을 바칠 것이다.

투구를 받아 단숨에 마시고는 나직하게 말했다.

"아무리 귀한 보석이 박힌 금잔이라 하더라도 대칸의 투구만 못합니다."

테무친은 미소를 지으며 투구를 받아 머리에 썼다. 몽고 병사들은 조금 전에 상곤이 철별에게 모욕을 준 사실을 다 알고 있었다. 결코 남의 일 같지 않았다. 심지어 상곤의 부하들도 분개했다. 그런 상황에서 테무친이 뜨거운 애정을 갖고 철별의 쓰라린 마음을 달래주자 모두 소리 높여 환호성을 내지르며 기뻐한 것이다.

완안홍열은 내심 느끼는 바가 있었다.

'테무친은 역시 인걸이야. 철별은 틀림없이 목숨을 걸고 그에게 충성을 다하겠지. 우리 조정에선 다들 몽고인이 힘만 세지 머리는 텅 비었다고 하는데, 그들을 너무 과소평가한 거야.'

완안홍희는 사걸을 무용지물로 만들어버릴 수 있다는 말에만 관심이 있는지라 호피가 깔린 의자에 앉자마자 상곤에게 물었다.

"도대체 무슨 재주로 사걸을 누르겠다고 호언장담을 했지?"

상곤은 빙긋이 웃으며 그에게 소곤거렸다.

"아주 좋은 구경을 시켜드리겠습니다. 사걸이 아무리 날뛰어도 내가 키우는 두 마리의 짐승만 못할 겁니다."

그는 이어 목청을 가다듬고 소리쳤다.

"어서 사걸을 불러와라!"

목화려 등이 앞으로 걸어 나와 그에게 절을 올렸다.

상곤이 옆에 있는 심복에게 뭔가 귀엣말을 하자 심복이 알았다는 듯 고개를 끄덕이고 어디론가 사라졌다. 잠시 후, 갑자기 맹수의 울음소리가 들리며 천막 뒤에서 금빛 털에 점무늬가 선명한 표범 두 마리가 슬금슬금 걸어 나왔다. 어둠 속에서 표범의 눈이 마치 등잔불처럼 타올랐다. 완안홍희는 깜짝 놀라 자신도 모르게 허리에 찬 칼에 손이 갔다.

표범이 모닥불 가까이 오니 목에 굵은 밧줄이 묶여 있는 것을 확인할 수 있었다. 그 녀석들을 끌고 온 체구가 우람한 두 사나이는 손에 장대를 들고 있었는데, 맹수를 키우는 조련사였다.

몽고인은 사냥을 위해 표범을 길들여 키웠다. 사냥개보다 여러모로 쓸모가 많았다. 그러나 먹이 공급도 만만치 않고 조련하는 데도 어려움이 많아 왕손이나 귀족이 아니면 엄두를 낼 수 없는 일이었다. 두 마리의 표범은 밧줄에 묶여 있지만 계속 날카로운 이빨을 드러내고 으르렁대며 아무에게나 덤벼들 기세였다. 완안홍희는 겁을 집어먹고 몸을 움츠렸다. 상곤이 테무친에게 말했다.

"테무친 의형, 사걸이 진정한 영웅이라면 맨손으로 저 두 마리 표범을 때려잡아보게 하시오. 그럼 나도 사걸을 인정하겠소!"

사걸은 그 말에 부아가 치밀었다.

'철별을 모독하더니 이번엔 우릴 무시하는군. 표범의 상대는 멧돼지나 들짐승인데 우릴 짐승 취급하는 거잖아.'

테무친도 기분이 상했다.

"사걸을 내 목숨처럼 아끼는데 어떻게 표범과 싸우게 할 수 있겠나?"

상곤은 크게 웃었다.

"그래요? 그럼 영웅호걸로 자처하지 말아야지. 내가 키우는 짐승도 감당하지 못하는 주제에 무슨……."

사걸 중 적노온은 성격이 불같았다. 그가 성큼 앞으로 나서더니 테무친에게 말했다.

"대칸, 우리가 웃음거리가 되는 건 상관없지만 대칸의 체면을 손상시키고 싶진 않습니다. 표범과 싸우겠습니다!"

완안홍희는 얼씨구나 좋아하며 당장 붉은 보석이 박힌 자신의 반지를 뽑아 땅에 던지며 말했다.

"누구든 표범을 때려잡는 사람이 그 반지를 가져라."

적노온이 반지를 거들떠보지도 않고 앞으로 나서자 목화려가 그를 잡으며 말했다.

"우린 용감하게 적과 싸워 명성을 얻은 거지, 표범을 상대한 건 아니잖아? 표범이 군사를 지휘할 수 있나, 아니면 매복해 적을 포위할 재간이 있나? 한낱 미물일 뿐이니 그만두게."

테무친이 빙긋이 웃으며 나섰다.

"상곤 아우, 자네가 이겼네."

그는 보석 반지를 주워 상곤의 손에 쥐여주었다.

상곤은 반지를 끼고 손을 높이 들어 올려 미친 듯 웃음을 터뜨렸다. 승리자로 자처하며 의기양양해하는 모습이었다.

왕한의 부하들은 환호성을 질렀다. 찰목합은 눈살을 찌푸리며 아무 말도 하지 않았다. 테무친은 그저 태연자약할 뿐이었다. 사결은 분연히 물러갔다. 좋은 구경거리를 놓쳐 기분이 상한 완안홍희는 왕한에게 미녀 두 명을 얻어 침실로 직행했다.

드디어 곽정을 찾다

다음 날 아침이었다.

타뢰는 곽정과 손을 맞잡고 놀러 나갔다. 군영에서 한참 벗어났을 때 토끼 한 마리가 뛰어가는 것이 눈에 띄었다. 타뢰가 얼른 작은 활로 시위를 당겨 토끼를 향해 쐈다. 화살은 토끼 배에 명중했다. 그러나 토끼는 화살을 맞고도 죽지 않고 앞으로 내달렸다. 두 소년은 소리를 지르며 토끼를 뒤쫓았다. 토끼는 한참 도망가다가 지쳐 쓰러지고 말았다. 두 소년이 환호하며 막 토끼를 잡으려는데 갑자기 길옆 숲속에서 여러 명의 아이가 뛰쳐나왔다. 그중 열두 살가량 되어 보이는 아이가 잽싸게 토끼를 낚아챘다. 그러곤 곽정과 타뢰를 한 번 째려보더니 태연하게 토끼를 안고 가버렸다.

타뢰가 소리쳤다.

"야! 내가 잡은 토낀데, 왜 가져가?"

그 아이는 몸을 돌려 히죽거리며 물었다.

"네가 잡았다는 증거가 어딨어?"

타뢰가 대답했다.

"그건 내 화살이잖아!"

그 아이는 대뜸 눈초리를 치켜올렸다.

"이건 내가 키우는 토끼야. 물어달라고 하지 않는 것만도 다행인 줄 알아!"

타뢰는 그 말을 믿지 않았다.

"거짓말 마! 그건 산토끼야."

그 아이는 앞으로 걸어와 타뢰의 어깨를 툭 쳤다.

"이런 건방진 녀석! 내가 누군지 알아? 우리 할아버지는 왕한이고, 아버지는 상곤이야! 그래, 네가 잡은 토끼를 가져가면 어떡할 거냐?"

타뢰는 전혀 굽히지 않았다.

"우리 아버지는 테무친이야!"

"흥! 테무친이 뭔데? 네 아버지는 겁쟁이야. 할아버지한테 쩔쩔매고 우리 아버지를 무서워해!"

알고 보니 그 아이는 상곤의 외아들 도사道史였다. 딸을 하나 낳은 뒤 한참 만에 얻은 아들이라 상곤은 그를 유난히 애지중지했다. 테무친이 왕한, 상곤과 헤어진 지 오래되어 아이들끼리는 서로 알아보지 못했다. 타뢰는 그가 아버지를 모독하자 화가 치밀었다.

"누가 그래? 우리 아버지는 아무도 겁내지 않아!"

"네 엄마를 나쁜 놈이 잡아갔는데 우리 할아버지와 아버지가 다시 빼앗아왔어. 난 다 알고 있다고! 이까짓 토끼쯤이 뭐가 대수야?"

지난날 왕한은 테무친을 도와준 적이 있는데, 상곤은 테무친의 명성을 질투해 그 일을 떠벌리고 다녔다. 그래서 도사도 그 얘기를 주워 들었던 것이다. 타뢰는 아직 나이가 어리고 테무친 역시 그 일을 수치로 여겼기 때문에 입 밖에 내지 않았다. 타뢰는 처음 듣는 얘기에 안색이 창백해졌다.

"거짓말이야! 가서 아버지한테 물어볼 거야!"

타뢰는 몸을 돌려 이내 달려갔다. 도사는 깔깔 웃으며 소리쳤다.

"네 아버지는 우리 할아버지를 무서워하는데 고자질하면 뭐 하냐? 어제도 우리 아버지가 표범을 풀어놓으니까 사걸이 겁을 먹고 벌벌 떨었잖아!"

사걸 중에 박이홀은 타뢰의 사부였다. 타뢰는 그 말을 듣자 더욱 화가 나서 달려가던 걸음을 멈추고 대꾸했다.

"우리 사부님은 호랑이도 겁내지 않는데 왜 표범을 겁내겠어? 짐승과 싸우기 싫어서 그랬던 거야!"

도사는 앞으로 뛰어가 타뢰의 뺨을 때렸다.

"너, 끝까지 대들 거냐? 혼 좀 나볼래?"

타뢰는 난데없이 뺨을 얻어맞자 너무 분해 눈물이 찔끔 나왔지만 울지는 않았다. 줄곧 한쪽에서 지켜보고 있던 곽정은 더 이상 참을 수가 없었다. 다짜고짜 앞으로 뛰쳐나가 머리로 도사의 아랫배를 들이받았다. 도사는 뜻밖의 기습에 벌렁 뒤로 나자빠졌다. 그것을 본 타뢰는 손뼉을 치며 좋아했다.

"잘했어!"

그는 곽정의 손을 잡고 무조건 도망치기 시작했다. 뒤에서 도사의 화난 음성이 들려왔다.

"저놈들을 잡아라!"

도사의 친구들이 우르르 달려와 서로 엉켜 패싸움이 벌어졌다. 도사도 몸을 일으켜 싸움에 가담했다. 도사의 친구들은 비교적 나이가 많고 몸집도 훨씬 컸다. 삽시간에 타뢰와 곽정이 땅에 쓰러지고 말았다. 도사는 연방 곽정에게 주먹을 날리며 소리쳤다.

"항복하면 용서해줄게!"

곽정은 안간힘을 써서 몸을 일으키려 했지만 꼼짝할 수 없었다. 타뢰도 몇 녀석에게 깔려 얻어터지고 있었다.

이때 모래언덕 뒤에서 말발굽 소리가 들리며 한 무리의 인마가 나타났다. 앞장서 있는 자는 누런 말을 탄 땅딸보인데 아이들이 싸우는 것을 보자 껄껄 웃었다.

"그래, 싸워야 크지."

그는 말을 가까이 몰고 가서 여러 명이 두 아이를 일방적으로 구타하는 것을 확인하자 버럭 소릴 질렀다.

"이놈들, 이게 무슨 짓이냐? 어서 그만두지 못하겠어!"

도사는 막무가내였다.

"상관하지 말고 비켜요! 우리가 누군지 모르는 모양이군!"

그는 할아버지와 아버지의 권세를 믿고 여태껏 제멋대로 행동해왔다. 누런 말을 탄 땅딸보는 어이가 없는지 다시 호통쳤다.

"이런 못된 녀석이 있나! 그만하라니까!"

이때 나머지 사람들도 가까이 왔다. 그중 여자 한 명이 말했다.

"셋째 사형, 애들 일에 끼어들지 말아요."

땅딸보는 코웃음을 쳤다.

"저것 좀 보라고! 아무리 애들이라도 너무하잖아."

이들은 바로 강남칠괴였다. 그들은 단천덕을 대막大漠까지 추적하다 그만 놓치고 말았다. 6년 동안 사막에서 단천덕의 행적을 수소문하면서 몽고 말까지 배웠다. 그러나 단천덕과 이평의 행방은 여전히 묘연했다.

성격이 괴팍하고 승부욕이 강하기로 소문난 강남칠괴가 구처기와 서로 내기를 했으니, 한 여자를 찾는 일이 아니라 그보다 수십 배 어려운 일이라 해도 절대 굴복할 리가 없었다. 칠괴는 모두 똑같은 생각을 하고 있었다. 18년이 지나도 만약 이평을 찾아내지 못한다면 그때 가흥으로 가서 구처기에게 깨끗이 패배를 시인할 것이고, 만약 쌍방이 다 찾아내지 못하면 그때 가서 다른 내기로 승부를 가릴 생각이었다.

한소영은 말에서 내려 타뢰의 등을 깔고 앉은 두 아이를 끌어내며 야단쳤다.

"둘이서 한 사람을 때리면 안 되지."

타뢰는 비로소 벌떡 몸을 일으켰다. 도사가 멈칫하는 사이에 곽정도 한소영의 다리 사이로 들어가 일어났다. 두 사람은 냅다 도망가기 시작했다. 그러자 도사가 소리쳤다.

"도망가지 마! 잡아라!"

도사가 친구들을 이끌고 바로 뒤쫓아갔다. 강남칠괴는 아이들이 싸우는 것을 보고 어린 시절이 생각나는지 모두 미소를 지었다. 가진악이 입을 열었다.

"자, 이제 가야지. 꾸물대다가 장이 끝날지도 몰라. 그럼 물어볼 사람도 없잖아."

이때 도사 일행이 다시 타뢰와 곽정을 쫓아가 에워쌌다. 도사가 다그쳤다.

"항복할 거냐?"

타뢰는 씩씩거리며 아무 대답도 하지 않았다. 그러자 도사가 소리쳤다.

"혼내줘라!"

아이들이 다시 주먹질을 했다. 그러자 곽정은 품에서 싸늘한 광채가 번뜩이는 비수 한 자루를 꺼내 손에 쥐었다. 아버지 곽소천이 남긴 비수였다.

"좋아, 덤벼봐라!"

곽정은 계속 얻어맞자 오기가 생겨 비수를 뽑아 쥔 것이다. 귀한 비수라 부적처럼 액땜을 해줄 거라는 생각에서였다. 도사 등은 비수를 보자 흠칫 놀라 뒤로 물러났다.

묘수서생 주총은 말을 몰고 떠나려다 햇빛에 반사된 비수의 이상한 광채를 보고 말을 멈췄다. 그는 대관 부호들의 귀한 물건을 훔친 경험이 많았기 때문에 견식이 풍부했다.

'저 광채는 예사롭지 않아. 아주 귀한 비수 같은데.'

그는 즉시 말 머리를 돌려 달려갔다. 어린애가 들고 있는 비수에서 파르스름한 광채가 번쩍이는 것으로 보아 역시 보통 비수가 아닌 것 같았다.

'어린애가 왜 저런 비수를 가지고 있는 걸까?'

주총은 어린애들을 다시 유심히 살펴보았다. 거의 다 귀한 가죽옷을 입고 있는 게 몽고 귀족의 자제임이 분명했다.

'어른의 비수를 훔친 모양이군. 왕손이나 족장이라면 저런 걸 갖고

있을 만도 하지. 보나 마나 어디서 강탈해온 게 분명해.'

주총은 그 비수를 빼앗을 양으로 빙긋이 웃으며 말에서 내렸다.

"싸우지 마라. 사이좋게 놀아야지."

그렇게 말하며 아이들 틈으로 들어가더니 손쉽게 비수를 빼내 왔다. 주총은 이내 말에 올라 일행이 있는 곳으로 달려가 껄껄 웃으며 말했다.

"오늘 운이 좋았어. 이런 보물을 얻었으니."

소미타 장아생이 그의 말을 받았다.

"둘째 사형의 그 버릇은 여전하군."

요시협은 전금발도 한마디 했다.

"무슨 보물인데? 구경 좀 합시다."

주총이 손을 들어 비수를 던져줬다. 순간, 파르스름한 광채가 허공에 무지개를 수놓았다. 전금발은 비수를 만지작거리며 연신 고개를 끄덕였다.

"좋아, 좋아!"

그러다가 비수에 새겨져 있는 '양강'이란 두 글자를 발견하고는 눈살을 살짝 찌푸렸다.

'이건 한인의 이름이잖아. 왜 몽고인의 손에 들어갔지? 양강이라…… 양강…… 어느 영웅인지 이름을 들어보지 못했는데…….'

그는 가진악에게 물었다.

"대형, 양강이 누군지 압니까?"

"양강이라……."

가진악은 잠시 생각을 굴리더니 고개를 내둘렀다.

"모르겠는데."

양강은 지난날 구처기가 포석약의 배 속에 있는 아이를 위해 지어 준 이름이었다. 곽소천과 양철심은 서로 비수를 교환했기 때문에 양강이란 글자가 새겨진 비수를 이평이 가지고 있었던 것이다. 강남칠괴가 그 사실을 알 리 없었다.

전금발은 세심한 사람이었다. 그는 뭔가 짚이는 게 있어 이렇게 말했다.

"구처기는 양철심의 아내를 찾고 있는데, 혹시 이 양강과 양철심이 무슨 관계가 있는 게 아닐까요?"

주총이 웃으며 그의 말을 받았다.

"그렇다면 우리가 먼저 양철심의 아내를 찾아내 취선루로 데려가 구처기의 코를 납작하게 만들 수 있겠지."

칠괴는 6년 동안 찾아 헤맸는데도 아무런 수확이 없는 상황에서 뭔가 단서가 될 만한 것이 생기자 물고 늘어졌다. 한소영이 나섰다.

"가서 저 애한테 자세히 물어보죠."

한보구가 말을 몰아 먼저 달려갔다. 아이들은 서로 뒤엉켜 싸움을 계속했고, 타뢰와 곽정은 덩치 큰 아이들 밑에 깔린 채 일방적으로 당하고 있었다. 한보구가 말려도 소용없자 아이 몇을 집어 던졌다. 도사는 겁을 먹었는지 더 이상 싸울 생각을 않고 타뢰에게 욕을 했다.

"이 새끼들아, 내일 다시 여기 와서 싸우자."

타뢰도 소릴 질렀다.

"좋아! 내일 다시 싸우자!"

그는 내일 셋째 형에게 도움을 청하리라 마음먹었다. 셋째 형은 기운이 세서 녀석들을 혼내줄 수 있을 거라 믿었다. 도사는 아이들을 데리고 사라졌다. 곽정은 얼굴이 온통 피로 얼룩져 있었다. 그는 주총에게 손을 내밀었다.

"어서 비수를 돌려줘요!"

주총은 비수를 만지작거리며 히죽히죽 웃었다.

"그래, 돌려줄 테니 이 비수가 어디서 났는지 솔직히 말해봐라."

곽정은 소매로 코피를 쓱 닦아내며 대답했다.

"엄마가 준 거예요."

"네 아버지의 이름은 뭐냐?"

곽정은 아버지의 이름을 몰라 주총의 물음에 고개를 절레절레 흔들었다.

전금발이 다시 물었다.

"그럼 넌 성이 양씨냐?"

곽정은 다시 고개를 흔들었다. 칠괴는 애가 멍청한 것 같아 실망스러웠다.

이번엔 주총이 물었다.

"양강은 누구냐?"

곽정은 여전히 고개만 흔들었다. 강남칠괴는 약속을 지켰다. 주총은 곽정에게 비수를 돌려주었다. 한소영은 손수건을 꺼내 곽정의 코피를 닦아주며 부드러운 음성으로 말했다.

"돌아가라. 다시는 싸우지 마. 너는 아직 어려서 그들을 당해낼 수 없어."

칠괴는 말을 몰고 동쪽으로 향했다. 곽정은 제자리에 서서 그들이 떠나는 것을 멍하니 바라보았다. 타뢰가 그의 손을 잡아끌었다.

"곽정, 돌아가자."

이때 칠괴는 멀리 벗어나 있었다. 한데 청각이 예민한 가진악은 '곽정'이란 두 음절을 듣자 마치 감전된 듯 움찔하며 이내 말 머리를 돌려 곽정에게 달려갔다.

"얘야, 너의 성이 곽이냐? 몽고인이 아니고 한인이야?"

곽정은 고개를 끄덕이며 "네"라고 대답했다. 가진악은 크게 기뻐하며 다시 다그치듯 물었다.

"그럼 엄마의 이름은 뭐냐?"

"엄마는 엄마죠."

곽정의 대답이 어이없는 듯 가진악은 머리를 긁적였다.

"그럼 나랑 같이 엄마한테 갈래?"

"엄마는 여기 없어요."

가진악은 아이가 자신을 경계하는 것 같아 얼른 한소영을 불렀다.

"사매, 네가 와서 물어봐라."

한소영이 말에서 내려 다정하게 물었다.

"너의 아버지는 어디 있지?"

"아버진 나쁜 사람한테 죽었어요. 나중에 크면 복수할 거예요."

그러자 가진악이 물었다.

"아버지를 죽인 나쁜 사람은 누군데?"

곽정은 이를 부드득 갈더니 대답했다.

"그놈은…… 단…… 단천덕이에요!"

이평은 자신이 언제 죽을지 모른다는 생각에 남편의 원수인 단천덕의 이름과 생김새를 거듭해서 아들에게 자세히 얘기해준 것이다. 그녀는 시골 여자라 늘 남편을 '여보'로만 불렀고, 남들도 남편을 곽 대형이라 칭했기 때문에 이름은 별로 신경 쓰지 않았다. 그런 이유로 곽정도 아버지의 이름을 알지 못한 것이다.

곽정이 '단천덕'이란 이름을 큰 소리로 말한 것도 아닌데 강남칠괴의 귀에는 그 소리가 마치 청천벽력처럼 들렸다. 그들은 입이 딱 벌어지고 가슴이 두근거려 한동안 몸을 움직일 수가 없었다. 그러다가 한소영이 먼저 환호성을 내질렀다. 장아생은 주먹으로 자신의 가슴을 마구 후려쳤다. 전금발은 남희인의 목을 으스러지게 끌어안았다. 한보구는 말 등 위에서 펄쩍펄쩍 뛰었다. 가진악은 배를 움켜쥐고 연방 미친 듯 웃었으며, 주총은 팽이처럼 빙빙 돌았다.

곽정은 그들의 모습을 보자 웃음이 나오면서도 이상한 생각이 들었다. 한참 후에야 칠괴는 진정되었는데, 모두들 희색만면이었다. 장아생은 무릎을 꿇고 하늘에 감사했다.

"하늘이여, 감사합니다. 정말 감사합니다!"

한소영이 곽정에게 말했다.

"얘야, 우리 앉아서 얘기 좀 하자."

타뢰는 얼른 셋째 형을 찾아갈 생각에 마음이 급했다. 그런데 칠괴가 이상한 행동을 하는 것을 보고 눈살을 찌푸렸다. 그는 곽정에게 빨리 돌아가자고 재촉했다. 곽정도 돌아가고 싶었다.

"난 돌아가야 해요."

그는 타뢰의 손을 잡고 떠나려 했다. 한보구가 다급히 소리쳤다.

"얘야, 그냥 가면 안 돼. 네 친구를 먼저 보내라."

두 아이는 한보구의 괴상한 모습에 겁을 먹고 냅다 달아났다. 한보구가 뒤쫓아가 곽정의 뒷덜미를 잡았다. 그것을 본 주총이 외쳤다.

“아이들을 놀라게 하지 마!”

그는 몸을 날려 곽정 앞에 사뿐히 내린 뒤 작은 돌 세 개를 내보이더니 헤벌쭉 웃으며 말했다.

“내가 마술을 부릴 테니 잘 봐라.”

곽정과 타뢰는 호기심이 생겨 그를 쳐다보았다. 주총은 오른손을 펴서 작은 돌 세 개를 올려놓더니 소리쳤다.

“변해라, 얏!”

그가 주먹을 쥐었다가 다시 펴자 돌이 보이지 않았다. 두 아이는 몹시 신기한 표정을 지었다. 주총은 자신이 쓰고 있는 모자를 가리키며 다시 외쳤다.

“들어가라, 얏!”

이어 모자를 벗으니 돌이 그 속에 들어 있었다. 타뢰와 곽정은 손뼉을 치며 웃었다. 이때 멀리서 기러기가 떼지어 날아왔다. 주총은 뇌리에 스치는 생각이 있었다.

“얘들아, 이번엔 우리 대형께서 마술을 부릴 거야.”

그는 품속에서 수건을 꺼내 타뢰에게 내주며 가진악을 가리켰다.

“가서 우리 대형의 눈을 가려라.”

타뢰는 그가 시키는 대로 가진악의 눈을 가리고 웃으며 말했다.

“술래잡기를 하는 건가요?”

“아니, 저 사람은 눈을 가리고도 활을 쏴서 기러기를 떨어뜨릴 수 있어.”

주총은 말하면서 활을 가진악의 손에 쥐여주었다. 타뢰는 입을 비쭉였다.

"어떻게 그럴 수가 있어요? 난 믿지 못하겠어요."

그들이 얘기를 나누는 동안 기러기 떼가 머리 위로 날아왔다. 주총은 쥐고 있던 돌을 허공으로 휙 던졌다. 그는 워낙 팔 힘이 세서 돌이 하늘 높이 날아갔다. 기러기 떼는 놀라 꽥꽥 소리를 질렀다. 그 순간 가진악은 위치를 정확히 판단해 활을 끌어당겼다.

휙! 시위를 벗어난 화살은 기러기 몸에 명중했다. 타뢰와 곽정은 환호성을 내지르며 기러기가 떨어진 곳으로 달려갔다. 그들은 기러기를 주워 가진악에게 건네며 감탄해 마지않았다. 주총이 말했다.

"아까 그 녀석들에게 얻어맞았지? 무예를 배우면 그들을 겁낼 필요가 없어."

타뢰가 그의 말을 받았다.

"내일 형을 불러와 다시 싸울 거예요."

"형에게 도움을 청한다고? 흥! 그건 창피한 일이지. 나한테 무예를 배우면 그깟 녀석들은 문제없어."

"정말 그들을 다 이길 수 있단 말예요?"

"그렇다니까."

주총의 말에 타뢰는 너무 기쁜 나머지 당장 가르쳐달라고 졸랐다.

주총은 곽정이 전혀 관심을 보이지 않는 것 같아 넌지시 물었다.

"넌 배우고 싶지 않니?"

"엄마가 누구랑 싸우지 말라고 했어요. 무예를 배우면 싫어할 거예요."

한보구가 그에게 욕을 했다.

"이런, 겁쟁이 녀석!"
주총이 물었다.
"그럼 아까는 왜 싸웠지?"
"걔들이 먼저 우릴 때렸어요."
가진악이 사뭇 진지하게 물었다.
"만약 그 원수라는 단천덕을 만나면 어떡할 거지?"
곽정의 작은 눈에 분노의 빛이 서렸다.
"죽여버릴 거예요. 아버질 위해 꼭 복수할 거예요."
가진악이 곽정을 슬쩍 떠볼 양으로 물었다.
"아버지는 무공이 뛰어났는데도 그놈한테 당했어. 그런데 네가 무예를 익히지 않고 무슨 수로 그놈에게 복수하겠다는 거냐?"
곽정은 멍해져 아무 대답도 하지 못했다. 한소영이 거들었다.
"그러니까 무예를 배워야지."
주총이 왼쪽에 보이는 야트막한 산을 가리켰다.
"무예를 배우고 싶거든 오늘 밤 저 산으로 와라. 너 혼자 와야 한다. 그리고 이 친구 외엔 아무한테도 얘기하면 안 돼. 알았지?"
곽정은 아무 대꾸도 하지 않았다. 오히려 옆에 있는 타뢰가 나섰다.
"나한테 무예를 가르쳐주세요."
주총은 그를 한쪽으로 끌고 가서 슬쩍 다리를 걸었다. 타뢰는 맥없이 쓰러지더니 이내 일어나 화를 냈다.
"왜 쓰러뜨리는 거예요?"
"그게 바로 무예야. 배웠느냐?"
타뢰는 똑똑했다. 똑같이 흉내를 내고 난 뒤, 다시 주총에게 졸랐다.

"또 가르쳐주세요."

주총은 그의 얼굴을 향해 주먹을 날리는 척했다. 그러자 타뢰는 몸을 뒤로 젖혔다. 주총의 주먹은 타뢰의 코끝을 살짝 스치고 지나갔다. 타뢰는 알았다는 듯 고개를 끄덕이며 소리쳤다.

"다음엔 뭘 가르쳐줄 거죠?"

주총은 갑자기 몸을 숙여 어깨로 그의 옆구리를 툭 건드렸다. 타뢰는 벌렁 쓰러졌다가 일어나며 다시 매달렸다.

"아저씨, 또 가르쳐주세요."

주총은 빙긋이 웃었다.

"그 세 가지만 잘 배우면 어른도 이길 수 있어."

그러곤 고개를 돌려 곽정에게 물었다.

"너도 배웠느냐?"

곽정은 무슨 생각을 하는지 그저 멍청하게 서서 고개를 좌우로 흔들 뿐이었다. 칠괴는 타뢰가 무척 똑똑한 반면, 곽정은 아둔한 것 같아 실망감을 감출 수 없었다. 한소영은 장탄식을 하며 눈시울을 붉혔다. 전금발이 고개를 절레절레 흔들며 말했다.

"이럴 게 아니라 저들 모자를 강남으로 데려가 구 도장에게 맡깁시다. 내기는 우리가 진 것 같아요."

주총도 한마디 했다.

"잰 자질이 너무 형편없어. 무공을 배울 만한 재목이 아니야."

한보구도 한숨을 내쉬었다.

"될성부른 나무는 떡잎부터 알아본다고 했는데 내가 보기엔 싹이 노란 것 같아."

칠괴는 강남 말로 한마디씩 푸념을 늘어놓았다. 한소영은 아이들에게 손을 흔들었다.

"이제 그만 돌아가거라."

타뢰는 곽정의 손을 잡고 희희낙락 집으로 돌아갔다.

강남칠괴는 6년 동안 갖은 고생을 감수하며 겨우 곽정을 찾아내 뛸 듯이 기뻤는데, 그의 자질이 형편없다는 사실에 다시 좌절감을 맛봤다. 차라리 곽정을 찾아내지 못한 게 더 나았을 거라는 생각까지 들었다. 한보구는 채찍으로 연방 모래땅을 내리치며 화풀이를 해댔다. 남희인만이 시종 아무 말도 하지 않았다. 가진악이 입을 열었다.

"넷째 사제, 뭐라고 말 좀 해봐."

남희인은 고개를 크게 끄덕이더니 대답했다.

"좋아요!"

주총이 눈살을 찌푸렸다.

"뭐가 좋다는 거야?"

"좋은 애라고요."

한소영이 답답해서 나섰다.

"넷째 사형은 늘 저 모양이에요. 말이 없다가 불쑥 한마디 내뱉고는 다시 입을 다물어버리니 정말 답답해 죽겠어요."

남희인은 미소를 지으며 한마디 했다.

"나도 어렸을 땐 우둔했어."

말수가 적은 남희인은 항상 심사숙고 끝에 한마디씩 내뱉곤 했는데, 그 한마디는 남들이 백 마디 하는 것보다 나은 경우가 많았다. 나머지 육괴는 그 한마디를 듣자 이내 한 가닥 희망이 생겼다. 장아생이 남희인을 거들었다.

"맞아요, 맞아. 나도 똑똑한 적이 없었어요."

이렇게 말하며 한소영을 힐끗 쳐다보았다. 주총이 결론을 내리듯 한마디 했다.

"오늘 밤에 혼자 오는지 어디 두고 봅시다."

전금발은 고개를 내둘렀다.

"십중팔구 오지 않을 거야. 우선 아이의 집부터 알아놔야겠어."

그는 말에서 내려 멀어져가는 두 아이를 바라보았다.

그날 밤, 칠괴는 야산에서 자정이 되도록 기다렸지만 곽정은 나타나지 않았다. 주총은 절로 한숨이 나왔다.

"자부심 하나 갖고 살아온 강남칠괴가 결국 구처기한테 무릎을 꿇게 되겠군."

서편 하늘은 칠흑처럼 어둡고 간간이 서북풍이 불어왔다. 달은 천천히 중천으로 떠올랐지만 구름에 가려 흐릿했다. 한소영이 입을 열었다.

"오늘 밤엔 아무래도 비가 쏟아질 것 같아요. 비가 오면 더욱 올 리가 없겠죠."

장아생이 힘주어 말했다.

"그럼 집으로 찾아가는 수밖에!"

가진악은 고개를 설레설레 흔들었다.

"그 녀석의 자질이 부족한 건 괜찮지만, 문제는 겁이 많다는 거야."

칠괴는 기대가 어긋나 모두 시무룩했다.

그때 한보구가 갑자기 잡초가 우거진 쪽을 가리키며 소리쳤다.

"저게 뭐죠?"

희미한 달빛 아래 세 무더기의 하얀 물체가 쌓여 있는 게 보였다. 그 형상이 매우 괴이했다. 전금발이 가까이 가보니 가지런히 쌓아놓은 세 무더기의 사람 해골이었다. 전금발은 대수롭지 않게 생각하고 피식 웃으며 말했다.

"애들이 장난을 친 모양이군."

그러더니 뭔가를 발견한 듯 갑자기 목소리를 높였다.

"아니, 이게 뭐지? 둘째 사형, 빨리 와봐요!"

그의 놀란 음성을 듣고 가진악을 제외한 다섯 명은 즉시 가까이 뛰어갔다. 전금발은 해골 하나를 집어 주총에게 보여주었다.

"이것 봐요."

주총이 해골을 살펴보니 다섯 개의 구멍이 뚫려 있었다. 마치 누가 다섯 손가락을 해골에 쑤셔 넣은 듯한 모양이었다. 아니나 다를까, 다섯 손가락을 구멍에 넣어보니 딱 맞았다. 엄지손가락 쪽은 구멍이 비교적 컸다. 결코 어린애들이 장난삼아 쌓아놓은 해골이 아니었다. 주총이 몸을 숙여 다른 해골도 확인해보니 역시 다섯 손가락이 들어가는 구멍이 뚫려 있었다. 해괴한 일이 아닐 수 없었다.

"누가 손가락으로 두개골을 뚫은 것 같은데……."

과연 누가 이런 무서운 무공을 지닌 걸까? 이리저리 생각해보았지만 짚이는 게 없었다. 이때 한소영이 소리쳤다.

"혹시 사람을 잡아먹는 요괴의 짓이 아닐까요?"

한보구도 그렇게 생각했다.

"맞아! 요괴가 틀림없어."

전금발은 심각했다.

"요괴라면 해골을 이렇게 가지런히 쌓아놓을 수 있을까?"
그 말을 들은 가진악이 달려와 물었다.
"어떤 모양으로 쌓아놓았지?"
전금발이 대답했다.
"모두 세 무더기인데, 품品 자 형으로 쌓아놨어요. 한 무더기가 정확히 아홉 개네요."
가진악은 놀라는 기색이 역력했다.
"그럼 세 겹으로 쌓았겠군. 맨 아래는 다섯 개, 중간은 세 개, 위에는 한 개지?"
전금발은 의아했다.
"네, 맞아요! 한데 어떻게 알았죠?"
가진악은 그의 물음에 대답하지 않고 다급히 소리쳤다.
"어서 동북쪽과 서북쪽으로 100보씩 가서 뭐가 있는지 확인해봐."
여섯 명은 대형이 이처럼 당황해하는 걸 일찍이 본 적이 없었다. 그의 말에 따라 즉시 세 사람씩 나뉘어 동북쪽과 서북쪽으로 달려갔다. 얼마 후, 동북쪽의 한소영과 서북쪽의 전금발이 거의 동시에 소리쳤다.
"여기도 해골이 있어요!"
가진악은 몸을 날려 먼저 서북쪽으로 달려가 나직이 당부했다.
"생사가 걸려 있는 일이니 조용히 해!"
세 사람이 영문을 몰라 어리둥절해하는데, 가진악은 이미 동북쪽으로 달려갔다.
"가만히 있어!"
장아생이 나직이 물었다.

"무슨 일인데 그렇게 당황하죠?"

가진악은 아랫입술을 깨물었다.

"그들이 내 눈을 이렇게 만들었어!"

이때 서북쪽에 있던 전금발 등도 뛰어와 가진악의 말을 듣고는 경악했다. 그들 여섯 사람은 가진악과 결의를 맺었지만 아픈 상처를 건드리고 싶지 않아 눈이 멀게 된 사연을 물어본 적이 없었다. 단지 불행한 사고를 당했을 거라고 추측만 할 뿐이었다. 그런데 이제야 가진악의 입을 통해 원수한테 당해 실명한 사실을 알게 된 셈이다.

'가 대형은 무공이 높고 매사에 신중한데 어떻게 그런 일을 당한 걸까?'

여섯 사람 모두 그런 생각을 하고 있을 때 가진악은 해골 하나를 집어 들더니 자세히 더듬어보았다. 그리고 다섯 손가락을 구멍에 맞춰보고는 중얼거리듯 말했다.

"성공했군. 결국 그 무공을 익혔어!"

이어 그가 물었다.

"여기도 해골이 세 무더기가 있나?"

한소영이 대답했다.

"네."

"한 무더기에 해골이 아홉 개 맞지?"

"한 무더기는 아홉 개인데, 두 무더기는 여덟 개예요."

"그럼 어서 저쪽 걸 자세히 세어봐."

한소영은 동북쪽으로 달려가 확인하고 나서 뛰어왔다.

"저쪽은 한 무더기에 일곱 개밖에 없는데, 죽은 자의 머리가 아직 완전히 썩지 않았어요."

가진악이 나직이 외쳤다.

"그들이 곧 이곳으로 오겠군!"

그는 들고 있던 해골을 전금발에게 주었다.

"조심해서 제자리에 갖다놓아라. 누가 건드린 흔적을 남겨서는 안 돼."

전금발은 해골을 제자리에 놓았다. 여섯 명은 가진악에게 시선을 집중한 채 자세한 설명을 기다렸다. 가진악의 얼굴에 파르르 경련이 일었다. 그리고 싸늘하게 한마디 내뱉었다.

"이건 동시철시銅屍鐵屍야!"

주총은 흠칫했다.

"동시철시는 이미 죽었잖아요? 그럼 아직 살아 있다는 건가요?"

"나도 그들이 죽은 줄 알았는데 이제 보니 숨어서 구음백골조九陰百骨爪를 연마하고 있었던 거야. 다들 어서 말을 타고 남쪽으로 도망가! 절대 되돌아와선 안 돼. 1천 리 밖으로 나가서 열흘 동안 기다렸다가 내가 돌아오지 않으면 더 이상 기다릴 필요 없어."

한소영이 다급히 말했다.

"그게 무슨 말이에요? 우린 서로 피를 나눠 마셨으니 생사를 함께 해야죠. 어떻게 우리만 도망가라는 거예요?"

가진악은 연신 손을 흔들었다.

"어서 가! 떠나라니까. 늦으면 다들 죽게 될지도 몰라."

한보구가 화를 내며 말했다.

"우리가 그렇게 의리 없는 놈들입니까?"

장아생도 한마디 했다.

"강남칠괴가 힘을 합쳐도 당할 수 없다면 다 같이 죽어버리면 그뿐이죠! 도망간다는 게 말이나 됩니까?"

가진악은 매우 심각했다.

"그 두 사람의 무공은 원래 측량할 수 없이 깊었어. 여기에 구음백골조까지 터득했으니 우린 도저히 적수가 못 돼. 이곳에서 개죽음당할 이유가 없잖아!"

가진악은 누구보다도 자부심이 강했다. 장춘자 구처기와 겨룰 때도 전혀 물러서는 기색이 없었는데, 동시철시를 이렇듯 두려워하고 있으니 상대가 얼마나 대단한 적인지 능히 짐작할 수 있었다.

전금발이 의견을 제시했다.

"그럼 다 같이 떠납시다!"

가진악이 냉랭하게 말했다.

"그들이 날 평생 어둠 속에서 살게 만든 건 참을 수 있지만, 형의 원수는 갚지 않을 수 없어!"

드디어 남희인이 나섰다.

"동고동락 공생공사!"

그의 말은 늘 간단명료하면서도 재고할 여지가 없었다. 가진악은 잠시 침묵을 지켰다. 여섯 명이 자기를 놔두고 그냥 떠날 리 만무했다. 아까는 다급한 마음에 무작정 떠나라고 강요했지만 부질없다는 것을 잘 알고 있었다. 가진악은 길게 한숨을 내쉬었다.

"좋아, 그렇다면 다들 조심해야 해. 동시는 남자고 철시는 여잔데, 둘은 부부 사이지. 지난날 그들이 구음백골조를 연마하다가 우리 형제한테 들키고 말았어. 싸움이 벌어져 결국 형은 그들 손에 죽고 난 눈을 잃게 됐지. 자세한 얘긴 나중에 하기로 하고, 여섯째 사제, 남쪽으로 100보 정도 가서 혹시 관이 있는지 확인해봐."

전금발은 얼른 남쪽으로 100걸음 정도 걸어가 주위를 두리번거렸다. 하지만 관은 보이지 않았다. 다시 유심히 살펴보니 땅속에 묻힌 석판石板 모서리가 삐쭉 튀어나와 있는 게 보였다. 손으로 그 석판을 젖혀보려 했지만 미동도 하지 않았다. 그는 일행에게 빨리 와보라는 손짓을 했다.

장아생과 한보구가 힘을 합쳐 간신히 석판을 들어냈다. 석판 아래에는 큰 구덩이가 파여 있었다. 놀랍게도 그 구덩이 속에는 몽고인 복장을 한 시체 두 구가 나란히 놓여 있었다. 가진악이 구덩이 속으로 뛰어 내려갔다.

"그 마귀들이 조금 있다 시체를 이용해 무공을 연마할 거야. 난 이 구덩이에 숨어서 불의의 기습을 할 테니 다들 상대방이 눈치 못 채게 주위에 매복해 있어. 내가 행동을 개시하면 일제히 공격하도록 해. 절대 사정을 봐주지 마. 물론 이렇게 기습하는 건 비겁한 짓이지만, 상대가 상대인 만큼 어쩔 수 없어. 아니면 우리 모두 목숨을 잃게 될 테니까."

그가 한마디 한마디 힘주어 말하자 모두들 연신 고개를 끄덕였다. 가진악이 다시 말했다.

"그 두 사람은 아주 예민해서 바스락거리는 소리만 들어도 금방 낌새를 알아차릴 거야. 내가 숨 쉴 틈만 조금 남기고 석판을 잘 덮어놔."

여섯 명은 그가 시키는 대로 조심스럽게 석판을 덮고 제각기 주위에 몸을 숨겼다. 한소영은 가진악이 이렇게 심각해하는 것을 본 적이 없어 한편으론 걱정이 되고, 또 한편으론 호기심이 생겨 가까이 있는 주총에게 나직이 물었다.

"동시철시는 어떤 사람이죠?"

"왕년에 주로 북방에서 악행을 저지르고 다녔는데, 강호에선 그들을 흑풍쌍살黑風雙煞이라고 불렀어. 워낙 수법이 악랄하고 무공이 높을 뿐 아니라 잔꾀를 잘 부려 그야말로 신출귀몰했지. 나중에 어찌 된 영문인지 강호에서 자취를 감춰 다들 죽은 줄로만 알았는데, 이런 외진 곳에 숨어 새로운 무공을 연마할 줄이야……."

주총의 대답에 한소영이 다시 물었다.

"그들의 이름은 뭐죠?"

"남자는 진현풍陳玄風이라 하는데, 얼굴빛이 누렇고 희로애락을 드러내지 않아 마치 시체처럼 보이지. 그래서 다들 그를 동시銅屍라고 부르게 된 거야."

"그럼 여자는 철시鐵屍니 안색이 거무튀튀하겠군요?"

"맞아. 이름은 매초풍梅超風이라고 하지."

"대형이 말한 구음백골조는 어떤 무공이죠?"

"나도 들어본 적이 없어."

한소영은 백골탑처럼 쌓아 올린 아홉 개의 해골을 다시 쳐다보았다. 맨 꼭대기에 놓여 있는 해골의 움푹 팬 눈이 마치 자기를 노려보고 있는 것 같아 등골이 오싹해졌다. 그녀는 얼른 고개를 돌리고 혼잣말로 중얼거렸다.

"대형은 왜 그런 일을 전혀 언급하지 않았지? 혹시……."

말이 끝나기도 전에 주총이 왼손으로 그녀의 입을 가리며 오른손으로 언덕 아래쪽을 가리켰다. 달빛 아래 시커멓고 육중한 그림자가 이쪽으로 오고 있었다. 엄청 빠른 속도였다. 삽시간에 그림자가 시야에 들어왔다. 알고 보니 두 사람이 바싹 달라붙어 있었다. 그래서 육중해 보인 것이다. 한보구 등도 그들을 보았다. 여섯 명은 숨을 죽인 채 두 사람에게 시선을 집중했다.

주총은 혈도를 찍을 때 쓰는 철부채를 움켜쥐었고, 한소영은 장검을 땅속에 꽂아 검광이 반사되지 않도록 했다. 발걸음이 가까워질수록 모두의 가슴이 두근거렸다. '일각이 여삼추'라는 말이 딱 맞았다.

잠시 후 그들이 걸음을 멈췄다. 언덕바지 넓은 공터 위에 두 개의 그림자가 우뚝 솟았다. 머리에 가죽 모자를 쓰고 몽고인 복장을 한 듯한 사람은 장승처럼 꼼짝도 하지 않았다. 또 한 사람은 긴 머리카락을 바람에 나부끼며 서 있었다.

한소영은 속으로 생각했다.

'동시철시가 분명하군. 어떻게 무공을 연마하는지 두고 봐야지.'

흑풍쌍살과의 한판 대결

여인은 남자를 중심으로 그 주변을 천천히 맴돌기 시작했다. 그러자 온몸의 뼈마디에서 부드득하는 소리가 들렸다. 그녀가 걸음을 빨리 할수록 그 소리도 요란해졌다. 그녀는 남자를 축으로 주위를 맴돌며 두 손을 계속 뻗었다가 거두곤 했다. 그럴 때마다 손과 팔의 관절에서 부드득하는 소리가 터져 나왔다. 그리고 긴 머리카락이 뒤로 빳빳하게 뻗쳐 참으로 가공스러운 모습이었다. 한소영은 등골이 오싹해지며 머리카락이 쭈뼛 곤두섰다.

그런데 갑자기 여인이 왼손으로 남자의 가슴을 강타했다. 육괴는 내심 의아스러웠다.

'왜 별안간 남편을 공격하는 거지? 저 일장을 견딜 수 있을까?'

남자의 몸이 뒤로 쓰러지자 여인은 잽싸게 뒤로 돌아가 등에다 다시 일장을 가했다. 이런 식으로 갈수록 몸을 빨리 움직이며 연거푸 여덟 장을 공격했다. 장풍의 위력도 차츰 더 강해졌다. 남자는 시종일관 아무 소리도 내지 않았다.

아홉 번째 장풍을 날릴 때쯤 여인은 휙, 하고 허공으로 몸을 솟구쳐 거꾸로 떨어져 내렸다. 다음 순간, 왼손으로 남자의 모자를 벗기는 동시에 오른손 다섯 손가락이 남자의 두개골을 파고들었다. 놀란 한소영은 하마터면 소리를 지를 뻔했다.

여인은 땅에 사뿐히 내려서 깔깔 웃어젖혔고, 남자는 썩은 통나무처럼 쓰러져 움직이지 않았다. 여인의 손은 온통 선혈과 뇌수로 범벅되어 있었다. 그녀는 미친 듯 웃어대더니 휙, 하고 몸을 돌렸다. 한소영은 비로소 그녀의 얼굴을 똑똑히 볼 수 있었다. 얘기 듣던 대로 안색이 거무튀튀했지만 이목구비는 제법 수려했다. 나이는 어림잡아 마흔 살 안팎으로 보였다.

여섯 사람은 그제야 남자가 남편이 아니라는 사실을 알아차렸다. 단지 무공을 연마하기 위해 붙잡아 온 희생양에 불과했다. 여인은 철시 매초풍이 분명했다. 매초풍은 웃음을 거두더니 시체의 옷을 북북 찢었다. 북방에선 날씨가 차가워 모두 가죽옷을 입었다. 그런데 그녀는 마치 종이를 찢듯 전혀 힘들이지 않고 질긴 가죽옷을 갈기갈기 찢어놓았다. 매초풍은 이어 시체의 가슴을 벌려 내장을 하나씩 꺼내 달빛 아래 비춰가며 유심히 살펴보았다. 그런 다음 미련 없이 땅바닥에 팽개쳤다. 여섯 명은 버려진 내장이 모두 갈기갈기 찢겼다는 것을 알 수 있었다. 무시무시한 내공이 가해졌다는 얘기였다. 매초풍이 왜 산 사람을 잡아 내공을 연마했는지 그 속셈을 짐작할 수 있었다. 자신의 내공이 얼마만큼 쌓였는지 내장을 꺼내 확인한 것이다.

한소영은 분노가 머리끝까지 치밀어 슬그머니 장검을 뽑아 기습을 전개하려 했다. 그것을 눈치챈 주총이 그녀의 손을 잡아 만류했다. 매초풍은 자신의 내공에 만족하는지 빙긋이 웃고는 그 자리에서 책상다리를 틀고 운공조식運功調息에 들어갔다. 그녀는 주총과 한소영을 등지고 있었다. 한소영은 기습을 전개하고 싶은 생각이 굴뚝같았다.

'내가 전조장공電照長空을 전개해 등을 공격하면 저 마녀를 쓰러뜨릴 수 있을 텐데. 그러나 만약 실패하면 일을 그르치게 되겠지.'

한소영은 바르르 떨며 선뜻 결정을 내리지 못했다. 주총도 바짝 긴장되어 감히 숨을 크게 쉬지 못했다. 식은땀이 흐를 정도로 등줄기가 서늘했다. 힐끗 쳐다본 서편 하늘에는 먹구름이 잔뜩 깔려 있었다. 먹구름 사이로 섬광이 번쩍였다. 그로 인해 주위가 더욱 으스스해진 것 같았다.

매초풍은 운공조식을 마치고 몸을 일으켜 그 시체를 가진악이 숨어 있는 땅굴 쪽으로 끌고 갔다. 강남육괴는 모두 무기를 움켜쥐었다. 그녀가 석판을 열기만 하면 즉시 공격을 취할 태세였다. 그때 매초풍은 등 뒤에서 나뭇잎이 파르르 움직이는 소리를 느꼈다. 그녀는 즉시 고개를 돌렸다. 아니나 다를까, 달빛을 빌려 나무 위에 숨어 있는 사람의 그림자를 발견했다. 매초풍은 즉시 몸을 솟구쳤다.

나무 위에 숨어 있는 건 바로 한보구였다. 그는 체구가 왜소해 들키지 않을 거라 자신했는데 공격 태세를 취하기 위해 몸을 살짝 움직이는 순간 그만 소리를 내고 만 것이었다. 나무 위로 날아오르는 매초풍의 신법은 마치 회오리바람처럼 날쌨다. 한보구는 생각할 여지도 없이 금룡편을 휘둘렀다.

오룡취수烏龍取水!

한보구는 채찍으로 상대방의 손목을 노렸는데, 매초풍은 피할 생각도 하지 않고 곧장 손을 뻗어 채찍을 낚아챘다. 한보구는 자신의 팔 힘을 믿고 대뜸 채찍을 끌어당겼다. 그러자 매초풍은 채찍을 잡은 채 끌려오며 왼손을 전광석화같이 후려쳤다. 한보구는 무지막지한 진력이 밀려오는 것을 느꼈다. 도저히 감당할 수 없는 힘이었다.

한보구는 채찍을 버리고 곤두박질치며 나무 위에서 뛰어내렸다. 매초풍은 그가 달아나도록 내버려두지 않았다. 그녀도 따라서 몸을 뒤로 꺾어 돌린 뒤 다섯 손가락을 갈퀴처럼 구부려 한보구의 등을 낚아챘다. 한보구가 위기일발에 놓이는 순간, 나무 아래에 있던 남희인과 전금발이 암기를 날렸다.

팍! 팍! 매초풍은 왼손을 떨쳐 두 개의 암기를 떨어뜨렸다. 한보구는 간신히 위기를 모면해 땅에 떨어지는 즉시 앞으로 몸을 날렸는데, 매초풍이 어느새 그의 앞에 내려섰다. 실로 불가사의할 정도로 빠른 신법이었다. 매초풍이 그에게 다그쳐 물었다.

"네놈은 누구냐? 여기서 뭐 하고 있는 거야?"

갈퀴 같은 손이 이미 한보구의 어깨를 낚아챘다. 한보구는 뼈가 으스러지는 통증을 느꼈다. 상대방의 손이 살 속으로 파고드는 순간 매초풍의 아랫배를 향해 냅다 오른발을 날렸다. 매초풍은 그의 발을 향해 오른손을 칼처럼 세워 후려쳤다.

퍽! 한보구는 발등의 뼈가 부러진 것 같았다. 상대방이 다시 공격을 하기 전에 데굴데굴 한쪽으로 굴러갔다. 매초풍은 지체하지 않고 이번엔 한보구를 향해 발을 날렸다. 그와 때를 같이해 시커먼 쇠막대기가 그녀의 발을 후려쳤다. 남산초자 남희인이 멜대를 전개한 것이다. 매초풍은 한보구를 추격하는 것을 포기하고 일단 피해야 했다. 그녀는 삽시간에 사면팔방에서 적에게 포위되고 말았다.

쥘부채를 쥔 서생과 검을 사용하는 묘령의 소녀가 우측에서 공격해 오고, 허우대가 장대한 백정과 이상한 무기를 든 깡마른 사내가 좌측에서 공격을 전개했다. 그리고 정면에는 농부 차림에 쇠막대기를 든 중년 사나이가 버티고 있었다. 뒤에서도 인기척이 느껴졌는데 보나 마나 채찍을 사용하는 그 땅딸보일 것이다. 전혀 알지 못하는 사람들인데 무공이 다들 만만치 않았다.

매초풍은 재빨리 그들의 움직임을 헤아려봤다.

'저들은 숫자가 많으니 우선 몇 명을 처치하고 봐야겠군! 누구든, 뭐 하는 연놈들이든 상관없어. 은사와 내 남편만 빼놓고는 누구든지 다 죽일 수 있으니까!'

매초풍은 몸을 번뜩이며 손가락을 구부려 한소영의 얼굴을 낚아챘다. 주총은 얼른 쥘부채를 떨쳐내 그녀의 곡지혈曲池穴을 노렸다. 한데 매초풍은 쥘부채를 피할 생각도 하지 않고 갈퀴손을 쭉 뻗었다.

한소영은 이에 질세라 칼날을 가로세워 매초풍의 손목을 베었다. 쥘부채의 공격을 무시해버린 매초풍은 이번엔 맨손으로 한소영의 장검을 낚아채려 했다. 검을 전혀 두려워하지 않은 것이다.

한소영은 기겁을 하며 황급히 검을 거두고 뒤로 물러났다. 그 순간, 주총의 쥘부채가 매초풍의 곡지혈을 정확하게 찍었다. 곡지혈은 인체의 급소이므로 일단 찍히면 전신이 마비되어 움직이지 못한다. 주총은 내심 이젠 됐다 싶어 좋아했는데, 상대방의 팔이 갑자기 쭉 늘어나더니 자신의 머리 위로 뻗쳐왔다. 주총은 원래 몸놀림이 민첩해 아슬아슬하게 그 손을 간신히 피했다. 주총은 순간 어리둥절했다.

'이게 어찌 된 일인가? 저 마녀의 몸엔 혈도가 없단 말인가?'

이때 한보구도 채찍을 주워 들고 매초풍을 협공했다. 매초풍은 전혀 당황하거나 겁먹는 기색이 없었다. 그녀의 맨손은 육괴의 무기보다 더 위력이 있었다. 뻗쳐오는 무기를 낚아채는가 하면 갈퀴손으로 닥치는 대로 공격을 퍼부었다. 여섯 명은 해골에 뚫려 있는 구멍을 생각하며 모두들 그녀의 손을 조심했다. 더욱이 매초풍은 철시라는 별명에 어울리게 온몸이 무쇠 같았다. 전금발이 전개한 저울대가 분명히 등에 적중했는데도 부상을 입거나 충격을 받지 않은 것 같았다. 단지 한소영의 장검과 장아생의 뾰족한 칼만 몸으로 막지 않을 뿐 다른 무기는 피할 생각도 하지 않았다.

치열한 공방전이 계속되다가 전금발이 약간 멈칫하는 순간 매초풍에게 왼팔이 잡히고 말았다. 그것을 본 다섯 사람은 크게 놀라 일제히 맹공을 퍼부었다. 매초풍은 뒤로 몸을 피하면서 갈퀴손을 끌어당겼다. 그와 함께 전금발의 소매와 살점이 찢겨 나갔다. 살점이 떨어져 나간 팔에서 이내 선혈이 주르르 흘러내렸다.

주총은 속으로 생각했다.

'금강불괴지신 같은 최상의 외공外功을 연마하는 사람은 온몸이 무쇠로 변하는 반면, 한 군데 연문練門이라고 하는 취약한 급소가 남게 마련이다. 그 급소를 공격하면 즉사하고 마는데, 이 마녀의 급소는 과연 어디일까?'

그는 몸을 높이 솟구쳐 떨어져 내리며 매초풍의 머리 위 백회百會와 목 부분의 염천廉泉, 두 군데 혈도를 노렸다. 이어서 아랫배 신궐神闕과 등 부분의 중추혈中樞穴을 찍었다. 상대방의 급소를 찾아내기 위해 삽시간에 10여 군데의 혈도를 노린 것이다. 매초풍은 그의 속셈을 알아차리고 코웃음을 쳤다.

"헛수고하지 마라. 난 연문이 없다!"

그녀는 말을 내뱉기 무섭게 주총의 손목을 낚아챘다. 주총은 소스라치게 놀랐다. 하지만 본능적인 반응은 신속했다. 매초풍의 악랄한 손톱이 살점을 파고들기 전에 반격을 가한 것이다. 그는 마녀의 손아귀로 쥘부채를 쑥 밀어 넣으며 소리쳤다.

"부채에 독이 있다!"

매초풍은 부채에 정말 독이 있을까 봐 황급히 손을 뺐다. 그 틈을 타서 주총은 간신히 몸을 피했지만 손등에 다섯 줄기의 혈흔血痕이 선명하게 남았다. 매초풍이 손을 빼면서 할퀸 자국이었다. 주총은 등에 식은땀이 배었다. 자기 쪽에서 벌써 세 명이 상처를 입었다. 매초풍의 남편인 동시까지 나타난다면 모두 무사하지 못할 것이 분명했다. 주위를 둘러보니 장아생, 한보구, 전금발의 이마에도 땀방울이 송골송골 맺혀 있었다. 남희인은 공력이 비교적 심후하고 한소영은 몸이 가벼워 아직은 지친 기색이 없었다. 한편 적의 공격도 갈수록 더욱 거칠어졌다. 무심코 시야에 들어온 해골 더미를 보자 절로 소름이 오싹 끼쳤다. 주총은 한 가지 꾀를 생각해냈다. 그는 가진악이 숨어 있는 쪽으로 달려가며 소리쳤다.

"도망가자!"

다섯 사람은 이내 그의 뜻을 알아차리고 공격을 하면서 후퇴했다. 매초풍이 냉소를 지으며 말했다.

"흥! 어디서 구른지도 모를 잡것들이 겁도 없이 감히 날 노리다니!

절대 달아나지 못한다!"

그녀는 나는 듯이 뒤쫓아왔다. 남희인, 한소영, 전금발 세 사람이 매초풍을 상대하는 사이에 주총, 한보구, 장아생이 힘을 합쳐 석판을 들어 젖혔다. 바로 그때 매초풍은 왼손으로 남희인의 멜대를 휘어잡고 오른손을 쭉 뻗어 그의 두 눈을 노렸다. 주총은 머리를 젖혀 위를 바라보며 다급하게 외쳤다.

"빨리 내려와 공격해!"

마치 누구에게 도움을 청하는 것 같았다. 매초풍은 흠칫 놀라 저도 모르게 위를 쳐다봤다. 하늘에는 먹구름만 잔뜩 깔려 있을 뿐 아무도 보이지 않았다. 주총이 다시 외쳤다.

"일곱 걸음 앞!"

순간, 가진악이 양손을 떨쳐 여섯 개의 암기를 던졌다.

그와 함께 "얏!" 하는 기합 소리가 들리며 가진악이 땅굴 속에서 솟구쳐 나왔다. 강남칠괴가 한꺼번에 공격을 전개했다. 그때 매초풍의 입에서 처절한 비명이 터졌다.

"으악!"

독 묻은 암기 두 개가 동시에 눈에 꽂힌 것이다. 본능적으로 머리를 뒤로 젖혔기 때문에 암기가 뒤통수를 뚫지는 못했다. 그래도 매초풍은 앞이 캄캄해지며 아무것도 보이지 않았다. 그녀는 발악을 하듯 쌍장을 마구 떨쳐냈다.

펑! 펑! 장풍이 주위 암석에 적중해 돌가루가 사방으로 날렸다. 매초풍이 고래고래 소리 지르며 연방 발길질을 하다가 석판을 걷어차자 그 무거운 석판이 허공으로 날아갔다. 그것을 본 칠괴는 간담이 서늘해져 선불리 그녀에게 접근하지 못했다. 눈이 먼 매초풍은 길길이 날뛰며 닥치는 대로 손발을 휘둘렀다. 그녀의 손이 닿은 아름드리 나무가 우지직, 꺾이는가 하면 발길이 닿은 돌은 흙먼지가 되어 흩날렸다. 주총은 형제들에게 멀리 피하라고 손짓했다. 한참 발광을 하던 매초풍은 눈이 차츰 마비되는 느낌이 들자 독에 당한 사실을 깨닫고는 소리 질렀다.

"뭐 하는 놈들이냐? 정체를 밝혀야 귀신이 되어서라도 원수를 갚지!"

주총은 가진악에게 아무 말도 하지 말라고 손짓을 했다. 그대로 놔두면 매초풍은 독이 퍼져 스스로 죽게 될 것이 뻔했다. 그러나 눈먼 가진악이 주총의 손짓을 볼 리 만무했다. 아니나 다를까, 가진악이 냉랭하게 말을 내뱉었다.

"매초풍, 비천신룡 가벽사柯辟邪와 비천편복 가진악을 아직 기억하고 있느냐?"

매초풍은 앙천광소를 날렸다.

"이런, 쥐새끼 같은 놈! 아직 죽지 않았군. 비천신룡을 위해 복수하러 온 것이냐?"

"그래, 너도 죽지 않았군. 잘됐다!"

매초풍은 한숨을 내쉬더니 더 이상 아무 말도 하지 않았다. 서늘한 밤바람이 불어오는 가운데 희미한 달빛을 받아 긴 머리카락을 휘날리며 서 있는 그녀의 모습은 영락없는 악귀였다. 짧은 침묵이 아비규환 못지않은 공포감을 자아냈다.

매초풍의 입에서 갑자기 긴 휘파람 소리가 터졌다. 진기가 잔뜩 실린 그 소리는 멀리멀리 퍼져 나갔다. 주총은 이내 눈치를 챘다. 남편

동시를 부르는 게 분명했다. 그는 다급히 외쳤다.

"어서 처치해버려!"

그는 공력을 양팔에 집중시켜 매초풍의 등을 향했다. 그와 동시에 장아생은 커다란 바윗돌을 번쩍 들어 마녀의 머리를 겨냥해 힘껏 던졌다. 매초풍은 아직 가진악처럼 청각에만 의존하는 데 익숙하지 않았다. 큰 바윗돌이 날아오는 것은 잽싸게 피했지만 주총의 일장은 피하지 못했다. 그녀의 입에서 신음이 새어 나왔다.

"으윽!"

그녀는 등에 일장을 맞고 말았다. 매초풍이 제아무리 무쇠 같은 몸이라 할지라도 묘수서생 주총 또한 내로라하는 고수였다. 매초풍은 등줄기가 부서지는 듯한 아픔을 느꼈다. 주총이 내친김에 또다시 장풍을 전개하자 매초풍은 반사적으로 갈퀴손을 내둘렀다. 주총은 일단 그녀의 손을 피해 한발 물러섰다.

나머지 사람들도 공격을 전개하려는데 별안간 멀리서 이상한 소리가 들려왔다. 조금 전 매초풍이 내뱉은 것과 흡사한 소리였다. 칠괴는 절로 모골이 송연해졌다. 삽시간에 두 번째 소리가 들려왔다. 아까보다 훨씬 가까웠다. 달려오는 속도가 정말 빨랐다.

가진악이 소리쳤다.

"동시가 온다!"

한소영이 한쪽으로 몸을 솟구쳐 산 아래쪽을 바라보니 시커먼 그림자가 괴성을 지르며 쏜살같이 달려오고 있었다. 매초풍은 방어 자세를 취한 채 아무런 공격도 하지 않았다. 남편이 올 때까지 독이 더 이상 퍼지지 않도록 호흡을 가다듬으려는 것이었다.

주총은 전금발에게 손짓하더니 함께 무성한 잡초 더미 속으로 몸을 숨겼다. 동시가 나타나면 불의의 기습을 전개할 생각이었다. 그때 한소영이 별안간 외마디 비명을 내질렀다.

"아니, 저건……."

쏜살같이 달려오는 그 시커먼 그림자 앞쪽에 또 하나의 작은 그림자가 천천히 산 위로 올라오고 있었다. 몸집이 워낙 작아서 아까는 미처 발견하지 못했는데, 자세히 살펴보니 그 왜소한 그림자의 주인은 곽정이 분명했다. 한소영은 놀랍고도 반가워 즉시 산 아래로 달려갔다. 곽정이 동시에게 당하기 전에 데려올 생각이었다. 그녀와 곽정 사이의 거리는 그리 멀지 않았다. 그런데 동시의 신법이 워낙 빨라 눈 깜짝할 사이에 곽정과의 거리가 좁혀졌다. 한소영은 멈칫했다.

'달려가다가 나 혼자 동시와 맞닥뜨리면 절대 적수가 될 수 없어. 그렇다고 되돌아가자니 곽정이 변을 당할 텐데…….'

그녀는 곽정을 구하는 게 급선무라고 판단해 전속력으로 달리며 소리쳤다.

"얘야, 빨리 뛰어!"

곽정은 그녀를 보자 곧 화를 당하게 될 거라는 사실은 전혀 모른 채 손을 흔들며 인사했다. 장아생은 그동안 한소영을 짝사랑해왔으나 그 마음을 표현하지 못하고 가슴에만 묻어두고 있었다. 한소영이 위기에 처하자 그는 무작정 산 아래로 몸을 날렸다. 그저 사랑하는 사람을 구해야겠다는 일념 외에 다른 생각을 할 여지가 없었다.

남희인과 한보구 등은 더 이상 매초풍을 공격하지 않고 산중턱 쪽에 주의를 집중시켰다. 유사시 한소영과 장아생을 지원하기 위해서였다. 한소영은 곽정 앞으로 뛰어가 손을 덥석 잡아끌고 산 위쪽으로 도망갔다. 한데 얼마 달리지 못해 곽정을 잡은 손이 허전해졌다. 그와 동시에 곽정의 비명 소리가 들렸다. 뒤쫓아온 동시 진현풍이 곽정을 낚아챈 것이다. 한소영은 반사적으로 몸을 돌려 검을 뻗었다. 검광이 번뜩이는 가운데 그녀가 노린 것은 진현풍의 두 눈이었다. 월녀검법의 가장 변화무쌍한 초식이었다.

진현풍은 곽정을 옆구리에 낀 채 오른손을 쓱 내밀었다. 한소영은 그가 검을 뺏으려는 줄 알고 잽싸게 초식의 변화를 구사해 장검을 비스듬히 베어갔다. 그 순간 진현풍의 몸이 유령처럼 흔들리며 오른팔이 갑자기 반 자가량 쭉 늘어났다.

팍! 한소영은 어깨에 일장을 맞고 그 자리에 쓰러졌다. 이 모든 것이 한순간에 일어났다. 진현풍은 한소영이 숨 돌릴 틈도 주지 않고 손가락을 갈퀴처럼 구부려 정수리를 내리찍었다.

구음백골조! 한소영이 영락없이 두개골에 구멍이 뚫리며 목숨을 잃게 될 절체절명의 순간이었다. 이때 장아생은 그녀 가까이 달려와 있었다. 상황이 워낙 위급한지라 장아생은 목숨을 걸고 한소영을 구하기 위해 무작정 그녀의 머리 위로 몸을 날렸다.

퍽! 진현풍의 다섯 손가락은 정확히 그의 등을 파고들었다.

장아생은 처절한 비명을 지르며 반사적으로 뒤를 향해 칼을 휘둘렀다. 그러나 그것이 진현풍에게 위협이 될 순 없었다. 진현풍이 팔을 쭉 뻗자 장아생의 칼이 손에서 벗어났다. 진현풍이 다시 일장을 후려치자 장아생은 줄이 끊긴 연처럼 날아갔다. 주총, 전금발, 남희인, 한보구는 몹시 놀라 일제히 달려왔다. 진현풍이 매초풍을 돌아보며 소리 높여 외쳤다.

"이봐! 어떻게 됐어?"

매초풍은 나무를 끌어안은 채 처절하게 울부짖었다.

"눈이 멀었어요! 저들 일곱 놈을 모조리 죽이지 못하면 내가 당신을 가만두지 않을 거예요!"

진현풍은 이를 부드득 갈았다.

"걱정 마! 한 놈도 달아나지 못할 거야! 아프지 않아? 그 자리에서 움직이지 마!"

그는 다시 한소영의 머리를 공격했다. 한소영이 몸을 굴려 몇 자 밖으로 피하자 진현풍의 욕설이 뒤따랐다.

"망할 년! 어딜 도망가려고!"

그는 왼손을 다시 질풍처럼 뻗었다. 장아생은 중상을 입고 땅에 쓰러져 있었는데, 흐릿한 의식 속에서도 한소영이 위급한 것을 알고 있는 힘을 다해 진현풍의 손을 향해 발을 걷어찼다.

푹! 이번엔 진현풍의 다섯 손가락이 장아생의 정강이를 파고들었다. 순간, 장아생은 용수철처럼 몸을 일으켜 진현풍의 허리를 끌어안았다. 진현풍은 대뜸 그의 목덜미를 낚아채 내동댕이치려 했다. 그러나 장아생은 한소영을 살리려는 일념에 죽어라고 팔을 풀지 않았다.

퍽! 진현풍은 지체하지 않고 주먹으로 그의 머리를 내리쳤다. 장아생은 그 즉시 정신을 잃고 진현풍의 허리에서 떨어져 나갔다. 구사일생으로 살아난 한소영은 검을 쥐고 다시 공격을 전개했다. 그녀는 감히 상대방에게 가까이 접근하지 못하고 날렵한 신법을 이용해 진현풍 주위를 맴돌며 소리쳤다.

“사형, 사형! 정신 차려요!”

이때 남희인과 한보구 등이 동시에 달려왔다. 주총과 전금발은 이미 암기를 발출했다. 진현풍은 그들의 무공이 모두 뛰어난 것을 보고 내심 의아했다.

‘대관절 어디서 나타난 고수들이지?’

그는 소리 높여 외쳤다.

“이봐! 이것들은 대체 뭐야?”

매초풍 역시 소리쳐 대답했다.

“비천신룡의 아우, 비천편복의 떼거지예요!”

진현풍은 코웃음을 치며 빈정댔다.

“흥, 좋아! 아직 죽지 못해 환장한 모양이군.”

그러곤 아내가 걱정되는지 재차 물었다.

“여보, 많이 다쳤어? 치명상은 아니겠지?”

매초풍은 버럭 화를 냈다.

“난 버틸 만하니까 어서 다 죽여버려요!”

진현풍은 아내가 와서 도와줄 생각은 않고 나무를 끌어안고 있는 것으로 보아 상태가 심각하다는 걸 짐작할 수 있었다. 속전속결로 아내를 구해야겠다고 생각했다.

주총 등은 이미 그를 포위했고 가진악만이 한쪽에 비켜서서 기회를 노렸다. 진현풍은 곽정을 냅다 팽개치며 정면에 있는 전금발을 향해 주먹을 뻗었다. 전금발은 진현풍의 공격이 아니라 곽정의 위급함에 더욱 기겁을 했다. 진현풍이 팽개쳤으니 십중팔구 목숨을 잃을 게 뻔했다. 전금발은 상대방의 주먹을 피할 겸 잽싸게 몸을 날려 곽정을 받아 안고 1장 밖으로 굴러갔다. 그가 전개한 영묘박서靈猫撲鼠는 적의 공격을 피하는 동시에 사람까지 구해내는 일석이조의 절묘한 무공이었다. 심지어 진현풍마저 혀를 내둘렀다.

천성이 잔인한 진현풍은 아내가 중상을 입자 눈에서 흉광兇光이 쏟아졌다. 그는 괴성을 질러대며 구음백골조와 사람의 오장육부를 으스러뜨리는 최심장摧心掌을 번갈아 구사하며 계속 맹공을 퍼부었다.

나머지 다섯 사람은 생사기로에 놓여 있는 격이라 조금도 방심할 수 없었다. 최선을 다해 반격하되 가급적 상대방에게 가까이 접근하지 않았다. 포위망이 갈수록 넓어졌다. 치고받는 일진일퇴의 공방전이 계속되던 중 한보구가 지당편법地堂鞭法으로 상대방의 하체만 노려 공격을 퍼붓자 진현풍의 주의력이 분산됐다. 그 순간에 남희인의 쇠 멜대가 정확히 빈틈을 파고들어 진현풍의 등에 일격을 가했다.

진현풍은 무척 아픈지 꽥꽥 소리를 지르며 오른손으로 냅다 남희인을 후려쳤다. 남희인은 멜대를 거두기도 전에 상대방의 갈퀴손이 뻗쳐오자 철판교鐵板橋를 구사해 급히 상반신을 뒤로 젖혔다. 그 순간, 진현풍의 팔목 관절에서 으드득하는 소리가 들리며 팔이 쭉 늘어나더니 솥뚜껑만 한 손이 남희인의 미간에 와닿았다. 예상치 못한 변화였다. 남희인으로선 도저히 피할 재간이 없었다. 진현풍의 손바닥이 얼굴을 덮으며 다섯 손가락이 두개골을 파고들 찰나였다.

남희인은 본능적으로 왼손을 뻗어 상대방의 손목을 움켜쥐며 비틀었다. 이와 때를 같이해 주총이 성난 표범처럼 진현풍의 등을 덮쳐 오른팔로 그의 목을 꽉 휘감았다. 이건 적에게 가슴을 완전히 내주는 상식에서 벗어난 무모한 공격이었다. 그러나 동료의 목숨이 경각에 달려 있는 판국에 전후좌우를 따질 겨를이 없었다. 일단 사람부터 구하고 볼 일이었다.

쌍방이 목숨을 건 혈투를 벌이고 있는 이 아슬아슬한 순간, 갑자기 천둥 번개가 어두운 밤하늘을 쫙 갈라놓았다. 그리고 시커먼 구름이 달을 삼켜버려 황산야령荒山野嶺은 암흑천지로 변했다. 손을 코앞에 내밀어도 다섯 손가락을 분간할 수 없었다. 곧이어 굵은 빗방울이 쏟아졌다.

으드득! 퍽! 진현풍은 이미 남희인의 왼팔을 부러뜨리는 동시에 왼쪽 팔꿈치로 주총의 가슴을 강타했다.

"으윽!"

주총은 뼈가 으스러지는 고통에 적의 목을 조이던 팔을 풀고 뒤로 벌러덩 나자빠졌다. 진현풍도 호흡이 곤란한지 한쪽으로 비켜서 숨을 헐떡였다. 한보구가 어둠 속에서 소리쳤다.

"모두들 물러나! 일곱째 사매, 괜찮아?"

곧 한소영의 음성이 들려왔다.

"조용히 해요!"

이어 한소영은 옆으로 몇 걸음 달려 나갔다. 가진악은 상황을 파악할 수 없어 주총에게 물었다.

"둘째 사제, 어떻게 된 거야?"

전금발이 대답했다.

"주위가 칠흑으로 변해 아무것도 안 보여요!"

강남칠괴 중 이미 세 사람이 중상을 입어 패색이 짙은데, 갑작스레 천둥 번개가 치며 장대비가 쏟아진 것이다. 그들은 모두 숨죽인 채 움직이지 않았다. 청각이 예민한 가진악은 빗속에서도 왼쪽으로 약 열 걸음 떨어진 곳에서 누가 숨을 몰아쉬는 걸 감지할 수 있었다. 그것은 결코 형제들의 숨소리가 아니었다. 가진악은 지체 없이 양손을 떨쳐 여섯 개의 암기를 발출했다. 진현풍은 예리한 파공음과 진력이 실린 암기가 날아오자 휙, 몸을 솟구쳤다.

역시 대단한 무공의 소유자였다. 창졸간에 여섯 개의 암기를 모두 피해버렸다. 그뿐만 아니라 적이 있는 위치까지 알아냈다. 그는 아무 소리 없이 쌍장을 쭉 뻗으며 가진악을 향해 덮쳤다. 가진악은 재빨리 몸을 피하며 철장으로 반격했다. 그에게는 밝은 대낮이나 암흑 같은 어둠 속이나 전혀 다를 게 없었다. 그러나 진현풍은 어둠 속에서 제대로 실력을 발휘할 수 없었다.

두 사람은 서로 일진일퇴를 거듭하며 막상막하의 공방전을 펼쳤다. 진현풍은 보이지 않는 상황에서 적이 언제 어느 방향에서 공격해올지 몰라 정신이 혼란스러웠다. 한보구와 전금발, 한소영 세 사람은 부상자를 구하기 위해 어둠 속을 더듬었다. 대형이 생사투를 벌이고 있는 걸 알지만 앞이 보이지 않으니 도와줄 재간이 없었다.

휙휙, 진현풍이 장풍을 떨쳐내는 소리와 휙휙, 가진악의 쇠지팡이에서 나는 파공음이 빗소리와 뒤엉키는 가운데 두 고수는 20여 초식을 서로 교환했다. 갑자기 진현풍이 비명을 내질렀다.

"악!"

그 소리로 미뤄 가진악의 암기가 성공했다는 걸 짐작할 수 있었다. 주총 등이 내심 쾌재를 부르고 있는데 별안간 번개가 번쩍이며 산야를 훤히 비췄다. 전금발이 황급히 소리쳤다.

"대형, 조심해요!"

진현풍은 번개가 번쩍이는 찰나를 이용해 상대방의 모습을 확인하고 몸을 유령처럼 움직였다. 그는 어깨에 진력을 집중시켜 상대방의 쇠지팡이를 맞으며 왼손으로 그 쇠지팡이를 움켜잡았다. 오른손이 나간 것도 그와 거의 동시였다. 가진악의 가슴을 노린 것이다.

가진악은 당황해 쇠지팡이를 버리고 뒤로 몸을 솟구칠 수밖에 없었다. 그러나 진현풍이 모처럼 잡은 절호의 기회를 놓칠 리 만무했다. 그는 제자리에서 움직이지 않고 오른팔을 쭉 늘려 심후한 내력이 실린 일장을 내뿜었다.

펑! 장풍을 맞은 가진악에게 신음을 토해낼 새도 주지 않고 진현풍은 상대방에게서 뺏은 쇠지팡이를 힘껏 내던졌다.

우르릉! 꽝! 이때 다시 천둥 번개가 산야를 진동시켰다. 번개가 번쩍이는 순간 한보구는 쇠지팡이가 대형에게 날아가는 것을 보았다. 한데 가진악은 그것을 전혀 모르고 있는 것 같았다. 가슴에 일장을 맞은 충격으로 청각도 둔해졌을 것이다. 한보구는 소스라치게 놀라 황급히 금룡편을 떨쳐 쇠지팡이를 휘감았다. 가진악을 죽이려다 실패한 진현풍은 분을 삭이지 못했다.

"생쥐 같은 놈! 우선 네놈부터 처치하겠다!"

그는 즉시 한보구를 향해 달려들었다. 한데 뜻밖에도 발에 뭐가 걸려 주춤했다. 사람 몸에 걸린 것 같았다. 번쩍 들어 올려 확인해보니 어린애였다. 바로 곽정이었다. 곽정은 악을 쓰듯 소리쳤다.

"내려놔요!"

진현풍은 흥, 하고 코웃음을 쳤다.

이때 번개가 다시 번쩍였다. 순간, 곽정은 자기를 잡고 있는 사람의 모습을 똑똑히 볼 수 있었다. 누리끼리한 얼굴에 두 눈에선 흉광이 뿜어 나왔다. 너무 징그러운 모습에 곽정은 자지러지며 허리춤에서 비수를 뽑아 무조건 그를 찔렀다. 여덟 치가량 되는 비수가 진현풍의 배꼽에 깊숙이 꽂혔다.

"으악! 악!"

진현풍은 단말마의 비명을 지르며 맥없이 뒤로 쓰러졌다. 최고의 외공을 연마해온 그의 연문, 즉 급소가 바로 배꼽이었던 것이다. 설령 평범한 도검에 찔린다 해도 즉사할 수밖에 없는데, 구처기가 준 비수는 예리하기 이를 데 없어 그에게 치명상을 입혔다.

일반적으로 고수들은 대적할 때 자신의 연문을 철저하게 방어한다. 그러나 진현풍은 상대가 어린애인지라 전혀 경계하지 않았던 것이다. 앞서 곽정을 잡았을 때 이미 그가 무공을 전혀 모른다는 사실을 확인했기 때문이기도 했다. 선영익수善泳溺水, 수영을 잘하는 사람이 얕은 물에 빠져 죽을 수도 있다는 말처럼 절정 고수인 진현풍이 무공을 전혀 모르는 일개 어린아이의 손에 죽고 만 것이다. 이는 하늘의 뜻일 수밖에 없었다.

곽정은 자신의 비수를 맞은 괴인이 쓰러지자 혼비백산해 울고 싶었지만 눈물이 나오지 않았다. 매초풍은 남편의 처절한 비명을 듣자 언덕 위에서 황급히 달려 내려오다가 발을 헛디뎌 여러 번 곤두박질쳤다. 간신히 남편 곁으로 달려온 그녀는 미친 듯 울부짖었다.

"여보, 영감! 어떻게 된 거야?"

진현풍의 음성은 극히 미약했다.

"난…… 틀렸어. 어서…… 어서 도망가……."

매초풍은 이를 부드득 갈았다.

"내가 복수해줄게!"

진현풍이 힘겹게 말했다.

"그 경전은 불태워버렸어. 비…… 비급은 내 품속에……."

진현풍은 말을 끝까지 잇지 못하고 숨을 거두었다. 매초풍은 가슴이 찢어지는 비통함을 억제하며 〈구음진경九陰眞經〉의 비급을 찾기 위해 남편의 품속을 더듬었다.

진현풍과 매초풍은 동문이었다. 두 사람 모두 동해東海 도화도桃花島 도주島主인 황약사黃藥師의 제자였다. 황약사의 무공은 스스로 창안해서인지 아주 독특했다. 또 공력으로 따지면 천하 무학武學의 태두로 일컫는 전진교나 천남天南에서 위명을 떨쳐온 단씨段氏에 비해서도 전혀 손색이 없었다.

진현풍과 매초풍은 무공을 연마하는 중에 서로 눈이 맞아 통정通情을 했다. 그 사실이 사부에게 발각되는 날이면 혹독한 형벌을 받아 죽을 게 뻔하기 때문에 으스름한 달밤에 도화도에서 도망쳤다. 게다가 진현풍은 한술 더 떠 밀실로 숨어 들어가 황약사가 목숨처럼 아끼는 〈구음진경〉 하권을 훔쳐냈다. 당시 황약사는 그 사실을 알고 분노가 극에 달했지만 도화도를 떠나지 않겠다고 맹세한 바가 있어 역도逆徒를 직접 추격하지 못하고 대신 나머지 제자들의 다리를 모조리 부러뜨린 후 도화도에서 쫓아버렸다.

진현풍과 매초풍, 즉 흑풍쌍살은 많은 동문에게 재앙을 안겨줬지만

〈구음진경〉을 바탕으로 끝내 절세 무공을 터득했다. 구음백골조와 최심장도 〈구음진경〉에 수록되어 있는 무공이었다. 진현풍은 아내 매초풍에게조차 끝내 〈구음진경〉의 진본을 보여주지 않았다. 본인이 먼저 익히고 나서 다시 아내에게 전수해주는 방법을 택했다. 매초풍이 아무리 어르고 협박해도 소용없었다. 진현풍은 아내를 설득했다.

"진경은 상권과 하권으로 나뉘어 있는데 난 하권만 훔쳐왔을 뿐이야. 모든 기초와 내공심법內功心法은 상권에 수록되어 있어. 당신은 워낙 욕심이 많아 〈구음진경〉을 내주면 몽땅 연마하려고 설칠 게 뻔해. 그럼 주화입마走火入魔하기 십상이지. 서둘지 말고 우리 둘이서 천천히 연마해나가자고."

매초풍은 그 말이 일리가 있다고 생각했다. 그래서 더 이상 강요하지 않았다.

매초풍은 남편의 품속을 샅샅이 더듬었지만 이상하게 아무것도 잡히지 않았다. 다시 잘 뒤져보려는 순간, 희미하게 드러난 달빛 속에서 한보구, 한소영, 전금발이 공격해오는 것이 어슴푸레하게 보였다.

매초풍은 거의 시력을 잃은 데다 독에 당한 탓에 머리까지 어지러웠다. 그런데도 지금까지 버텨낸 것은 10여 년 동안 독공毒功을 연마하면서 계속 소량의 비상砒霜을 복용해 면역력을 길렀기 때문이다.

매초풍은 즉시 금나수법을 전개해 상대방이 가까이 접근해오면 가차 없이 반격을 했다. 세 사람은 그녀에게 손상을 입히지 못하고 오히려 밀리는 형편이었다. 한보구는 갈수록 초조해졌다.

'빌어먹을! 우리 셋이 힘을 합쳐서 눈먼 노파 한 명을 이기지 못하

면 장차 무슨 면목으로 강호에 나서겠는가!'

그는 위험을 무릅쓰고 매초풍에게 접근해 채찍을 계속 휘둘렀다. 한소영은 적의 보법이 헝클어지는 감을 잡고 공격에 박차를 가했다. 전금발도 맹공을 퍼부어 보조를 맞췄다. 이 상태라면 매초풍도 오래 버티지 못할 거라는 생각이 들었다. 한데 갑자기 광풍이 일더니 먹구름이 짙어져 눈앞이 더욱 캄캄해졌다. 광풍이 어찌나 거센지 돌가루와 모래가 이내 허공을 뒤덮어버렸다. 한보구 등은 얼른 뒤로 물러나 땅바닥에 납작 엎드렸다. 한참 후에야 광풍이 잠잠해지고 폭우가 한풀 꺾였다. 먹구름 사이를 뚫고 희미한 달빛이 비쳤다. 한보구가 벌떡 일어나 소리쳤다.

"어디 갔지?"

매초풍이 보이지 않았다. 심지어 진현풍의 시체도 사라졌다. 가진악, 남희인, 주총, 장아생 네 사람은 땅에 쓰러져 있고 곽정은 바위 뒤에서 삐죽 고개를 내밀었다. 모두 비에 흠뻑 젖었다. 전금발 등은 부상당한 형제들에게 달려갔다. 남희인은 팔이 부러졌지만 다행히 내상은 입지 않았다. 가진악과 주총은 비록 진현풍에게 당했지만 내공이 심후해 버틸 수 있었다. 가장 심하게 당한 것은 장아생이었다. 연거푸 구음백골조를 당한 데다 다시 머리에 일격을 맞아 생명이 위독했다. 여섯 사람은 그가 숨을 미약하게나마 내쉬고 있지만 도저히 회생할 가망이 없다는 걸 알고 큰 슬픔에 잠겼다.

한소영은 더더욱 가슴이 찢어지는 것 같았다. 다섯째 사형이 오래전부터 자기를 좋아하는 걸 그녀가 모를 리 없었다. 그러나 성격이 활달하고 무공에만 몰두하다 보니 남녀의 사사로운 감정에는 별로 신경 쓰지 않았다. 장아생도 늘 입을 크게 벌려 헤벌쭉 웃기만 할 뿐 자신의 속마음을 털어놓은 적이 없었다.

한소영은 장아생에 대한 고마움과 억장이 무너지는 슬픔으로 그를 끌어안고 통곡했다. 장아생은 늘 웃는 얼굴이라서 그런지 이때도 입가에 옅은 미소가 떠올랐다. 그는 솥뚜껑만 한 손으로 한소영의 고운 머릿결을 어루만지며 위로했다.

"울지 마. 그만 울어. 난 괜찮아."

한소영이 울먹이며 말했다.

"사형, 사형의 아내가 되고 싶어요. 괜찮죠?"

장아생은 그저 히죽 웃을 뿐이었다. 상처에서 밀려오는 고통 때문에 의식이 차츰 흐려졌다. 한소영은 눈물범벅이 되었다.

"사형, 걱정 말아요. 난 이제 장씨 문중의 사람이에요. 절대 다른 사람에게 시집가지 않을 거예요. 죽어서도 다섯째 사형 곁으로 갈게요."

장아생은 다시 피식 웃었다. 그의 음성은 너무 미약했다.

"내가 잘해준 게 없는데 무슨…… 무슨 염치로 사매를……."

한소영은 계속 울먹였다.

"아녜요, 늘 내게 잘해줬어요. 정말이에요. 난 다 알아요."

주총의 눈에도 눈물이 고였다. 그는 곁에 있는 곽정에게 말했다.

"무공을 배우려고 여기 온 거냐?"

곽정이 고개를 끄덕이며 대답했다.

"네."

"그럼 앞으로 말을 잘 들어야 한다."

"네."

주총은 흐느끼기 시작했다. 그러고는 이렇게 말했다.

"우리 일곱 형제는 모두 네 사부야. 지금 다섯째 사부가 곧 먼 길을 떠날 것 같으니 어서 큰절로 예를 올려라."

곽정은 먼 길을 떠난다는 게 무슨 뜻인지 몰랐지만 주총의 분부에 따라 무릎을 꿇고 연방 큰절을 올렸다. 장아생은 처연하게 웃었다.

"됐다. 그만해."

그는 고통을 참으며 다시 말했다.

"얘야, 난 널 가르칠 재간이 없어."

장아생은 한숨과 함께 말을 이어갔다.

"사실 나한테 무공을 배워봤자 별 도움도 안 될 거야. 난 원래 게으르고 아둔해…… 그저 힘만 믿고…… 좀 더 열심히 무공을 익혔다면 이렇게 되진 않았을 텐데."

여기까지 말한 그는 눈이 뒤집히며 안색이 창백해졌다. 간신히 숨을 한 모금 들이쉬고 난 뒤 말을 이었다.

"너도 자질이 뛰어나지 못하니 열심히 배워야 한다. 게으름을 피우고 싶을 때면 내 모습을 떠올리면 돼."

더 할 말이 있는 것 같은데 숨쉬기가 곤란한 모양이었다. 한소영이 얼른 그의 입가에 귀를 갖다 댔다. 그러자 장아생의 음성이 겨우 들렸다.

"애를 잘 가르쳐. 그…… 도사한테 지면 안 돼……."

한소영은 힘주어 말했다.

"걱정 말아요. 우리 강남칠괴는 절대 지지 않을 거예요."

장아생은 한 번 미소를 짓더니 눈을 감고 말았다. 육괴는 땅을 치며 통곡했다. 그들 일곱 사람은 친혈육이나 다름없었다. 결의를 맺은 이래 늘 함께 있었고, 곽정 모자를 찾아 헤맨 6년 동안은 더더욱 헤어진 날이 없었다. 그런데 갑자기 이런 객지에서 한 형제의 죽음을 지켜봐야 하다니 그 슬픔은 이루 형용할 수 없었다.

여섯 명은 실컷 울고 나서 이 황량한 야산에다 무덤을 만들어 장아생을 묻어주었다. 비석 대신 커다란 바윗돌을 무덤 앞에 세우자 어느덧 날이 밝아왔다.

전금발과 한보구는 매초풍의 종적을 찾아보았지만 광풍 폭우가 휩쓸고 간 뒤라 모래땅에는 아무런 흔적도 없었다. 두 사람은 몇 리 밖까지 달려 나가 훑어봤지만 전혀 단서를 찾아내지 못하고 되돌아왔다. 주총이 입을 열었다.

"여긴 사막이라 그 눈먼 마녀는 멀리 달아나지 못했을 거야. 대형의 독이 묻은 암기를 맞았으니 결국 죽고 말겠지. 우선 애를 집으로 데려가자고. 우리도 상처를 치료해야 하니까. 나중에 셋째 사제, 여섯째 사제, 일곱째 사매가 다시 찾아보도록 해."

그의 말대로 할 수밖에 없었다. 일행은 장아생 무덤 앞에서 눈물을 뿌리며 작별을 고했다.

어리숙한 제자

일행이 산에서 내려와 달리고 있는데, 앞쪽에서 별안간 맹수가 울부짖는 소리가 들려왔다. 한보구는 이상한 생각이 들어 즉시 말을 몰고 앞으로 달려갔다. 그런데 한창 달리던 말이 갑자기 멈춰 섰다. 한보구가 아무리 재촉해도 말은 꼼짝도 하지 않았다.

'어떻게 된 영문이지?'

한보구가 고개를 갸우뚱하며 유심히 살펴보니, 멀리 떨어진 곳에 여러 사람이 모여 있었다. 그리고 표범 두 마리가 연신 모래를 파헤치고 있는 모습이 눈에 들어왔다. 말이 표범을 겁내는 걸 알고 한보구는 안장에서 내려와 앞쪽으로 몸을 날렸다. 가까이 가보니 표범 두 마리가 모래 속에 묻혀 있는 시체를 끄집어내고 있었다. 놀랍게도 그 시체는 바로 진현풍이었다. 한데 그 시체는 목 아래쪽에서부터 배꼽 부위까지 살가죽이 모두 벗겨진 채 많이 훼손되어 있었다. 이상한 일이 아닐 수 없었다.

'어젯밤 분명히 곽정이 비수로 급소인 배꼽을 찔러 죽였는데, 시체가 왜 이곳에 버려져 있을까? 그리고 이미 죽은 사람의 시체를 누가 이렇게 훼손했을까? 혹시 이 주위에 흑풍쌍살에게 깊은 원한을 가진 사람이 있는 걸까?'

아무리 생각해봐도 그 이유를 알 수 없었다.

주총 등도 달려왔는데 그들 역시 어찌 된 영문인지 아리송하기만 했다. 피범벅이 된 진현풍의 시체는 차마 눈뜨고 볼 수 없을 만큼 처참했다. 절로 어젯밤 일이 다시 떠올랐다. 만약 곽정이 얼떨결에 비수로 그를 찌르지 않았다면 모두들 요행을 바라지 못했을 것이다. 생각만 해도 등줄기가 오싹해졌다.

표범 두 마리가 시체를 뜯어 먹자 한쪽에서 말을 타고 있는 어린애가 조련사한테 어서 표범을 끌고 가라고 성화를 부렸다. 그 어린애는 곽정을 보자 대뜸 소리쳤다.

"타뢰를 도와주지 않고 어디 숨어 있었냐? 겁쟁이 같으니라고!"

어린애는 다름 아닌 상곤의 아들 도사였다. 곽정이 그에게 물었다.

"너희들이 또 타뢰를 때렸냐? 타뢰는 지금 어디 있지?"

도사는 의기양양했다.

"표범을 끌고 가서 그 녀석을 잡아먹으라고 할 거야! 너도 빨리 항복해. 안 그러면 네놈도 잡아먹힐걸!"

도사는 강남육괴가 옆에 있어서 감히 멋대로 설치지는 못했다. 아니면 벌써 표범을 시켜 곽정에게 겁을 줄 태세였다. 곽정이 다시 다그쳤다.

"타뢰는 어디 있냐?"

도사는 대꾸하지 않았다. 다만 표범을 향해 이렇게 소리쳤다.

"타뢰를 잡아먹으러 가자!"

그는 조련사를 데리고 앞으로 달려갔다. 조련사는 두 명이었는데 그중 하나가 도사를 타일렀다.

"소공자, 그 애는 테무친의 아들입니다."

도사는 대뜸 채찍을 날려 조련사의 머리를 후려쳤다.

"난 겁나지 않아! 그 녀석이 날 때렸잖아. 빨리 가자!"

조련사는 감히 거역할 수 없어 표범을 끌고 그의 뒤를 따랐다. 또 한 명의 조련사는 도사가 아무래도 큰일을 저지를 것 같아 냅다 고개를 돌려 뛰어가며 소리쳤다.

"난 가서 테무친 칸한테 알릴게!"

"어딜 가는 거야? 돌아오지 못하겠어!"

도사가 불러 세우려 했으나 조련사는 아랑곳하지 않고 이미 멀리 달려 나갔다. 도사는 씩씩거렸다.

"좋아! 우선 타뢰부터 잡아먹게 해야지!"

그는 채찍을 휘두르며 급히 말을 몰았다. 곽정은 표범이 무서웠지만 의제가 걱정되어 얼른 한소영에게 말했다.

"사부님, 빨리 가서 의제를 구해주세요."

한소영이 슬쩍 그를 떠봤다.

"너도 가면 표범한테 잡혀먹힐 텐데 겁나지 않니?"

곽정은 솔직히 대답했다.

"겁나요."

한소영이 다시 물었다.

"그런데도 갈 거니?"

곽정은 머뭇거리더니 고개를 끄덕였다.

"갈래요!"

말을 내뱉자마자 재빠르게 앞으로 달려 나갔다. 부상을 당해 말 등에 엎드려 있던 주총은 곽정의 행동을 물끄러미 지켜보더니 한마디 했다.

"애가 좀 아둔해도 의리는 있군."

한소영이 그의 말을 받았다.

"네, 맞아요. 우리도 어서 가요."

그러자 전금발이 소리쳤다.

"그 꼬마 녀석 집은 표범을 키우는 걸로 봐서 대추장 정도 되는 것 같은데, 괜히 건드렸다가 큰코다치지 말고 다들 조심해요. 우린 이미 세 사람이나 다쳤어요."

한보구는 경공술을 전개해 곽정을 따라잡았다. 그러곤 곽정을 번쩍 들어 올려 어깨 위에 목말을 태웠다. 한보구는 키가 땅딸하지만 달리는 속도가 빨라 순식간에 수십 장 밖으로 벗어났다. 그의 널찍한 어깨 위에 앉아 있는 곽정은 마치 말을 타고 달리는 듯한 기분이 들었다. 한보구는 자신이 타고 온 말을 곧 따라잡아 몸을 솟구쳐 곽정과 함께 사뿐히 안장에 내려앉았다. 그리고 손쉽게 도사와 표범을 추월해 치달렸다.

얼마쯤 달리자 열댓 명의 아이가 타뢰를 에워싸고 있는 게 눈에 들어왔다. 앞서 도사의 명령이 있었기 때문에 아이들은 타뢰를 공격하지 않고 그저 달아나지 못하게 포위만 하고 있을 뿐이었다. 타뢰는 어제 주총에게 세 가지 간단한 무공을 배운 후 밤늦도록 스스로 연습했다. 그리고 아침에 곽정을 찾아갔지만 그를 만날 수 없었다. 그래서 아예 셋째 형에게도 도움을 청하지 않고 혼자 도사와 싸우러 온 것이다.

도사는 예닐곱 명의 아이를 데리고 왔는데 타뢰가 혼자 나타나자 의아했다. 타뢰는 일대일로 정정당당히 싸우자고 제의했다. 도사는 타뢰쯤은 아예 안중에도 없었기 때문에 흔쾌히 응했다. 한데 싸움이 시작되자 도사와 아이들은 타뢰의 상대가 되지 못했다.

주총이 그에게 가르쳐준 무공은 비록 간단한 것이었지만 공공권空空拳의 묘수였다. 타뢰는 총명해서 별다른 변화가 없는 세 가지 무공을 금세 익혔다. 공공권의 묘수를 전개하니 몽고 꼬마들이 적수가 될 리 없었다.

몽고인은 약속을 중요시했다. 그래서 일대일로 싸우기로 약속한 이상 아무리 화가 나도 무더기로 덤비지 않았다. 도사는 연거푸 두 번이나 타뢰에게 얻어터져 코피까지 흘렸다. 그는 자존심이 구겨지고 화가 나서 참을 수 없었다. 아이들에게 타뢰가 달아나지 못하도록 잘 지키라고 당부한 뒤 당장 집으로 달려가 아버지가 키우는 표범을 끌고 온 것이다.

타뢰는 혼자서 여러 명을 이기자 우쭐한 기분에 달아날 생각도 하지 않았다. 물론 곧 화가 닥치리라는 사실도 알 리 없었다. 곽정은 멀리서부터 소리쳤다.

"타뢰! 타뢰, 빨리 달아나! 도사가 널 잡아먹게 하려고 표범을 끌고 왔어!"

타뢰는 그 말에 깜짝 놀라 포위망을 뚫고 나오려 했지만 아이들이 계속 가로막았다. 잠시 후 한소영과 도사 등이 달려오고 뒤이어 조련사도 표범을 끌고 왔다. 강남육괴가 나선다면 물론 쉽게 도사를 제지할 수 있을 테지만, 그들은 공연히 일을 키우고 싶지 않아 잠자코 있었다. 타뢰와 곽정이 이 위기를 어떻게 넘길지도 궁금했다. 이때 요란한 말발굽 소리가 나더니 몇 사람이 말을 몰고 달려왔다. 그중 한 사람의 외침이 들렸다.

"표범을 풀면 안 돼!"

그들은 다름 아닌 목화려, 박이홀 등 테무친의 사걸이었다. 조련사에게 소식을 전해 들은 그들은 테무친에게 알릴 새도 없이 먼저 이곳으로 달려왔다. 테무친은 왕한, 찰목합, 상곤 등과 몽고포에서 완안 형제를 대접하며 담소를 나누고 있다가 조련사의 보고를 접하고는 깜짝 놀라 즉시 밖으로 뛰쳐나가 말에 올라탔다. 왕한은 얼른 측근에게 명령했다.

"이건 내 명령이다! 도사가 테무친의 아들을 해치지 못하게 하라!"

측근은 지체 없이 말을 몰고 뒤를 쫓았다. 어제 좋은 구경거리를 놓쳐 못내 아쉬웠던 완안홍희는 또다시 구경거리가 생기자 신이 나서 자리를 박차고 일어났다.

"우리도 가봅시다."

완안홍열은 내심 주판알을 튕겼다.

'상곤의 표범이 정말 테무친의 아들을 물어 죽인다면 양쪽 집안의 유대 관계는 금이 가겠지. 그로 인해 서로 반목하고 싸움이 붙어 양패구상兩敗俱傷 내지 동귀어진同歸於盡이 된다면 우리 대금국은 어부지리를 얻을 수 있을 텐데…….'

완안 형제와 왕한, 상곤 등이 달려왔을 때 두 마리의 표범은 이미 밧줄에서 풀려나 사납게 으르렁거리고 있었다. 그 앞엔 어린애 둘이 나란히 서 있었다. 테무친과 사걸은 표범을 겨냥해 시위를 잔뜩 끌어당긴 채 상황 변화를 주시하고 있었다.

테무친은 아들의 안위가 걱정됐지만 선불리 표범을 쏠 수 없었다. 상곤이 가장 아끼는 데다 그놈들을 키우느라 공을 많이 들인 것을 잘 알고 있었기 때문이다. 그래서 아들을 해치지 않는 한 활을 쏠 생각이 전혀 없었다.

도사는 가족이 나타나자 더욱 기가 살아서 표범더러 어서 덤벼들라고 고래고래 소리를 질러댔다. 그것을 본 왕한이 호통쳤다.

"안 돼! 무슨 짓이냐?"

이때 뒤쪽에서 말발굽 소리와 함께 여자아이를 안은 중년 여인이 달려왔다. 바로 테무친의 아내이자 타뢰의 어머니였다. 그녀는 몽고포에서 상곤의 아내와 이야기를 나누다가 이 소식을 듣자마자 어린 딸 화쟁을 데리고 뛰어온 것이다. 아들의 위급함을 직접 목격한 그녀는 말에서 뛰어내리기가 무섭게 테무친에게 소리를 질렀다.

"어서 활을 쏘세요!"

그러고는 딸을 내려놓았다. 그녀는 아들에게 정신이 쏠려 딸을 보살필 겨를이 없었다. 표범이 무섭다는 걸 알 턱이 없는 네 살배기 화쟁은 환하게 웃으며 오빠한테 달려갔다. 그러나 얼룩덜룩한 무늬가 예쁘다고 느꼈는지 달려가다 말고 표범의 머리를 만지려 들었다. 주위 사람들이 그걸 발견하고 막으려 했을 땐 이미 늦었다. 잔뜩 긴장하고 있던 두 마리의 표범은 화쟁이 가까이 다가오자 동시에 울부짖으며 몸을 날렸다.

"아!"

주위에서 일제히 비명이 터졌다. 테무친 등의 화살은 표범을 겨냥하고 있었지만 난데없이 아이가 끼어들 줄은 꿈에도 생각지 못했다. 눈 깜짝할 사이에 표범이 화쟁을 덮쳤다.

테무친과 사결이 활을 쏘려 했지만 공교롭게도 화쟁이 표범의 머리를 가리고 있었다. 활을 쏴봤자 표범의 몸체밖에 맞히지 못할 터였다. 단번에 죽이지 못하면 상황이 더 위험해질 게 뻔했다. 사결은 활을 버리고 칼을 뽑아 들며 앞다퉈 뛰쳐갔다. 그와 때를 같이해 가까이 있던 곽정이 급히 몸을 굴려 화쟁을 끌어안았다. 순간, 표범의 앞발이 곽정의 어깨를 후려쳤다. 사결의 귓전에 휙, 하는 예리한 파공음이 스친 것도 이때였다. 두 마리의 표범이 돌연 벌렁 뒤로 나자빠져 울부짖으며 몸부림쳤다. 그리고 잠시 후 배를 하늘로 향하고 누운 채 꼼짝도 하지 않았다.

박이홀이 달려가보니 표범의 이마에서 피가 흘러내렸다. 누군지 몰라도 고수가 암기를 던져 표범을 즉사시킨 게 분명했다. 얼른 고개를 돌려 살펴보니 한인 차림을 한 여섯 남녀가 아주 태연하게 서 있었다. 테무친의 아내는 황급히 곽정에게서 화쟁을 받아 달래며 타뢰도 품안에 끌어안았다. 상곤이 성난 음성으로 소리쳤다.

"누가 내 표범을 죽였어? 누구야, 엉!"

아무도 대답하는 사람이 없었다. 사실 표범의 울음소리를 듣고 곽정이 걱정되어 암기 네 개를 발출한 사람은 바로 가진악이었다. 그로서는 아주 쉬운 일이었다. 당시 모두 표범에게 정신이 쏠려 있던 탓에 누가 암기를 썼는지 아무도 보지 못했다.

테무친이 빙긋 웃으며 말했다.

"상곤 형제, 내가 더 좋은 표범으로 네 마리 보상해주겠네. 독수리도 여덟 마리 주지!"

상곤은 분이 풀리지 않는지 씩씩거리며 아무 대꾸도 하지 않았다. 왕한은 도사를 크게 꾸짖었다. 많은 사람 앞에서 망신을 당한 도사는 땅에 누워 울고불고 난리를 피웠다. 왕한이 호되게 야단을 쳐도 막무가내였다. 테무친은 왕한에게 은혜를 입은 바 있어 이런 일로 양쪽 집안의 유대가 깨지는 걸 원치 않았다. 그래서 웃으며 도사를 안아 일으켰다. 도사는 그래도 몸부림을 치며 울어댔다. 테무친이 그를 어르며 왕한에게 제의를 했다.

"의부님, 아이들끼리 장난치다가 생긴 일이니 너무 야단치지 마십시오. 난 도사가 맘에 듭니다. 나중에 딸이 크면 도사에게 시집보내고 싶은데, 어떻습니까?"

왕한이 손주며느릿감으로 초롱초롱한 눈에 귀여운 얼굴의 화쟁을 마다할 리가 없었다. 그는 곧 껄껄 웃었다.

"나야 반대할 이유가 없지. 좋아! 이왕이면 겹사돈을 맺자고! 내 큰 손녀를 자네 큰아들 출적에게 시집보내겠네."

테무친은 기뻐했다.

"감사합니다."

그는 이어 상곤에게 고개를 돌렸다.

"상곤 형제, 우린 이제 사돈지간이 됐군."

상곤은 늘 자신이 최고라고 생각해 테무친을 멸시하고 질투해왔다. 그와 사돈이 되는 걸 원치 않았지만 아버지의 명을 거역할 수 없어 억지로 미소를 지어 보였다.

한편 완안홍열은 강남육괴를 보자 가슴이 철렁 내려앉았다.

'저들이 이곳에 왜 왔지? 날 추적해온 게 분명해. 혹시 그 구처기라는 도사도 같이 온 게 아닐까?'

그는 많은 군사의 호위를 받고 있어 물론 그깟 여섯 명을 두려워할 이유가 없었지만, 체포령을 내린다면 오히려 화를 자초하게 될지도 모른다고 판단했다. 다행히 강남육괴는 테무친 등에게 시선이 집중되어 있어 자기를 보지 못한 것 같았다. 완안홍열은 슬그머니 말 머리를 돌려 병사들 뒤로 몸을 숨기고는 대책을 강구했다. 그리고 왕한과 테무친이 겹사돈을 맺는 일에는 별로 신경 쓰지 않았다.

왕한 등이 먼저 자리를 떠나자 테무친은 강남육괴가 딸의 목숨을 구해준 것을 알고 박이홀에게 명해 모피와 황금을 내려 감사를 표하라고 했다. 그리고 곽정의 머리를 쓰다듬으며 그의 용기와 의리를 칭찬했다. 목숨을 내걸고 남을 구하는 행위는 설사 어른이라 해도 결코 쉬운 일이 아니었다. 테무친은 어디서 그런 용기가 생겨 화쟁을 구해줬냐고 물었지만, 곽정은 그저 눈만 멀뚱멀뚱 굴릴 뿐 선뜻 대답하지 못했다. 잠시 꾸물대다가 작은 목소리로 겨우 대답했다.

"표범이 사람을 잡아먹으려 해서 그랬어요."

테무친은 흐뭇한 미소를 지었다. 타뢰는 도사와 싸우게 된 경위를 이야기했다. 테무친은 나이도 어린 도사가 자신의 수치스러운 과거를 들춰내 떠벌린 것에 속이 상했지만 내색하지 않았다.

"앞으론 그를 상대하지 마라."

그러곤 잠시 뭔가 생각하는 듯하더니 전금발에게 말했다.

"여러분이 이곳에 남아 내 아들에게 무예를 전수해줬으면 좋겠는데, 보수는 얼마면 되겠소?"

전금발은 속으로 생각했다.

'그러잖아도 여기 남아 곽정을 가르치려면 거처가 필요했는데, 마침 잘됐군.'

그는 담담하게 말했다.

"대칸이 우릴 거둬주신다면 기꺼이 남겠습니다. 그리고 보수는 상관없으니 알아서 주십시오."

테무친은 몹시 좋아했다. 곧 박이홀을 시켜 여섯 명에게 거처를 마련해주라고 당부한 다음, 완안 형제를 전송하기 위해 급히 말을 몰고 떠났다. 강남육괴는 뒤에서 천천히 따라가며 앞으로의 대책을 논의했다. 한보구는 진현풍의 훼손된 시체가 다시 생각나 한마디 했다.

"누가 진현풍의 시체에서 가슴 부위 살가죽을 벗겨갔는데, 틀림없이 그와 원한이 있는 자의 소행이겠지?"

전금발이 그의 말을 받았다.

"흑풍쌍살은 워낙 잔악무도하니 원수가 많은 게 당연하겠죠. 한데 원수라면 왜 머리를 베어 가지 않고 가슴의 살가죽만 벗겨 갔는지 이해가 가지 않아요."

가진악도 그 점이 이상한 모양이었다.

"나도 곰곰이 생각해봤는데 도무지 짚이는 데가 없어. 아무튼 철시 매초풍의 행방을 찾는 게 급선무야."

주총도 한마디 거들었다.

"맞아요. 그 마녀를 제거하지 않으면 결국 후환이 될 겁니다. 독을 당했지만 죽지 않을 수도 있어요."

한소영의 눈에서 눈물이 주르르 흘러내렸다. 그러고는 의미심장한 목소리로 말했다.

"다섯째 사형의 원수를 반드시 갚을 거예요."

한보구, 전금발, 한소영은 곧 매초풍의 행방을 찾아 나섰으나 며칠이 지나도록 아무런 단서도 발견하지 못했다. 한보구는 체념했다.

"그 마녀는 눈이 멀고 독까지 온몸에 퍼져 보나 마나 산속을 헤매다가 벼랑에서 떨어져 죽었을 거야."

다들 그렇게 생각했다. 그러나 가진악은 흑풍쌍살이 상상할 수 없을 만큼 지독하다는 걸 잘 알고 있는 터라 내심 우려하고 있었다. 직접 그녀의 시신을 확인하기 전에는 마음을 놓을 수 없었다.

강남육괴는 대막에 머물며 곽정과 타뢰에게 무공을 가르치게 되었다. 테무친은 무공을 별로 비중 있게 생각하지 않았다. 그저 개인을 방위하는 호신술일 뿐 전쟁터에 나가 대군을 호령하기엔 부족하다고 판단했다. 그래서 타뢰와 곽정더러 무공은 적당히 익히고 전장에서 써먹을 만한 기마술과 활쏘기, 각종 병법을 많이 배우도록 독려했다. 그러나 그 방면은 육괴의 주특기가 아니어서 철별과 박이홀이 주로 두 아이를 지도했다.

밤이 되면 강남육괴는 곽정을 따로 불러 권법, 검법, 암기 수법, 경공술 등 여러 가지 무공을 전수해주었다. 곽정은 비록 자질이 부족했지만 한 가지 장점이 있었다. 뭐든지 부지런히, 열심히 하는 끈기와 인내심이었다. 특히 아버지의 원수를 갚겠다는 일념이 강해 이를 악물고 무공 연마에 몰두했다.

물론 섬세한 기교를 요하는 주총, 전금발, 한소영의 무공을 익히는 데는 어려움이 있지만 한보구, 남희인이 가르치는 기초 무공은 착실히 쌓아나갔다. 그러나 그런 무공은 체력 증강에 도움이 될 뿐 적과 싸워 이기는 데는 큰 힘이 되지 못했다.

한보구는 가끔 그를 나무라기도 했다.

"그런 식으로 연마하면 낙타처럼 튼튼해질 수는 있겠지. 하지만 낙타가 표범을 이길 순 없잖아?"

곽정은 그저 머리를 긁적이며 픽, 웃을 뿐 육괴가 아무리 열심히 지도해도 실력이 늘지 않았다. 열을 가르치면 하나를 터득할까 말까 하니 육괴는 낙심이 이만저만 아니었다. 이런 상태라면 구처기가 가르친 제자와는 도저히 승산이 없다고 해도 과언이 아니었다. 그러나 어쩔 도리가 없었다. 구처기와 한 약속을 지키려면 도중에 포기할 수는 없었다. 그러나 전금발은 역시 장사꾼답게 셈에 빨랐다.

"구처기가 양철심의 아내를 찾아낼 수 있는 확률은 8할밖에 없어요. 그러니 우린 이미 2할을 번 겁니다. 양철심의 아내가 꼭 아들을 낳는다는 보장은 없으니까 딸일 확률도 반이겠죠. 그러면 우리가 또 4할을 먹고 들어가는 겁니다. 설령 아들이라고 칩시다. 그 애가 성인이 되도록 잘 클 거라고 어떻게 장담합니까? 여기서 우린 다시 1할을 딴 겁니다. 그리고 그 애가 잘 컸다고 해도 곽정과 똑같이 자질이 아둔할 수도 있어요. 우린 이미 8할의 승률을 확보한 겁니다."

사실 전금발의 말에도 일리가 없진 않았다. 그러나 다섯 사람은 그것이 스스로를 위로하는 말임을 잘 알고 있었다. 어쨌든 곽정은 천성이 착하고 말을 잘 들어 육괴는 그를 무척 아끼고 좋아했다.

대막은 여름이면 풀이 무성하게 자라 초원은 온통 푸른빛으로 변하고, 겨울이면 눈이 많이 내려 온통 은빛 세상으로 변한다.

어느덧 10년이란 세월이 후딱 지나갔다. 곽정은 열여섯, 건장한 소년으로 성장했다.

무예를 견주기로 약속한 날짜가 2년여밖에 남지 않았다. 육괴는 곽정을 훈련시키는 데 더욱 박차를 가했다. 기마, 궁술 같은 건 잠시 뒤로 미루고 곽정은 아침부터 밤까지 권법과 검법에 매달렸다.

10년 동안 테무친은 거의 쉬지 않고 전쟁을 치러 크고 작은 부락을 무수히 함락했다. 그의 군대는 규율이 엄하고 용맹스러워 연전연승을 거둘 수 있었다. 테무친은 지용智勇을 겸비해 때론 힘으로 밀어붙이고 때론 지략을 써서 상대를 무너뜨려 그야말로 천하무적이 되었다. 게다가 우마牛馬가 엄청나게 불어나고 인구도 늘어나 이젠 왕한과 거의 대등한 위치에 올랐다.

살을 에는 듯한 삭풍이 차츰 누그러지고 연일 퍼붓던 대설도 한풀 꺾였지만, 대막은 아직도 강추위가 기승을 부렸다. 이날은 청명이었다. 육괴는 새벽 일찍 일어나 양을 잡고 제수용품을 준비해 곽정과 함께 장아생의 무덤으로 성묘하러 갔다.

몽고인은 유목 민족이라 거처를 수시로 옮겨 다녀 사는 곳이 일정치 않았다. 그래서 육괴가 지금 사는 곳과 장아생의 무덤은 멀리 떨어져 있었다. 말을 몰아 반나절이나 달려 겨우 무덤 앞에 이르렀다. 무덤에 쌓인 눈을 쓸고 촛불을 밝혀 제각기 무릎을 꿇었다.

한소영은 속으로 빌었다.

'사형, 10년 동안 곽정을 열심히 가르쳤는데도 자질이 부족해 우리의 무공을 많이 익히진 못했어요. 사형의 영령이 이 아이를 좀 잘 지켜주세요. 내후년 가흥에서 구처기를 만나 무공을 겨뤄야 하는데, 우리 애가 꼭 이겨 강남칠괴의 명성이 손상되지 않도록 도와주세요.'

육괴가 살던 강남은 산 좋고 물 맑은 풍요로운 고장이었다. 그러나 거친 모래바람과 추위가 거듭되는 대막으로 옮겨와 16년간이나 생활하다 보니 모두 초췌해지고 백발이 성성한 모습으로 변해 있었다. 물론 한소영은 여전히 아름다웠지만 지난날의 귀여운 소녀티는 찾아볼 수 없었다.

주총은 무덤 한쪽에 쌓여 있는 해골 더미를 바라보았다. 10년 풍설에도 전혀 부식되지 않고 그대로 남아 있었다. 여러 가지 복잡한 감정이 밀려왔다. 그동안 그는 전금발과 함께 주위 수백 리 이내에 있는 심산유곡을 비롯해 크고 작은 동굴까지 샅샅이 다 뒤져보았으나 매초풍을 찾아내지 못했다.

만약 죽었다면 유골이 남아 있을 테고, 죽지 않았다면 실명한 채 어딘가에 숨어 있을 텐데, 도무지 행방을 찾을 수가 없었다. 아무튼 매초풍은 유령처럼 사라졌고 지난날 흑풍쌍살이 저지른 악행은 해골 더미로 고스란히 남아 있었다.

제를 올리고 돌아온 육괴와 곽정은 잠시 휴식을 취하고 곧바로 무공 연마에 들어갔다. 이날 곽정은 넷째 사부인 남희인에게 장법을 배울 차례였다. 남희인이 직접 곽정을 상대해 서로 70여 초식을 교환했다. 남희인은 일부러 시간을 끌다가 갑자기 왼손을 밖으로 떨치며 '독수리가 토끼를 잡는' 창응박토蒼鷹博兎 초식을 전개해 곽정의 등을 노렸다. 곽정은 살짝 몸을 숙여 피하며 '가을바람에 낙엽이 떨어진다'는 추풍낙엽 초식을 전개해 왼발로 남희인의 하체를 걷어찼다. 남희인은 즉시 '소가 밭을 간다'는 철우경지鐵牛耕地 초식으로 변화시켜 손바닥을 칼처럼 세워 가까이 뻗쳐온 상대의 다리를 후려치며 소리쳤다.

"이 초식을 잘 기억해둬라!"

그는 외침과 함께 왼손을 잽싸게 뻗어 곽정의 가슴을 노렸다. 곽정은 반사적으로 오른손을 위로 올려 상대의 공격을 방어했다. 그의 반응은 제법 빨랐다. 순간 퍽, 하는 소리가 들리며 두 사람의 손이 맞부딪쳤다. 남희인이 삼 성成의 공력을 전개했는데도 곽정은 충격을 받아 뒤로 벌렁 나자빠졌다. 곽정은 두 손으로 땅을 짚고 벌떡 일어나며 멋쩍은 표정을 지었다.

남희인이 초식 변화에 대해 자세히 설명해주려는데 아름드리 나무 뒤에서 킥킥 웃는 소리가 들리더니 한 소녀가 뛰쳐나왔다. 그녀는 재미있다는 듯 짓궂게 웃으며 손뼉을 쳤다.

"곽정, 또 사부한테 얻어맞았군!"

곽정은 얼굴이 붉어졌다.

"무공을 연마하고 있는데 왜 왔어?"

소녀는 계속 장난스럽게 웃으며 대답했다.

"네가 매 맞는 걸 보고 싶어서 왔어."

테무친의 딸 화쟁이었다. 화쟁은 두 살 터울인 곽정과 어릴 때부터 같이 놀며 자랐다. 외동딸로 부모님의 사랑을 온통 독차지해온 탓에 곽정에게 버릇없이 굴 때도 많았다. 곽정은 원래 성격이 고지식해 화쟁이 생떼를 쓰면 잘 받아주지 않았다. 그래서 자주 입씨름을 벌이거나 다퉜다. 그러나 그때뿐, 곧 화해하고 다시 어울리곤 했다. 주로 화쟁 자신이 잘못한 것을 알고 아양을 떨며 화해를 청해왔다. 화쟁의 어머니는 어릴 때 목숨을 걸고 딸을 구해준 곽정에게 각별히 잘 대해주었다. 곽정의 어머니한테도 자주 의복이나 먹을 것을 갖다주었다. 곽정은 진지하게 말했다.

"사부님과 대련을 해야 하니 방해하지 말고 어서 가!"

순순히 물러갈 화쟁이 아니었다.

"대련은 무슨…… 일방적으로 맞는 거겠지!"

그들이 이야기를 나누는 사이 몽고 군사 몇 명이 말을 몰고 달려왔다. 앞장서 있는 십부장이 말에서 뛰어내려 화쟁에게 몸을 약간 숙였다.

"화쟁, 대칸께서 모시고 오랍니다."

몽고인은 용맹하지만 소박하고 순수했다. 또한 중원 사람들처럼 예의나 형식에 얽매이지 않았다. 그래서 화쟁이 비록 대칸의 딸이지만 모두들 스스럼없이 이름을 불렀다. 화쟁이 눈을 곱게 흘겼다.

"무슨 일인데 그래요?"

"왕한의 사신이 왔습니다."

화쟁은 즉시 눈살을 찌푸리며 쏘아붙였다.

"난 안 가요!"

십부장은 난처해졌다.

"그럼 대칸께서 뭐라고 하실 텐데요."

화쟁은 어려서 이미 왕한의 손자인 도사와 혼약을 맺은 몸이었다. 그러나 줄곧 곽정과 친하게 지내왔다. 아직 나이가 어려 남녀 간의 감정은 없지만 나중에 곽정과 헤어져 도사에게 시집갈 생각을 하면 괜히 기분이 울적해졌다. 지금도 입을 삐쭉거리며 토라졌다. 하지만 아버지의 명을 거역할 수 없어 결국 십부장을 따라갔다.

왕한은 도사가 제법 성장하자 일찍 장가보내려고 테무친에게 사신을 보냈다. 푸짐한 선물과 함께 혼례 날짜를 택하러 사신이 찾아왔으니 테무친으로선 정중히 대접하지 않을 수 없었다.

이날 밤, 곽정이 깊은 잠에 빠져 있는데 밖에서 손뼉 치는 소리가 들려 벌떡 일어났다. 누가 찾아온 것 같았다. 아니나 다를까, 밖에서 곧 한인의 말이 들려왔다.

"곽정, 잠깐만 나와봐."

곽정은 의아스러웠다. 처음 듣는 음성이었다. 밖에 나가보니 어스름한 달빛 아래 한 사람이 나무를 등지고 서 있었다. 좀 더 가까이 가보니 긴소매에 헐렁한 옷을 입고 있는데, 머리를 위로 틀어 올려 언뜻 남자인지 여자인지 분간이 잘 안 됐다. 얼굴도 나무 그늘에 가려 보이지 않았다. 보아하니 그는 도인인 듯했다. 곽정은 본 적이 없는 사람이라 조심스럽게 물었다.

"댁은 누군데 날 찾아왔죠?"

그가 대답 대신 곽정에게 물었다.

"네 이름이 곽정이냐?"

"네."

곽정의 대답에 상대방은 엉뚱한 말을 했다.

"아주 예리한 비수를 갖고 있을 텐데 좀 보여줄래?"

그러곤 앞으로 쓱 다가와 곽정의 가슴을 더듬으려 했다. 곽정은 상대방의 무례한 행동에 화가 났다. 얼른 옆으로 몸을 피하며 소리쳤다.

"뭐 하는 짓이야?"

상대방은 픽 웃었다.

"네 실력을 한번 시험해보려고!"

그러곤 이번엔 왼쪽 주먹을 쭉 뻗었다. 주먹에 쌩하며 바람이 실려 오는 게 꽤 위력적인 공격이었다. 곽정은 피하는 것만이 능사가 아니라고 판단해 오른손으로 상대의 손목을 낚아채며 왼손으로 옆구리를 노렸다. 분근착골分筋錯骨 중에 장사단완壯士斷腕 초식이었다. 손목을 잡고 옆구리를 강타하면 상대의 잡힌 손목뼈가 부러지게 될 것이다. 바로 둘째 사부인 주총에게 배운 무공이었다. 도인은 손목이 잡힌 상태에서 곽정이 옆구리를 공격하자 흠칫 놀라 왼손을 질풍처럼 뻗어 오히려 상대의 얼굴을 반격했다.

곽정은 도인의 손목을 부러뜨리려다가 얼굴이 무방비 상태로 노출되자 어쩔 수 없이 손을 놓고 뒤로 몸을 솟구쳤다. 상대의 장풍이 아슬아슬하게 얼굴을 스치고 지나가자 화끈한 느낌이 들었다. 이때 도인은 나무 그늘에서 벗어났기 때문에 달빛에 비친 그의 얼굴을 볼 수 있었다. 17세가량 되어 보이는 소년이었다. 짙은 눈썹, 정기가 흐르는 눈에 준수한 생김새였다. 도인이 나직이 말했다.

"솜씨가 제법인데. 강남육협이 10년간 가르친 보람이 있군."

곽정은 한쪽 손으로 가슴을 방어한 채 물었다.

"넌 누구지? 무슨 일로 날 찾아왔어?"

도인은 다짜고짜 곽정에게 접근해오며 말했다.

"우리 몇 수 더 겨뤄볼까?"

곽정은 제자리에서 움직이지 않고 있다가 상대의 장풍이 가까이 뻗쳐오자 몸을 살짝 틀어 왼손으로 팔을 낚아채며 오른손으론 턱을 공격했다. 역시 주총에게 배운 분근착골 수법 중 하나였다.

그러나 이번에는 속지 않았다. 도인은 즉시 오른손을 거두며 왼손을 가로 후려쳤다. 삽시간에 쌍방은 10여 초식을 교환했다. 소년 도사는 몸놀림이 매우 민첩하고 장법을 자유자재로 구사했다. 동에 번쩍, 서에 번쩍 하며 허허실실 다음 행동을 전개했다.

곽정은 무공을 익힌 후 처음으로 적수를 맞이했다. 상대가 의외로 고수여서 시간이 지날수록 곽정은 당황하기 시작했다. 결국 오른쪽 허벅지에 도인의 발길질을 맞고 말았다. 다행히 곽정은 하체가 튼튼했고 또한 상대가 전력을 가하지 않아 몸이 휘청거렸을 뿐이다. 곽정은 쌍장을 번갈아 떨쳐 전신 급소를 방어하며 공격보다 수비에 치중했다. 도인은 그에게 숨 돌릴 틈을 주지 않고 계속 공격을 전개했다. 곽정이 궁지에 몰려 있는데 갑자기 등 뒤에서 구원의 소리가 들려왔다.

"하체를 공격해!"

곽정은 셋째 사부 한보구의 음성임을 알아차리고 한쪽으로 몸을 피해 뒤돌아봤다. 거기에는 여섯 명의 사부가 모두 서 있었다. 곽정은 도인을 상대하느라 정신이 없어서 미처 알지 못한 것이다.

곽정은 심기일전, 셋째 사부가 시키는 대로 도인의 하체를 집중적으로 공격했다. 상대는 몸놀림이 빠른 반면 하체가 불안정했다. 강남육괴는 그 약점을 간파하고 있었던 것이다.

곽정이 맹공을 퍼붓자 도인은 계속 뒤로 물러났다. 곽정이 기세를 몰아붙이자 도인은 비틀거렸다. 곽정은 절호의 기회라고 생각해 연환

원앙퇴連環鴛鴦腿를 전개했다. 한데 도인이 비틀거린 것은 일종의 속임수였다. 한보구와 한소영이 동시에 소리쳤다.

"조심해!"

곽정은 실전 경험이 없어 뭘 어떻게 조심해야 하는지도 알지 못했다. 오른발을 내뻗자마자 상대방에게 잡히고 말았다. 도인은 그의 발목을 잡고 힘껏 뿌리쳤다. 곽정은 몸의 중심을 잃고 뒤로 벌렁 나자빠졌다.

쿵! 등이 먼저 땅바닥에 떨어져 여간 아프지 않았다. 곽정이 얼른 이어타곤鯉魚打滾으로 벌떡 몸을 일으켜 다시 공격을 전개하려는데, 여섯 명의 사부가 이미 소년 도인을 에워쌌다. 도인은 더 이상 공격할 의사가 없는지 공수의 예를 취하며 낭랑한 음성으로 말했다.

"윤지평尹志平이 사존師尊 장춘자 구 도장의 명을 받들어 여러 선배님을 찾아뵈러 왔습니다."

강남육괴는 구처기가 보냈다는 말에 모두 너무 놀랐다. 윤지평은 몸을 일으켜 품속에서 서신 한 통을 꺼내 두 손으로 주총에게 건넸다. 가진악은 순시를 도는 몽고 병사들이 차츰 가까이 오고 있다는 걸 알고 입을 열었다.

"다들 안으로 들어가지."

윤지평은 육괴를 따라 몽고포 안으로 들어갔다. 전금발이 촛불을 밝혔다. 한소영만 따로 방을 쓰고 나머지 다섯 명은 이곳에서 함께 생활했다. 윤지평은 몽고포 안의 빈곤한 살림살이를 보고 육괴가 그동안 얼마나 청빈하게 살아왔는지 짐작했다. 그는 몸을 숙여 공손하게 말했다.

"그동안 얼마나 노고가 많으셨습니까? 사부님이 일부러 저를 보내

감사의 뜻을 전하라고 했습니다."

가진악은 코웃음을 치며 속으로 투덜댔다.

'감사의 뜻을 전하러 왔다는 녀석이 남의 제자를 고꾸라뜨려? 정식으로 겨루기 전에 구처기가 우리의 기를 꺾어놓으려는 속셈이 분명해!'

이때 주총이 편지를 뜯어 낭랑하게 읽기 시작했다.

"전진교의 구처기가 강남육협 가 공, 주 공, 한 공, 남 공, 전 공, 한 여협에게 삼가 문안 올립니다. 강남에서 헤어진 지 어느덧 16년이란 세월이 흘렀군요. 약속을 지키기 위해 불원천리 방방곡곡을 헤매며 고생이 많았다는 것도 잘 압니다. 그 신의와 의협심에 머리 숙여 경의를 표합니다."

가진악은 여기까지 듣자 찌푸렸던 눈살이 다소 펴졌다. 주총이 계속 읽어 내려갔다.

"장 공이 불의의 사고를 당한 것에 대해 진심으로 애도의 뜻을 표하며 명복을 비는 바입니다. 빈도도 하늘의 도움으로 다행히 9년 전에 양철심의 후손을 찾아냈습니다."

오괴의 입에서 거의 동시에 아, 하는 탄성이 터져 나왔다. 그들은 구처기가 예사 인물이 아니라는 건 잘 알고 있었다. 더구나 전진교의 제자들이 방방곡곡에 퍼져 있어 양철심의 후손을 반드시 찾아낼 거라는 점도 짐작하고 있었다. 육괴는 구처기와의 약속을 아직 곽정 모자에게 언급하지 않았다. 주총은 곽정을 힐끗 쳐다보았다. 그저 덤덤하게 서 있는 것을 확인하고 편지를 다시 읽어 내려갔다.

"2년 후 강남에 꽃이 만발하면 여러분을 취선루에 모시겠습니다. 인생은 아침 이슬같이 짧다는데, 우린 하나의 꿈을 실현하기 위해 18년이란 세월을 쏟아부었으니 천하 호걸들이 알면 어리석다고 비웃지 않을까요?"

주총은 여기까지 읽고 나서 입을 다물었다. 한보구가 재촉했다.

"또 뭐라고 썼어요?"

"다 읽었어. 그의 필체가 틀림없어."

지난날 주총은 취선루에서 겨룰 때 몰래 구처기의 시화를 훔쳤기 때문에 그의 필체를 알고 있었다. 가진악이 잠시 생각에 잠긴 뒤 윤지평에게 물었다.

"양씨의 아이가 사내냐? 이름이 양강이 맞아?"

윤지평의 대답은 간단명료했다.

"네!"

가진악이 다시 물었다.

"그럼 넌 그의 사형이냐?"

"아닙니다, 사제입니다. 제가 한 살 위지만 양 사형은 저보다 2년 먼저 입문했습니다."

육괴는 윤지평의 무공을 직접 보았다. 곽정은 그의 적수가 될 수 없었다. 사제가 이러니 사형인 양강은 보나 마나였다. 육괴는 마음이 착잡해졌다. 더구나 구처기는 자신들의 행적을 낱낱이 파악하고 있지 않은가. 심지어 장아생이 세상을 떠났다는 사실까지 알고 있었다. 이 점만 해도 자신들이 이미 한 수 밀리는 느낌이 들었다. 가진악이 냉랭하게 말했다.

"조금 전에 네가 도전을 청한 모양인데, 곽정의 실력을 시험하기 위해서였느냐?"

윤지평은 그의 말투가 심상치 않아 다소 당황했다.

"아…… 아닙니다."

가진악이 다시 비장한 표정으로 말했다.

"돌아가서 네 사부께 전해라. 강남육괴는 보잘것없는 존재지만 취선루의 약속은 꼭 지킬 것이다! 따로 회신을 쓸 필요도 없으니…… 아무 걱정 말고 기다리라고 해라."

윤지평은 뭐라고 대답해야 좋을지 몰라 우물쭈물했다. 구처기가 그에게 심부름을 시키면서 곽정의 사람 됨됨이와 무공을 잘 알아보라고 한 건 사실이었다. 그건 구처기가 옛 친구의 자식을 걱정하는 마음에서 특별히 당부한 건데 윤지평이 너무 설쳤던 것이다. 당연히 육괴부터 찾았어야 했는데 자기 멋대로 한밤중에 곽정을 불러낸 것이 잘못이었다. 지금 육괴가 불쾌해하는 것을 보자 무슨 불벼락이 떨어질지 몰라 공손히 인사를 올렸다.

"그럼 전 이만 가보겠습니다."

가진악이 몽고포 밖까지 따라나서자 윤지평은 다시 절을 올렸다. 그 순간 가진악의 입에서 호통이 터졌다.

"너도 한번 당해봐라!"

가진악은 왼손을 쭉 뻗어 윤지평의 멱살을 움켜잡았다. 윤지평은 깜짝 놀라 양손에 힘을 주어 위로 후렸다. 가진악의 손을 뿌리치려 한 것이다. 만약 그렇게 하지 않았다면 그냥 뒤로 가볍게 넘어졌을 것이다. 윤지평이 반항하는 데 화가 치민 가진악은 그를 번쩍 들어 올려 패대기를 쳤다. 윤지평은 등뼈가 으스러지는 듯한 아픔 때문에 간신히 몸을 일으켜 비틀거리며 떠나갔다.

한보구가 한마디 했다.

"건방진 녀석 같으니라고……. 대형, 잘 혼내셨습니다."

가진악은 침묵을 지키다가 길게 한숨을 내쉬었다. 다섯 사람의 심정도 마찬가지였다. 모두 착잡했다.

남희인이 갑자기 입을 열었다.

"지는 한이 있어도 겨뤄봐야지!"

한소영이 그의 말을 받았다.

"네, 맞아요! 우리 강남칠괴는 그동안 강호에서 숱한 풍파를 겪었지만 한 번도 움츠린 적이 없었어요!"

가진악이 고개를 끄덕이며 곽정에게 말했다.

"돌아가서 자거라. 내일부터 좀 더 열심히 해야겠다."

이후로 육괴는 곽정을 가르치는 일에 더욱 박차를 가했다. 그러나 보통 사람보다도 아둔한 곽정은 다그칠수록 당황스러워했다. 그는 윤지평이 떠난 지 석 달이 넘도록 무공의 진척이 없었다. 오히려 퇴보하는 느낌마저 들었다.

독수리를 쏜 소년

한소영이 가르쳐준 월녀검법 중 기격백원技擊白猿을 연마하고 있던 어느 날, 뒤에서 갑자기 화쟁의 음성이 들려왔다.

"곽정, 빨리 와봐!"

곽정이 고개를 돌려보니 화쟁이 말을 몰고 왔는데 상기된 표정이었다. 곽정이 눈살을 가볍게 찌푸렸다.

"무슨 일인데?"

"빨리 가보자고! 많은 독수리들이 서로 싸우고 있어."

"난 무공을 연마해야 해."

"제대로 못한다고 또 야단을 맞은 모양이네."

곽정이 고개를 끄덕이자 화쟁이 다시 재촉했다.

"독수리들이 얼마나 치열하게 싸우는지 몰라! 어서 가보자."

곽정도 그녀와 함께 구경하고 싶었지만 사부님들의 실망하는 모습이 떠올라 풀이 죽었다.

"난 갈 수 없어."

화쟁은 막무가내였다.

"일부러 널 부르러 온 거야. 가지 않으면 다신 너랑 놀지 않을 거다!"

"그냥 너 혼자 갔다 와. 나중에 얘기해줘도 되잖아."

화쟁은 말에서 뛰어내려 입을 삐쭉였다.

"그럼 나도 안 갈 거야! 흰 독수리가 이길지, 검은 독수리가 이길지 정말 궁금한데……."

"절벽 위에 있는 그 한 쌍의 흰 독수리 말이야?"

"그렇다니까! 검은 독수리가 아주 많은데 흰 독수리 역시 대단해. 아까도 검은 독수리를 서너 마리나 물어 죽였어."

절벽 위에 흰 독수리 한 쌍이 살고 있었다. 어찌나 몸집이 큰지 보통 독수리의 두 배쯤 됐다. 실로 별종이었다. 흰 독수리는 원래 흔하지 않았다. 더구나 몸집이 그렇게 거대하니 몽고족의 나이 많은 노인들도 처음 보는 거라고 했다. 그래서 다들 그 한 쌍의 흰 독수리를 신조神鳥라고 불렀다. 그 신조를 찾아가 소원을 비는 사람도 있었다.

곽정도 궁금해 견딜 수가 없었다. 그는 화쟁의 손을 잡고 말에 올랐다. 두 사람은 곧 말을 몰고 절벽으로 향했다. 과연 화쟁의 말대로 열댓 마리의 검은 독수리가 한 쌍의 흰 독수리를 공격하고 있었다. 맹금류의 싸움이 그렇듯이 서로 물고 날카로운 발톱으로 잡아 뜯어 깃털이 사방으로 흩날렸다. 흰 독수리는 몸집이 크고 부리와 발톱이 날카로워 검은 독수리 한 마리가 꾸물대는 틈을 타서 잽싸게 머리를 쪼았다. 검은 독수리는 비명도 제대로 질러보지 못하고 숨통이 끊어져 절벽 아래로 떨어졌다.

나머지 검은 독수리들은 놀라 일단 사방으로 흩어졌다가 전열을 가다듬어 다시 흰 독수리를 협공했다. 치열한 싸움이 계속되자 많은 사람이 구경하러 몰려와 어느새 그 수가 몇백 명으로 늘어났다. 서로 한마디씩 하느라 주위는 왁자지껄했다.

테무친도 그 소식을 듣고 와활태와 타뢰를 데리고 구경하러 왔다. 곽정과 타뢰, 화쟁은 가끔 절벽 아래로 놀러 와 흰 독수리가 창공을 비상하는 것을 재미있게 지켜보며 양고기 같은 먹이를 주기도 했다. 그런 나날이 지속되면서 은연중에 서로 교감이 생겼다. 지금 흰 독수리가 여러 마리의 검은 독수리와 싸우는 것을 보고 세 사람은 저도 모르게 응원을 보냈다.

"흰 수리야! 물어라, 물어! 적이 왼쪽에 있어. 어서 몸을 돌려! 그래, 잘했어! 빨리 쫓아가!"

싸움이 계속되자 검은 독수리 두 마리가 또 죽었다. 그러나 흰 독수리 한 쌍도 부상을 많이 입어 피투성이가 되었다. 몸집이 유난히 큰 검은 독수리 한 마리가 홀연 날카롭게 울부짖으니 10여 마리가 몸을 돌려 이내 구름 속으로 사라졌다. 남은 검은 독수리는 네 마리였다. 구경꾼들은 흰 독수리가 이긴 것을 보고 모두 환호했다.

잠시 후 또 세 마리의 검은 독수리가 고개를 돌려 급히 동쪽으로 날아갔다. 그러자 한 마리의 흰 독수리가 바싹 뒤쫓아가 삽시간에 어디론가 사라졌다. 이제 남은 한 마리의 검은 독수리는 위아래로 도망치며 흰 독수리에게 비참하게 당했다. 곧 목숨을 잃을 게 뻔했다.

바로 그때였다. 난데없이 허공에서 괴성이 들리는가 싶더니 10여 마리의 검은 독수리 떼가 구름을 뚫고 날아와 일제히 흰 독수리를 공격했다. 그것을 본 테무친이 갈채를 보냈다.

"훌륭한 병법이야!"

홀로 남은 흰 독수리는 상대방의 기습 협공에 비록 적을 한 마리 죽이긴 했지만 끝내 중상을 입어 절벽 위에 쓰러지고 말았다. 그러자 검은 독수리 떼가 달려들어 마구 쪼고 물어뜯기 시작했다.

곽정와 타뢰, 화쟁은 다급해졌다. 화쟁은 심지어 울기까지 하면서 연신 소리쳤다.

"아버지, 어서 검은 독수리를 쏘세요!"

테무친은 검은 독수리 떼가 구사한 기발한 기습 작전을 생각하며 와활태와 타뢰에게 말했다.

"검은 독수리 떼가 승리한 것은 고도의 병법을 쓴 거나 다름없다. 너희들도 잘 기억해둬라."

검은 독수리 떼는 흰 독수리를 물어 죽이고 나서 절벽에 나 있는 작은 동굴을 향해 날아갔다. 그 작은 동굴에서 어린 흰 독수리 두 마리가 머리를 삐쭉 내밀었다. 영락없이 검은 독수리 떼한테 물려 죽을 판이었다. 화쟁이 소리쳤다.

"아버지, 왜 안 쏴요?"

그러고는 다시 소리쳤다.

"곽정, 곽정! 저기 봐! 흰 독수리가 새끼를 한 쌍 낳았나봐. 우리가 왜 모르고 있었지? 아아…… 아버지, 어서 검은 독수리를 쏴 죽이세요!"

테무친이 빙긋 웃으며 시위를 당기자 휙, 하는 소리와 함께 화살이 날아가 검은 독수리 한 마리를 관통했다. 모두 갈채를 보냈다. 테무친은 활을 와활태에게 주었다.

"네가 쏴봐라."

와활태도 한 마리를 쏘아 죽였다. 타뢰가 다시 쏘려는데 검은 독수리들은 위기를 감지했는지 분분히 날아 도망갔다. 몽고 장병들은 일제히 활을 쐈다. 그러나 독수리 떼가 워낙 높이 날아서 화살이 미치지 못했다. 그것을 본 테무친이 소리쳤다.

"맞히는 자에게 상을 내리겠다."

신전수神箭手 철별은 곽정에게 활 솜씨를 뽐낼 기회를 주기 위해 자신의 활을 건네주었다. 그리고 나직하게 말했다.

"무릎을 꿇고 목을 겨냥해 쏴라."

곽정은 활을 받아 무릎을 꿇었다. 활을 쥔 왼손은 미동도 하지 않았다. 오른손에 힘을 주어 120근이나 되는 활을 끌어당겼다. 그는 강남육괴에게 10년 동안이나 무예를 배워 비록 상승 무공은 터득하지 못했지만 팔 힘과 정확한 안력眼力은 타의 추종을 불허했다.

두 마리의 검은 독수리가 날갯짓을 하며 좌측으로 날자 왼팔을 약간 옮겨 독수리의 목을 겨냥해 오른손 다섯 손가락을 풀었다. 활이 만월滿月을 이루니 화살은 유성처럼 날아올랐다. 검은 독수리가 피하려는 순간 화살이 목을 뚫고 지나갔다. 그러고도 화살에 여력이 남아 또 한 마리의 배에 적중했다.

일석이조! 두 마리 독수리가 동시에 떨어져 내렸다. 주위에선 일제히 박수갈채가 터졌다. 나머지 검은 독수리들은 감히 더 이상 꾸물대지 못하고 사방으로 흩어져 달아나버렸다. 화쟁이 곽정에게 속삭이듯 말했다.

"잡은 독수리를 어서 아버지한테 바쳐."

곽정은 그녀의 말대로 독수리를 주워 테무친 앞으로 뛰어가 한쪽

곽정은 120근이나 되는 활을 끌어당겨
독수리의 목을 겨냥했다.

무릎을 꿇고 높이 바쳤다. 테무친은 누구보다도 명장과 용사를 아끼고 사랑했다. 그런 그는 곽정이 화살 하나로 독수리 두 마리를 잡은 걸 보자 속으로 매우 기뻐했다.

북방의 독수리는 예사 독수리와 달랐다. 양쪽 날개를 펴면 족히 열 자가 되고, 깃털은 무쇠처럼 단단했다. 맹렬한 기세로 덮쳐 내리면 망아지나 작은 염소까지 공중으로 낚아챌 만큼 힘이 대단했다. 심지어 호랑이나 표범도 큰 독수리를 보면 황급히 피하기 일쑤였다. 그런 독수리를 한꺼번에 두 마리나 잡는 것은 결코 쉬운 일이 아니었다.

테무친은 부하를 시켜 독수리를 거두고 웃으며 말했다.

"그래, 잘했다. 네 활 솜씨는 참으로 훌륭하다."

곽정은 공을 철별에게 돌렸다.

"철별 사부님이 가르쳐준 것입니다."

테무친은 흐뭇했다.

"사부가 철별이니, 제자도 철별이군."

타뢰는 의형을 도와줄 양으로 테무친에게 말했다.

"아버지, 독수리를 맞히면 상을 준다고 하셨는데 제 형제에게 무슨 상을 내리실 건가요?"

테무친은 거침없이 말했다.

"뭐든지 다 좋다."

이어 곽정에게 물었다.

"뭘 원하느냐?"

타뢰가 나섰다.

"정말 무엇이든 다 줄 겁니까?"

테무친은 여유 있게 웃었다.

"그럼 내가 어린애한테 거짓말을 할 것 같으냐?"

곽정은 그동안 테무친을 의지해 살아왔다. 그리고 몽고 장병들도 곽정이 부지런하고 싹싹해 모두 좋아했다. 곽정 또한 자신이 한인이라는 이유로 몽고인을 멸시하는 일은 절대 없었다. 지금 대칸이 몹시 기뻐하면서 뭐든지 원하는 대로 주겠다고 하자 일제히 곽정을 주시하며 후한 상을 받기를 바랐다. 곽정이 입을 열었다.

"대칸께서는 늘 저를 잘 대해주셨습니다. 어머니도 부족한 게 없고요. 그래서 더 이상 바랄 것이 없습니다."

테무친이 웃으며 말했다.

"늘 어머니를 먼저 생각하는 걸 보니 효심이 대단하구나. 그럼 네 자신이 원하는 게 뭔지 서슴없이 말해봐라. 겁내지 말고."

곽정은 잠시 생각하더니 테무친의 말 앞에 두 무릎을 꿇었다.

"전 원하는 게 없습니다. 그러니 다른 사람을 대신해 한 가지 청을 올리겠습니다."

"뭐냐?"

"왕한의 손자 도사는 성격이 고약하고 못됐습니다. 화쟁이 그에게 시집가면 고생할 게 뻔합니다. 대칸께 부탁합니다. 제발 화쟁을 그에게 보내지 마십시오."

실로 엉뚱한 청이었다. 테무친은 처음엔 황당해하더니 곧 호탕하게 웃었다.

"하하……. 어린애라 역시 다르군. 그건 말도 안 되는 일이지. 좋아, 상으로 네게 한 가지 보물을 주겠다."

테무친은 허리춤에서 단도 한 자루를 풀어 곽정에게 내주었다. 그 걸 본 몽고 장수들이 혀를 차며 대단히 부러워했다. 그것은 테무친이 몹시 아끼는 단도였다. 늘 몸에 차고 다녔기 때문에 그 단도로 무수한 적을 죽였다. 원하는 거면 뭐든지 다 주겠다고 호언장담하지 않았다면 그렇게 쉽게 내줄 단도가 아니었다.

곽정은 고맙다는 인사를 하고 단도를 받았다. 곽정 역시 테무친이 그 단도를 아낀다는 걸 잘 알고 있었다. 막상 손에 들고 살펴보니 칼집은 황금으로 되어 있고, 손잡이 끝부분에는 사납게 생긴 호랑이의 머리가 조각되어 있었다.

테무친이 한마디 덧붙였다.

"그 금도金刀로 날 위해 적을 무찔러라!"

곽정은 지체 않고 대답했다.

"네!"

그때 화쟁이 갑자기 울음을 터뜨리며 안장에 뛰어올라 말을 몰고 어디론가 달려갔다. 테무친은 마음이 무쇠처럼 모질지만 딸이 슬퍼하는 것을 보자 자신도 모르게 한숨이 새어나왔다. 그도 말 머리를 돌려 돌아갔고 모두 그 뒤를 따랐다.

곽정은 모두 떠나가자 단도를 뽑아 유심히 살펴보았다. 칼날에 아직도 혈흔이 묻어 있는 걸 보니 한기寒氣가 뻗치는 것 같았다. 이 단도로 많은 사람을 죽였다는 것을 미뤄 짐작했다. 칼날은 비록 짧지만 도신刀身이 묵직한 게 그 자체만으로도 위엄이 있었다.

잠시 금도를 살펴본 곽정은 그것을 다시 칼집에 집어넣고 자신의 장검을 꺼내 월녀검법을 연마했다. 땀을 뻘뻘 흘리며 한창 연마에 열중하고 있는데, 요란한 말발굽 소리와 함께 화쟁이 되돌아왔다.

그녀는 가까이 달려와 말에서 뛰어내리자마자 풀밭에 비스듬히 드러누워 한쪽 팔로 머리를 받친 채 아무 말 없이 곽정이 검법을 연마하는 모습을 지켜보았다. 그러다가 곽정이 쩔쩔매는 것을 보고는 소리를 질렀다.

"그만하고 이리 와서 좀 쉬어."

"귀찮게 굴지 마. 너랑 노닥거릴 시간이 없어."

화쟁은 더 이상 강요하지 않고 입가에 묘한 웃음을 흘리며 그를 지켜봤다. 잠시 후 그녀는 손수건을 꺼내 대충 매듭을 묶어 곽정에게 던져주며 소리쳤다.

"땀이나 닦아!"

곽정은 그저 "응" 하고 건성으로 대답할 뿐 손수건을 받을 생각도 않고 검법 연마에 몰두했다. 화쟁이 그를 쳐다보며 다시 입을 열었다.

"아까 말이야……. 날 도사에게 시집보내지 말라고 아버지한테 간청했지? 왜 그랬어?"

곽정은 퉁명스럽게 대답했다.

"도사가 나쁘다는 건 다 알잖아. 예전에도 표범을 끌고 와서 네 오빠를 죽이려고 했고……. 걔한테 시집가면 널 때릴지도 몰라."

화쟁이 빙긋이 웃었다.

"날 때리면 네가 와서 혼내주면 되잖아?"

곽정은 어안이 벙벙해졌다.

"아니, 그럴 순 없지."

화쟁은 그를 응시하며 부드러운 목소리로 말했다.

"그럼 내가 도사에게 시집 안 가면 누구한테 시집가야 하지?"
곽정은 그저 고개를 내둘렀다.
"모르겠어."
화쟁은 흥, 하고 코웃음을 쳤다. 약간 발그레해진 얼굴이 성난 표정으로 바뀌었다.
"왜, 뭐든지 다 모른다고 하지?"
잠시 시간이 흐르자 화쟁의 얼굴에 다시 미소가 떠올랐다.
이때 절벽 위에서 흰 독수리 새끼들이 짹짹 울어대는 소리가 들려왔다. 곧이어 멀리서 처절한 울음소리가 들리며 어미 새가 쏜살같이 날아왔다. 검은 독수리를 추격하다가 이제 돌아온 모양이다. 그 검은 독수리가 멀리 유인한 게 분명했다. 흰 독수리는 시력이 뛰어나 아주 멀리서부터 이미 짝이 죽어 있는 것을 알아차리고 처절하게 울어댄 것이다. 곽정은 검법 연마를 중단하고 절벽 위를 올려다보았다. 흰 독수리는 계속 허공을 맴돌며 슬피 울고 있었다.
화쟁이 측은한 생각이 들어 입을 열었다.
"저것 봐, 정말 불쌍하지?"
곽정도 안타까웠다.
"응, 그래. 얼마나 상심하겠어?"
그의 말이 끝나기도 전에 흰 독수리가 한 번 길게 울어대더니 곧장 하늘 높이 솟구쳤다. 화쟁은 이상한 생각이 들었다.
"아니, 왜 저럴까?"
그 순간, 흰 독수리는 무서운 속도로 하늘에서 떨어져 내렸다.
퍽! 흰 독수리는 스스로 암석에 머리를 처박고는 그 자리에서 숨이 끊어지고 말았다.
"아!"
"앗!"
곽정과 화쟁은 동시에 비명을 지르며 펄쩍 뛰었다. 너무 놀라 한동안 아무 말도 하지 못했다.
갑자기 등 뒤에서 카랑카랑한 음성이 들려왔다.
"실로 거룩하고 눈물겹구나."
두 사람이 돌아보니 언제 나타났는지 수염이 하얀 도인이 그곳에 서 있었다. 불그스름한 얼굴에 손에는 불진拂塵을 들고 있었다.
도인의 차림새는 아주 독특했다. 머리엔 상투를 세 개씩이나 틀어 올렸고, 입고 있는 도포에는 먼지 한 점도 묻지 않았다. 이곳은 항상 모래바람이 부는데 옷이 너무나 깨끗했다. 화쟁은 한족의 말을 알아듣지 못해 도인을 외면하고 다시 절벽 위를 바라보았다.
"아, 새끼들은 부모를 다 잃었는데 저 위에서 어떡하지?"
절벽은 하늘을 찌를 듯 높이 솟아 있어 도저히 올라갈 수 없을 듯했다. 새끼들은 아직 날지도 못할 텐데 그냥 놔두면 굶어 죽을 게 뻔했다. 곽정도 절벽 위를 바라보며 난색을 표했다.
"누가 날개가 있어 위로 날아간다면 몰라도 무슨 수로 새끼들을 구하겠어?"
그는 장검을 집어 들고 다시 연마하기 시작했다. 그러나 월녀검법 중에 기격백원 초식은 여전히 진척이 없었다. 은근히 짜증까지 나는데 뒤에서 냉랭한 음성이 다시 들려왔다.
"그런 식으로 하면 100년을 더 연마해도 소용이 없어."

곽정은 검을 거뒀다. 그리고 핀잔을 준 도인을 똑바로 쳐다보았다.

"그게 무슨 말이죠?"

도인은 빙긋이 웃으며 아무 말 없이 홀연 앞으로 다가왔다. 그 순간 곽정은 오른팔이 저려오는 느낌이 드는가 싶더니 어찌 된 영문인지 자신이 쥐고 있던 장검이 도인 손으로 넘어갔다.

공수탈백인空手奪白刃, 맨손으로 상대의 무기를 뺏는 기법을 둘째 사부한테 배운 적이 있었다. 물론 숙달하지 못했지만 그 요령은 대충 알고 있었다. 그런데 도인이 어떻게 눈 깜짝할 사이에 자신의 장검을 빼앗아갔는지 납득이 가지 않았다.

놀란 곽정은 절로 세 걸음 뒤로 물러나 화쟁 앞을 가로막고는 테무친이 준 금도를 뽑아 쥐었다. 행여 도인이 화쟁을 해칠까 봐 미리 방어태세를 취한 것이다. 도인이 소리쳤다.

"똑똑히 봐라."

그는 즉시 허공으로 몸을 솟구쳤다. 도인이 검을 휘두르자 일고여덟 송이의 검화가 허공에 수놓였다. 곧이어 도인은 사뿐히 땅에 내려섰다. 곽정은 그저 눈이 휘둥그레질 뿐이었다. 도인은 검을 땅에 버리고 한마디 했다.

"흰 독수리는 비록 미물이지만 부부애가 참으로 본받을 만하다. 그들의 후손을 구해줘야지."

말을 내뱉자마자 진기를 끌어올려 곧장 절벽 쪽으로 달려갔다. 그러더니 손과 발을 이용해 마치 날아다니는 새처럼 가볍게 절벽을 타고 올라갔다. 절벽의 높이는 수십 장에 달했다. 게다가 직각으로 된 곳도 많았는데 도인은 거침없이 쭉쭉 기어 올라갔다.

곽정과 화쟁은 그것을 지켜보며 마음이 조마조마했다. 자칫 실수해서 떨어지는 날에는 뼈도 추리지 못할 것이다. 도인이 높이 올라갈수록 몸이 작아 보이더니 이젠 구름 사이에서 어른거렸다. 화쟁은 너무나 아슬아슬해 아예 눈을 감아버린 채 곽정에게 물었다.

"어떻게 됐어?"

"거의 다 올라갔어. 됐어. 와, 대단하군!"

화쟁이 눈을 가렸던 손을 풀고 바라보는 순간 도인의 몸이 허공으로 치솟았다. 화쟁의 입에서 놀란 외침이 터졌다.

"앗!"

도인은 금세 떨어질 것 같더니 절벽 꼭대기에 사뿐히 내려섰다. 넓은 소맷자락이 바람에 휘날리는 모습이 마치 한 마리의 거대한 새를 연상시켰다.

도인은 작은 굴에서 두 마리의 독수리 새끼를 끄집어내 품속에 넣었다. 그러고는 다시 절벽을 타고 내려왔다. 올라갈 때의 속도보다 더욱 빨랐다. 곽정과 화쟁은 얼른 그에게 달려갔다. 도인은 품속에서 독수리 새끼를 꺼내 몽고 말로 화쟁에게 말했다.

"이 새를 잘 키울 수 있겠느냐?"

화쟁은 놀랍고도 기쁜 마음에 얼른 대답했다.

"네! 네, 걱정 마세요."

도인은 그녀에게 새를 건네주며 다시 말했다.

"물리지 않게 조심해라. 새끼지만 맹금류라 사납단다."

화쟁은 허리띠를 풀어 독수리 발목에 묶고는 기뻐서 어쩔 줄 몰라 했다.

"가서 먹이를 줘야겠어요."
"잠깐!"
도인이 그녀를 불러 세우더니 말을 이었다.
"한 가지 약속을 해줘야 그 새를 줄 수 있어."
"무슨 약속인데요?"
"내가 절벽에 올라 독수리 새끼를 잡아 온 일을 너희 둘만 알고 있어야 한다. 아무에게도 말해선 안 돼. 알았느냐?"
화쟁은 생긋 웃었다.
"네, 그거야 뭐 쉬운 일이죠. 아무한테도 말하지 않을게요."
도인은 입가에 미소를 띠었다.
"독수리가 크면 아주 사나우니 먹이를 줄 때 각별히 조심해야 한다."
화쟁은 좋아서 계속 싱글벙글하며 곽정에게 말했다.
"우리 한 마리씩 갖자. 네 건 내가 가져가서 키워줄게. 괜찮지?"
곽정이 고개를 끄덕이자 화쟁은 말을 타고 쏜살같이 떠나갔다.
곽정은 멍하니 서서 줄곧 도인이 좀 전에 전개한 무공을 생각하고 있었다. 도인은 장검을 주워 그에게 건네주더니 곧 몸을 돌렸다. 곽정은 그가 떠나려는 걸 보자 황급히 입을 열었다.
"저, 잠깐만…… 가지 마세요."
도인은 인자한 표정으로 물었다.
"왜, 무슨 일이 있느냐?"
곽정은 머리를 긁적이며 어떻게 말해야 좋을지 몰라 잠시 망설이다가 갑자기 무릎을 꿇고 떡방아를 찧듯 연신 절을 올렸다. 도인이 허허 웃으며 말했다.

"아니, 왜 나한테 절을 하지?"

곽정은 왠지 콧등이 시큰해졌다. 도인이 너무 자상하게 생겨 마치 친할아버지처럼 느껴졌다. 자기가 무슨 하소연을 하든, 뭘 부탁하든 다 들어줄 것만 같았다. 곽정은 자신도 모르게 눈물을 주르르 흘리며 목이 메었다.

"저…… 전 미련해서 아무리 무공을 열심히 연마해도 잘되지 않아요. 사부님들이 저 때문에 속이 많이 상하실 거예요."

도인은 여전히 미소를 띠고 있었다.

"그래서 어떡하겠다는 거냐?"

"밤낮을 가리지 않고 열심히 했는데도 안 되니, 저 자신도 답답해요. 그래서……."

"내게 도움을 청하겠다는 거냐?"

"네, 그래요!"

곽정은 다시 납작 엎드려 이마가 땅에 닿도록 연신 절을 올렸다. 도인은 고개를 끄덕이며 자상하게 말했다.

"그래, 도움이 절실한 것 같구나. 좋아, 그럼 사흘 뒤가 마침 보름이니 달이 중천에 뜰 무렵 절벽 위에서 널 기다리마. 그 대신 아무한테도 말해선 안 돼."

이렇게 말하며 하늘을 찌를 듯 솟아 있는 절벽을 가리키더니 표연히 떠나버렸다. 곽정은 다급하게 소리쳤다.

"저…… 전 올라갈 수 없어요."

그러나 도인은 들은 척도 하지 않고 바람처럼 휑하니 멀리 가버렸다. 곽정은 그가 약속했다.

'가르쳐주기 싫으니까 일부러 억지스러운 요구를 하는군.'

그는 단념했다.

'그래, 나한테는 여섯 분의 사부가 있잖아. 열심히 가르쳐왔는데 내가 아둔해 다 못 배운 걸 어쩌겠어? 마찬가지로 그 도인의 무공이 아무리 심후하면 뭘 해. 터득하지 못하면 아무 소용이 없지.'

그는 잠시 동안 절벽 위를 멍하니 바라보더니 이내 검을 집어 월녀검법을 다시 연마했다. 그리고 도인의 일은 잊기로 했다. 해가 서산마루로 기울자 곽정은 배도 고프고 해서 그냥 집으로 돌아갔다. 눈 깜짝할 사이에 사흘이 지나갔다.

이날 오후 한보구가 곽정에게 금룡편법을 가르쳤다. 채찍은 다른 무기와 달라서 힘의 강약을 적절하게 안배하지 못하면 적을 위협하지 못하고 오히려 자신이 다치게 된다. 아니나 다를까, 곽정은 채찍을 휘두르다가 힘을 잘못 쓰는 바람에 자신의 뒤통수를 가격했다.

성질이 급한 한보구는 화가 나서 대뜸 그의 뺨을 후려쳤다. 곽정은 아무 말 못 하고 다시 편법을 연마했다. 한보구는 그가 열심히 하는 것을 보고 화를 낸 것이 미안한지 더 이상 실수를 호되게 지적하지 않고 다섯 가지 초식을 지도한 후 격려의 말을 몇 마디 해주고는 가버렸다. 다른 무공보다 금룡편법을 연마할 때가 가장 고생스러웠다. 연습을 거듭하다 보니 팔, 다리, 몸 여러 곳이 시퍼렇게 멍들었다. 곽정은 너무 피곤해 초원에 벌렁 누워 쉬다가 그만 잠이 들어버렸다. 깨어나보니 어느덧 산등성이 위로 둥근 달이 떠올랐다. 멍든 자리가 쑤시고 호되게 맞은 뺨도 화끈거렸다. 그는 절벽을 바라보며 갑자기 오기가 생겨 이를 악물었다.

"그 도사도 올라갔는데 나라고 올라가지 말라는 법이 없잖아!"

곧 절벽으로 달려가 한 걸음씩 기어 올라갔다. 그러나 약 대여섯 장 정도 기어 올라가자 가파른 암벽은 미끄럽고 손을 짚을 만한 풀 한 포기도 보이지 않았다. 도저히 더 이상 올라갈 수가 없었다. 곽정은 이를 악물고 버둥거려봤지만 별로 소용이 없었다. 하마터면 발을 헛디뎌 절벽 아래로 떨어질 뻔했다. 더 이상은 무리라는 걸 알고 한숨을 내쉬며 다시 내려가려고 아래쪽을 바라봤다. 순간 아찔했다. 올라올 때는 그런대로 한 발짝씩 내디딜 수 있었는데 막상 내려가려니 발 디딜 곳이 보이지 않았다. 진퇴양난! 그야말로 절망이었다. 이때 넷째 사부의 말이 뇌리에 떠올랐다.

"세상천지에 안 되는 일은 없어. 사람이 마음먹기 나름이지!"

어차피 떨어져도 죽을 판이니 차라리 계속 기어 올라가는 편이 낫겠다고 판단했다. 그는 곧 단도를 꺼내 천천히 암석을 뚫으면서 발 디딜 곳을 스스로 만들었다. 그건 여간 어려운 일이 아니었다. 그런 방법으로 간신히 1장쯤 더 올라갔는데 이미 지칠 대로 지쳐 팔다리가 후들거렸다. 곽정은 정신을 가다듬고 암벽에 바짝 붙어 호흡을 가다듬었다. 암벽에 얼마나 더 많은 구멍을 뚫어야 꼭대기까지 올라갈 수 있을지 눈앞이 캄캄했다. 비수가 아무리 예리하다고 해도 계속 암석을 뚫다 보면 무뎌지거나 부러지고 말 것이다. 그러나 별도리가 없었다. 잠시 쉬었다가 다시 암석에 구멍을 뚫으려는데 절벽 위쪽에서 큰 웃음소리가 들려왔다.

곽정은 감히 위를 쳐다볼 엄두가 나지 않았다. 눈앞에 보이는 건 깎아지른 절벽뿐이었다. 그가 의아해하고 있는데, 절벽 위에서 굵은 밧줄 하나가 미끄러져 내려와 눈앞에서 대롱거렸다. 이어 그 도인의 음성이 들려왔다.

"밧줄을 허리에 묶어라. 내가 끌어 올리겠다."

곽정은 크게 기뻐하며 비수를 거두고, 뚫린 구멍에다 왼손을 밀어 넣어 몸을 지탱한 다음 오른손으로 밧줄을 허리에 감아 매듭을 묶었다. 도인이 다시 소리쳤다.

"다 묶었느냐?"

"네, 다 됐어요!"

곽정이 대답했는데도 도인은 다시 물었다.

"어떻게 됐느냐? 다 묶었어?"

"네, 단단히 묶었어요."

도인은 그래도 듣지 못했는지 한참 있다가 껄껄 웃으며 말했다.

"참, 내가 깜빡 잊었군. 넌 진기가 부족해 소리가 여기까지 들리지 않아. 다 묶었거든 밧줄을 살짝 세 번 끌어당겨라."

곽정이 그가 시키는 대로 밧줄을 세 번 당기자 허리가 바싹 조여오며 몸이 갑자기 허공으로 날았다. 도인이 밧줄을 끌어당기고 있다는 걸 뻔히 알면서도 불알 밑이 서늘해지며 정신이 아찔해졌다. 곽정은 무사히 절벽 위에 발을 내디뎠다. 우선 도인 앞에 무릎을 꿇고 큰절을 올리려는데, 도인이 그의 팔을 잡았다.

"사흘 전에 이미 절을 무수히 받았으니 이젠 됐다. 그래, 잘 왔다. 그 용기와 의지가 가상하구나."

절벽 위에는 흰 눈으로 덮인 제법 넓은 공터가 있었다. 도인은 북을 엎어놓은 것 같은 둥근 바윗돌을 가리키며 말했다.

"앉아라."
"아닙니다. 그냥 서서 사부님의 말씀을 듣겠습니다."
도인은 빙긋이 웃었다.
"넌 우리 문중 사람이 아니다. 난 네 사부가 아니고, 너 또한 내 제자가 아니야. 그러니 편안하게 앉거라."
곽정은 내심 당황했지만 그가 시키는 대로 앉았다. 도인이 다시 입을 열었다.
"너의 사부는 모두 강호에서 내로라하는 인물들이다. 그들과 면식은 없지만 일찍이 소문을 듣고 그들을 존경해왔다. 네가 그들 중 한 명의 무공만 제대로 배워도 강호에서 두각을 나타낼 수 있어. 넌 그동안 열심히 무공을 연마했는데도 왜 만족할 만한 성과가 없는지 이유를 아느냐?"
곽정은 솔직한 심정을 털어놓았다.
"제가 아둔해 사부님들의 가르침을 이해하지 못했기 때문입니다."
도인은 빙그레 웃었다.
"꼭 그렇지만은 않다. 가르치는 방법이 여러 가지가 있듯, 배우는 방법도 여러 가지다. 가장 효율적인 방법을 택하지 못했기 때문이야."
곽정은 어리둥절했다.
"그게…… 무슨 말씀인지 잘 모르겠는데요."
"그냥 평범한 무공이라면 지금 네 실력으로도 만족할 만한 수준에 올라 있겠지. 무공을 익힌 후 처음으로 그 어린 도인과 겨뤄 패했기 때문에 기가 꺾여 자신감을 잃은 모양인데……. 하하! 그건 잘못된 생각이야."

곽정은 속으로 이상하다고 생각했다.

'그 일을 어떻게 알고 있지?'

도인의 말이 이어졌다.

"그 어린 도사는 기교를 부려 널 이긴 거지, 무공의 기초는 네가 훨씬 앞선다. 더군다나 네 사부들의 실력 또한 나에 못지않아. 그러니 내 무공을 네게 전수해줄 수 없다. 그럴 필요도 없고."

곽정은 내심 그 말에 수긍했다.

'그래, 사부님들의 무공도 아주 높아. 내가 제대로 배우지 못했을 뿐이지.'

도인이 다시 말했다.

"네 사부님들은 누구와 내기를 했는데, 만약 내가 무공을 전수한 걸 알면 틀림없이 기분 나쁘게 생각할 거야. 워낙 신의를 중시하는 분들이라 제삼자의 도움을 받을 리가 없겠지."

곽정은 영문을 몰라 물었다.

"내기라뇨? 무슨 내기죠?"

이번엔 도인이 당황했다.

"넌 모르는 모양이구나. 음…… 사부님들이 아무 언급도 하지 않았다면 더 이상 묻지 마라. 2년 후면 사부님들이 자세히 말해줄 것이다. 아무튼 너의 성의도 가상하고 우리 또한 인연이 있는 것 같으니…… 호흡과 앉는 법, 걷는 법, 그리고 자는 방법을 가르쳐주마."

곽정은 자신의 귀를 의심했다.

'아니, 호흡과 앉는 것, 걷는 것, 자는 건 나도 벌써 다 알고 있는데 뭘 또 가르쳐준다는 거지?'

이상한 생각이 들었지만 곽정은 아무 말도 하지 않았다. 도인이 넌지시 말했다.

"저 큰 바윗돌 위에 있는 눈을 치우고 위에서 자도록 해라."

곽정은 더욱 이상히 여기며 시키는 대로 눈을 치우고 바윗돌 위에 누웠다. 도인이 다시 입을 열었다.

"그냥 자는 거라면 내가 굳이 가르칠 필요가 있겠느냐? 지금부터 일러주는 네 마디를 잘 기억해둬라. 사정즉망정思定則忘情, 깊은 사념에 몰입하면 사사로운 생각을 잊고, 체허즉기운體虛則氣運, 몸이 허약해지면 기를 끌어올려라. 심사즉신활心死則神活, 마음이 죽으면 정신이 살아나니, 양성즉음소陽盛則陰消, 양이 왕성하면 음이 소멸한다."

곽정이 몇 번 따라 읊고 단단히 머릿속에 새겼지만 무슨 뜻인지는 알 수 없었다. 도인의 말이 이어졌다.

"잠자기 전에는 머리가 파란 하늘이나 맑은 물 같아야 한다. 절대 잡념을 가져선 안 된다. 그리고 몸을 비스듬히 누워 코로 면면히 숨을 내쉬어 혼魂이 안으로 들어오지 못하게 하고, 신神이 밖으로 나가지 못하게 해라."

이어 호흡을 조절해 기를 운행시키는 방법과 좌선한 자세에서 잡념을 갈무리하는 방법을 가르쳐주었다. 처음엔 오만 가지 생각이 교차되어 마음이 진정되지 않았는데, 그의 말을 따라 호흡 방법을 달리하자 한참 후 마음이 차분해졌다. 그리고 단전에서 한 줄기 기운이 천천히 올라오는 것을 느낄 수 있었다.

어느덧 곽정은 잠이 들었다. 눈을 떠보니 동녘 하늘이 뿌옇게 밝아 오고 있었다. 도인은 밧줄을 이용해 그를 절벽 아래로 내려보내고 밤에 다시 오라고 했다. 아울러 누구한테도 이 일을 발설하지 말라고 거듭 당부했다.

이날 밤에도 곽정은 도인을 찾아갔다. 평상시 사부들이 밤새워 무공을 가르치는 경우가 가끔 있어 어머니도 캐묻지 않았다. 이런 날이 거듭되고, 곽정은 밤마다 절벽 위에서 자거나 운기조식을 했다. 도인은 무공을 전혀 가르쳐주지 않았다. 그런데도 곽정은 낮에 무공을 연마할 때 몸이 갈수록 가벼워지는 것을 느낄 수 있었다.

반년이 지나자 힘을 잘 받지 않던 무공도 척척 해냈고, 온갖 노력을 기울여도 잘되지 않던 초식이 술술 풀려나갔다. 갑자기 많은 것이 달라졌다. 강남육괴는 그가 철이 들어 사물을 대하는 오성悟性이 깊어진 것이라 여기고 모두 흐뭇해했다.

이제 절벽에 오를 때면 도인이 직접 그와 행동을 함께 하면서 운기법과 힘을 적절히 쓰는 방법을 가르쳐주었다. 도인은 더 이상 기어 올라갈 수 없을 때에야 비로소 밧줄을 이용해 그를 끌어 올렸다. 날이 갈수록 곽정은 절벽을 빨리, 또한 높이 오를 수 있었다.

다시 1년이 지났다. 이제 무공을 겨루기로 한 날짜가 몇 달 남지 않았다. 강남육괴는 연일 가흥 무예 대결을 화제로 삼았다. 곽정의 무공이 날로 늘어 대결에서 승리할 자신감도 생겼다. 더구나 오랫동안 떠나온 고향으로 돌아갈 생각에 그들의 가슴은 한껏 부풀어 있었다. 그러나 무공을 겨루게 된 경위에 대해선 곽정에게 전혀 언급하지 않았다. 이날 이른 아침부터 남희인이 곽정을 가르치기 위해 연무장으로 들어갔는데, 난데없이 앞쪽에서 뿌연 흙먼지가 일며 요란한 말 울음소리와 사람들의 고함 소리가 뒤섞여 들려왔다. 말 떼가 연무장으로 난

입한 것이다. 말을 방목하는 몽고인이 채찍을 마구 휘두르며 겨우 말들을 진정시켰다.

말 떼가 진정되자 홀연 서쪽에서 한 필의 적토마가 나는 듯이 뛰어왔다. 적토마가 말 무리 속으로 뛰어 들어가 발로 걷어차고 물어뜯는 바람에 연무장은 다시 아수라장으로 변했다.

목부들은 적토마를 잡기 위해 이리 뛰고 저리 뛰었으나 적토마가 워낙 빨라 소용이 없었다. 지친 목부들은 화가 치밀어 활을 쏴댔다. 그러나 적토마는 동에 번쩍, 서에 번쩍 하며 용케도 잘 피했다. 그 신법은 실로 무림 고수 못지않았다. 육괴와 곽정은 그걸 지켜보며 넋을 잃었다.

말을 목숨처럼 아끼는 한보구조차 이렇게 빠른 적토마는 생전 본 적이 없었다. 그는 신기하고 궁금해서 목부에게 말의 내력을 물었다. 그러자 목부 한 명이 설명해주었다.

"저 야생마가 어디서 뛰쳐나왔는지 알 수 없어요. 며칠 전에 저놈을 발견하고 길들이기 위해 밧줄로 묶으려 했더니 잡히기는커녕 약이 올랐는지 계속 저 난리를 피우는 겁니다."

그러자 나이 많은 목부가 한마디 거들었다.

"저건 말이 아닙니다."

한보구는 고개를 갸우뚱했다.

"말이 아니면 뭡니까?"

늙은 목부가 대답했다.

"하늘에서 내려온 용의 화신이니 건드리면 안 돼요."

다른 목부가 당치 않다는 표정을 지으며 말을 받았다.

"용이 변한 거라뇨? 헛소리하지 말아요."

노인은 혀를 끌끌 찼다.

"젊은것이 뭘 안다고 그래? 난 말을 수십 년 동안 키워왔지만 저런 별종은 처음 봤어."

적토마는 계속 말 무리 속에서 난동을 부렸다. 한보구는 말에 관한 한 둘째가라면 서러워할 위인이었다. 평생 말과 함께 생활해온 몽고인들도 인정하는 사실이었다.

그는 적토마를 굴복시킬 양으로 이내 몸을 솟구쳤다. 적토마가 달리는 방향과 속도를 정확히 간파해 말 등에 올라탈 심산이었다. 그러나 그의 계산은 보기 좋게 빗나가고 말았다. 적토마는 그의 가랑이 사이로 잽싸게 빠져나갔다. 다시 적토마를 뒤쫓아가려 했으나 다리가 짧아 도저히 불가능했다.

자존심이 상한 그는 몹시 화가 났다. 바로 그때 누군가 몸을 솟구치더니 달리는 적토마의 갈기를 정확히 낚아채 잡았다. 적토마는 놀라 더욱 빨리 달렸다. 그러나 갈기를 잡은 사람은 몸이 허공으로 붕 떠오르면서도 갈기를 놓지 않았다. 주위에 있던 목부들이 일제히 환호성을 질렀다. 강남육괴도 적토마에 올라탄 자가 곽정이라는 사실을 알고 놀라움보다 기쁨이 앞섰다.

주총이 먼저 입을 열었다.

"어디서 저런 놀라운 경공술을 배웠지?"

한소영이 그의 말을 받았다.

"곽정은 최근 1년 동안 무공이 비약적으로 늘었는데, 혹시 죽은 아버지의 영령이 도와준 게 아닐까요? 아니면 다섯째 사형이 지하에서…….”

그들은 곽정이 매일 밤 절벽에 올라 도인에게 호흡법을 전수받은 사실을 전혀 모르고 있었다. 물론 곽정 스스로도 자신의 호흡 방법이 바로 상승 내공이며, 이미 경공술의 높은 경지인 금안공金雁功을 익혔다는 사실을 알지 못했다. 곽정이 허공에서 몸을 자유자재로 움직이며 날렵한 신법을 구사하자 모두 놀라지 않을 수 없었다. 그건 결코 주총이나 전금발, 한소영이 가르친 경공이 아니었기 때문이다. 적토마는 앞발을 번쩍 들어 올렸다가 또 갑자기 마친 듯이 뒷발질을 하며 등에 올라탄 사람을 떨어뜨리려 했지만, 곽정은 두 다리로 말의 배를 꽉 조여 몸의 균형을 유지했다.

적토마는 갈수록 더욱 날뛰었다. 목부들 가운데는 뭔가 중얼거리며 하늘에 기도를 올리는 자가 있는가 하면, 위험하니 어서 말에서 뛰어내리라고 고래고래 소릴 지르는 사람도 있었다. 한소영이 보다 못해 소리쳤다.

“정아, 내려와! 내가 대신 올라탈게!”

그러자 옆에 있는 한보구가 만류했다.

“안 돼. 사람이 바뀌면 여태껏 공들인 게 다 수포로 돌아가.”

그는 말의 성질을 잘 알고 있었다. 훌륭한 말일수록 성격이 사나운데, 누가 일단 제압하면 그를 평생 주인으로 모셔 순종하게 마련이다. 곽정은 이미 땀투성이가 되어 있었다. 그는 아예 두 팔로 적토마의 목을 끌어안고 힘껏 조였다. 적토마는 아무리 발광해도 상대를 떨어뜨리지 못하자 몸놀림이 차츰 둔해지며 숨이 차올라 호흡조차 곤란해졌다. 그제야 진짜 주인을 만났다는 것을 알고 제자리에 서서 움직이지 않았다. 한보구가 기뻐하며 소리쳤다.

"됐어! 이젠 됐어."

곽정은 말이 달아날까 봐 내려오지 못했다. 한보구가 빙긋이 웃으며 그를 안심시켰다.

"걱정 말고 내려와라. 그 말은 평생 널 따를 테니. 쫓아도 떠나지 않을 거야."

곽정은 그가 시키는 대로 말에서 내려왔다. 적토마가 혀를 길게 내밀어 그의 손등을 핥으며 다정한 모습을 보이자 주위 사람들이 모두 웃음을 터뜨렸다. 목부 한 명이 가까이 다가와 자세히 살펴보자 적토마가 갑자기 뒷발질을 했다. 목부는 깜짝 놀라 벌렁 나자빠졌다. 곽정은 적토마를 마구간으로 끌고 가서 깨끗이 씻겼다.

육괴는 지친 곽정을 배려해 더 이상 무공 연마를 독촉하지 않고 일찍 쉬라고 했다. 그러는 한편, 모두 깊은 의구심에 잠겼다. 점심을 먹고 나서 곽정이 몽고포로 사부님들을 뵈러 오자 전금발이 대뜸 한마디 했다.

"정아, 네 개산장법이 어느 정도 늘었는지 한번 시험해봐야겠다."

"여기서 말인가요?"

"그래. 적과 어디서 맞닥뜨릴지 모르니 이런 작은 공간에서도 연습을 해둬야지."

말을 하면서 왼손을 슬쩍 내미는 척하며 오른쪽 주먹을 쭉 뻗었다. 곽정은 예의에 따라 세 초식을 양보하고 나서 반격을 전개했다. 한데 전금발의 공격이 갈수록 거칠어져 전혀 사정을 봐주지 않고 돌연 두 주먹으로 곽정의 가슴을 강타했다.

심입호혈深入虎穴! 이건 서로 무공을 겨룰 때 사용하는 초식이 절대 아니었다. 상대방의 목숨을 노리는 살초殺招였다. 주먹에 엄청난 힘이 실려 있었다. 곽정이 급히 뒤로 물러나다 보니 등이 몽고포에까지 닿았다. 곽정은 소스라치게 놀라지 않을 수 없었다.

위급한 상황에 처하면 자신도 모르게 본능적으로 자구책을 쓰게 마련이다. 더구나 곽정은 생각이 단순해 머리를 굴릴 여지도 없이 왼팔로 원을 그리며 상대의 팔뚝을 휘감아 잡고 힘껏 뿌리쳤다. 그 순간, 전금발은 자신이 전개한 힘이 연기처럼 사라지며 상대방에게서 어마어마한 진기가 뻗쳐오는 것을 느꼈다.

그는 놀란 외침을 토하며 뒤로 세 걸음 밀려나 겨우 몸을 고정시켰다. 순간 정신이 아뜩해진 곽정은 이내 그 자리에서 무릎을 꿇었다.

"제가 잘못했습니다. 어떤 벌도 달게 받겠습니다."

그는 놀랍고도 두려웠다. 자신이 무슨 잘못을 저질렀기에 사부님이 살초를 전개한 것일까? 가진악 등이 일제히 자리를 박차고 일어났다. 모두들 표정이 납덩어리처럼 굳어 있었다. 주총이 다그쳤다.

"몰래 다른 사람에게 무공을 배웠으면서 왜 우리한테 숨겼지? 여섯째 사부가 직접 시험을 하지 않았다면 끝까지 숨길 작정이었느냐?"

곽정은 억울했다.

"철별 사부한테 활과 창을 배운 것밖에 없어요."

주총의 안색은 심각했다.

"그래도 거짓말을 할 거냐?"

다급해진 곽정은 눈물이 쏟아졌다. 그가 울먹이며 말했다.

"제…… 제가 왜 사부님들을 속이겠어요?"

주총이 다그쳤다.

"그럼 내공을 어디서 배웠느냐? 그 작자를 믿고 우릴 안중에 두지 않는 모양인데…… 흥!"

곽정은 황당했다.

"내공이라뇨? 전혀 아는 게 없어요."

주총은 다짜고짜 손을 뻗어 그의 가슴뼈 바로 아랫부분에 있는 구미혈鳩尾穴을 찍었다. 그것은 인체의 중요한 혈도로서 일단 찍히면 바로 기절하고 만다. 곽정은 감히 피하지 못하고 제자리에 가만히 서 있었다.

주총의 손가락이 몸에 와닿자 근육이 자연스레 신축되면서 반탄지력이 생겼다. 그 자신은 전혀 느끼지 못했지만 도인을 따라 호흡법 등을 익히는 동안 온몸 구석구석에 내력內力이 생긴 것이다. 주총이 혈도를 정확히 찍었지만 단지 따끔한 느낌이 들 뿐 혈도를 찍힌 현상이 전혀 나타나지 않았다. 전력을 기해 혈도를 찍은 건 아니었지만 주총은 곽정의 모습을 보고 더욱 경악하며 호통을 쳤다.

"이래도 내공을 모른단 말이냐?"

곽정은 문득 스치는 생각이 있었다.

'그럼 도인에게 배운 게 내공이란 말인가?'

그는 얼른 해명했다.

"2년 동안 어떤 사람이 매일 밤 저에게 호흡하는 방법과 좌선, 그리고 잠자는 방법을 가르쳐줬어요. 전 그게 재미있어서 따라했을 뿐이에요. 정말 아무 무공도 배우지 않았어요. 그 사람이 비밀로 해달라고 당부해 말씀드리지 않았는데……."

여기까지 말한 곽정은 무릎을 꿇고 연신 큰절을 올렸다.

"제가 잘못했어요. 다시는 그 사람을 찾아가지 않을게요."

육괴는 그가 워낙 진지해 더 이상 의심하지 않았다.

한소영이 물었다.

"그게 내공이라는 걸 몰랐단 말이냐?"

곽정은 진심 어린 목소리로 대답했다.

"정말 뭐가 내공인지 몰라요. 그 사람이 말해준 대로 천천히 호흡을 하고 아무것도 생각하지 않으니까 배 속에서 이상한 기운이 올라오는 것 같았어요. 그리고 요즘은 그 기운이 뜨거워져 마치 작은 쥐가 배 속에서 이리저리 움직이는 것 같아요."

육괴는 놀랍고도 내심 기뻤다. 이 멍청한 녀석이 벌써 그 경지에 도달했다니 기특한 일이 아닐 수 없었다. 주총이 다시 입을 열었다.

"그 사람이 누구냐?"

"성함을 밝히지 않아 저도 잘 모르겠어요. 아무튼 사부님들의 무공이 자기에 비해 손색이 없다면서 무공은 가르쳐주지 않고 사부라 부르지도 말라고 했어요. 그리고 자기의 생김새도 절대 말하면 안 된다고 당부했어요."

육괴는 들을수록 의혹이 짙어졌다. 처음엔 곽정이 어떤 고인高人을 만난 거라고 기뻐했는데, 그자가 신분을 철저히 숨긴다는 걸 알고는 뭔가 심상치 않은 사연이 있을 거라 생각했다. 주총이 그만 나가보라고 손짓하자 곽정은 겁먹은 표정으로 말했다.

"다신 그 사람을 찾아가지 않을게요."

주총은 담담하게 말했다.

"그냥 예전대로 가봐라. 널 탓하지 않을 거야. 그 대신 우리한테 사실을 털어놓은 걸 말하지 마라."

곽정은 사부들이 탓하지 않겠다는 말에 기분이 좋아 연신 "네"라고 대답하고 밖으로 나갔다. 나와보니 화쟁이 흰 독수리 두 마리를 데리고 기다리고 있었다. 화쟁은 눈을 곱게 흘겼다.

"왜 이제야 나오는 거야? 한참 기다렸어."

그러자 흰 독수리 한 마리가 푸드득 날아올라 곽정의 어깨 위에 내려앉았다. 곽정이 자랑스럽게 말했다.

"내가 야생마를 길들였는데 얼마나 빠르고 사나운지…… 과연 화쟁을 태워줄지 모르겠어."

화쟁은 코웃음을 쳤다.

"태워주지 않으면 그 말을 죽여버릴 거야!"

곽정은 진지했다.

"화쟁, 그러면 안 돼!"

두 사람은 손을 잡고 초원 저편으로 달려갔다. 독수리 두 마리도 그들을 따랐다.

〈2권에서 계속〉

위대한 대협의 부활을 향하여

김용 대하역사무협 《사조영웅전》 깊이 읽기

위대한 대협의 부활을 향하여

김용 대하역사무협《사조영웅전》 깊이 읽기

발행인 고세규
발행처 김영사
등록 1979년 5월 17일 (제406-2003-036호)
주소 경기도 파주시 문발로 197(문발동) 우편번호 10881
전화 마케팅부 031)955-3100, 편집부 031)955-3200 | 팩스 031)955-3111

홈페이지 www.gimmyoung.com 블로그 blog.naver.com/gybook
페이스북 facebook.com/gybooks 이메일 bestbook@gimmyoung.com

좋은 독자가 좋은 책을 만듭니다.
김영사는 독자 여러분의 의견에 항상 귀 기울이고 있습니다.

일러두기

무공 해설은 중화공상연합출판사中華工商聯合出版社에서 2003년 발간한《一個人的江湖 - 金庸武俠完全手册》을 참조해 덧붙인 것이다. 김용이 직접 단어를 조합해 만든 무공과 초식은 따로 설명하지 않았다.

차례

《사조영웅전》 깊이 읽기

《사조영웅전》 본격 탐구

불멸의 신화 김용

사조영웅전 깊이 읽기

射鵰英雄傳

동양의 웅혼한 정신과 고매한 영혼의 정수

20세기를 대표하는 새로운 도전

《사조영웅전》은 김용의 세 번째 작품이자 최초의 장편소설로 1957년부터 1959년까지 홍콩신문 〈상보〉에 연재된 작품이다. 소설은 발표되자마자 대단한 반응을 불러일으켰다. 홍콩의 작가 예광이 "1958년에 소설을 읽은 사람치고 《사조영웅전》을 읽지 않은 사람은 없을 것이다"라고 말할 정도였다.

《사조영웅전》은 김용의 무협소설에서 매우 중요한 자리를 차지한다. '김 대협'의 위치가 이 작품을 통해 확고하게 틀을 잡았으며, 소위 말하는 '김용 스타일'도 이 작품에서 처음 시작되었기 때문이다. 첫 작품인 《서검은구록》(1955년)으로 시작해 몰아닥친 강호의 풍운은 《사조영웅전》에 이르러 마침내 20세기를 대표하는 새로운 고전으로 자리매김했다. '김용 현상' 내지 '김용 신드롬'에 대한 토론이 촉발되고, '김학金學' 연구가 중국 문화사의 가장 낭만적인 한 페이지가 되었을 만큼 무협소설에서 김용이 이룬 성취는 그 누구도 따르지 못할 것이다.

독수리를 쏜 위대한 영웅의 이야기

《사조영웅전》은 제목 그대로 풀이하자면 '독수리를 쏜 영웅의 이야기'다. 소설은 몽고의 영웅 테무친, 즉 칭기즈칸의 용맹한 정복과 영토확장이라는 빛나는 업적을 묘사한다. 그러나 진정한 '사조영웅'은 다름 아닌 곽정이라고 말한다. 소설은 곽정의 성장과 무예, 인격도야 및 보국충정의 이야기를 담고 있다.

《사조영웅전》은 동서남북의 네 영웅들이 치닫는 활동을 공간적 좌표로 삼고, 송·금·원이 교체되고 남북이 대치하는 국면을 시간적 좌표로 삼는다. 그 위에 아무것도 알지 못하는 어린 소년이 갖은 고난과 만남을 통해 이상적인 '대영웅'으로 성장하는 과정을 그린다. 작가가 선사하는 이 흥미진진한 이야기에 우리는 귀를 기울여 함께 느끼고 체험한다.

인간의 본성을 지키고 정의를 굳게 수호하는 비장한 정서가 읽는 이를 감동의 격랑 속으로 끌어들이고, 완벽에 가까운 영웅뿐만 아니라 심지어 조연급 인물이 발하는 인성의 광채까지 한결같이 눈을 번쩍 뜨이게 한다. 이 작품의 최고 가치는 바로 이런 점에 있다고 하겠다. 그리하여 작가는 마침내 기이한 허구를 역사의 진실에 놓고 거기에 더욱 새롭고 심오한 의미를 부여함으로써 진실과 허구라는 두 척도를 뛰어넘어 '역사의식'을 갖춘 전기소설의 모델을 창조하는 데 성공한 것이다.

철학자이자 현상학의 태두인 후설은 "진정한 문학이란 생명과 인류 존재의 의미를 논의할 수 있게 함으로써 우리의 생활방식을 변화시키는 것"이라고 했다. 《사조영웅전》에는 처음부터 끝까지 정의의 아름다움, 정감의 아름다움, 인생을 관조하는 아름다움이 넘쳐흐른다.

중원을 얻는 자가 꼭 사조영웅일 필요는 없다. 작가는 시비와 공과를 도덕이라는 저울에 올려놓길 즐겨 한다. 역사의 고도에 서서 보면 "자고로 영웅은 세상이 공경하고 명인들이 흠모하는, 백성을 위해 복을 짓고 백성을 사랑하는 사람임에 틀림없다"고 말한다. 작가 자신도 곽정의 입을 빌려 이런 소박하면서도 간절한 이상을 표출하고 있는 것이다.

문학文學은 곧 인학人學

인성에 대한 보편적 관심과 투사는 현대사회를 관통하는 주된 선율이며, 이는 옛날부터 그래 왔다. 중국의 전통적 관념 속에서 '정情'은 '법法'보다 한결 중요했다. 그랬기 때문에 양산박의 영웅호한들이 출현할 수 있었고, 은혜와 원수로 점철된 강호의 협객들도 등장할 수 있었다. 이들은 각기 다른 개성으로 사람들의 심금을 울렸고, 그것이 전형적인 예술적 형상으로까지 승화되었다. 《사조영웅전》의 감동은 서로 다른 개성을 지닌 '인人'이 인정, 감정, 정리를 통해 '정情'을 그리는 데 있다.

곽정은 김용이 그려낸 성공한 영웅의 대변자다. 쓰러질 때까지 자신의 몸을 바치고 죽어도 후회하지 않는 인물이다. 그는 순박하고 독실하며, 진중하고 진솔하다. 고통을 참고 견디며 무엇이든 성실하게 임하는, 믿고 기댈 만한 남자다. 난세에 태어나 어려서부터 홀어머니와 산 그는 태어나는 순간부터 집안의 원수와 나라의 원한을 짊어져야 했다.

'수신제가치국평천하修身齊家治國平天下'는 대장부가 추구하는 이상적인 목표다. 대사막은 그에게 넓은 가슴과 두려움 없는 기백, 그리고 용감하게 부딪치는 담력을 길러주었다. 많은 스승들을 만나면서 무공의 경지는 갈수록 성숙해졌고, 의로움을 보면 용감하게 행하고 악을 원수처럼 미워하는 심지를 길렀다. 그의 마음은 어질고 너그러우며, 의기와 담략은 협객의 풍모가 넘쳐 모든 사람을 감동시킨다. 입이 무겁고 한 번 뱉은 약속은 반드시 지키며, 이를 위해 생사를 돌보지 않고 천하의 창생을 가슴에 품고 있다. 그가 선택할 수 있는 길이란 되돌아올 수 없는 길이며 그의 생명은 격앙된 채 전진해나가는 장렬한 서사시이다.

황용은 김용이 그려낸 가장 완벽한 여성 캐릭터 중 한 명이다. 그녀의 성격은 곽정과는 거의 반대다. 남다른 재주와 지혜, 활달하면서도 날카로운 판단력, 호방함과 따뜻한 인간미, 이 모든 것들은 새로운 여성의 이미지로 다가온다.

그녀는 지혜와 재치가 넘치고 천진난만하면서 자연스럽다. 곽정과 마찬가지로 어려서 양친의 온전한 보살핌을 받지 못했지만 황약사의 딸인지라 격조 있는 말을 사용하며 식견이 깊고 넓다. 구속을 싫어하고 구차한 예법을 멸시한다. 정서가 멋대로이면서 독한 구석도 있다. 이 때문에 위기상황에서도 흔들림 없이 침착하게 대처하고 지휘한다. 그래서 그녀가 등장하는 모든 장면은 독자들에게 영원히 잊지 못할 인상을 남긴다. 숱한 위기를 기지와 순발력으로 넘기는 모습을 보며 독자들은 통쾌한 박수를 치며 아낌없는 감탄을 보낸다.

곽정과 황용은 상호보완적이며 상호의존적 관계로 떼려야 뗄 수 없는 '한 몸'이다. 이 둘은 함께 있어야만 비로소 결점 없는 완벽한 아름다움을 이룬다. 곽정 없는 황용의 삶은 무의미함 그 자체며, 황용 없는 곽정은 빛을 잃은 영웅이다.

집안의 원수와 나라의 원한, 생사의리의 고통스러운 선택을 겪고 난 뒤 하늘이 맺어준 지고지순한 연인들은 마침내 '협골유정俠骨有情' 속에서 한 쌍이 되어 날아오른다. 그들을 통해 함께 손을 맞잡고 하늘 끝까지 걸어가는 삶의 모습이 가장 완벽하게, 가장 이상적으로 구현되는 것이다. 이는 세심한 문학적 기교에 따른 안배 같지만, 사실은 작가 김용이 추구하는 생명의 이상적 경지와 그 찬미가 강렬하게 체현된 결과다.

재주와 열정이 남다른 반면 오만한 본성으로 예법에 매이지 않고 자유 소탈한 동사 황약사, 홀로 떠돌면서 마음은 오로지 천하제일의 무공에만 매달려 있는 서독 구양봉, 마음이 넓고 너그러우며 기지가 넘치는 일대종사 홍칠공 등도 독자들의 마음을 사로잡기에 충분하다. 이들 세 무림종사의 형상은 '서로 닮은 것 같으면서 다르고, 서로 다른 것 같으면서 닮아 있는' 참으로 표현하기 힘든 묘한 특징을 보여준다.

작품에서 비중이 낮은 인물들 또한 이채롭다. 내성적이면서 독실한 곽소천, 외향적이면서 성급한 양철심, 성격이 급해 일을 그르치기도 하는 구처기, 마음이 넓고 담담한 마옥 등에 대해서도 작가는 피와 살을 불어넣어 생동감 넘치는 인물을 탄생시켰다. 이렇듯 각각 다른 성격의 인물을 고르게 안배하여 작품에 등장하는 모든 인물의 개성을 자유자재로 오롯이 드러내고 있다.

역사歷史와 전기傳奇의 완벽한 융합

《사조영웅전》은 신파 무협소설의 대표작 가운데 하나로, 역사의 차용과 전기 고사의 구상이라는 면에서 엄청난 노력과 빼어난 창조력을 발휘한 작품이다. 고대라는 시공간적 무대를 빌려 무림고수와 검객협사의 고사를 두루 펼치고 있다.

주인공은 겁란의 시대에 태어나 숱한 곤경 속에서 성장하고, 국가가 위기에 몰린 상황에서 성숙해간다.《사조영웅전》은 송·금·원이 교체되는 혼돈과 불안의 역사를 큰 틀로 차용한 다음, 그 사이사이에 주인공의 기기묘묘한 고사를 짜넣는다. 이런 배경과 틀에서 주인공은 갈수록 굳세어지고 중후해지며, 그에 따라 그 '역사행위'도 더욱 엄숙하고 숭고해져간다.

이런 점 외에도 작품은 역사적 사실을 영감과 상상력 넘치게 다루고 있다. 소설 속 송·금·원 삼국의 대치와 남송의 부패, 금국의 강폭함, 주종 같은 금·송의 관계는 모두 기본적으로 역사적 사실과 부합한다. 그러나 이야기가 전개되는 구체적 맥락과 세부적 상황은 역사를 각색할 수밖에 없고, 때로는 대담하게 역사적 사실을 바꾸기도 한다. 씨실과 날실처럼 역사와 전기가 때로는 병행되고 때로는 교차되면서 읽는 이들은 역사를 감촉할 수 있고 전기가 갖는 낭만적 기이함에 매료된다. 역사가 고사를 위해 봉사하는 수법이 여기서 극치에 이른다.

다채로운 무공의 세계

이쯤에서 우리는 작품에 언급된 무공에 대해 이야기하지 않을 수 없다. 작품에 등장하는 거의 모든 인물들은 제 나름의 병기를 사용하는데, 언급된 장법·권법·검법을 비롯해 각 파의 무공은 줄잡아 80여 종에 이른다. 그야말로 백화만발로 독자들의 눈을 뗄 수 없게 만든다.

《사조영웅전》의 성공은 다른 요인들 외에도 작품에 등장하는 창조적이고도 절묘한 무공에 크게 힘입었다고 할 수 있다. 작품 속의 무공은 인물과 마찬가지로 독특한 개성을 가지고 있다. 우아하고 고풍스러우면서도 시정詩情 넘치는 무공의 이름은 눈을 즐겁게 만들고 읽는 이를 끊임없이 격조 높은 상상의 세계 속으로 몰고 간다. 일부 초식의 이름들은 《역경》, 《시경》, 《산경》, 《도덕경》, 《공양전》 등과 같은 중국의 여러 고전에서 따온 것이다.

작품은 또 시끌벅적한 온갖 문파뿐 아니라 신비한 한혈보마의 내력과 특징, 《손자병법》의 군진, 짧은 옛이야기, 풍부한 속어 등을 통해 5천 년 중국 문화를 아낌없이 보여준다. 문물, 제도, 천문, 지리, 시사, 회화 등 다방면에 걸쳐 침투되어 있는 작가의 문화적 소양은 소일거리로서뿐만 아니라 문학적 가치가 충분한 문화 상품으로 작품을 격상시킨다.

온 세상을 떠들썩하게 만든 작품

김용은 1975년 12월에 쓴 《사조영웅전》 수정본 후기에서 다음과 같이 말했다.

"《사조영웅전》에 나오는 인물들의 개성은 단순합니다. 곽정은 성실·소박·중후하며, 황용은 기지 넘치고 약기 때문에 독자들이 쉽게 깊은 인상을 받나 봅니다. 이는 중국 전통소설과 희극의 특징입니다만 인물의 내면세계가 갖는 복잡성의 결핍을 면하기는 어렵습니다. 대체로 인물의 성격이 단순하지만 줄거리 자체가 힘이 있고 열기가 넘치기 때문에 비교적 환영을 받았던 것 같습니다. 광동어 영화로도 만들어졌고, 태국에서도 그 비슷한 것이 상연된 바 있습니다. 현재 홍콩에서는 시리즈물로 제작 중입니다. 미얀마, 베트남, 말레이시아, 인도네시아 등지에서 번역되었고, 《강남칠협》, 《구지신개》와 같이 다른 사람의 이름을 빌려 짜깁기한 책들도 적지 않게 나왔습니다."

김용의 말에서 당시 《사조영웅전》이 어느 정도 환영을 받았는지는 충분히 짐작할 수 있다. 홍콩을 떠들썩하게 만들었을 뿐만 아니라 동남아에서도 그 열기가 만만치 않았다. 《김용전》을 두 권씩이나 출간한 작가 냉하의 증언이다.

"그 당시 신문이 나오면 사람들은 가장 먼저 김용의 무협소설을 보았다. 사람들끼리 모이기만 하면 대화의 화제는 대부분 소설 속의 인물이나 스토리에 관한 것이었다. 방콕의 중문신문사는 매일 김용의 작품을 연재했을 뿐만 아니라 신문사 문 앞에 전날과 그날 연재된 작품을 붙여놓을 정도였다. 당시 신문사들은 모두 홍콩 신문이 비행기 편으로 보낸 원고에 의존할 수밖에 없었다. 그러나 소설이 절정으로 치달으면서 일부 신문사가 선수를 치기 위해 불법 전신 설비로 홍콩 신문에 실린 작품의 내용을 타전하여 성급한 독자들의 갈망을 충족시키기도 했다."

이제 한국의 독자들도 당시 왜 그렇게도 이 작품이 세상을 떠들썩하게 했는지 직접 확인할 수 있다. 국내 최초 정식 계약과 충실한 번역, 꼼꼼한 감수를 거친 《사조영웅전》과 연이어 출간된 《신조협려》, 《의천도룡기》로 이뤄진 〈사조삼부곡〉은 김용이 하나의 문화 키워드임을 잘 보여줄 수 있을 것이다.

글 | 김영수 홍익대 역사교육학과 졸업 후 한국정신문화연구원에서 〈고대 한·중 관계사〉로 박사 학위를 받았다. 영산원불교대학 교수를 거쳐 중국 사마천학회 특별회원, 중국 소진학회 초빙이사로 활동하며, 현재 중국문화전문가로 각종 저술 작업에 매진하고 있다. 저서로는 《지혜로 읽는 사기》 《간신은 비를 세워 영원히 기억하게 하라》 등이 있으며, 《무협소설의 오늘과 내일》 《모략》 《간신열전》 등을 번역하여 소개했다.

아속공상의 경지를 구현하다

중국 전 대륙에 문화 신드롬을 일으킨 무협소설

한 작품이 시공을 초월해 많은 이들에게 읽히는 현상에 대해 여러 해석이 가능하다. 텍스트가 '독자의 기대 시야'를 다양하게 융합하고 있다는 수용미학의 관점은 '두터운 텍스트thick text'도 다양한 해석이 가능함을 암시한다. 김용의 소설은 다원적인 독자의 기대 시야를 다양하게 융합한 두터운 텍스트의 가능성을 지니고 있다.

1950년대 홍콩에서 싹을 틔워 대만을 휩쓸고 1980년대에 역으로 대륙에 상륙한 김용의 무협소설은, 문화대혁명 이후 새로운 것을 갈망하던 대중들의 폭발적인 인기를 얻었다. 뿐만 아니라 당시 계몽의 목소리를 높이던 많은 지식인들도 김용 소설을 옆구리에 끼고 다닐 만큼 '김용 현상'이라는 문화 신드롬을 야기시켰다.

《사조영웅전》을 읽는 핵심 키워드

김용의 소설 대부분은 기본 구성에서도 명확한 역사 배경과 강호의 상황 그리고 인생 이야기라는 세 축으로 단조로움을 극복한다. 그럼 《사조영웅전》을 대상으로 몇 가지 독법讀法을 시도해보자.

하나, 역사의 허구화와 허구의 역사화. 구체적인 역사 배경은 김용 소설의 큰 특징이다. 왕조 교체기라는 과도기를 배경으로 선택한 것은 탁월한 식견이다. 독자는 《사조영웅전》을 통해 송과 금의 대치, 사막에서 성장해가는 몽고 부족의 모습을 구체적으로 이해할 수 있다. 한 걸음 더 나아가 김용은 역사를 형해화된 모습이 아니라 재미있는 이야기와 결합시켜 보여준다. 곧 역사와 허구의 결합인데, 대표적으로 몽고의 영웅 칭기즈칸의 인간적 면모에 대한 묘사이다. 한편 화산논검대회 등의 허구적 이야기는 소설 전체를 규정하는 배경으로 독자들로 하여금 '사실'로 느끼게 만든다.

둘, 화산논검대회의 전통과 건곤오절乾坤五絶은 《사조영웅전》의 배경인 강호를 구성한다. 화산은 오악五嶽 가운데 서악西嶽으로, 오경五經에서는 《춘추春秋》에 해당한다. 그렇다면 화산논검대회는 '역사 평가'라는 함의를 가지게 된다. 제1차 화산논검대회의 직접적인 동기가 〈구음진경〉으로 야기된 강호의 혼란을 막고자 한 것임을 상기한다면, 이 의미는 보다 확고해진다.

동사 황약사는 사악하면서도 올바르다. 서독 구양봉은 독랄하지만 자기 기준과 절제가 있다. 남제 단황야는 존귀한 황제이면서도 사랑하는 여인 때문에 질투하는 필부匹夫이기도 하다. 북개 홍칠공은 개방 방주로서 호방하고 대의명분을 추구한다. 중신통 왕중양은 전진교를 창시한 실제 인물이다. 이들은 주인공들과 긴밀한 관계를 가지면서 강호 배경을 형성한다.

셋, 대협大俠의 성장 과정이다. 이 소설의 주된 줄거리는 신세대 영웅인 곽정과 황용의 성장 이야기다. 역사와 강호는 이들의 성장 과정과 그에 얽힌 인물들이 긴밀하게 연계되면서 역동하는 현장으로 바뀐다. 성실하지만 우둔한 곽정과 영민하고 총명한 황용의 만남과 성장 이야기는 몇 번을 읽어도 손에 땀을 쥐게 한다.

"남들이 한 번 하면 나는 열 번 한다"는 '자신을 아는 밝음自知之明'과 굳건한 의력毅力, "불가능한 것을 알고도 행한다知不可爲之而爲之"는 정의로움, 멸사봉공滅私奉公 등은 곽정의 성격을 형상화한다.

특히 무술 수련 과정에서 초기에는 거의 진전이 없다가 항룡십팔장을 익히면서 비약적인 발전을 이루는 모습은 김용의 또 다른 특색인 '무공의 개성화'를 잘 보여준다. 곽정은 흡사 항룡십팔장을 위해 태어난 사람 같다. 어눌하고 아둔하지만 순박한 아이가 대협으로 성장하는 과정, 그것이 바로 《사조영웅전》의 평범한 영웅 이야기인 셈이다. "나라와 백성을 위하는 자가 대협爲國爲民俠之大者"이라는 말은 곽정에 대한 적절한 평이라 할 수 있다.

넷, 지고지순한 사랑과 다양한 내공의 사랑이다. 곽정과 황용의 성장 과정에서 빼놓을 수 없는 것이 두 사람의 사랑 이야기이다. 어쩌면 작가가 꿈꾸었을 법한 그 만남은 그야말로 천의무봉의 경지를 구현하고 있는 듯하다. 더 중요한 것은 작가가 그들을 현실에서 이탈시키지 않는다는 점이다. 화쟁 공주와의 혼인 문제는 너무나 당연히 제기될 수 있는 것이었고, 황약사와 강남칠괴의 갈등은 쌍방의 독특한 개성 탓으로 필연적이었다. 그로 인해 곽정과 황용이 겪는 위기는 현실에서 괴리되지 않고, 그 과정은 우리에게 지고지순한 사랑의 '새로운 경지를 체험更上一層樓'시켜준다.

《사조영웅전》의 속편인 《신조협려》에서, 곽정과 황용은 양양성 전투에 참전한다. 이들의 모습은 개인적 차원의 애정을 공동체의 운명으로 승화시킨 최고 경지를 보여준다.

진현풍과 매초풍 또한 상대에 대한 지극한 사랑이라는 면에서 어떤 연인에게도 뒤지지 않는다. 아내를 향한 황약사의 사랑, 유귀비를 향한 단황야의 사랑, 영고와 주백통의 사랑은 사랑에도 오랜 내공 수련이 필요함을 알려준다. 그밖에도 목염자의 이루어지지 않는 애절한 사랑까지, 《사조영웅전》은 사랑의 다양한 양태를 보여준다.

다섯, 중국 문화에 대한 교양 입문서이다. 2천 년이 넘는 시간과 광대한 대륙의 공간에서 수많은 사람들의 신고辛苦를 통해 이루어진 폭넓은 문화는 그 접근을 쉽게 허용하지 않는다. 그러니 13경으로 대표되는 철학, 25사의 역사, 당시와 명·청 소설 등의 문학, 그리고 서화, 바둑, 음악, 의술, 다도와 주도, 음식 등 각양각색의 중국 문화 전체가 한 작품에 들어 있다는 것은 과장이겠지만, 그 입문에 유용한 경로가 김용의 소설이라 말할 수는 있다. 베이징대학 진평원 교수는 문학작품의 도움을 받아 불교를 이해하려는 초보자가 있다면 그에게 김용의 무협소설을 추천한다고 말하기도 했다.

《사조영웅전》에서도 모두冒頭의 설서說書(공연을 하듯이 청중에게 이야기를 하는 전통 장르) 장면, 전진교에 대한 이야기, 황용을 통해 소개되는 문文·사史·철哲의 지식들, 칭기즈칸과 악비 등에 관한 역사적 사실 등 그 예는 이루 헤아릴 수 없을 정도다. 특히 재미있는 점은 '무공의 문화화', 즉 무공에 문화를 결합시킨 부분이다. 이를테면 항룡십팔장과 《주역》의 관계, 공명권과 도가의 관계를 따져보면 화교들이 후손을 교육시킬 때 김용의 소설을 교본으로 삼는 경우가 많다는 이야기가 결코 과장이 아님을 알 수 있다.

아속공상의 경지를 구현하는 문화소설

이상의 독법들은 몇 가지 예에 불과하다. 그밖에도 독자의 기호에 따라 여러 가지 각도에서 읽을 수 있다. 구처기와 강남칠괴의 18년에 걸친 내기 약속 등에서 볼 수 있는 사나이의 신의나 황약사의 기문팔괘와 일등대사의 일양지 치료 등 최고의 경지에 초점을 맞출 수도 있다. 상대적으로 서사시 전통이 부재한 중국 문학사의 공백을 메울 만한 영웅 서사시로 읽는 것도 그 한 가지 사례이다. 중요한 것은 우리가 김용의 소설을 읽으면서 자연스레 중국 문화를 이해하고 나아가 중국인만의 독특한 특성을 공감할 수 있게 된다는 것이다. 이런 면에서 김용의 작품은 재미와 의미라는 두 마리 토끼를 한 손에 거머쥔, 아속공상雅俗共償의 경지를 구현하는 문화소설이라 할 수 있겠다.

글 | 임춘성 한국외국어대 중국어과를 졸업하고 동 대학원에서 석·박사 과정을 마쳤다. 주요 저서로 《소설로 보는 현대중국》 《위대한 아시아》 등이 있고, 번역서로 《중국통사강요》 《중국 근현대 문학운동사》 등이 있다.

사조영웅전 본격 탐구

射鵰英雄傳

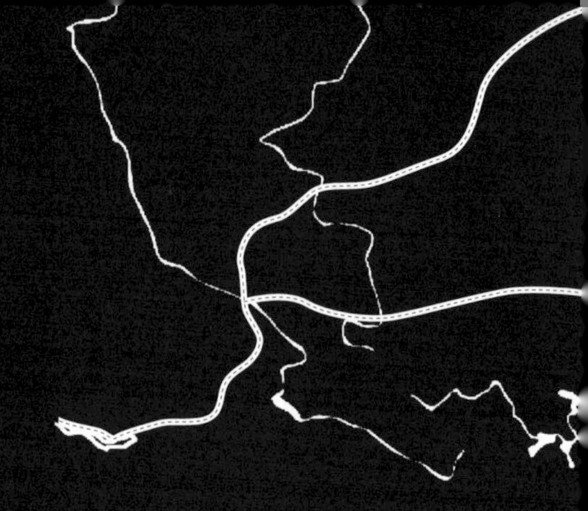

《사조영웅전》 시대 연표

1115 여진의 완안아골타完顏阿骨打가 황제로 즉위하고(태조),
국호를 금金이라 함.
1122 금, 연경 함락.
1125 금, 요의 천조제天祚帝를 사로잡고 멸망시킴.
송 휘종徽宗이 흠종欽宗에게 왕위를 물려줌.
1126 금, 개봉성 함락.
1127 송 휘종·흠종이 금에 사로잡혀 북송 멸망(정강靖康의 변).
고종高宗이 즉위하여 송을 부흥시킴(남송).
1130 송 고종, 온주로 도망. 한세충韓世忠·악비岳飛 항금 투쟁 시작.
진회秦檜, 금에서 귀국.
1134 악비, 선인관 전투에서 금군에 대승하여 양양 등 6군 회복.
1138 진회가 재상이 되어 금과 화의 추진.
1140 금군 남진. 악비가 하남 각지에서 금군을 격파하고 개봉에 당도.
1141 진회가 악비 부자를 체포해 옥중에서 죽임.
1142 송과 금, 1차 화의 성립.
1149 금의 완안량完顏亮(해릉왕海陵王), 희종熙宗을 살해하고 제위에 오름.
1161 금의 완안포完顏褒가 황제를 칭함(세종世宗). 해릉왕 살해됨.
금, 남송과 화의.
1162 남송, 효종孝宗 즉위.
1165 금과 송, 2차 화의 성립. 이후 40년간 평화가 지속됨.
1170 전진교 교주 왕중양王重陽 사망.
1183 도학道學이 금지됨.
1188 몽고의 테무친, 칸을 칭함(제1차 즉위).
1189 금, 세종 사망하고 장종章宗 즉위.
남송, 효종이 퇴위하고 광종光宗 즉위.
1194 남송, 영종寧宗 즉위. 한탁주가 전권을 휘두름.
1196 한탁주, 주자학파를 탄압하여 주희朱熹가 파직됨.
1206 남송의 한탁주, 금을 침공하여 전쟁을 일으킴.
테무친, 몽고 부족을 통일하고 칭기즈칸으로 추대됨(제2차 즉위).
1211 칭기즈칸, 금 침공.
1215 몽고군, 금 수도 함락.
1217 금, 남송 침공.
1218 고려, 몽고에 조공 약속.
1219 칭기즈칸, 서방 원정 시작(1224년까지).
1227 칭기즈칸, 서하를 멸망시키고 귀환 도중 병사.
오고타이가 칸으로 즉위(태종).
1231 몽고군 장수 살리타가 고려 침입.
1234 몽고와 남송 군대의 공격을 받아 금 멸망.
1235 몽고와 남송의 교전이 시작됨.

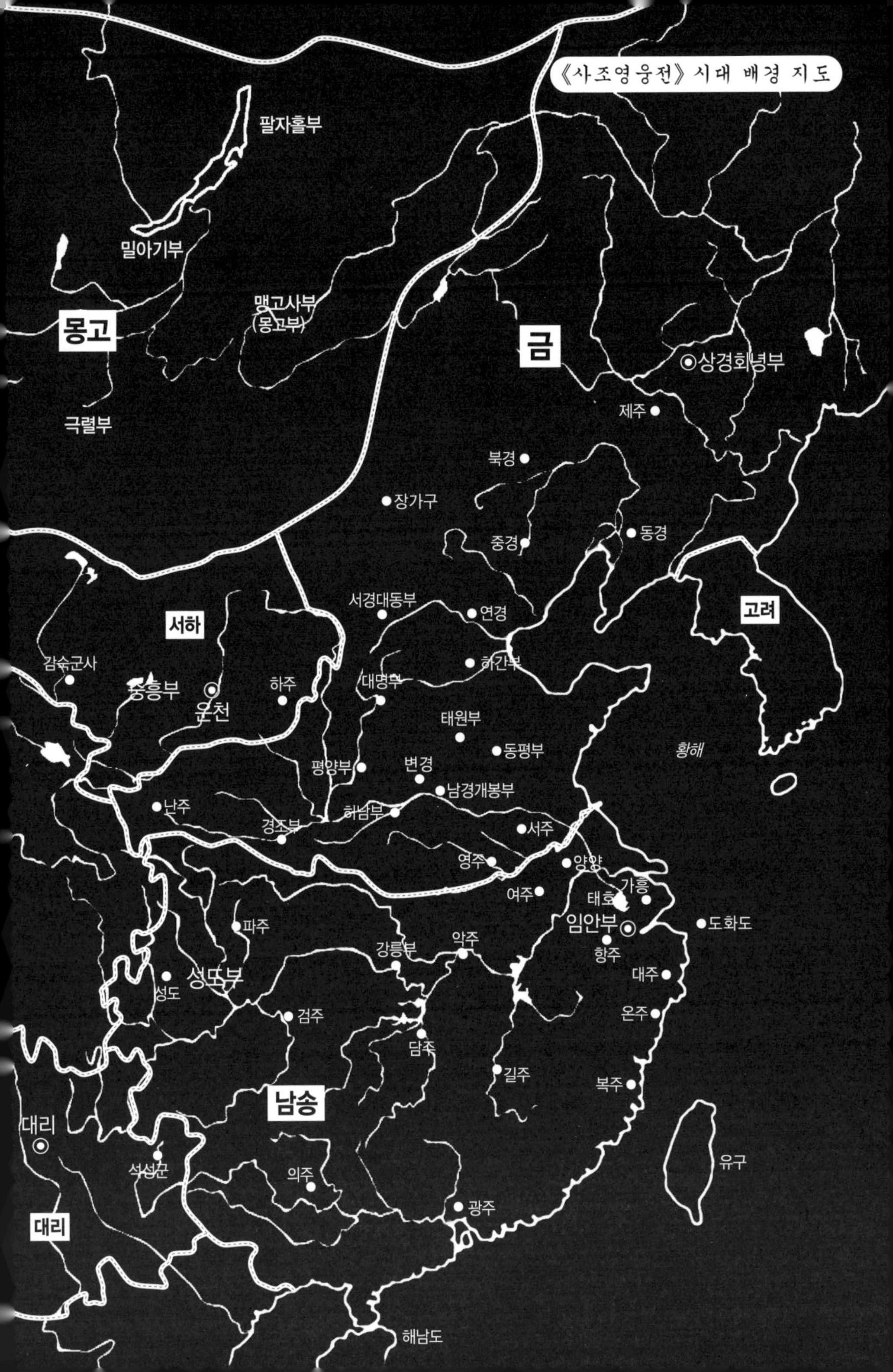

《사조영웅전》 시대 배경 지도
팔자홀부
밀아기부
맹고사부
(몽고부)
몽고
극렬부
금
상경회령부
제주
북경
장가구
중경
동경
고려
서경대동부
연경
서하
감숙군사
흥부
운천
하주
대명부
하간부
태원부
동평부
황해
평양부
변경
남경개봉부
난주
하남부
경조부
서주
영주
양양
여주
가흥
태호
임안부
항주
도화도
파주
강릉부
악주
성도부
성도
대주
검주
온주
담주
길주
복주
남송
대리
석성군
의주
유구
광주
해남도

《사조영웅전》의 배경

시대 배경 속 줄거리

1115년 여진의 완안아골타가 금나라를 세운다. 금은 본격적으로 송과 전쟁을 벌이고, 1127년 북송을 멸망시킨다(정강의 변). 북쪽 지방을 빼앗긴 송은 남하해 새롭게 남송을 개국하지만 남송의 왕과 대신들은 무능하고 부패하여 빼앗긴 땅을 되찾을 여력이 없다. 오히려 금에 대항해 승승장구 전과를 올리던 악비 장군을 죽이고 금에 협조하면서 겨우 나라의 명맥을 이어간다. 한편 칭기즈칸은 몽고의 부족을 통일하고 본격적으로 국토 확장에 나선다. 몽고는 남송과 연합해 금을 멸망시키고, 이어서 남송을 침공하기 시작한다.

《사조영웅전》의 전체 이야기는 '나라와 백성을 위하는 자가 진정한 대협'이라는 말로 압축할 수 있다. 주인공 곽정은 금의 조왕 완안홍열에게 아버지를 잃고, 몽고에서 칭기즈칸의 보호 아래 어린 시절을 보낸다. 따라서 그는 태생적으로 금과 원한 관계일 수밖에 없고, 또 신흥 세력인 몽고와도 밀접한 관계다.

이와 같은 역사적 사실 아래 소설에는 다양한 무협의 세계, 바로 영웅들의 활약상이 아로새겨져 있다. 동사 황약사, 서독 구양봉, 남제 단황야, 북개 홍칠공을 비롯해 강남칠괴, 전진칠자, 주백통, 구양극 등이 등장하며 파란만장한 이야기가 펼쳐진다.

우선 곽정이 태어나기 전의 이야기로 눈을 돌려 보자. 곽정의 아버지 곽소천과 그의 의형제인 양철심은 금에 대항해 싸운 송나라 충신들의 후손이다. 그런 까닭에 매일같이 나라의 앞날을 걱정한다. 그러던 어느 날, 두 사람은 부패한 관리를 죽이고 도망치고 있는 전진교의 구처기를 만난다. 그들의 도움을 받은 구처기는 장차 태어날 자식들의 이름(곽정과 양강)을 지어주며 두 사람과 인연을 맺는다.

구처기가 떠난 날 양철심의 아내 포석약은 죽어가는 사람을 한 명 구해주는데, 그 자가 바로 금의 조왕 완안홍열이다. 완안홍열은 포석약을 보자마자 사랑에 빠지고, 그녀를 차지하기 위해 곽소천과 양철심을 죽이려고 그들의 집을 습격한다. 이 와중에 목숨을 건진 곽소천의 아내 이평과 양철심의 아내 포석약은 서로 다른 방향으로 헤어지게 된다. 이평은 몽고까지 가서 곽정을 낳고, 포석약은 완안홍열의 아내가 되어 양강을 낳는다.

한편 구처기는 곽소천과 양철심의 집이 습격당한 사실을 알고 그들의 남은 가족을 찾아 나선다. 그러다가 강남칠괴와 맞부딪쳐 서로 오해를 하고 크게 다툰다. 싸움이 끝나 화해를 이룬 후 그들은 18년 뒤에 다시 만나 대결하기로 한다. 곧 곽소천과 양철심의 자식을 찾아 18년 동안 무예를 가르친 뒤에 서로 겨루게 하자는 것이 그들의 약속이었다. 신의를 매우 중요시하는 강남칠괴는 6년 동안 헤맨 끝에 몽고에서 곽정을 찾아낸다. 그들은 곽정에게 무예를 가르치지만, 곽정이 워낙 아둔한지라 무공이 크게 성장하지는 않는다.

곽정은 몽고에서 자라며 테무친(칭기즈칸)과 친밀한 관계를 맺는다. 그의 딸 화쟁과 결혼을 약속하기도 한다. 그리고 아버지의 원수를 갚기 위해 중원으로 향하는데, 우연히 길목에서 평생의 반려자 황용과 마주치게 된다. 황용은 뛰어난 지모와 재치를 지녔을 뿐만 아니라 무공도 훌륭한 영웅호걸이었다. 두 사람은 만나자마자 서로에게 호감을 가졌고, 그 뒤로 줄곧 함께 다니며 서로를 보호해준다.

소설은 이제 〈구음진경〉과 〈무목유서〉를 찾기 위한 단계로 흐른다. 〈구음진경〉은 무공의 모든 것이 담겨 있는 비급이고, 〈무목유서〉는 악비 장군의 남긴 유서이자 병법서다. 〈구음진경〉에는 동사와 서독, 북개, 주백통 등이 연관되어 있고, 〈무목유서〉에는 완안홍열, 구양극, 사통천, 팽련호, 양자옹 등이 연결되어 있다.

곽정과 황용은 수많은 사람들과 부딪치며 사건의 중심에 선다. 그리고 북개 홍칠공, 노완동 주백통 등에게 무예를 배우면서 많은 사람들이 인정하는 고수로 성장하며 악인을 물리친다. 마침내 그들은 혼란한 시대에 나라와 백성을 위하는 진정한 대협으로 인정받는다.

공간 배경

《사조영웅전》에는 많은 공간들이 등장한다. 그중 취선루와 연우루, 도화도는 주요한 사건이 일어나는 장소다. 이곳에서 막상막하의 뛰어난 내공을 가진 강호의 숱한 영웅들이 서로 친구가 되었다가 적으로 돌변하기도 한다.

취선루醉仙樓

가흥 남호 가에 있는 누각으로 집 한가운데 '태백유풍'이란 네 글자가 세로로 걸려 있다. 누각 앞에는 황금색으로 소동파가 제명한 '취선루'를 쓴 현판이 걸려 있다.

이른바 '취선루 회합'은 원래 강남칠괴가 나서서 구처기와 법화사 주지 초목대사에게 저간의 사정을 모두 해명하기 위한 자리였다. 그러나 곽소천과 양철심의 과부를 내놓으라는 구처기의 요구에 초목대사가 절에 과부를 감추었다는 죄명을 인정할 수 없다며 버티는 바람에 결국 서로 무공으로 맞서게 된다. 그리하여 그날 이른바 법화사 악투가 벌어져 초목대사가 죽고 나머지는 크게 부상당한다. 그 후에야 오해를 풀고 화해한 구처기와 강남칠괴는 18년 뒤 이곳에서 다시 만나 각자의 무공을 전수받은 곽정과 양강을 대결시키는 것으로 승부를 내자고 약속한다.

연우루烟雨樓

남호 삼각주에 위치하고 있다. 조왕부에서 마주친 강남칠괴와 전진칠자, 사통천 등이 중추절에 이곳에서 다시 만나 대결하기로 약속했다. 그러나 중추절이 되기 전에 가진악을 제외한 강남칠괴가 모두 도화도에서 살해되고 만다. 곽정은 황약사가 사부들을 죽인 걸로 오해하고 복수를 하기 위해 연우루로 향한다.

향설청 香雪廳

금나라 조왕부 안에 있는 건물이다. 곽정과 황용은 전진교 왕처일이 독상을 당하자 치료약을 구하기 위해 향설청에 잠입한다. 그곳에서 두 사람은 완안홍열이 〈무목유서〉를 훔치려 한다는 음모를 알게 되고, 완안홍열이 고용한 무림고수들과 무공과 지혜를 겨룬다.

도화도 桃花島

도화도 도주 동사 황약사가 필생 최고의 학문 오행기문술로 섬에 미로를 설치해놓았다. 음양이 열리고 닫히며 건곤이 도치된 곳으로, 모든 길이 나무와 꽃으로 복잡하게 얽혀 있다. 도화도에는 탄지동, 청음동, 녹죽림, 시검정 등이 있는데, 시검정의 '복사꽃 그림자 사이로 신검이 춤을 추고, 옥퉁소 소리에 푸른 물결 일렁인다'라는 시구는 황약사의 득의무공을 상징한다.

황약사 문하 제자들의 이름에는 모두 '풍風' 자가 들어가는데, 서열 2위인 진현풍과 3위인 매초풍이 〈구음진경〉 하권을 훔쳐 달아나자 황약사는 남은 제자들의 다리를 부러뜨리고 섬에서 추방했다.

이곳에는 황용을 낳다가 죽은 황약사의 부인이 묻힌 무덤도 있다. 황약사가 거처하는 곳은 '정사精舍'다.

등장인물 및 문파 소개

주요 등장인물

《사조영웅전》의 백미는 인물들의 생동감과 개성이다. 소설 속에서 그들의 만남과 대립은 협지대자의 웅대한 기상과 완성된 인격을 지향한다. 《사조영웅전》의 모든 인물들은 각자의 사명을 가지고 강호에 나타났다가 다시 거대한 역사의 수레바퀴 속으로 명멸해간다.

곽정 郭靖

곽소천의 아들로 몽고에서 태어났다. 그곳에서 테무친과 친밀한 관계를 맺고 그의 딸 화쟁과 혼인을 약속한다. 어릴 때 신전수 철별에게 활을 배웠고 강남칠괴에게 무공을 배웠다. 중원으로 나와서는 북개 홍칠공을 만나 항룡십팔장을 전수받았다. 그리고 평생의 반려자 황용과 함께 천하를 유람하며 강호의 영웅호걸들을 만난다. 특히 주백통에게

〈구음진경〉과 쌍수호박술, 72로 공명권을 전수받아 무공이 크게 상승했다. 타고난 두뇌와 자질은 별로지만 천성이 순박하고 정직해 모든 것을 꾸준히 연마한다. 그 결과 제2차 화산논검대회에서는 동사, 서독, 남제, 북개 등 당대 최절정 고수들과 어깨를 나란히 할 수 있을 정도로 성장하게 된다.

황용黃蓉

도화도의 주인 동사 황약사의 딸. 아버지와 싸우고 가출했다가 우연히 곽정을 만나 사랑에 빠진다. 곽정과 함께 강호를 돌아다니다가 홍칠공에게 타구봉법을 배우고 개방의 방주 자리를 물려받게 된다. 타고난 성품이 활발하고 두뇌가 총명해 당대에 그녀의 재치를 당할 자가 없다. 뛰어난 지모를 갖췄을 뿐만 아니라 아버지 황약사와 홍칠공에게 배운 무공도 훌륭해 영웅호걸로 부를 만하다.

양강楊康

완안홍열의 아들로 성장하지만 훗날 양철심의 아들로 밝혀진다. 그러나 부귀영화를 탐내 친아버지의 원수인 완안홍열의 아들이기를 원한다. 강남칠괴를 죽이는 등 갖은 악행을 저지르다가 스스로 가련한 신세로 전락하고 만다. 타고난 총명함이 빛났지만 황용보다 못하고, 무공은 곽정을 이기지 못했다.

황약사黃藥師

무학의 일대종사이자 동해 도화도의 도주. 〈구음진경〉을 훔쳐간 두 제자 때문에 나머지 제자들의 다리를 분질러 내쫓을 정도로 성격이 괴팍하고 종잡을 수 없어 그를 동사東邪라고 부른다. 무공은 물론 천문지리, 의술, 역학, 기문오행 등에도 조예가 깊다. 그가 창안한 탄지신통, 낙영신검장, 난화불혈수, 옥소검법 등은 강호에서 당할 자가 없다.

구양봉歐陽鋒

속칭 서독西毒으로 불리는 서역 백타산의 주인이다. 황약사와 쌍벽을 이루는 무학의 대가이며 수단과 방법을 가리지 않고 자신의 목적을 이루는 음험한 악당이다. 합마공이란 독보적인 무공을 지녔고 화산논검대회에 대비해 연피사권법을 만들기도 했다.

단황야段皇爺

본명은 단지흥段智興, 법호는 일등대사一燈大師이며 사람들은 그를 흔히 남제南帝라고 부른다. 대리국의 황제였지만 속세와 인연을 끊고 출가했다. 어초경독의 스승이다. 자신을 희생하면서 황용의 목숨을 구해준다.

홍칠공洪七公

개방 제18대 방주로 북개北丐라 불린다. 별호는 구지신개이며, 곽정과 황용의 스승이다. 홍칠공의 무공은 개방 정통 무학으로서 힘을 위주로 하는 항룡십팔장과 36로 타구봉법이 가장 유명하다. 황약사나 구양봉과는 달리 인간적인 성품을 지니고 있다. 그 때문에 구양봉에게 목숨을 잃을 뻔한다.

왕중양王重陽

전진교의 창시자로 중신통中神通이라 불린다. 화산논검대회에서 황약사, 구양봉, 홍칠공 등을 물리쳐 천하제일의 명성을 얻고 〈구음진경〉을 손에 넣었다. 그가 죽자 〈구음진경〉을 얻기 위해 강호에 다시 파란이 인다.

주백동周伯通

항렬을 무시하고 곽정과 의형제를 맺는 등 갖은 기행을 일삼아 사람들은 그를 늙은 장난꾸러기란 뜻에서 노완동老頑童이라고 부른다. 원래는 전진교 문하였으나 도사가 되지는 못했다. 황약사에 의해 15년 동안 도화도에 갇혀 있다가 곽정을 만나면서 스스로 깨달은 바가 있어 다시 중원으로 나오게 되었다. 공명권, 쌍수호박술 등 기상천외한 무공을 만들어내 그 누구도 범접하지 못할 고수로 자리 잡는다.

강남칠괴江南七怪

곽정의 사부들. 모두 고향이 강남 가흥이고 제각기 무공이 독특할 뿐 아니라 용모와 차림새가 유별나서 강남칠괴로 불린다. 칠괴의 맏이인 가진악은 항상 표정이 얼음장처럼 차가운 맹인인데 쇠로 된 육중한 지팡이를 무기로 삼는다. 둘째 주총은 지저분한 옷을 입은 선비로서 낡은 쥘부채를 무기로 사용한다. 한보구는 우스꽝스럽게 생긴 땅딸보지만 말을 귀신처럼 잘 다룬다. 넷째 남희인은 원래 나무꾼이고, 다섯째 장아생은 백정이 생업이다. 전금발은 저잣거리의 장돌뱅이로 쇠저울을 무기로 쓴다. 월녀검법을 전수받은 한소영은 아리따운 어촌 아가씨다. 이들 일곱 사람은 명문 정파도 아니고 무공 또한 걸출하다고 할 수 없다. 그러나 의리만은 이들을 따를 자가 없다.

전진칠자全眞七子

왕중양의 제자들. 단양자 마옥, 장춘자 구처기, 청정산인 손불이, 광녕자 학대통, 장생자 유처현, 장진자 담처단, 옥양자 왕처일을 이른다. 왕중양에게 전수받은 천강북두진법으로 황약사, 구양봉 등과 맞선다. 구처기는 곽소천, 양철심과 인연을 맺고 곽정과 양강의 이름을 지어준다. 또 전진교 장교인 마옥은 곽정에게 내공을 전수해주며 무공을 상승시키는 데 지대한 공헌을 한다.

곽소천郭嘯天

양산박 지우성地佑星 곽성의 후손으로 금에 북방이 함락당하자 강호를 떠돌다가 강남의 우가촌으로 옮겨 왔다. 완안홍열의 사주를 받은 단천덕에게 살해된다. 곽정의 아버지.

양철심楊鐵心

악비 휘하의 명장 양재흥의 후손으로 금에 북방이 함락당하자 곽소천과 함께 우가촌으로 옮겨 왔다. 양가창법의 계승자이자 양강의 아버지.

포석약包惜弱

양철심의 아내. 완안홍열의 목숨을 구해주고, 후에 금의 왕비가 된다.

죽은 줄만 알았던 양철심이 다시 나타나자 완안홍열의 곁을 떠난다.

구양극歐陽極

서역 곤륜 백타산의 작은 주인. 서독 구양봉의 조카로 알려졌으나 사실은 그의 아들이다. 여색을 밝히는 인물로 특히 황용을 흠모한다.

테무친鐵木眞

몽고 부락의 수령으로 훗날 몽고를 통일하여 칭기즈칸이라 불린다. 금과 서역 정벌에 이어 남송 정벌을 시작해 곽정과 갈등을 겪게 된다. 곽정을 자신의 딸 화쟁과 결혼시켜 금도부마로 삼으려 한다.

화쟁華箏

테무친의 딸로 곽정을 열렬히 사랑한다. 곽정과 결혼하길 원했으나 자신으로 인해 곽정의 어머니 이평이 죽자 그의 곁을 떠나게 된다.

철별哲別

몽고어로 '신궁神弓'이란 뜻이다. 본명은 따로 있지만 몽고에서 가장 뛰어난 궁사라는 의미로 신전수神箭手 철별이라 불린다. 테무친 군사에 쫓기다 곽정의 도움으로 목숨을 구한 뒤 그에게 궁술을 가르쳐준다. 후에 테무친의 휘하로 들어가 많은 공적을 세운다.

목염자穆念慈

양철심의 양딸. 비무초친比武招親을 하다 양강을 만난다. 그 뒤로 양강을 뒤쫓으며 일편단심 그를 사랑한다. 철장봉에서 양강과 밤을 지새우고 연을 맺지만 양강이 부귀영화를 포기하지 않자 그의 곁을 떠난다.

완안홍열完顔洪烈

금의 여섯 번째 왕자로 조왕에 봉해졌다. 양강의 양아버지. 포석약에게 첫눈에 반해 양철심과 곽소천을 살해하고, 포석약을 아내로 맞이했다. 악비 장군의 〈무목유서〉를 훔치기 위해 구양극, 영지상인, 사통천 등 강호의 고수들을 끌어들이지만 곽정과 황용 때문에 번번이 실패한다. 결국 곽정에게 잡혀 몽고군에 의해 살해된다.

매초풍梅超風

본명은 매약화梅若華이고 철시鐵屍라고도 부른다. 황약사의 제자이자 동시 진현풍의 아내이며 양강의 사부이다. 도화도에서 〈구음진경〉을 훔쳐 달아났다가 황약사의 분노를 산다. 구음백골조란 무공으로 악명을 떨친다.

진현풍陳玄風

동시銅屍라고도 부르는 황약사의 제자. 매초풍과 함께 〈구음진경〉을 훔쳐 도화도에서 달아났다. 몽고에서 구음백골조를 연마하다가 강남칠괴와 맞부딪친 뒤 어린 곽정의 비수에 맞아 죽는다.

사통천沙通天

황하방 방주로 귀문용왕鬼門龍王이라 불린다. 후통해와 함께 완안홍열에게 투신해 온갖 악행을 저지르지만 번번이 곽정과 황용에게 저지 당한다.

후통해侯通海

머리에 혹이 세 개나 있다고 해서 별호가 삼두교三頭蛟이다. 사통천의 사제로 나쁜 짓만 골라서 하는 악한이나 머리가 아둔해 줄곧 황용에게 골탕만 당한다.

양자옹梁子翁

장백산 일대를 호령하는 인물로 삼선노괴參仙老怪라 불린다. 처녀들을 납치하다가 홍칠공에게 크게 혼난 적이 있다. 사통천 등과 함께 완안홍열의 사주를 받아 온갖 나쁜 짓을 일삼는다. 곽정이 그가 아끼던 뱀의 피를 먹었기 때문에 곽정만 보면 피를 빨아 먹으려고 한다.

팽련호彭連虎

천수인도千手人屠라 불리는 완안홍열의 수족이다. 하북과 산서 일대를 주름잡는 도적으로, 눈 하나 깜짝 안 하고 사람을 죽이는 인물이다.

영지상인靈智上人

서장 밀종의 대고수로 별호는 대수인大手印이다. 철각선 왕처일에 버금갈 정도로 장력이 세지만, 워낙 안하무인이라 구양봉, 황약사, 곽정 등에게 번번이 당하고 만다. 완안홍열의 수족이다.

영고瑛姑

원래는 단황야의 비였다. 주백통과의 연분으로 아들을 낳았으나 구천인에게 살해되었다. 그 뒤 은둔하며 복수의 날만을 기다린다.

구천인裘千仞

호남 철장방 방주로 철장수상표鐵掌水上漂로 불린다. 철장방은 한때 의로운 집단이었으나 그가 방주로 오르자 간적과 도적의 소굴로 변했다. 무공은 동사, 서독, 남제, 북개, 중신통과 엇비슷하다고 알려져 있다. 구천장裘千丈이라는 쌍둥이 형이 있다.

문파門派와 방幫, 교教

《사조영웅전》의 인물들은 대개 홀로 행동한다. 패거리를 이룬다고 해도 문파라기보다 친분 관계에 더 가까운 까닭에 문파나 방이 그리 많이 등장하지는 않는다. 그러나 인물 간의 인연과 관계를 더욱 깊이 있게 이해하기 위해서는 문파와 방, 교를 아는 것이 필수적이다.

개방丐幫

강호 최대의 방회로 방 내의 모든 사람이 걸개(걸인)이다. 먹고 남은 찬밥 따위를 구걸하는 걸개들은 사람에게 속고 개에게 물리기 일쑤이기 때문에 한데 모여야만 목숨을 부지할 수 있다. 따라서 개방은 떠돌이 걸개들의 조직이라 할 수 있다. 주요 활동 지구는 북방이다.

개방의 조사祖師는 당나라 예종 이단李但이라고 한다. 그는 무측천의 위세 때문에 개방으로 피해 목숨을 보전했으며, 개방 내에서 자연스럽게 조사로 추앙되었다.

개방의 구성원들은 몸에 지닌 자루 수에 따라 신분을 정하는데, 여덟 개를 최고로 친다. 방주는 개방의 우두머리로, 방주 아래에 고유한 권한을 인정받는 장로가 있으나 개방의 모든 일은 방주가 결정한다. 방주의 명령이 떨어지면 천하의 모든 걸개들은 그 명령에 따라야 한다.

방을 지키는 법보는 '타구봉법'으로 진임 방주가 후임에게 전수하도록 되어 있으며 절대로 제삼자에게 전수해서는 안 된다. 제11대 방주 북고산은 혼자서 여러 고수들과 싸웠는데 봉 하나와 쌍장으로 낙양오패를 무찌르며 타구봉법의 위엄을 높였다.

개방은 제17대 방주 때부터 정의파淨衣派(깨끗한 옷을 입는 파)와 오의파汚衣派(더러운 옷을 입는 파)로 갈라져 끊임없이 다투었다. 그 때문에 개방의 명성이 크게 떨어졌다. 오의파는 걸식만으로 생계를 유지하며 계율을 엄격하게 지킨다. 은전으로 물건을 살 수 없고, 외부인과 한 식탁에 앉아 음식을 먹지도 않으며, 무공을 못하는 사람에게 손을 쓰지 않는다. 개방 제18대 방주 홍칠공은 세상을 떨게 할 정도로 무공이 막강한 인물이다. 그는 협의의 정신으로 행동하며 그 명망이 대단하다. 서독 구양봉에게 상처를 입은 뒤 힘을 쓰지 못하게 되어 황량한 무인도에서 방주 자리를 황용에게 넘겨주고 타구봉법을 전수한다.

전진교全眞敎

천하 무학의 태두로 불린다. 송·금 시대에 개창한 도교의 일파로, 유교·불교·도교의 통합을 추구한 것이 특징이다. 창시자 왕중양은 중신통으로 불린다.

전진교의 최상승 무공의 요지는 '공유空柔' 두 글자에 있는데, 크게 이루려면 모자란 듯해야 그 쓰임새에 폐단이 없고, 크게 채우려면 휩쓸 듯해야 그 쓰임새가 무궁하다는 의미다. 전진교의 장교는 마옥이며, 전진칠자는 마옥, 구처기, 왕처일, 담처단, 유처현, 학대통, 손불이다. 전진교의 본거지는 섬서성 서안 근교의 종남산이다.

철장방鐵掌幇

호남 철장산에 위치한 방으로 제13대 방주 상관검남은 명장 한세충의 장수였다. 그는 방에 들어온 뒤 협의를 행하여 많은 방 구성원들을 충의로운 인물로 길렀다. 그리하여 불과 몇 년 만에 명성을 크게 떨치니 북방의 개방과 쌍벽을 이루는 세력이 되었다.

상관검남이 죽은 뒤 방주 지위는 구천인에게 전수되었다. 구천인은 금의 하수인을 자청해 강호에 평지풍파를 일으키는 악인으로, 구천인이 방주가 된 이후 철장방은 간적의 무리가 모인 도둑 소굴로 전락했다.

귀운장歸雲庄

강소성 태호 부근에 위치한다. 복희씨가 창안했다는 64괘 방위에 따라 장을 세웠다. 장주 육승풍은 원래 도화도 주인 황약사의 문도였으나 다리가 분질러진 뒤 쫓겨났다. 그 뒤로 그는 부잣집과 금의 보물을 훔쳐 가난한 사람들에게 나눠주는 의적으로 활동한다. 이후에 황약사의 문하로 다시 들어간다.

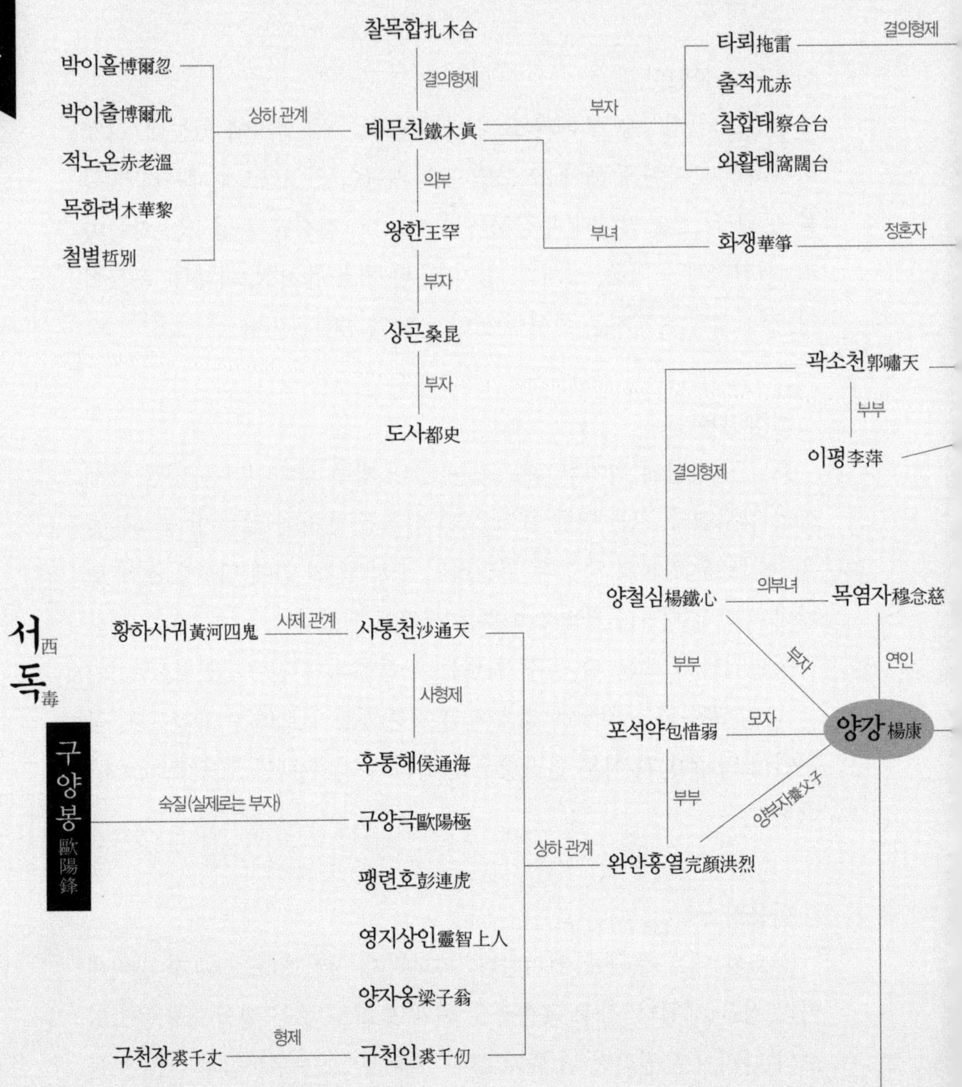
인물관계도
박이홀博爾忽
박이출博爾朮
적노온赤老溫
목화려木華黎
철별哲別
상하 관계
찰목합扎木合
결의형제
테무친鐵木眞
의부
왕한王罕
부자
상곤桑昆
부자
도사都史
부자
타뢰拖雷
출적朮赤
찰합태察合台
와활태窩闊台
결의형제
부녀
화쟁華箏
정혼자
곽소천郭嘯天
부부
이평李萍
결의형제
서西
독毒
황하사귀黃河四鬼
사제 관계
사통천沙通天
사형제
후통해侯通海
구양봉歐陽鋒
숙질(실제로는 부자)
구양극歐陽極
팽련호彭連虎
영지상인靈智上人
양자옹梁子翁
구천장裘千丈
형제
구천인裘千仞
상하 관계
양철심楊鐵心
의부녀
목염자穆念慈
부자
연인
부부
포석약包惜弱
모자
양강楊康
부부
양부자養父子
완안홍열完顔洪烈

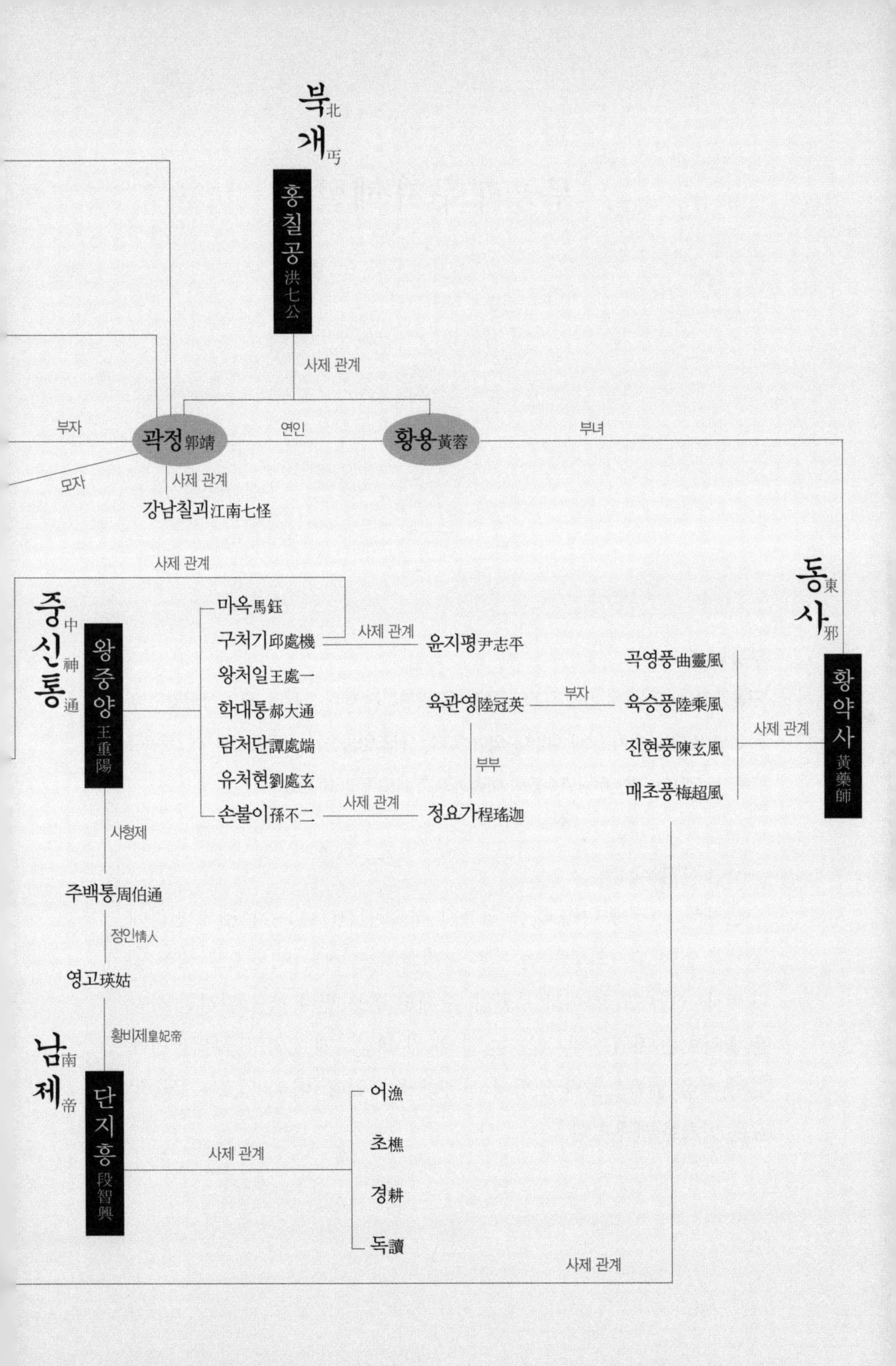
북北
개丐
홍칠공洪七公
사제 관계
부자
곽정郭靖
연인
황용黃蓉
부녀
모자
사제 관계
강남칠괴江南七怪
사제 관계
중中
신神
통通
왕중양王重陽
마옥馬鈺
구처기邱處機
사제 관계
윤지평尹志平
왕처일王處一
학대통郝大通
담처단譚處端
유처현劉處玄
손불이孫不二
사제 관계
육관영陸冠英
부자
부부
정요가程瑤迦
동東
사邪
곡영풍曲靈風
육승풍陸乘風
진현풍陳玄風
매초풍梅超風
사제 관계
황약사黃藥師
사형제
주백통周伯通
정인情人
영고瑛姑
황비제皇妃帝
남南
제帝
단지흥段智興
사제 관계
어漁
초樵
경耕
독讀
사제 관계

무공과 무기 해설

무공비급

〈구음진경〉과 〈무목유서〉는 《사조영웅전》을 관통하는 핵심 소재다. 모든 인물들이 이 두 권의 비급을 찾기 위해 혈안이 되어 있다. 《사조영웅전》은 〈구음진경〉과 〈무목유서〉를 차지하기 위한 무림고수들의 대결이라고 해도 무방할 정도다.

구음진경九陰眞經

천하의 기서. 송나라 휘종 황제가 정화 연간(1111~1118)에 천하에 흩어져 있던 도가의 책들을 두루 수집하여 모두 5,481권으로 찍어 냈다. 이를 〈만수도장〉이라 부른다. 황제의 명을 받아 책을 판각한 사람은 황상이란 자였는데, 그는 한 권 한 권 세심하게 교열하면서 몇 년에 걸쳐 책을 읽음으로써 도학에 정통하게 되었다. 이로써 그는 무공의 깊은 이치를 깨우쳤다.

사교 집단인 명교가 출현하자 휘종은 이들의 소탕을 명령했고 황상이 직접 나섰다. 이 과정에서 황상은 명교의 많은 고수들을 제거했으나 그 자신도 크게 부상을 입었다. 그는 이후 40년 동안 자신과 대적했던 명교 고수들의 초식을 연구해 무공을 연마했고, 그 결과를 〈구음진경〉으로 서술했다. 후에 왕중양이 〈구음진경〉을 상·하권으로 나누었는데, 상권은 도가의 내공 수련 방법 및 법문의 이치에 관한 것이고, 하권은 권법과 검술 등 실전 무공에 관한 것이다.

이 경서는 은밀한 곳에 숨겨져 수십 년 동안 아무도 찾지 못하다가 어느 날 갑자기 세상에 출현하게 되었다. 〈구음진경〉에 실린 무공이 오묘하고 신비하여 각 문파의 심오한 무학을 모두 무찌를 수 있었기 때문에 모두가 이를 손에 넣으려고 애썼다. 사건은 갈수록 확대되어 중신통 왕중양, 동사 황약사, 북개 홍칠공, 남제 단황야, 서독 구양봉 등 일대 고수들까지 개입하기에 이르렀다. 이 다섯 사람은 화산에서 누구의 무공이 천하제일인지를 겨루어 이긴 사람이 경서를 차지하기로 결정했다. 그리하여 7일 밤낮으로 무예를 겨루어 마침내 중신통 왕중양이 경서를 손에 넣었다.

그러나 오래지 않아 서독 구양봉이 이 경서를 빼앗으려고 나섰다. 이에 왕중양은 죽음을 앞두고 〈구음진경〉 상·하권을 사제 주백통에게 전해주면서 경서를 두 군데에 나눠서 보관하여 간사한 자의 수중에 들어가지 못하도록 했다. 하지만 그중 하권이 동사 황약사의 손에 들어갔다가, 또 매초풍과 진현풍이 이를 훔쳐 달아남으로써 다시 한번 강호에 파란이 일기 시작했다.

무목유서武穆遺書

송나라의 애국 명장 악비가 옥중에서 저술한 유작으로 병법서이다. 악비는 옥에 갇힌 다음 도저히 살아날 가망이 없다는 것을 직감하고는 국가에 충성하고 은혜에 보답하기 위해 평생 배우고 실천했던 군대의 포진을 비롯해 훈련과 공격에 관한 비결을 상세히 기록했다. 그는 이 책이 후손에게 전해져 금나라 군대를 막는 데 도움이 되길 바랐다.

악비가 억울하게 처형된 뒤 유작은 황궁에 보관되었다. 철장방 방주 상관검남은 〈무목유서〉가 악인의 손에 들어가지 않도록 이를 훔친 뒤 한세충을 찾아갔다. 두 사람은 책이 있는 위치를 그림으로 그려 황궁에 남겨두고 〈무목유서〉를 철장산 중지봉에 보관했다. 곽정과 황용은 이 지도를 발견해 마침내 책을 찾아낸다. 악비의 포부, 정신, 군진 등을 잘 나타내고 있는 이 책은 곽정에게 적지 않은 영향을 준다.

한편, 몽고가 금을 정벌하자 금나라의 위세는 갈수록 위축된다. 금의 조왕 완안홍열은 이 병서를 손에 넣기만 하면 군사를 귀신처럼 부려 백전백승할 수 있을 것으로 믿고 구양봉, 구양극, 사통천 등을 대동해 책을 찾으려 했으나 결국 실패했다.

무공 해설

김용의 무공 묘사는 가히 신필의 수준이다. 바로 눈앞에서 벌어지는 싸움을 보듯이 생생하고 온몸에 긴장감이 흐르게 만든다. 강호 고수들이 부단한 노력을 기울여 개발한 필생 절기들을 한곳에 모아 소개한다.

월녀검법越女劍法

고대 오와 월은 서로 원수지간이었다. 월왕 구천은 와신상담 끝에 오나라를 공격하려 했다. 그러나 오나라에는 대장 오자서가 버티고 있었다. 그는 유명한 군사 전문가 손자의 가르침을 받아 군대를 매우 강하게 훈련시켰다. 구천은 자기 군대가 적의 역량에 미치지 못함을 알고는 마음이 영 편치 않았다. 그러던 어느 날, 월나라에 난데없이 미모의 소녀가 찾아왔는데 뜻밖에 검술이 남다르고 기묘했다. 구천은 너무 기뻐 그녀를 초빙해 월나라 군사들에게 검법을 전수하게 했고, 마침내 오나라를 멸망시켰다.

이 검법은 전쟁터에서 군사를 베고 말을 찌르는 데는 자못 쓸모 있으나 무술 명가들이 사용하기에는 움직임이 너무 둔해 별다른 호응을 얻지 못했다. 당나라 말기에 이르러 가흥에 무술 명가가 출현하여 옛 검법을 바탕으로 새로운 검법을 창조했는데, 날카로움 속에 복잡한 변화를 가미해 절묘한 무공이 되었다.

강남칠괴의 고향 가흥은 당시 두 나라의 경계 지점이었고, 월녀검법이 퍼진 곳이기도 하다. 강남칠괴의 막내 한소영이 이 검법을 구사한다.

동귀검법同歸劍法

법화사에서 강남칠괴와 구처기가 크게 싸울 때 구처기가 최초로 사용한 검법이다. 이 검법은 공격만 있고 방어는 없는, 함께 멸하자는 의

미의 동귀어진同歸於盡에서 이름을 따왔다. 적이 너무 강해 어쩔 수 없는 상황에 처했을 때 사용하는 결사 검법이라 할 수 있다.

매 초식이 모두 적의 요해를 맹공하기 때문에 초식마다 신랄하고 독하다. 상용 검술이긴 하지만 지독하게 공격만 하기 때문에 떠돌이 무뢰배들의 수단과 다를 바 없다.

운남애뢰산삼십육검雲南哀牢山三十六劍

운남성 애뢰산이란 지명이 붙은 이 검법은 남제 단황야의 제자 어초경독 중 서생이 사용한다. 상하, 전후, 좌우 각각 6검씩 총 36검이 있다. 천하 검법 중 공세가 가장 지독하기로 정평이 나 있다.

나한도법羅漢刀法

육관영이 구사하는 도법으로 고목 선사에게 전수받았다.

양가창법楊家槍法

양재흥이 창안한 것으로 양가의 큰아들에게만 전하는 가학이다. 모두 72로이며, 독룡출동毒龍出洞, 회마창回馬槍, 백홍경천白虹經天 등의 초식이 유명하다.

장법掌法

남산장법南山掌法

강남칠괴의 하나인 남산초자 남희인이 사용하는 장법으로, 곽정에게 전수한다.

항룡십팔장降龍十八掌

개방의 절세 무공이다. 북송 연간 개방 방주 교봉喬峯이 이 무공으로 천하의 영웅호걸과 겨뤄 실력을 검증받았다. 홍칠공이 전수받아 왕중양, 황약사 등과 겨룰 때 그 위력을 맘껏 선보였다. 장법이 맹렬하면서도 심대하고 힘이 있어 외문 무학 중 으뜸으로 알려졌다. 초식의 수가 많지는 않지만 각각이 모두 엄청난 위력을 지니고 있다.

주요 초식으로 항룡유회亢龍有悔, 비룡재천飛龍在天, 용전우야龍戰于野, 잠룡물용潛龍勿用, 신룡파미神龍擺尾 등이 있는데,《역경》을 비롯한 각종 경전에서 이름을 따온 경우가 많다.

돌여기래突如其來

항룡십팔장의 제11장으로 느닷없이 치고 들어오는 초식이다.

시승육룡時乘六龍

《역경》에 나오는 구절에서 이름을 딴 초식으로, 시승이란 제왕의 자리를 가리킨다.

밀운불우密雲不雨

'구름이 잔뜩 낀 서쪽 교외, 그러나 비는 오지 않는다'는 뜻으로, 항룡십팔장의 한 초식이다. 언제 닥칠지 모르는 막강한 공격이 임박했다는 의미를 담고 있다.

현룡재전見龍在田

항룡십팔장의 제15장으로, '밭에 용이 나타났다'는 뜻이다.

이상빙지履霜氷至

항룡십팔장의 제16장으로, 일초에 강함과 부드러움이 어울려 묘용이 무궁하다.

쌍룡취수雙龍取水

항룡십팔장의 하나로, 용 두 마리가 물을 먹는 모습을 상상하여 취한 초식이다.

진량백리震諒百里

항룡십팔장의 하나로 감정이 실린 독특한 초식이다.

삼화취정장법三花聚頂掌法

전진교 장교 마옥이 사용하는 장법으로, 정精이 기氣로, 기가 신神으로 변화한다.

통비육합장通臂六合掌

통비오행권에서 변화되어 나온 무공이다. 통비란 두 팔을 하나로 관통시켜 힘을 배가시킨다는 뜻으로, 이때 두 손도 서로 응원하여 끊임없이 이어진다. 구천장이 사용한다.

연화장蓮花掌

홍칠공이 황용에게 전수한 무공이다. 이름대로 부드러우면서 강한 장법이다.

철장공鐵掌功

철장방이 중원에서 위세를 떨칠 수 있었던 것은 모두 이 무공 덕택이다. 풀무로 화로에 바람을 불어넣어 불을 일게 한 다음, 철 삽으로 가마솥의 철 모래를 뒤집는 사이 두 손을 맹렬히 모래 속으로 쑤셔 넣어 쌍장을 단련시킨다.

최심장摧心掌

심장을 억누르는 듯한 장법이란 뜻으로, 매초풍과 진현풍이 구사한다. 〈구음진경〉에 수록되어 있다.

낙영신검장落英神劍掌

황약사가 검법을 변화시켜 만들었다. 허실을 어울려 전개하면 복숭아나무 숲에서 광풍이 몰아쳐 꽃들이 다 떨어지듯 몰려와 맞서기가 쉽지 않다. 소엽퇴掃葉腿와 함께 펼치면 도화도의 광풍절기狂風絶技가 된다.

권법拳法

연청권燕青拳

삼선노괴 양자옹이 구사하는 권법이다. 발놀림이 마치 제비처럼 하늘을 나는 듯 자유롭다.

나한복호권羅漢伏虎拳

이 권법은 맹호나한과 한 쌍을 이룬다. 맹호가 달려드는 기세와 나한이 후려치는 형상을 동시에 한 권법 속에서 구사한다. 즉, 맹호가 나한으로 변화하고 나한이 맹호를 감추고 있는 권법이다. 태호 귀운장 소장주 육관영이 구사한다.

공명권空明拳

모두 72로로 구성된 권법이다. 주백통이 도화도 동굴에서 15년에 걸쳐 터득한 무공으로 훗날 곽정에게 전수한다. 요지는 '이공이명以空而明'에 있다. 그리고 16자 요결은 '공몽동송空朦洞松, 풍통용몽風通容夢, 충궁중롱沖窮中弄, 동용궁충童庸弓蟲'으로 모든 글자가 'ㅇ' 받침으로 끝난다. 여기서 송松은 권을 강력하게 상대의 요해를 향해 내보낸다는 뜻이고, 마지막의 충蟲은 몸의 부드럽기가 벌레와 같다는 의미다. 몽朦은 권의 초식이 모호해야 하며 지나치게 분명해서는 안 된다는 뜻이다.

요동야호권법遼東野狐拳法

양자옹 필생의 절학이다. 어느 날 장백산에서 산삼을 캐다가 사냥개와 여우가 서로 싸우는 모습을 본 양자옹이 여우가 이리저리 교활하고 민첩하게 몸을 움직이며 사나운 사냥개를 속수무책으로 만드는 동작을 보고 만든 무공이다.

이 권법은 영靈(눈치), 섬閃(빠름), 박撲(돌진), 질跌(비틀거림)의 네 글자로 요약되는데, 자신보다 강한 적을 대적할 때 가장 유용하다. 먼저 비틀거리며 갈피를 잡지 못하는 것처럼 적을 착각하게 만들고, 기회를 틈타 공격한다.

소요유권법逍遙游拳法

소요유는 《장자》에서 따온 것으로 '노닐다'는 뜻이다. 개방 방주 홍칠공이 구사한다. 홍칠공은 먼저 목염자에게 몇 초식을 전수했고, 훗날 황용에게 모두 전수했다. 이 권법은 몸을 움직이는 신법이 마치 제비처럼 날렵하면서도 빠르다.

영사권법靈蛇拳法

연피사권軟皮蛇拳이라고도 부르는 이 권법은 부드러우면서도 날렵한 뱀의 몸동작에서 창안했다. 제2차 화산논검대회에서 사용할 목적으로 구양봉이 고심 끝에 연마한 역작이다. 뱀의 몸은 뼈가 있으면서도 없는 것처럼 마음대로 움직일 수 있다. 이 권법의 요지는 팔을 구부릴 수 없는 상황인데도 자유자재로 구부리며 상대방을 느닷없이 공격하는 것이다. 그 모양새가 뱀이 기어다니는 형상과 비슷하다.

수법手法

난화불혈수蘭花拂穴手

황용 집안에 대대로 전수되어 오는 가전 절기다. 난꽃처럼 부드럽게 움직이며 상대의 혈을 짚는 손기술이다. 열 손가락의 움직임이 있는 듯 없는 듯 부드러우면서 절묘한 것이 특징이다. 쾌快(빠르기), 준准(정확), 기奇(변칙), 청淸(확실)이 그 요지다. 그중에서도 청은 손을 뻗되 우아하고 기품 있게 구사하라는 뜻을 담고 있다. 그러나 난화라는 우아한 이름과는 어울리지 않게 긴박한 상황에서 아주 독랄하게 구사된다. 네 글자 중 청의 비결이 가장 난해하다.

분근착골수分筋錯骨手

강남칠괴의 둘째 묘수서생 주총이 구사하는 수법이다. 이름 그대로 상대의 관절을 뽑고 뼈를 부수는 무공이다. 매우 빠른 속도로 상대의 사지와 머리, 목뼈를 공격하기 때문에 오히려 몸은 상하지 않는다.

관외대력금나수법關外大力擒拿手法

양자옹이 구사한다. 힘으로 상대를 움켜쥐는 수법이다.

진법陣法, 내공內功 외

천강북두진天罡北斗陣

왕중양이 죽은 뒤 전진칠자의 중요한 무공이 되었다. 전진칠자 일곱 명이 북두칠성 모양으로 자리를 배열하고 합심하여 강한 적을 상대한다. 각자 정해진 위치가 있다. 마옥은 천추, 담처단은 천선, 유처현은 천기, 구처기는 천권을 맡아 네 사람이 두괴(북두칠성 국자의 머리 부분)를 이루고, 왕처일이 옥형, 학대통이 개양, 손불이가 요광을 맡아 세 사람이 두병(북두칠성 국자의 손잡이 부분)을 이룬다.

현문정종내공법문玄門正宗內功法門

가부좌를 틀고 앉아 오심五心을 하늘로 향하게 하고 수련한다. 이때 오심이란 두 손바닥, 두 발바닥 그리고 머리 꼭대기를 가리킨다. 마옥이 곽정에게 전수해주었다.

찬족오행贊簇五行

오행을 참고해 개발한 내공으로 기운을 모으는 데 주로 쓴다. 혼魂, 백魄, 신神, 정精, 의意를 각각 동서남북과 중앙의 오행으로 나누어 전개하는 내공이다. 동혼지목東魂之木, 서백지금西魄之金, 남신지화南神之火, 북정지수北精之水, 중의지토中意之土를 핵심 요결로 한다.

화합사상和合四象

의학에서 강조하는 이른바 사상에서 나온 내공이다. 눈, 귀, 코, 혀의 작용과 관련하여 장안신藏眼神, 응이운凝耳韻, 조비식調鼻息, 함설기緘舌氣를 요결로 한다.

오기조원五氣朝元

오기五氣를 참고해 얻은 내공. 눈은 보이지 않지만 혼魂은 간에 있고, 귀는 들리지 않지만 정精은 신장에 있으며, 혀는 맛볼 수 없지만 신神은 심장에 있다. 또 코는 냄새를 맡을 수 없지만 백魄은 허파에 있고, 사지는 움직이지 않지만 의意는 비장에 있다는 다섯 가지 요결이 그 핵심이다.

선천공先天功

두꺼비의 움직임을 보고 창안한 중신통 왕중양의 내공. 구양봉의 합마공을 상대할 수 있도록 남제 단황야에게 전수했다. 일양지와 배합하면 기경팔맥의 대혈도를 뚫을 수 있다.

일양지一陽指

남제 단황야가 수련한 무공으로, 나중에 중신통 왕중양에게 전수한다. 선천공과 배합하면 기경팔맥의 대혈도를 뚫을 수 있다.

니추공泥鰍功

영고가 자신의 처소인 진흙 연못에서 깨달음을 얻어 창안한 것으로, 그 이름과 공법이 구양봉의 합마공과 어울린다. 니추란 미꾸라지를 뜻한다.

벽해조생곡碧海潮生曲

황약사의 퉁소 연주곡으로 '복사꽃 그림자 사이로 신검이 춤을 추고, 옥퉁소 소리에 푸른 물결 일렁인다'라는 내용을 담고 있다. 낙영신검장과 아름다움을 다투는 황약사의 대표적인 내공이다. 이 곡을 듣는 사람은 자신도 모르게 고꾸라지며 아무리 방어하려 해도 방어할 수가 없다. 퉁소 소리에 엄청난 마력이 스며 있다.

금안공金雁功

금 기러기란 뜻을 가진 내공이다. 절벽 같은 데서 떨어졌을 때 구사하는 경신 무공으로 단양자 마옥이 곽정에게 전수한다.

철쟁鐵箏

구양봉의 내공이다. 쟁은 듣는 사람의 심장 박동과 어울려 소리를 낸다. 쟁 소리가 들릴 때마다 소리에 맞춰 심장이 뛰게 된다. 쟁 소리가 빨라질수록 심장도 빨리 뛰고 결국은 심장이 터져 죽게 된다.

투골타혈법透骨打穴法

구양봉의 성격답게 독한 내공이다. 뼛속까지 스며들어 혈을 공격한다.

순식천리경공瞬息千里輕功

구양극의 무공으로, 이름 그대로 순식간에 천 리를 달려가는 절묘한 경공이다.

탄지신통彈指神通

황약사가 구사하는 도화도의 절기다. 중후한 내공의 힘으로 손가락을 튕겨 엄청난 파괴력을 발산한다. 대만의 무협소설가 고룡의 대표작인《초류향》에서 주인공 초류향이 즐겨 쓰는 탄지신공과 같은 종류.

항마장법降魔杖法

가진악이 철시 매초풍에게 대항하기 위해 고심 끝에 연마했다. 초식 속에 초식을 감추고 있으며 변화 속에 변화를 숨기고 있다. 지팡이를 가지고 구사하는 무공이다.

구음백골조九陰白骨爪

목숨을 빼앗는 무시무시한 탈명 무공으로, 구장일조九掌一爪라고도 한다. 원본은 〈구음진경〉 중 '구음신조법'이지만 매초풍이 정법을 모르고 그저 하권 문장 중에서 몇 구절만 보고 수련했다. 이 문장 중에서 최적수뇌摧敵首腦가 적의 요해를 공격한다는 뜻이란 걸 모르고 그저 다섯 손가락을 적의 머리통에 쑤셔 넣는 것으로 이해하는 바람에 사파 무공이 되고 말았나. 양깅에게 전수되었다.

회중퇴懷中腿

육관영이 어려서부터 힘들게 연마한 절기다. 수련 때 밧줄로 발목을 묶은 다음 줄을 기둥에 감아놓고 동작에 맞춰 당기고 매달리는 무공이다. 적을 만나면 순식간에 발이 적의 머리까지 날아오르기 때문에 막기 힘들다.

동추철두공銅錘鐵頭功

개방 오의파 우두머리 노유각이 구사하는 무공으로 그 기운이 막강하다.

대력금강장법大力金剛杖法

대력금강장이라는 지팡이를 가지고 개방의 간 장로가 구사하는 무공. 이름대로 강렬한 힘을 바탕으로 한다.

선풍소엽퇴旋風掃葉腿

바람이 불어 낙엽을 쓸듯 발로 상대를 쓸어버릴 기세로 공격하는 황약사의 무공이다.

타구봉법打狗棒法

36로로 이루어진 개방의 대표적인 무공으로 개를 패는 봉법이라는 뜻이다. 역대 방주가 방주에게 전하는 개방의 수호 법보로 절대 제삼자에게는 전수하지 않는다. 제3대 방주가 봉법에다 오묘하기 그지없는 변화를 가미해 완성했다.

개방이 난관에 부딪힐 때마다 방주가 직접 나서 타구봉법으로 간악한 적을 제거하고 사악한 자들을 진압해왔다. 타구봉법은 반絆(얽매기), 벽劈(쪼개기), 전纏(묶기), 착戳(찌르기), 도挑(휘기), 인引(당기기), 봉封(막기), 전轉(구르기)의 여덟 가지 요결을 갖추고 상대방의 힘을 빌리는 교묘한 기술이다. 비록 그 이름은 보잘것없지만 변화가 정교하고 초식이 기묘해 예로부터 무학의 제일무공으로 꼽힌다.

공수탈백인空手奪白刃

빈손으로 시퍼런 칼날을 막을 수 있다는 무공. 구처기의 절기이다.

연환원앙퇴連環鴛鴦腿

한 쌍의 원앙이 서로를 희롱하며 빙글빙글 돌듯이 구사하는 발기술이다. 쌍각원앙연환雙脚鴛鴦連環이라고도 부른다. 마왕신 한보구의 필생 절학으로 곽정에게 전수한다.

쌍수호박술雙手互搏術

주백통이 황약사에 의해 도화도 동굴에 15년 동안 갇혀 있을 때 연마한 무공. 두 손을 번갈아가며 공격하면서도 서로 다른 법술을 구사하고 장과 권을 함께 사용하는 무림의 기이한 무공이다.

합마공蛤蟆功

구양봉이 두꺼비가 움직이는 모습을 보고 깨우친 공법이자 서역 백타산의 절학이다. 초식이 괴이하고 흉측할 뿐만 아니라 변화가 무궁무진하다.

다양한 무기

무기武器

곽소천의 빈철단극鑌鐵短戟

질이 아주 좋은 철로 만든 짧은 창이다. 극은 창 종류 가운데서도 가장 발전한 형태다. 창은 주로 찌르는 용도로만 사용되는 모矛에서 상대의 신체 일부를 걸어 당기며 자르는 과戈를 거쳐 극으로 발전했다. 극은 찌르고 벨 수도 있는 다용도 창이다. 곽소천은 길이가 짧은 극을 선택해 공격 속도를 높였다.

양철심의 화창花槍

양철심은 집안 대대로 내려오는 양가창법을 구사한다. 창은 검과 함께 가장 전통적인 무기에 속한다.

가진악의 복마장伏魔杖

복마 또는 항마降魔는 불교 용어로 마귀를 굴복시킨다는 뜻이다. 가진악이 사용하는 무기는 지팡이의 일종이다.

주총의 백절선白折扇

주총은 흰색 쥘부채를 무기로 사용한다. 부채 하나만 가지고 보기만 해도 무시무시한 온갖 무기들을 상대한다.

전금발의 칭간秤杆

전금발이 사용하는 무기는 독특하게도 쇠저울이다. 칭간이 바로 저울이란 뜻이다. 저울추와 막대기 그리고 고리가 한데 어울려 묘한 무기가 된다.

한소영의 장검長劍

한소영은 전통적인 검 중에서도 긴 장검을 사용한다.

남희인의 순강편단純鋼扁担

순강으로 만든 납작하고 평평한 멜대 같은 무기로 주로 후려치는 데 사용한다.

장아생의 도우첨도屠牛尖刀

말 그대로 소를 도살하는 데 사용하는 칼이다. 뾰족하고 예리하기 그지없다.

팽련호의 빈철판관쌍필鑌鐵判官雙筆

끝이 송곳처럼 뾰족한 이 무기는 법을 집행하는 판관들의 붓처럼 생겼다 해서 주로 판관필이라고 부른다. 팽련호는 질 좋은 빈철로 만든 쌍필을 사용한다.

영지상인의 동발銅鈸

동으로 만든 작은 심벌즈를 생각하면 된다. 동발은 납작한 원형이기 때문에 멀리 있는 적에게 강력한 내공을 실어 날려 보내면 필살의 무기가 된다.

사통천의 철장鐵槳

장이란 배를 뭍에다 댈 때 사용하는 삿대를 말한다. 사통천은 쇠로 만든 삿대를 자신의 고유한 무기로 사용한다.

후통해의 삼고차三股叉

차는 갈고리란 뜻인데 후통해가 사용하는 삼고차는 손잡이가 짧고 끝이 세 갈래 갈라져 있으며 고리가 달려 있다.

윤지평의 불진拂塵

긴 술이 달린 먼지떨이. 불가나 도가의 고수들이 즐겨 사용한다.

양자옹의 약서藥鋤

인삼을 캘 때 쓰는 호미처럼 생긴 독특한 무기다. 양자옹은 인삼을 많이 캤기 때문에 무기도 그때 사용하는 호미를 쓴다.

매초풍의 독룡은편毒龍銀鞭

매초풍은 채찍을 사용하는데 그답게 차가운 느낌을 주는 은색이며 거기에 독룡이란 이름을 붙였다.

영고의 양근죽산주兩根竹算籌

영고의 무기는 대나무로 만든 두 개의 산算가지다. 산가지는 수를 셈하는 데 쓰는 막대다.

노유각의 강장鋼杖

강철로 된 지팡이를 말하는데 몽둥이와 비슷하게 생겼다. 노유각의 풍모와 어울리게 강인한 인상을 주는 무기다.

구양봉의 뱀 지팡이

강철로 만든 지팡이 끝에 입을 벌리고 웃고 있는 사람의 머리가 주조되어 있다. 입에는 날카롭고 하얀 이빨이 드러나 있는데 그 모양이 기괴하고 사납기 그지없다. 구양봉 필살의 무기인 독사 두 마리가 지팡이를 휘감고 있다.

암기暗器

양자옹의 자오투골정子午透骨釘

맞으면 뼛속까지 들어와 박힌다는 못처럼 생긴 암기. 피를 보고 목을 막는다는 의미에서 일명 견혈봉후見血封喉라고도 한다.

팽련호의 연주전표連珠錢鏢

표창은 가장 보편적인 암기다. 팽련호는 연속으로 돈처럼 생긴 표창을 날리는데 정확도가 상당히 높다.

그의 또 다른 암기는 독침환毒針環이다. 질 좋은 강으로 만들어 가늘기가 실 같은데, 다섯 개의 가는 침 끝에는 독이 묻어 있다. 이것에 상처를 입고 피가 나면 다섯 시진 이내에 목숨을 잃는다.

구양극의 비연은사飛燕銀梭

비연은사는 은으로 만든 무기이다. 사는 베틀의 북을 의미한다. 암기를 구사하면 그 모양이 마치 제비가 나는 것 같다 하여 비연이란 수식어가 붙었다.

가진악의 독릉毒棱

독문 암기로 마름모 모양이다. 네 개의 면에 예리한 뿔이 각각 솟아 있다.

황용의 만천화우척금침滿天花雨擲金針

하늘 가득 꽃비가 내리듯 금침이 날아든다는 뜻을 지녔다. 한 번 손을 휘두르면 열 개 이상의 금침이 날아가 여러 사람을 동시에 맞힐 수 있다. 서독 구양봉의 뱀 무리를 무찌르기 위해 홍칠공이 손수 개발했고 황용에게 전수해주었다.

매초풍의 무형정無形釘

형체가 없는 못이란 뜻을 지닌 이 암기는 매초풍의 성격처럼 희기하고 무시무시하다. 언제 어디서 날아들지 모르는 무형의 암기를 상상하면 된다.

남희인의 투골침透骨針

뼛속까지 파고드는 침이란 뜻의 암기다.

전금발의 수검袖劍

소매에 감추었다가 날리는 암기의 일종이다.

황약사의 부골침附骨針

이름부터 괴이한 황약사의 독문 암기다. 적의 몸을 가볍게 건드리기만 해도 침이 골격의 관절 속에 깊숙이 박힌다. 침에는 독약이 묻어 있어, 이 침에 맞으면 하루에 여섯 번씩 혈맥이 거꾸로 흐르는 극도의 고통에 시달리다가 1~2년 뒤에야 비로소 죽게 된다. 내공으로 이를 막으려 했다간 독성이 더욱 맹렬해져 더 큰 고통에 시달린다.

射鵰英雄傳

불멸의 신화 김용

글 ㅡ 김영수

김용은 누구인가

2000년 베이징에서는 특별한 일이 있었다!

2000년 11월, 베이징에 파견된 모 일간지의 한 특파원이 다음과 같은 특별한 뉴스를 전송해왔다.

"이달(11월) 2일부터 5일까지 중국 최고의 명문대학 베이징대학에서 이색 연구토론회가 열렸다. 이름하여 '2000년 베이징 김용 소설 국제연구토론회'. 주최자는 베이징대학과 홍콩작가연합회였다."

중국 최고의 명문 베이징대학이 저명한 무협소설가인 김용의 소설을 놓고 국제 토론회를 개최했다는 요지였다. 김용의 소설이라면 당연히 무협소설을 말한다. 기자는 이런 행사 자체가 이해가 되지 않았던지 다음과 같이 이야기하고 있다.

"김용이라면 한국인들에게도 친숙한 이름이다. 하지만 무협소설은 우리 문단에서 문학의 범주에 포함시키지 않는 통속소설의 대명사인데 그것을 국제적으로 연구, 토론한다니 기자로서는 상당히 의아했다. 결론을 얘기하면 이 같은 의문은 필자의 무지에서 비롯된 것이었다."

기자의 무지를 탓할 수는 없을 것 같다. 무협소설가의 작품을 놓고 국제적으로 연구, 토론한다는 것 자체가 이해할 수 없는 일이었을 테니까. 그러나 베이징은 늦은 편이었다. 대만에서는 이보다 훨씬 이른 1980년에 김용의 소설을 전문적으로 연구하는 '김학'을 수립했다. 이에 발맞춰 대륙에서도 1994년에 김용을 20세기 중국을 대표하는 소설가 중 네 번째 순서에 올려놓았다. 그럼에도 불구하고 대륙의 심장부 베이징에서 김용의 무협소설을 놓고 벌어진 국제행사는 틀림없는 뉴스거리였고, 당연히 세간의 이목을 집중시켰다.

중국에서 김용의 존재는 상상을 초월하는 그 무엇이다. 이번 연구토론회에서도 중국 최고의 지성인 베이징대학의 교수나 학생들이 김용이 참석한다는 소리에 구름같이 모여들었다. 뒤늦게 중국 본토에 알려진 김용의 무협소설이 이렇게 엄청난 팬을 확보하고 있다는 것에서 그의 인기가 얼마나 높은지 새삼 알 수 있다.

베이징대학 부총장 지혜생도 1980년대 초 그의 소설을 접하고 푹 빠졌다고 한다. 수많은 교수와 과학자들도 김용의 팬이 되었다. 1990년대 들어 '김용 소설의 연구'는 베이징대 중문과의 정식 과목이 되었고, 전국 고등학교에 '김용 소설의 연구' 과목이 앞다퉈 개설됐다.

연구토론회에 참석한 인사들에게 김용은 문학 스승이었다. 작가 등우매는 "나의 문학생활은 무협소설과 애정소설에서 시작되었다"고 말했다. 유명 작가 조수리는 막 문단에 들어온 등우매에게 김용의 무협소설을 소개했다고 한다. 등우매는 "이런 스승이 있다는 것이 내게는 큰 행복이었다"고 말했다. 또 다른 작가 진건공도 "김용 선생의 창작 경험은 요즘 작가들에게 가장 유익하다"고 말했다.

격동의 중국 현대사를 온몸으로 체험하다

흔히들 김용을 두고 '불멸의 신화'라고 한다. 그렇다면 무엇이 그를 신화로 만들었을까? 이에 대해서는 말들이 많다. 그러나 누가 뭐라 하든 20세기 중반 이후 중국의 문학사, 신문사, 문화사를 말할 때 김용을 거론하지 않고 넘어갈 수 없다.

김용은 중국 현대사를 온몸으로 경험했고, 그것을 바탕으로 무협소설을 역사소설 내지 정통문학의 대열에 올려놓았으며, 20여 년 전부터는 역사를 본격적으로 연구해왔다. 그 자신은 무협소설을 호구지책으로 썼다고 고백하지만 젊어서부터 몸에 익힌 탄탄한 인문학적 소양은 무협소설의 수준을 높이기에 충분했다.

그가 성취한 이 모든 것들은 결국 자신의 인생 역정의 결정체다. 김용은 절강성 해녕현 원화진의 명문 사查씨 가문에서 태어났다. 훗날 무협소설을 본격적으로 쓰면서 사용한 김용이란 필명은 그의 본명인 사량용查良鏞의 마지막 글자인 '용鏞' 자를 둘로 나누어 지은 것이다. 그의 집안은 흔히 '해녕사가'라 하여 청나라를 통틀어 가장 뛰어난 시인의 하나로 평가받는 사신행查愼行을 비롯해 수많은 인물을 배출한 명문가였다. 그가 훗날 홍콩에서 '명인 중의 명인'으로 불릴 수 있었던 것은 그가 이룬 성취 외에도 집안의 내력이 적지 않게 작용했다.

그는 아홉 살 때부터 무협소설과 탐정소설 등을 읽었다. 열다섯 살 이전에 겪은 가장 강렬한 기억은 중국 현대시의 선구자인 김용의 사촌형 서지마徐志摩의 죽음이었다. 열 살 무렵 김용은 비행기 사고를 당해 유해로 돌아온 서지마의 장례식에 어머니와 함께 참석했고, 그때의 인상이 오래도록 남았다고 회고했다.

열네 살 때 고향 원화진을 떠나 가흥중학교에 입학했다. 그러나 일본의 침략으로 중국이 전시 체제에 돌입하자 상해와 가까운 곳에 위치한 학교는 기약 없는 피란길에 올랐고, 이 와중에 병중에 있던 어머니가 약을 구하지 못해 그만 세상을 떠나고 말았다. 이듬해에는 고향 집마저 일제에 의해 불타버렸다.

이러한 고난의 세월 속에서도 그는 중국과 서양의 문화를 부지런히 공부했고, 영어에 남다른 실력을 보였다. 열일곱 살 때 훗날 그 자신과 동창들이 우스갯소리로 '김용 최초의 베스트셀러'라고 말하는 학습참고서를 출간하고, 중국 무협소설사의 선구로 평가받는《규염객전》을 고증했으며, 열아홉 살 때는 여류시인 이청조에 관한 글을 쓰기도 했다.

그러나 시련은 끊이지 않았다. 열여덟 살 때 훈육주임을 풍자한 글을 벽보를 통해 발표해 퇴학당했다가 교장과 동창의 도움으로 간신히 전학하여 학업을 계속할 수 있었으며, 열아홉 살 때도 역시 훈육주임에 반대하다 블랙리스트에 올랐다. 열아홉 살 때 〈동남일보〉에 글을 발표하여 언론과 인연을 맺었고, 스무 살 때 구주중학교(고등학교에 해당)를 졸업하고 〈동남일보〉에 〈천 사람 중 한 사람〉이란 글을 연재했다. 그리고 스물한 살 때 중앙정치학교 외교과에 입학했다.

젊은 시절의 꿈을 가슴에 묻고 언론사에 입성하다

김용이 멀리 중경까지 가서 중앙정치학교에 입학한 것은 경제적 사정 때문이었다. 외교과를 택한 것은 그의 꿈이 외교관이었기 때문이다. 그는 어려서부터 외교관이 되어 전 세계를 여행하고 싶어 했다. 그러나 이 학교는 국민당에서 파견한 직업 학생들이 득실거리는 기관학교나 마찬가지였나. 그는 이에 항의하다가 결국 스물두 살 때 퇴학당했다.

그 뒤 사촌형의 도움으로 중경 중앙도서관에서 일하면서 〈태평양 잡지〉를 만들었으나 1회로 중단되고, 1946년 스물네 살 때 10년 만에 고향으로 돌아왔다. 고향은 옛날 같지 않았다. 아버지는 벌써 젊은 새어머니를 맞아들였고, 집안은 궁색했다. 그는 다시 고향을 떠나 항주로 가서 왕년에 인연을 맺었던 〈동남일보〉에서 영어 전보 번역일을 맡았다. 이 무렵 첫 아내를 만났다.

1947년 스물다섯 살 때 신문사를 사직하고 상해 동오대학 법학원에 들어가 국제법을 전공했다. 그해 세계적으로 이름난 언론사인 상해 〈대공보〉에 취직해 전과 같이 국제 전보 번역일을 맡아, 반은 일하고 반은 공부하는 '반업반학'의 세월을 보냈다. 이듬해에 홍콩 〈대공보〉로 자리를 옮겨 같은 일을 하게 된다.

1949년 장개석의 국민당 정부가 대만으로 쫓겨 가고 대륙에는 마침내 사회주의 정권이 들어섰다. 〈대공보〉는 좌경화의 길을 걷기 시작했고, 그 와중에 1951년 아버지가 소위 '반동지주'로 몰려 총살당하는 사건이 터졌다(훗날 이 사건을 재조사하여 판결이 잘못되었음을 시인하고 중국 정부를 대표해 등소평이 정식으로 김용에게 사과했다).

젊었을 때 김용의 모습(절강성 문서보존실).

서른 살을 전후해 요복란, 임환 등의 필명으로 영화평을 쓰면서 영화계와 친분을 맺기 시작했다. 〈절대가인〉이란 영화 극본으로 문화부가 주는 우수영화상을 받기도 했다. 1954년에는 직장 동료 양우생이 홍콩 전역을 떠들썩하게 만든 무술 시합에 자극받아 〈신만보〉에 무협소설《용호투경화》를 연재하기 시작했다.

무협의 세계로 뛰어들다

그가 무협소설을 쓰기 시작한 것은 순전히 상업적인 이유에서였다. 즉, 신문의 판매 부수를 높이기 위해서였다. 여기에 친구 양우생의 행보도 자극을 주었다. 1955년 서른세 살 때 마침내 김용이란 필명으로

1953년 31세 때 이복 여동생 사량선과 함께 항주 서호에서 찍은 사진.
맨 왼쪽이 김용이다.

〈신만보〉에《서검은구록》을 연재하면서 무협의 세계에 발을 들여놓았다. 이어 1956년 1월 1일부터 홍콩신문 〈상보〉에《벽혈검》을 연재했고, 1957년 그의 출세작이자 최초의 장편소설인《사조영웅전》을 같은 신문에 1959년까지 연재했다. 이어서 1959년에는《설산비호》를 발표했다. 이 사이 1956년에 주매와 두 번째 결혼을 했고, 영화평도 꾸준히 썼다. 1959년에는 영화감독으로 데뷔하기도 했다.

《사조영웅전》은 홍콩은 물론 동남아 화교 사회를 떠들썩하게 만들 정도로 공전절후의 대성공을 거두었다. 심지어 태국의 화교 신문은 홍콩판 신문이 비행기를 통해 날아오길 기다리지 못하고 불법 전신 시설을 이용하여 당일 연재된 소설을 타전받아 신문사 문 앞에 붙여놓을 정도였다.

김용 자신은 전혀 의도하지 않았지만 그의 무협소설이 홍콩을 휩쓸면서 그의 명성도 더불어 오르기 시작했다. 제2차 국공 내전이 끝나고 사회가 그런대로 안정을 찾을 무렵 사람들에게는 딱히 큰 오락거리가 없었다. 그런 상황에서 무협소설은 대중의 구미에 안성맞춤이었다. 혼란했던 시대상과 정치적 격변에 대한 불안감 때문에 악을 통쾌하게 제거하는 협객들의 활약상이 대중을 환호하게 만들었다. 여기에 홍콩이라는 지역적 특성도 한몫했을 것이다. 이때 김용은 갈수록 좌경화되는 〈대공보〉를 떠나기로 결심했다. 그리고 1959년 5월 20일 스스로 〈명보〉라는 일간지를 창간했다.

낮에는 무협소설, 밤에는 정치 사설

〈명보〉의 앞날은 불안했다. 1950년대에 창간된 언론사만 85군데나 되는 상황에서 자본과 인력이 부족한 〈명보〉는 1년을 버티기도 힘든 상황이었다. 〈명보〉의 위기를 극복하게 해준 원동력은 무협소설과 김용 자신이 직접 쓰는 정치 사설이었다. 무협소설의 연재는 상업적인 면에서, 정치 사설은 〈명보〉의 권위 수립에 큰 도움을 주었다. 창간과 더불어 《신조협려》가 연재되었고, 1961년부터 《의천도룡기》가 연재되었다. 이어 《백마소서풍》과 《원앙도》도 연재하면서, 〈명보〉는 발행부수 4만을 넘는 신문사로 성장했다. 1962년 대륙 내부의 정치 상황에 불안을 느끼고 홍콩으로 밀려드는 난민들의 행보를 보도한 것도 명성을 높이는 데 큰 도움이 되었다. 김용이 끊임없이 정치 사설을 쓴 사실은 그가 현실에 대해 눈과 마음을 열어두고 있었음을 반증한다

(70세 때 정식 퇴임하기까지 그는 약 35년 동안 2만 편에 달하는 사설과 정치 논설을 썼다).

그는 젊은 나이에 10년 넘게 언론계에 몸담았고 이때 호정지 등과 같은 탁월한 언론인에게 깊은 영향과 감화를 받았다. 그의 무협소설 전반에 번득이는 정의 수호에 대한 강한 신념과 실천 의지는 이런 경력과 무관하지 않다. 〈명보〉의 기본정신으로 '공정과 선량'을 내세운 것도 이런 맥락이니. 그는 1959년 이후 약 35년 동안 실질적으로 〈명보〉를 이끌면서 중립적인 이미지를 확고히 했다.

김용의 나이 40세를 전후로 〈명보〉는 약진의 시대를 맞이한다. 그는 여전히 소설과 정치 사설을 병행했다(이를 두고 일부 평론가들은 낮에는 무협소설을 쓰고 밤에는 사설을 쓰는 이중적 모습이라고도 했다). 1963년《연성결》을 〈동남아주간〉에, 같은 해 9월부터 그의 대표작이라 할 수 있는《천룡팔부》를 〈명보〉에 연재했다. 1965년에는《협객행》을 역시 〈명보〉에 연재했고, 1967년에는《소오강호》를 집필해나갔다. 이어 1969년부터는《녹정기》를 연재했다. 1970년에는 석간 〈명보만보〉에《월녀검》과《삼십삼검객도》를 연재했다. 10여 년 동안 그는 〈명보월간〉(1966년), 〈화인애보〉(1967년), 〈명보주간〉(1968년), 〈명보만보〉(1969년)를 잇달아 창간해 사업을 크게 확장했다.

〈명보〉의 대대적인 약진에는 역시 그가 쓴 무협소설이 적지 않은 역할을 했지만 그에 못지않게 중국 및 국제정세와 관련해 김용이 쓴 중요한 정치 사설, 특히 세간의 이목을 끌었던 예견성 사설의 영향도 크다. 중국과 인도의 국경분쟁, 중국의 핵무기 개발 등의 문제를 놓고 좌파 계열 신문들과 격렬한 논쟁을 벌이기도 했다. 이어 중국의 문화혁명 분위기를 예언하여 파장을 몰고 왔고, 등소평의 축출과 재기 등을 정확하게 예측했다. 미국과 베트남 간의 전쟁 재개 시기도 정확하게 맞춰 국제적으로 주목받는 언론사가 되었다. 하지만 이 일련의 과정이 결코 순탄치만은 않았다. 좌파 신문들에 많은 공격을 받았고, 문화혁명의 파장으로 1967년부터 불어닥친 홍콩 내부의 이른바 '67폭동'의 와중에 암살 대상으로 지목되어 싱가포르로 피신하는 고초를 겪기도 했다.

김용의 절필 선언

1969년 10월 24일부터 연재를 시작했던 《녹정기》는 1972년 9월 23일 대단원의 막을 내렸다. 그 사이 김용은 그때까지 발표했던 자신의 무협소설들을 조금씩 수정했고, 《녹정기》의 연재가 끝나자 더 이상 소설을 쓰지 않겠다며 절필을 선언해 큰 파문을 불러일으켰다.

절필 선언의 이유는 두 가지 측면에서 해석할 수 있다. 하나는 〈명보〉의 기반이 확고하게 다져졌음을 뜻한다. 더 이상 무협소설로 독자들을 유인할 필요가 없다고 사업적 판단을 내린 것이다. 또 하나는 《녹정기》 자체를 두고 평론가와 독자들 사이에서 과연 이 작품을 김용이 직접 썼는가 하는 논쟁이 벌어졌기 때문이라고 볼 수 있다. 《녹정기》의 주인공 위소보는 다른 작품의 주인공들처럼 영웅도 협객도 아닌 권모술수로 똘똘 뭉친 다분히 정치적인 인물이다. 소재나 주제, 스토리 전개 등 모든 면에서 김용의 역량이 한계에 이르렀으며, 《녹정기》는 한계를 돌파하려는 마지막 몸부림이 아니냐는 비판이 일었다.

이후 김용은 국제적 언론인으로서 세계 각지를 방문하면서 언론인으로서의 입지를 더 굳혀나갔다. 1973년 기자 신분으로 대만을 방문하여 총통 후계자 장경국 등 정계 요인들을 만나 대담했다. 1960년 대만 정부는 무협소설에 대해 전면 금지 조치를 취했다. 당시 언론은 '괴이하도다, 장씨(장개석) 집단이 무협소설을 두려워하다니!'라는 사설을 발표해 정면 대응했다. 김용의 대만 방문은 그의 소설에 대한 해금 분위기를 무르익게 만들었고, 이후 '표면적 금지, 실질적 해금'이라는 묘한 과정을 거치다 1979년 전면 해금되었다. 대만 방문을 계기로 그는 껄끄러웠던 대만 당국과의 관계를 우호적으로 전환하는 데 성공했다.

호사다마

탄탄대로를 달리던 김용의 인생은 또 한 차례 큰 충격을 받고 휘청거린다. 1976년 52세라는 적지 않은 나이에 함께 〈명보〉를 창간하고 사업을 반석에 올려놓는 데 큰 역할을 했던 두 번째 아내 주매와 전격 이혼하는 사건이 터졌다. 이어 부모의 이혼에 충격을 받은 탓인지 미국에서 유학 중이던 큰아들 사전협이 스스로 목을 매는 비극이 벌어졌다. 예견된 이혼의 여파는 크지 않았지만, 아들의 죽음은 김용에게 말할 수 없는 아픔을 주었다. 이를 계기로 그는 불교에 심취해 인생의 의미에 대해 더욱 깊은 사색의 기회를 가졌다. 이혼과 큰아들의 죽음을 둘러싸고 수많은 억측이 있었지만, 정작 김용 자신은 이에 대해 거의 언급하지 않았다.

가정사로 큰 시련을 겪었지만 김용과 〈명보〉의 명성은 결코 시들 줄 몰랐다. 1979년 대만의 원경출판사가 정식 판권 계약을 통해 〈김용작품집〉을 출간하기 시작했고, 1980년에는 광주의 〈무림〉이란 잡지가 《사조영웅전》을 연재함으로써 대륙에 처음으로 그의 소설이 소개되었다. 이어 대만에서는 그의 무협소설을 본격적으로 연구하는 이른바 '김학'이 탄생했다. 소설가로서 김용의 명성이 중국 전역에서 치솟을 태세였다.

그즈음 김용은 1970년부터 시작했던 15부 36권에 달하는 〈김용작품집〉 전체에 대한 수정을 끝냈다. 이 전대미문의 작업을 두고 어떤 이들은 입방아를 찧었지만 김용의 팬들은 이러한 노력에 아낌없는 찬사를 보냈다.

은퇴 이후의 삶

이제 김용의 눈은 자신을 낳아준 고국 대륙을 향하고 있었다. 1981년 7월, 김용은 가족과 함께 인민대회당에서 등소평을 만났다. 1984년 다시 중국을 방문하여 호요방과 면담했고, 중국 당국은 이듬해 홍콩 반환과 관련하여 특별행정구 기본법 기초위원으로 그를 위촉했다. 1993년에는 베이징을 방문하여 강택민과 회견하기도 했다.

1988년 〈명보〉는 발행 부수, 구독자 수, 광고 수입 등에서 홍콩 제

1981년 베이징 인민대회당에서 등소평을 만났을 때의 모습.

3위의 언론사로 평가되었다. 1989년 〈명보〉 창간 30주년을 맞이하여 사장직에서 물러났다. 1991년 주식회사에 상장되었고, 사업가 우품해가 실질적으로 명보그룹을 인수했다. 1994년 김용은 약속대로 〈명보〉와의 모든 관계를 끊고 완전 은퇴했다.

이전부터 김용은 역사 연구를 하고 싶다는 심경을 자주 밝혔고, 실제로 모든 사업에서 물러나면서부터는 본격적으로 연구에 몰입했다. 고령에도 불구하고 역사에 대한 그의 열정은 남달랐고, 몇 차례 역사를 주제로 강연회를 열기도 했다. 1995년부터 1997년까지 3년 동안은 네 차례에 걸쳐 세계적인 종교 사상가 이케다 다이사쿠와 대담을 가졌다.

1993년 이후에는 고향 땅에 관심을 보이면서 여러 차례 고향을 방문했다. 1994년 가흥의 고등전문과학교에 '김용도서관'을 지어주었고, 거금을 내서 '운송서사'라는 호화롭고 우아한 원림식 별장을 지어 항주시에 기증했다. 이에 항주시는 일제에 의해 파괴된 그의 옛집을 복원해주는 식으로 화답했다. 1998년에는 고향인 절강성 절강대학의 교수로 초빙되어 인문학원 원장에 취임했다. 이후 그는 절강대학과 영국, 홍콩을 왕래하는 생활을 했다.

끊임없는 화제와 논쟁의 한가운데에서

김용에 대해서는 그 자신은 물론 그의 소설을 둘러싸고 지금까지도 논쟁이 끊이질 않고 있다. 먼저 정통문학가들과 평론가들은 그의 무협소설이 정통문학의 대열에 진입하는 것 자체를 달가워하지 않으며, 따라서 이를 두고 그의 작품에 대해 적지 않은 비판과 비난을 퍼붓고 있다.

1994년 36권에 달하는 중국 대륙 삼련서점판 〈김용작품집〉이 당당하게 선을 보이고 얼마 뒤 베이징 사범대학의 왕일천 교수 등은 《20세기 중국문학대사문고》를 펴냈다. 말하자면 20세기 중국 문학의 대가들의 작품을 낸 것인데 여기서 김용은 서열 4위에 올랐다. 이 때문에 중국 학계가 한바탕 소용돌이에 휘말렸다. 논쟁의 요점은 통속문학 작가를 고상한 정통문학의 전당에 올릴 수 있느냐 없느냐 하는 것이었다. 학계는 양 파로 나뉘어 치열하게 논쟁했고, 심지어는 김용의 소설을 '아편'에 비유하는 평론가도 있었다. 그러나 그해 김용은 베이징대학에서 명예교수 직위를 받았으며, 특별 강연에서는 중국 역사에 대해 이야기했다. 1997년에는 그의 역사논문이라 할 수 있는 〈악비와 진회〉를 둘러싸고 김용의 역사 연구 수준이 도마에 오르기도 했다.

1998년에는 김용의 무협소설에 간단한 평을 덧붙인 《평점본김용무협소설전집》이 문화예술출판사를 통해 출간되었다. 그런데 1999년 김용은 이 전집, 특히 자신의 작품에 대한 논평에 대해 '초등학생도 그 정도는 쓰겠다'며 강한 불만을 토로했다. 이 때문에 출판사, 논평에 참여한 학자들과 법적 소송까지 가는 사태가 벌어졌다. 이 소동은 2001년까지 3년을 끌다가 남경에서 쌍방이 화해함으로써 일단락되었지만 그 여파는 여전히 남아 있다.

20세기를 앞둔 마지막 해에 '무식한 자가 용감하다'며 왕삭이란 젊은 소설가가 김용을 비난하여 큰 파문을 일으켰다. 그는 김용의 소설을 가요 부문의 사대천왕, 영화계의 성룡, 대만 여류작가 경요의 TV 드라마에 비유하면서 이들을 싸잡아 '사대속四大俗'으로 비하했다. '사대속'이란 얼핏 네 분야의 '통속'이란 말로 들리지만 왕삭의 구체적인 발언을 보면, 김용의 소설을 말 그대로 '속물'이라 지칭한 것이나 마찬가지였다. 아울러 그는 신상모독 발언도 서슴지 않았으며, 소설과 관련해서는 김용의 소설을 제대로 읽지 않았음은 물론 읽다가 던져버렸다고 했다. 그러면서도 구체적으로 김용의 무협소설이 스토리 전개가 상투적이고 우연이 너무 많으며 문체도 낡았다고 지적했다. 이에 대해 김용은 왕삭의 지적을 되받아 자신의 소설이 갖는 한계를 인정하는 한편 자신과 성룡 등을 '사대도적'이나 '사대독소' 따위로 부르지 않은 것은 왕삭 선생이 많이 봐준 것이라며 점잖게 응수했다. 이 논쟁은 인터넷상으로까지 비화되어 말 그대로 중국 전역을 들끓게 만들었다. 왕삭이 김용의 열성 팬들의 비난을 견디지 못하고 자신의 언행에 대해 사과함으로써 사태는 마무리되었다. 이 사건을 두고 문학 평론가 오량은 "왕삭이 김용을 비판한 것은 사실 김용 마니아들에게 죄를 짓는 것이었다. 김용 본인은 전혀 상관없으며 어쩌면 두 사람은 친구가 될 수도 있었다. 그 둘은 사실 한통속으로 둘 다 위소보와 같은 인물이기 때문이다"라고 신랄하게 풍자했다.

1999년 중국 중앙TV가 김용의 《소오강호》를 연속극으로 만든다고 발표했다. 김용은 단돈 1원으로 판권을 계약해서 주변을 깜짝 놀라게 만들었다. 2001년에는 《사조영웅전》 중 일부를 중학교 교과서에 싣는 문제를 놓고 한바탕 논쟁이 벌어지기도 했다.

그는 반세기 가까이 뉴스의 초점이었고 언론을 비롯한 각종 매체의 관심을 받았다. 그 자신이 언론인으로서 언론의 속성을 누구보다 잘 알고 있기에 그는 매체를 충분히 이용할 줄 알았다. 혹자는 김용을 두고 복잡한 인물이라고 했다. 그는 홍콩에서 100위 안에 드는 갑부였고, 평생 2만 편 이상의 정치 사설과 평론을 쓴 언론인이었으며, 판매부수 1억 부를 훨씬 넘는 무협소설을 쓴 작가였다. 세 번의 결혼과 자녀의 죽음, 수차례에 걸친 판권 시비, 숱한 명예박사 학위와 교수의 지위 그리고 훈장 및 작위 등 긍정적이든 부정적이든 김용은 여전히 불멸의 신화로 남아 있다.

신화는 끝나지 않았다

2000년 김용은 '천년강단'으로 유명한 호남성 장사시 악록서원에서 중국 전역을 대상으로 강연을 가졌다. 각계각층의 10대 명사들이 초빙되어 차례로 강연하는 이 '천년강단'에 무협소설가 김용이 초빙된 것 자체도 놀라운 뉴스였고, 또 이 강연에서 그가 소설이 아닌 '중국 역사의 대세'라는 제목으로 역사 강연을 한 것도 뉴스거리였다. 그는 이 강연에서 '소설은 나의 부업'이라고 밝히면서 중국 역사에 대한 강렬한 애정과 관심을 또 한 번 표명했다.

2000년 홍콩 당국으로부터 최고 훈장을 받았고, 그해 11월 베이징 대학에서는 그의 무협소설을 놓고 국제적인 연구토론회가 벌어졌다. 2002년 상해에서 브라질의 베스트셀러 작가인 파울로 코엘료와 대담을 갖기도 했다.

김용은 낮에는 무협소설가 김용, 밤에는 신문의 사설과 정치 평론을 쓰는 언론인 사량용이라는 두 얼굴로 40년 이상을 살아왔다. 그는 이 두 방면에서 모두 남다른 성공을 거둔 인물로 평가받는다. 그래서 사람들은 그를 두고 '불멸의 신화'라 부른다. 그는 타계했지만 그의 신화가 사후에도 계속될 것이라는 전망에는 아무도 이의를 달지 않는다. 그와 그의 작품은 21세기를 주도하는 하나의 문화 키워드가 되었기 때문이다.

김용의 작품세계

홍콩 없이는 김용도 없었다

김용의 작품세계를 이해하기 위해서는 먼저 홍콩이라는 지역적 배경을 놓쳐서는 안 된다. 1960년대 문화혁명 이래 대륙에서는 전통문화가 완전히 억압되었고, 대만 역시 독재의 어두운 그림자가 드리워진 상황에서 식민도시 홍콩은 전통문화의 마지막 보루나 마찬가지였다. 그는 각종 언론 매체를 충분히 이용하며 자신의 역량을 발휘했고 결과는 대성공이었다. 그런 의미에서 '홍콩 없이는 김용의 성공도 없었다'고 진단한 평론가의 지적은 매우 타당한 말이다.

시대와 함께 호흡한 작가

김용의 일생은 중국 현대사의 압축판이나 마찬가지였다. 시골에서의 생활과 전란에 따른 피란, 그리고 각지로 전전하다 마침내 홍콩에 정착하기까지 그는 숨 가쁘게 시대와 함께 호흡했다. 그는 언론을 선택했고 스스로 언론사를 창간하여 중국 정치사에 깊숙이 개입했다. 1949년 대륙의 사회주의 정권 수립과 장개석 몰락, 문화대혁명, 개혁개방, 홍콩 반환, 중국의 대도약으로 전개되는 중국 현대사의 소용돌이 속에서 낮에는 무협소설을 쓰고 밤에는 정치 사설을 쓰는 두 가지 역할을 동시에 수행했다. 김용의 삶의 궤적을 조금이라도 관심 있게 추적해보면, 그의 무협소설 곳곳에 번득이는 정치·사회적 요소가 전혀 이상할 것이 없다. 이러한 요소들이 그의 무협소설을 여타 소설들과 구별 짓게 했다.

중국인이 있는 곳에 김용의 소설이 있다

김용의 무협소설은 다음과 같은 장점을 갖고 있다.

첫째, 인물들의 개성이다. 그의 작품에 등장하는 인물들은 주인공이든 조연이든 예외 없이 강한 개성을 소유하고 있다. 좋은 영화는 조연들의 뒷받침 없이는 불가능하다는 말도 있듯이, 그의 소설이 거둔 성공 역시 조연들의 힘이 크다. 인물의 독특하고 다양한 개성이 소설에 생기를 불어넣었다. 그의 무협소설은 인간 군상이 펼치는 파노라마다.

둘째, 스토리의 구성이 다채롭고 웅건하다. 김용의 작품은 실제 역사를 배경으로 한다. 따라서 작품의 스케일이 크고 힘이 넘친다.

셋째, 그의 작품에는 역사적 사실과 소설적 허구가 절묘하게 배합되어 있다. 그의 소설을 역사소설로 부르는 사람이 적지 않은 것도 이와 같은 맥락이다. 많은 역사서를 여러 차례 통독하고 공부하여 쌓은 방대한 역사 지식을 바탕으로 문학적 상상력을 발휘해 사실과 허구를 절묘하게 섞어 스토리를 전개해나가는 김용의 솜씨는 분명 여타의 무협 작가와는 다르다.

넷째, 문장의 매력이다. 김용의 문장은 부드러우면서도 우아하다. 그의 문장을 문어체 문장의 모범으로까지 꼽는 평론가도 적지 않다. 그래서 어떤 이는 그의 무협소설이 해외 화교들이 중국어와 문화를 배울 때 꼭 읽어야 할 교과서와 같다고 한다. "중국인이 있는 곳에 김용의 소설이 있다"는 말은 절대 과장이 아니다.

다섯째, 중국 전통문화의 요소가 작품 전체를 관통하고 있다. 그의 작품을 보면 시·글씨·그림·노래·바둑 등 전통문화의 중요한 요소들이 곳곳에 담겨 있다. 오랫동안 전통문화가 단절된 대륙과 대만에서 이를 풍부하게 담아낸 그의 소설은 큰 환영을 받았다. 대부분의 평론가들이 한결같이 긍정적으로 인정하는 요소도 바로 이 부분이다.

여섯째, 소설의 시대 배경에 대한 김용의 탁월한 선택이다. 그는 소설의 시대적 배경을 주로 왕조 교체기라는 혼란스러운 시대로 상정한다. 이는 격동 그 자체였던 자신의 삶과 중국 현대사를 염두에 둔 것으로 보이는데, 작품의 극적인 긴장감을 증폭시켰다.

일곱째, 풍부한 인문적 소양이다. 동서양을 넘나드는 김용의 지식과 문화적 감수성은 그의 작품들을 질적인 면에서 한 차원 끌어올렸다. 그의 열렬한 독자층 가운데 지식인들이 큰 비중을 차지하는 것은 바로 여기에서 연유한다. 지식인들의 호감이 다른 계층을 끌어들이는 연쇄반응의 촉매제 역할을 했다. 이밖에도 언론인으로서 김용의 명성과 성공한 인물로서의 이미지도 그의 작품이 성공하는 데 어느 정도 작용했을 것으로 추측된다.

문화 키워드로서의 김용 소설

김용과 그의 작품들은 하나의 '현상'이자 '문화 키워드'다. 그의 삶의 역정 그리고 작품들은 예외 없이 시대적 상황과 맞물려 세간의 이목을 집중시켰다. 위로는 고상하게 '김학'이라는 본격적인 연구학문이 움직이고 아래로는 인터넷과 관련한 산업에 이르기까지, 김용 소설은 그야말로 문화 키워드로서 손색이 없다. 종이로 된 소설에서 영화로, 그리고 TV 드라마, 게임과 인터넷으로 이어지는 현대 문화의 큰 흐름을 주도하고 있다는 점에서 주목된다. 김용의 부가가치는 바로 여기에 있다.

'김학'은 이제 문화현상의 측면에서 연구되고 있다. 20세기를 온전히 살아온 언론인이자 대중소설가가 이룩한 이 방대한 업적을 21세기 디지털 시대가 고스란히 흡수하고 있다.

김용 소설의 백미 〈사조삼부곡〉 국내 최초 정식 출간

김용 소설의 독자 중 상당수가 지식인이며, 등소평과 장경국 등 중국 지도자들 대다수가 그의 소설을 애독했다. 전 세계적으로는 억대를 헤아린다. 1996년 대만의 한 출판사의 통계에 따르면 대만에서 1985년부터 1995년까지 10년 동안 정식 발행된 것만 700만 부 이상이라고 한다. 여기에 해적판까지 합치면 전체 판매 부수는 천만이 넘는다. 대륙의 경우 모든 작품이 1,000쇄를 넘었고 가장 많은 경우 2,124쇄에 이른다. 전 세계적으로 억 단위는 출간되었을 것으로 추정하고 있으며, 중국 대륙에서 성경보다 더 많이 팔린 모주석 어록의 기록이 김용에 의해 깨졌다. 또 그가 지금까지 받은 팬레터는 그 수가 천만 단위라고 한다. 김용 현상의 요점은 억 단위의 판매 부수가 아니라 그의 작품이 반세기 동안 시들지 않고 여전히 인기를 끌고 있다는 사실에 있다. 이는 달리 말해 김용의 무협소설이 고전의 대열에 들어섰음을 의미한다.

2003년 김영사는 국내에서 처음으로 정식 판권 계약을 통해 김용의 무협소설을 출간했다. 김영사가 정식으로 김용의 작품을 출간하기 전 국내에 나온 모든 작품은 불법 해적판이다. 김영사는《사조영웅전》을 시작으로 한국 독자들에게《신조협려》,《의천도룡기》즉, 〈사조삼부곡〉을 차례로 선보였다. 우리나라 독자들도 이제 김용 선생의 감수와 충실한 번역을 마친 정식판을 통해 격조 높은 무협 세계를 음미하고 문화 키워드로서의 김용과 그의 작품을 이해할 수 있을 것이다.

김용 연보

1924년 절강성 해녕현 원화진 명문 사査씨 가문의 혁산방에서 출생.

1931년 사촌형 서지마 사망. 고명도의 《황강여협》 등 여러 무협소설 탐독.

1935년 용산소학당 5학년 때 학급 간행물 〈악악제〉 편집.

1936년 용산소학당 졸업. 가흥중학 입학.

1937년 상해 8·13 동란 발발. 일본군 항주만 상륙. 피란길에 오름. 어머니 사망.

1938년 절강성 전시 청년훈련단에서 군사 훈련을 받음. 9월 초 연합중학 초중부에 진학.

1939년 친구들과 입시 참고서 편찬. 절강성 연합고중에 진학. 벽보에 《규염객전》을 고증한 글을 발표.

1940년 훈육주임을 풍자한 글을 발표해 퇴학당함. 7월 교장과 동창의 도움으로 석량에 있는 구주중학으로 전학.

1942년 〈동남일보〉 부간 〈필루〉에 〈천 사람 중 한 사람〉이란 글 연재.

1943년 중경의 중앙정치학교 외교학과에 입학.

1944년 단편소설 〈백상지연〉으로 중경 시정부 문예경진 2등상 수상. 중앙도서관에서 일함.

1946년 〈동남일보〉 영어 전보 번역.

1947년 〈동남일보〉 사직. 상해 동오대학 법학원에서 국제법 전공. 상해 〈대공보〉 국제 전보 번역.

1948년 홍콩 〈대공보〉에서 국제 전신 번역.

1949년 〈대공보〉에 〈국제법으로 본 해외 중국인의 재산권〉이란 논문 발표.

1951년 아버지 사추경이 고향 가흥 해녕에서 총살당함.

1952년 〈하오다담〉 편집을 맡아 요복란, 임환 등의 필명으로 영화평을 쓰기 시작.

1953년 시나리오 〈절대가인〉 발표.

1955년 필명 김용으로 〈신만보〉에 무협소설《서검은구록》 연재.

1956년 홍콩의 신문 〈상보〉에《벽혈검》 연재. 두 번째 아내 주매와 결혼. 〈대공보〉로 복귀해 부간 〈대공원〉 편집을 책임지며 영화평 발표.

1957년 〈상보〉에《사조영웅전》 연재. 영화 〈유녀회춘〉 제작.

1959년 호소봉과 영화 〈왕노호창친〉 공동 감독. 〈신만보〉에《설산비호》 연재. 〈명보〉 창간. 〈명보〉에《신조협려》 연재.

1960년 잡지 〈무협과 역사〉 창간.《비호외전》 연재.

1961년 〈명보〉에《의천도룡기》 연재.

1963년 〈동남아주간〉에《연성결》 연재. 〈명보〉에《천룡팔부》 연재.

1965년 〈명보〉에《협객행》 연재.

1967년 홍콩에 '67폭동'이 일어나 〈명보〉가 좌파의 중점 공격 목표가

됨. 〈명보〉에 《소오강호》 연재.

1969년 〈명보〉에 《녹정기》 연재.

1970년 〈명보만보〉에 《월녀검》과 《삼십삼검객도》 연재. 지금까지 발표한 무협소설을 조금씩 수정하기 시작.

1972년 《녹정기》 연재를 끝내고 절필 선언.

1976년 세 번째 결혼. 미국 콜롬비아대학에 유학 중이던 큰아들 사전협이 자살함.

1979년 대만 원경출판사가 〈김용작품집〉 출간.

1980년 중국 광주의 〈무림〉에서 《사조영웅전》 연재. 처음으로 김용의 작품을 대륙에 소개함.

1981년 등소평 만남.

1984년 《홍콩의 앞날-명보 사론의 하나》 출간.

1985년 중국 정부 정식 요청으로 중화인민공화국 홍콩 특별행정구 기본법 기초위원회 위원 위촉.

1986년 기본법 기초위원회 '정치체제' 소조 홍콩 쪽 책임자에 임명됨.

1989년 〈명보〉 사장직 사퇴.

1992년 프랑스 정부 최고 권위의 훈장 레지옹 도뇌르를 수여. 프랑스 주재 홍콩 총영사가 김용을 프랑스의 알렉상드르 뒤마에 비유함. 캐나다 UBC대학에서 박사 학위 받음.

1993년 베이징에서 강택민과 회견.

1994년 명보그룹 명예회장직 사퇴. 홍콩 중문대학에서 최초 영역본 《설산비호Fox Volant of the Snowy Mountain》 출간. 베이징 삼련서점과의 정식 판권 계약을 통해 〈김용작품집〉 출간. 왕일천이 편집한 《20세기 중국문학대사문고》에서 김용을 '금세기를 대표하는 중국 소설가 4위' 서열에 올림. 베이징대학 명예교수 직위 받음.

1995년	최초의 전기인《김용전》이 대만 원경출판사, 명보출판사, 광동인민출판사에서 동시 출간됨. 중화인민공화국 홍콩 특별행정구 주위원회 위원에 임명됨.
1997년	영국이 홍콩을 중국에 반환. 〈명보〉에 사설 〈강물과 우물은 서로 침범하지 않는다–반환 첫날에 쓰다〉 발표. 홍콩 옥스퍼드대학출판사가 영역본《녹정기The Deer and the Cauldron》출간.
1998년	절강대학 인문학원 원장 취임.
2000년	홍콩 특별행정구가 최고 명예훈장을 수여함. 베이징대학에서 '김용소설 국제연구토론회' 개최.
2002년	상해에서 세계적 베스트셀러 작가 파울로 코엘료와 대담을 함.
2004년	프랑스 문예공로훈장 수상.
2007년	홍콩을 대표하는 작가로 선정됨. 영국 케임브리지대학 역사학 석사 학위 수여.
2009년	중국작가협회 명예부주석 위촉.
2010년	영국 케임브리지 세인트존스대학에서 박사 학위 수여.
2011년	마카오대학 '김용과 중국어 신문학' 국제 학술세미나 개최. 대만 칭화대학에서 명예박사 학위 수여.
2017년	김용의 성과와 공헌을 표창하기 위해 홍콩 문화박물관에 상설 김용관金庸館 설치.
2018년	10월 30일 94세의 일기로 타계.

射鵰英雄傳